AM YR AWDUR

Brodor o Gaerdydd yw Llwyd. Dyma ei ail nofel.
Mae'n dal i fyw yn ardal Parc Buddug y ddinas gyda'i wraig,
Lisa, a'u plant bach blewog, Moses a Marley.
Mae ei nofel ddadleuol gyntaf,
Ffawd Cywilydd a Chelwyddau, ar gael o www.ylolfa.com.

FFYDD GOBAITH CARIAD

LLWYD OWEN

y Lolfa

Argraffiad cyntaf: 2006

Dymuna'r cyhoeddwyr gydnabod cymorth ariannol
Cyngor Llyfrau Cymru

Cynllun y clawr: Jamie Hamley a Llwyd Owen
Llun y clawr: Jamie Hamley (jamie@nudgeonline.co.uk)

Rhif Llyfr Rhyngwladol: 0 86243 939 6
ISBN-13: 9780862439392

Cyhoeddwyd yng Nghymru
ac argraffwyd ar bapur di-asid gan Y Lolfa Cyf.,
Talybont, Ceredigion SY24 5AP
gwefan www.ylolfa.com
e-bost ylolfa@ylolfa.com
ffôn 01970 832 304
ffacs 832 782

Mae'r llyfr yma i fy nheulu cyfan;
yn enwedig i Spencer,
hen ddyn doeth y teulu,
ac Alaw D, fy nith fach newydd.

Er cof am Kitty, 'nath ddysgu i fi gwestiynu popeth,
a hefyd Dude.

DIOLCHIADAU

I Chopper am ofyn y cwestiwn cyntaf ac agor fy llygaid. I Lisa, Arwel, Non, Russ, Jamie ac Eurgain Haf am eu cefnogaeth a'u cymorth parhaol.

*I Lefi yn Y Lolfa ac Alun Jones fy ngolygydd am eu gweledigaeth ac am fod mor gefnogol o'r hyn dw i'n ceisio'i gyflawni.
A hefyd am roi'r rhyddid i fi gynhyrchu'r math hwn o waith heb ormod o ymyrraeth.*

"I love this God fellow; he's so evil!"

Stewie Griffin

"Doubt is part of all religion.
All religious thinkers were doubters."

Isaac Bashevis Singer

"Prison wasn't the reforming punishment I
thought it would be. It didn't make me feel guilty,
it made me angry. I realised that prison did
nothing to prevent crime.
Prison just postpones crime."

Paul Carter-Bowman

"There's nothing more dangerous than
an angry Christian.
With that lethal combination of ignorance
combined with self-righteousness."

Bill Hicks

"Grandpa! Killing yourself is a sin.
God wants us to die of old age…
after years of pain and reduced mobility."

Marge Simpson

PROLOG: DECHRAU'R DIWEDD

Glas. Golau glas. Fflachio. Injan dân ac ambiwlans. Heddlu a lladron. Llif trwy ddur, lleisiau dieithr. "This one's still breathing." "He's the only one." "Bag the rest but get this one out." "Make it quick, he's touch and go." Pwy? Myfi? Na, fi'n iawn. Tip top. Tici di bw. A-OK. Ace. Well, ddim yn iawn, iawn, ond yn well na Floyd. Sach gysgu'n cau amdano. Cwsg bythol. Cysgod cochddu lle buodd ei gorff. Anhysbys mewn marwolaeth, jyst fel y dymuna. Gwydr ar wasgar yn y glaw. Bywydau'n deilchion ar lawr. Hwyl fawr, fy ffrind. Wela i di cyn hir. Methu teimlo. Teimlo dim. Dim coes. Dim bawd. Dim braich. Dideimlad. Diffrwyth. Digyffro. Numb, numb, dumb. Mor fud â Gee sy'n cael ei dynnu o'r car. Mae e mor dawel yng ngwewyr ei angau ag oedd e ar dir y byw. Ei gorff llipa fel sarff chwe troedfedd. Cawr o ddyn. Cawr o gelain. Trwm. Ôl malwen o'i glust. Ôl gwaedlyd. Dw i'n un â'r dash ond yn dal i frwydro.

Dee Dee nesaf. Dim nyrs, jyst hers. Mae'r paras yn ei bilio o gefn fy nghadair ond sa i'n teimlo dim. Dim. Peswch. Blas metel. Blas gwaed. Y weithred eithaf. Yn Ei enw. Fe a fi. Y Tad a'r mab. Ysbryd glân. Ffrindiau. Parch. Llif ar ddur a'r gwreichion yn tasgu yn y blaendir niwlog. "Careful now, I want him alive." Yn fyw, yn farw. Six of one and aaaaaalf a dozen of the other. Sa i'n un, sa i'r llall. Sa i'n ddim heb deimlad. Niwtral. Niweidiol. Diffygiol. Ailenedigol. Dim o'r rhain a phob un 'fyd. Symud nawr. O'r car i'r gwely cludo, o'r gwely cludo i gefn yr ambiwlans. Pibau. Awyrydd. Fel un Paddy ond bach yn llai. Golau llachar. TCP. Dideimlad. Di-wefr. Di-lais. Peswch. Chwistrell. Tywyllwch.

Seiren las. Damwain gas. Drysau'n agor. Lleisiau'n galw. Llygaid ar agor. Lleisiau'n galw. O'r byd yma neu'r un nesaf? Ble wyt Ti? Dangos dy hun. Arbed fi rhag drwg. Dy was. Dy filwr bychan. Dy ffŵl. Wil? "Al, hang in there, frawd! Paid stopio. Cadwa i frwydro. Fi ma. Ni gyda ti, Al, bydd gryf!" Ceisio symud. Estyn llaw. Dim. Methu symud. Methu gwneud. Brwydro beth? Gwallt melyn. Tas wair. Wil. Paid mynd! Trwy ddrysau, coridorau, dryswch, diwedd. Wil wrth fy ochr. Pibau o 'nhrwyn. Awyrydd ar olwynion. Gwynebau estron. Lleisiau estron. Lle estron. Arwydd. Theatr. Torrwch goes. Torrwch gefn. Torrwch bob asgwrn yn eich corff. "Stay with us…" "Al. His name's Al." "Thanks, Mr Brady. Stay with us, Al. Look at me look at me, that's it. Stay with us!" 'Sa i'n mynd i unman, gw' boi! Fi ma, beth yw'r ffws? O ie. Y ddamwain. Y marw. Y meirw. Ar frys, ar ras tua'r llwyfan. Mae'n curtains up fan hyn. Pob lwc, luvvie daaarling! "Paid rhoi lan, Al, cadw i frwydro!" OK Wil, whatever you say. Ac wedyn mae fy mrawd yn diflannu. Fydd Wil ddim yn gweld fy mherfformiad heddiw. Dw i ar 'y mhen 'yn hunan nawr… bron ar 'y mhen yn hunan. Mae E wrth fy ochr. Fel arfer. Mwgwd oeraidd. Mwgwd aeraidd. Chwistrelliad. Dim cymhelliad. Ac wedyn… tywyllwch.

01: EMOSIYNAU CROES

'NEEEEEEEEEEEEEEEEEEEEEEEEEEE!!!!!!!!!!!'

Mae'r gloch electroneg yn fy chwipio o'm trwmgwsg fel caethwas yn ymateb i orchymyn meistr treisgar, ond mae fy llygaid yn araf gau unwaith eto wrth i'r haul dreiddio drwy'r barrau gan gynhesu fy ngwyneb gwelw. Dw i'n dod ataf fy hunan yn araf, 'sdim pwynt rhuthro fan hyn. Dros y ddwy flynedd ddiwethaf dw i 'di arafu o fyw bywyd yn y lôn ganol i dreulio 'modolaeth ar y llain galed. Mae chwyrnu anghyson Knocker, fy nghell-gyfaill, yn fy nhynnu, fel dur at fagnet, tuag at ymwybyddiaeth.

'Sdim byd yn waeth na sŵn larwm ar ddechrau diwrnod arall o gaethiwed. Mae 'na rywbeth sbeitlyd am yr holl beth: eich dihuno heb ddim rheswm bron. Pam? Achos bod rhaid atgoffa'r dynion drwg nad oes rheolaeth ganddyn nhw bellach. Chi'n colli hynny wrth droseddu, torri'r gyfraith. Wel, efallai ddim bryd hynny'n gwmws, ond wrth i chi gael eich dal a'ch dedfrydu.

Fel arfer, mae arogl iwrin yn hongian yn yr aer yn ogystal â gronynnau chwys y ddau ohonon ni. Agoraf fy llygaid ac mae'r cymylau'n araf ledu. Draw wrth y poster o Jemma Jameson sy'n hongian ar y wal gyferbyn ac sy'n gwneud dim i leddfu fy ngogoniant boreol, mae Paddy, fy nghydymaith rhithiol, yn pwyso gan smygu Woodbine, non-filter. 'Sa i'n gwybod ble ma fe'n prynu'i sigaréts. Ond wedyn, ma unrhyw beth yn bosib wrth fodoli mewn limbo rhwng byd y byw a'r meirw, I s'ppose?

"Iawn, Pad?" Mae e'n nodio i gadarnhau drwy chwythu cyfres o fwg-fodrwyau tua'r nenfwd llwyd, anwastad. Mae marw wedi gwneud byd o les i'r hen ddyn gan nad oedd e'n gallu cerdded nac anadlu'n rhy dda ar dir y byw. Mae ei gwmni'n ddryswch llwyr i fy emosiynau: ar un llaw mae e'n tynnu ar fy euogrwydd oherwydd yr hyn ddigwyddodd ond, ar y llaw arall, mae ei bresenoldeb yn eneinio'r teimladau hynny i ryw raddau hefyd. Roedd e'n ffrind i fi pan oedd e'n fyw, a nawr... wel, mae e'n gwmni da, tawel ond cysurlon. Dw i 'di colli pob un a phob peth arall, felly mae'n neis cael cwmni wrth droedio'r ddaear ma. Hyd yn oed os galla i roi fy llaw trwy ei gorff e! Dyw e ddim yn bresennol bob munud o bob dydd... a gyda hynny, mae e'n diflannu o flaen fy llygaid. Yn toddi i'r awyr fel rhech dawel.

Dw i'n araf ymlusgo allan o 'ngwely ac yn rhynnu wrth i fodiau 'nhraed gyffwrdd â'r llawr oer. Er bod yr haul cynnar yn tywynnu tu allan, nid yw'r gwres byth yn treiddio i'r tu fewn, ac mae fy ana'l yn gadael 'y ngheg i fel mwg o Mount Vesuvius. Dw i'n camu'n weflog at y fowlen agored yng nghornel y gell gan agor fy ngheg yn llydan a gadael i'r diogi ddiengid. Ers cael fy nedfrydu, dw i 'di esblygu oherwydd fy amgylchiadau. Dw i'n gwneud popeth ar hanner cyflymdra – wedi'r cyfan, beth yw'r pwynt rhuthro pan nad oes unrhyw le i fynd?

Ond, gyda'r gwlith meddyliol yn codi'n araf bach, ma gwên yn torri gan addo rhywbeth arall heddiw. Rhywbeth reit arbennig i garcharorion. Rhywbeth newydd, dim newydd sbon fel VW Beetle metallic grey, ond rhywbeth chi 'di'i brofi o'r blaen ond sy erbyn hyn wedi diflannu i bellafoedd atgofion – fel grefi Mam a Wham Bars. Rhyddid.

Dw i'n sefyll wrth y badell yn breuddwydio am yr hyn sy o 'mlaen i. Breuddwydion syml sy gen i nawr. Ma'r holl erchylltra sy mewn carchar yn gwaredu'r ffantasïau plentynnaidd. 'Sa i'n sôn am yr erchylltra Hollywoodaidd o fod mewn carchar, ond y realiti, y rheswm pam bod pob carcharor yma yn y lle cynta. Ma trais ac anhapusrwydd yn aflonyddu ar bob coridor, pob cornel, pob cell.

Dw i eisiau swydd, dw i eisiau rhywle y galla i ei alw'n gartref. Dim byd swanc, jyst rhywbeth syml. Dw i eisiau cerdded mewn coedwig ac edrych i lawr ar y wlad o ben mynydd: dim yr Wyddfa na dim; neith Mynydd y Garth y tro. Fi moyn arogli cacennau Memory Lane yn cael eu pobi, teimlo tywod rhwng bodiau 'nhraed a chael mynd a dod fel dw i eisiau. Dw i eisiau gwylio ffilm glasurol yn lle'r sothach o'r brif ffrwd mae fy nghyd-garcharorion yn mynnu ei wylio. Dw i eisiau mynd i weld Mam a Dad. Dw i eisiau troi'r...

"Mornen but," yw cyfarchiad cyntaf Knocker, sy'n fy nhynnu'n ôl i'r presennol.

"All right, Knock," atebaf wrth i werth noson o iwrin lifo ohona i.

"I fucken luvs listenen' to you piss, but. There's somethen very very therapeutic about it."

Mae tôn ei lais mor gyfoethog â bocs o All Gold llythrennol. Gwir acen Gymraeg, heb fedru gair o'r famiaith.

"I'm glad you think so, Knock. It'd be a shame if it annoyed you," dwedaf, wrth sylwi ar liw rhydlyd y dŵr a'r arogl Sugar Puffs sy'n ymosod ar fy ffroenau ac yn troi fy stumog.

"Aye, it fucken' would be, but," ychwanega, cyn agor ei geg mor llydan â choesau Olga Corbett wrth osgoi'r

Pommel, ac estyn ei Cutters Choice.

Dw i 'di siario'r gell yma, pymtheg troedfedd wrth naw, gyda Knocker ers y diwrnod cynta. Pan welais i e gynta, ro'n i mor ofnus â llygoden mewn clwb nos llawn cwrcod. Mae Knocker cyn daled â Derwyn Jones ond heb y gwerth comedi. Ro'n i'n berson gwahanol ddwy flynedd yn ôl, cofiwch – mae carchar yn caledu dyn. Ro'n i'n dal yn byw gatre cyn dod fan hyn. Allwch chi ddim dychmygu'r sioc. Nyth glyd gyda Mam a Dad un funud, a'r nesaf, cell oer gyda'r cawr ma o droseddwr. Ond, chwarae teg i Knocker, fe yw'r llofrudd mwya llon a charedig dw i erioed wedi cwrdd, a chi'n cwrdd ag eitha lot mewn lle fel Carchar Caerdydd.

Ma Knocker wedi bod o dan glo ers dros ddeng mlynedd bellach, ers ei fod yn 19. Dedfryd oes, dim parole. Caf blwc o euogrwydd wrth feddwl unwaith eto am gael cerdded yn rhydd mewn mater o oriau.

Rhedaf y tap dŵr twym, sy ond yn cynnig dŵr oer, tra bod Knocker yn gwneud beth mae'n wneud bob dydd cyn dechrau'r dydd – rholio mwgyn. Mae'r lle ma'n troi'r person mwya digymell yn greadur deddfol. Wedi golchi 'ngwyneb a 'ngheseiliau dw i'n eillio'r tyfiant deuddydd oddi ar 'y ngên er nad ydw i'n siŵr pam – 'sneb 'da fi i fynd i ymweld ag e, heb sôn am unrhyw un i greu argraff arno – cyn gwisgo 'nillad carchar am y tro diwetha... erioed.

"So, today's the day, but," mae Knocker yn datgan trwy gwmwl wrth i fi eistedd ar fy ngwely gyferbyn ag e.

"It certainly is, Knock."

"Excited?"

"A little," dw i'n cyfadde ar ôl oedi i feddwl.

"A little! I'd be twitchen like a crack'ed if I was 'ew!"

Dw i'n chwerthin yn dawel ac yn gorwedd yn ôl gyda

'mhen ar fy nghlustog gwyrdd, caregog – rhywbeth arall dw i'n edrych 'mlaen at ffarwelio ag e.

"Well, it's more like apprehension mixed with absolute terror if the truth be told, Knocker."

"Eh?"

"Well, since being sent down I've lost everything, haven't I. Respect, hope, faith and worse than all of those put together, my family." Mae Knocker yn mwmian rhywbeth annealladwy fan hyn; dyna sut ma lot o bobl yn dygymod mewn ymateb i golled teuluol rhywun arall. "To tell you the truth, I'm more scared of leaving prison than I was of coming in."

Mae Knocker yn tagu ei rolyn rhwng gwydr y blwch llwch a'i fawd anferthol, cyn codi o'i wely gan wasgaru'r mwg, sy mor amlwg yng ngolau haul y bore. Dw i'n edrych i ffwrdd gan fod gweld fy ffrind yn ei lawn ogoniant yn olygfa erchyll mewn lle mor gyfyng. Mewn unrhyw le, a dweud y gwir. Dw i'n gwybod bod heddiw mor anodd iddo fe ag ydi e i fi. Fi yw'r chweched i rannu cell 'da Knocker yn ystod ei gyfnod yma. Ni'n ffrindiau a heddiw mae ein perthynas yn dod i ben. Dw i 'di addo dod i'w weld e, ond mae'r ddau ohonon ni'n gwybod na fydd hynny'n digwydd. Wedi gadael y lle ma, do's neb byth eisiau dychwelyd.

Ar ôl iddo gwblhau ei ddefod foreol a gwisgo am y dydd, mae'r ail larwm yn sgrechian gan ddynodi ei bod hi'n amser bwyta uwd. Mae'r drysau'n cyrraedd crescendo o sŵn, yn agor fel un ac mae'r ddau ohonon ni'n ymuno â'r rhuthr am y ffreutur.

Ar ôl brecwast, pryd fydd yn gwneud i'r un nesa bydda i'n ei brofi flasu fel un o greadigaethau Delia, mae'n amser gwaith. Pan gyrhaeddais fe ges i ddewis o dasgau: data entry, cleaning duty neu weithio ar linell gynhyrchu bocsys. Dewisais i lanhau am un rheswm yn unig, oherwydd byddai'n brofiad hollol newydd i fi.

Mae... roedd fy rhieni'n bobl draddodiadol iawn. Mam oedd yn gofalu am y tŷ, Dad oedd yn ennill yr arian er mwyn gallu fforddio'r tŷ hwnnw. Felly, gan i fi dreulio fy holl fywyd yn eu cartre nhw, 'nes i erioed orfod codi bys i helpu. Ro'n i'n cadw fy stafell yn daclus, wrth gwrs, ond roedd gweddill y tŷ'n perthyn i Mam. Dim bod Dad yn rhyw anghenfil chauvinistaidd na dim, jyst fel 'na oedd hi yn ein cartre ni.

Felly 'nes i ddewis glanhau lloriau'r carchar. Bedydd fflamgoch os buodd un erioed! Ar y diwrnod cynta, dangosodd rhyw hen foi o'r enw Harry Monroe i fi sut oedd gwneud: sut i gymysgu'r hylifau a sut i wneud job digon da fel na fydde neb yn cwyno ond na fydden i chwaith yn colli gormod o chwys.

Erbyn hyn, dw i'n ffeindio'r dasg yn reit therapiwtig. Oherwydd yr undonedd dw i mewn cyflwr llesmeiriol erbyn diwedd 'y nyletswydd dyddiol. Ond, wedi meddwl, efallai mai'r cemegau dw i'n eu gwasgaru sy'n gwneud i fi deimlo felly. Dw i'n gweld y gamp fel rhyw ddisgyblaeth ddwyreiniol, a dweud y gwir, fel Mr Miagi a'i wipe-on, wipe-off.

Bonws arall y dasg yw ei bod hi'n gadael i mi symud o gwmpas y lle, shiglo'r coesau ac ati. Efallai fod hyn yn swnio'n hurt, ond dau o brif weithgareddau'r lle ma yw cysgu ac eistedd o gwmpas... heblaw'r rhai sy'n aelodau o Muscle Beach... neu Steroid Corner just beneath the barbed wire next to the canteen's waste disposal overflow, i adrodd ei enw llawn!

Dw i'n gyfrifol am frwsio a mopio lloriau Adain A i D ac mae pob adain yn cymryd rhyw awr. Fel rheol, dw i'n eu taclo'n gronolegol.

Wedi cwblhau lloriau A, B a C dw i'n nesáu at Adain D, gyda'r pili-palas arferol yn gwneud fflic-fflacs yn fy stumog. Yr un teimlad dw i 'di gael bob dydd wrth agosáu at y Zoo, cartref troseddwyr mwya eithafol y carchar. Teimlad iasoer ac erchyll. Dw i'n gwybod bod yr anifeiliaid o dan glo, ond ma bod o fewn metrau i'w meddyliau llygredig yn codi arswyd arna i o hyd.

Tu allan i ddrws yr adain dw i'n gweld Mr Carver, Uwch-swyddog y carchar, gyda'r *Western Mail* o dan ei fraich yn aros i'r cyfuniad o rifau adael iddo ddod i mewn. Dyn teg yw Mr Carver sy'n agos at oedran ymddeol.

"Morning, Alan, how does it feel then?" Chwarae teg iddo, mae'n cofio popeth. Rhaid meddwl am eiliad cyn ateb.

"Don't know really, Mr Carver. I mean, it's good to be leaving but things aren't so good on the outside, you know…"

Mae fy llais yn tawelu a Mr Carver yn nodio'i ddealltwriaeth o'r sefyllfa cyn dymuno'n dda i fi a cherddded trwy'r drws ac anelu am yr adain nesaf – Adain C.

Dechreuaf ym mhen pella'r coridor llwyd fel arfer – ma'r holl le'n llwydaidd – a gweithio'n ôl tua'r drws er mwyn peidio gorfod cerdded dros y llawr gwlyb a gadael ôl traed. Dw i'n cadw un llygad ar Mr Carver trwy ffenest y drws sy'n gwahanu Adain C a D, ac yn sylwi arno'n mynd i mewn i stafell Luc Swan, un o arwyr mwya'r lle ma. 'Sa i erioed wedi siarad 'da fe'n bersonol, gan mai cadw pellter oddi wrth bawb yw fy ffordd fach i o oroesi'r carchar, ond mae Swan yn seléb yn y slammer. Roedd 'na si ar led, gwpwl o fisoedd yn ôl, fod yr *Echo* wedi gwneud cais i ddod i'r carchar i wneud erthygl 'My Favourite Room' gyda'r llofrudd, ond 'sa i wir yn credu hynny. 'My Only Room' fyddai'r teitl! Ta beth, nôl at y lloriau llychlyd…

Pan dw i'n cyrraedd drws Carl Sweeney, un o garcharorion mwya erchyll y lle ma, dw i'n edrych i mewn trwy'r hatsh i'w stafell. 'Sa i erioed wedi gwneud y fath beth o'r blaen, mewn mwy na dwy flynedd o fopio. Mae crombil ei gell mor foel â phen-ôl baban newyddanedig – fe ddylse hynny siwtio'r pedoffeil i'r dim...

Mae edrych arno'n gorwedd ar ei wely'n syllu ar y nenfwd, a gwybod bydd e'n gwneud hynny pan fydd ei wallt yn wyn a'i groen yn llac, yn ddigon o rybudd i fi beidio byth â dychwelyd i'r lle ma. Gyda ias oer yn crwydro ar hyd fy asgwrn cefn, trof oddi wrtho a gorffen sgleinio'r llawr.

Nôl yn fy nghell, mae'r tri ohonon ni'n eistedd mewn tawelwch anghyffforddus yn aros am yr alwad. Mae fy stumog yn troelli fel chwyrligwgan gwyllt a f'ymennydd yn llawn gobeithion anobeithiol. Mae'r ansicrwydd mae gadael carchar yn ei greu yn deimlad hollol newydd i fi. Wedi bywyd cysgodol, mae'r dyfodol yn addo bod fel ffilm arswyd ddiderfyn.

Mae'r hatsh yn agor a gwyneb Watkins yn edrych arnon ni.

"Say your goodbyes, Brady. Time to go."

Wedi iddo gau'r hatsh drachefn, dw i'n edrych ar Knocker, a gweld dagrau'n cronni yn ei lygaid gwylaidd.

"I can't do it, Knock. I don't want to leave."

"Course ew do, but."

"I'm serious. I don't know what I'm going to do out there. I've never been alone in my life before..."

"What about Paddy?"

"You can see Paddy?"

"No, but I can feel 'im. And I ear ew talken' to 'im sometimes..."

"But Paddy's not real, Knock." Gyda hynny, mae Paddy'n edrych arna i â golwg syn ar ei wyneb, gan gadarnhau ei fod e'n gwybod nad ydw i'n credu hynny. "What *is* real though is this, me leaving. I feel so vulnerable, Knocker. I don't know where I'll go... I should never have turned down accomodation assistance when they offered." Ac wrth i realiti'r sefyllfa donni drosta i unwaith eto, mae'r dagrau'n bygwth ac wedyn yn torri'r glannau.

"I don't want to leave, Knocker!" dwedaf wrth i 'mochau sgleinio â hylif hallt fy holl ansicrwydd.

Gyda hyn, saif Knocker ar ei draed a gafael yn f'ysgwyddau gan fy nhynnu ato'n dynn. Wrth i'w gyhyrau fy nghofleidio, mae 'nghyfaill yn esbonio cwpwl o bethau i fi.

"Don't be so fucken daft, mun. Think of me for a second, would ew? I'm nevva gonna leave this place, like; I'm gonna die in 'ere an old old man. What you've got is a second chance, Al. To start again like. Sayin' ew wonna stay is bloody well insulten, to tell ew the truth. Whateva your fears, whateva the reality, being out there 'as gotta be betta than stayen in ere to rot."

Teimlaf mor hunanol wrth i'w eiriau dreiddio i 'nghydwybod. Ond, yn anffodus, alla i ddim teimlo'n wahanol. Dw i 'di colli popeth a nawr, am y tro cynta yn 'y mywyd, dw i ar 'y mhen 'yn hunan. Ond, wrth fod mor negyddol am 'y nyfodol i fy hunan, dw i 'di anghofio nad oes dyfodol gan Knocker.

Dw i'n dal i snifflan fel merch pan mae Knocker yn 'y ngwthio'n dyner i ffwrdd. Dyw e'n cymryd dim sylw o'r gronfa ddŵr dw i newydd roi genedigaeth iddi ar ei bectorals. Wrth i fi sefyll yng nghanol y gell â 'mhen yn troelli unwaith eto, mae fy ffrind yn estyn y groes arian sy wedi hongian ger 'y ngwely ers rhai misoedd bellach.

"You don't wonna forget this, but."

"Thanks, Knocker," dwedaf drwy'r dagrau. "But this means very little to me anymore. How can I believe in anything after what I've seen… what I've been through… outside and in here…"

"Well it meant a lot to you once, but, so maybe it'll mean a lot to you again…"

"I doubt that somehow."

Ac mor dyner â dwylo telynores, mae rhofiau Knocker yn cloi'r gadwyn am fy ngwddf. Wedyn, mae e'n estyn darn o bapur o'i boced ac yn ei roi i fi. Edrychaf arno a gweld enw a rhif ffôn.

"What's this?" gofynnaf, er 'mod i'n gwybod yr ateb.

"Mate o' mine, like. Name's Quim. Give 'im a buzz and he'll help you get back on your feet, but."

"Thank you, Knocker," dwedaf, gan wir feddwl hynny, ond gan wybod ar yr un pryd na fydda i byth yn gwneud yr alwad. 'Sa i'n bwriadu torri'r gyfraith eto. Byth.

"C'mon, Brady. Time to go." Watkins drwy'r hatsh unwaith eto.

Mae Knocker yn estyn ei law ata i a 'ryn ni'n ysgwyd dwylo'n frwdfrydig.

"I couldn't have made it without you, Knocker."

"Course ew would 'ave, but. You're tuffa than ew think."

Gyda'r dagrau'n bygwth gwneud ymddangosiad arall, dw i'n troi a chamu tua'r drws, tuag at ansicrwydd fy rhyddid. Llyncaf holl deimladau cymysglyd y diwrnod yn ôl i 'mherfeddion ac agor y drws. Dydw i ddim am edrych yn ôl.

Ond clywaf Knocker yn gweiddi, "Al! Al! Ew forgot your books, like," a throf a chymryd y llyfrau – fy etifeddiaeth deuluol, sef copi gwreiddiol o fy hoff nofel, a fy llyfr cerddi personol. Ro'n i 'di anghofio am hwnnw hefyd a dweud y gwir, gan nad ydw i 'di ysgrifennu gair ers cael fy nedfrydu. Roedd 'na gyfnod pan fyddwn i'n ysgrifennu'n gyson – rubbish a rwtsh a dweud y gwir – ond mae'n hawdd cael ysbrydoliaeth pan fo awen amlwg mewn bywyd... Mae defnydd sidanaidd clawr y llyfr yn feddal ar gledr fy llaw chwyslyd, a gyda'r drws dur yn cau drachefn, mae Knocker yn diflannu.

Wedi cyrraedd y bloc gweinyddol a chyfnewid gwisg y carchar am fy siwt ddu, crys gwyn a sgidiau sgleiniog – sydd ond fy atgoffa o'r tro diwetha i fi eu gwisgo yn angladd Mam a Dad ac sy felly'n ychwanegu at fy nheimladau tywyll – mae'r swyddog yn rhoi fy nhrwydded parôl i fi ac yn fy atgoffa bod yn rhaid i fi ffonio'r rhif sy arni'r peth cyntaf yfory. Dw i'n nodio mewn dealltwriaeth gan nad yw'r geiriau'n llifo. Mae ofn yn atalydd effeithiol. Edrychaf i'r dde ar y drws gwydr heb farrau. Dw i mor agos...

Wedyn, dw i'n arwyddo ac yn cael fy arian preifat, hynny yw yr arian dw i 'di'i 'ennill' wrth weithio dros yr wythnos ola, yn ogystal â fy ngrant rhyddhau, sef £43: gwerth wythnos o Jobseekers Allowance. Diolch yn fawr! Mae'r broses mor ddigynnwrf a chyfundrefnol, dw i'n teimlo fel ymwelydd yn gadael gwesty, neu ddarn o lost property yn cael ei ddychwelyd...

"Are you ready then, Brady?" hola'r swyddog, gan swingio'r allweddi rownd ei fys: jingle-jangle, fel rhyw *Jim'll Fix It* pryfoclyd.

"Yes," atebaf yn anonest. Dw i ddim wedi bod mor amharod ar gyfer unrhyw beth erioed.

Caf fy arwain gan y swyddog at y drws i'r bydysawd anghyfarwydd y tu allan, a dw i'n hanner disgwyl ffeindio byd colledig yr ochr draw i'r porth pren. Ond dyw pethau ddim yn gweithio fel y dylen nhw: mae 'nghalon i'n carlamu, a'i thrawiadau fel petaen nhw'n atseinio rhwng fy nghlustiau; mae'r chwys yn cripian lawr fy ngwyneb a fy nghoesau jeli'n pallu symud. Dw i'n gaeth i guriad rhyw gerddoriaeth arallfydol, hollol ddieithr. Mae'r ofn yn gafael ynof i ac yn fy hoelio i'r llawr.

Wrth i'r drws agor, caiff yr ardal gyfagos ei gorlifo gan belydrau'r gwanwyn ac mae'r swyddog yn troi ac yn aros i fi gerdded tuag at fy rhyddid. Bydd e'n aros am sbel...

"I have to close the door now, son," mae'n datgan.

"OK," yw fy ateb. Ac ar ôl cyfnod o dawelwch, mae'n ychwanegu.

"You have to leave first, son. You can't stay in here."

"OK." Ac wrth i'r swyddog fy ngwthio yn 'y nghefn yn gadarn, dw i'n camu allan. Dw i'n rhydd. Clywaf y drws yn cau'n glep drachefn. Dw i ar 'y mhen yn hunan. Dw i ar 'y mhen 'yn hunan. Dw i ar... panig! Mae'r byd yn dechrau anadlu: y pafin, y ceir, yr adeiladau, y planhigion. Mewn-mas-mewn-mas-mewn-mas, yn ebychu'n enbyd fel dolffin ar dir sych. Croeso'n ôl, Alun Brady. Dw i'n teimlo'n glostroffobaidd yn fy rhyddid, yn fy unigedd... ydy hynny'n bosib hyd yn oed? Wrth anadlu i rythm creulon y ddaear, dw i'n gwybod bod yn rhaid i fi ganolbwyntio ar rywbeth... unrhyw beth... ma pobl yn syllu arna i wrth i fi geisio dianc rhag llygaid y byd. Fe alla i weld gweithwyr mewn gwisgoedd swyddogol, ymwelwyr mewn civvies – cariadon, rhieni a phlant yn mynd a dod. Ma pawb yn smygu. 'Sneb yn gwenu. Mae'r polion baneri uwchben yn chwifio'n wyllt yn y gwynt ac yn bygwth niweidio 'mhen os na fydda i'n symud. Mae'r holl synau anghyfarwydd yn fy myddaru a dw i'n sicr bod y bwrlwm bywyd sy'n fy amgylchynu'n fy ngwawdio'n filain. Dw i eisiau troi yn ôl, cnocio'r drws a begian am gymorth. Ond er bod fy nghorff yn pallu ymateb, mae f'ymennydd yn effro. Rhaid bod yn gryf. Ond anodd yw darganfod dewrder...

Dw i'n gorfodi 'nghoesau i symud, ac yn araf, araf, fel car pwêr solar ar ddiwrnod cymylog, dw i'n mynd drwy'r maes parcio llawn tuag at Heol Fitzalan. Dw i'n aros ac yn pwyso ar bostyn lamp, a thrwy'r dryswch dw i'n ailffocysu ac yn canolbwyntio ar yr adeilad o 'mlaen i. Un o nendyrau truenus Caerdydd. Dw i 'di edrych arno bob dydd drwy'r barrau ers bron i ddwy flynedd heb wybod dim amdano. Ond nawr, yr ochr yma i'r wal, galla i weld mai Bwrdd Croeso Cymru, Arriva Trains a Railtrack yw curiad calon yr adeilad. Dw i 'di breuddwydio am y foment hon, breuddwydio am sefyll yr ochr yma i'r wal, a nawr 'mod i yma'n edrych ar yr adeilad llwyd-wydraidd, dim ond un peth galla i feddwl amdano, a hynny yw pa mor fach ydi'r adeilad wedi i mi gyrraedd yma...

Dw i'n tagu, yn peswch ac yn poeri ar y llawr gan dasgu'r gwyrddni dros ledr fy sgidiau. Mae'r bywyd sy o 'nghwmpas mor afreal, mor swreal. Dw i'n syllu ar y ceir, yr adeiladau, y bobl sy'n cerdded heibio – mae mor amlwg bod pwrpas i'w bywydau nhw – ac wrth sylweddoli hynny dw i bron yn ailddechrau crio.

Mae cynhesrwydd yr haul yn wefr estron ar fy nghroen a rhaid cerdded tua'r cysgod yr ochr arall i'r ffordd. Caf hoe wrth bwyso ar y wal ger y bocs ffôn o flaen y nendwr i gael fy ngwynt. Mae'r holl sigaréts ar lawr yn awgrymu mai fan hyn mae smygwyr Tŷ Brunel yn cwrdd, ac ar y gair mae torf yn nesáu â'u fflachwyr ar dân fel cynulleidfa mewn cyngerdd y Scorpions. Rhaid gadael ond 'sdim syniad 'da fi ble i fynd.

Edrychaf o 'nghwmpas yn ansicr beth i'w neud nesa. Ar ôl blynyddoedd o drefn a chaethiwed, mae rhyddid yn benbleth eithafol.

Dw i'n dianc drwy groesi'r rhewl yn ansicr ac yn dod i stop yn pwyso ar railings rhewllyd yr NCP. Wrth redeg 'y nwylo trwy 'ngwallt byr brown, yn diferu o chwys, edrychaf o 'nghwmpas gan deimlo ar goll. Mae lleisiau'r smygwyr yn cario ar y gwynt ac mae eu hapusrwydd yn gwneud i fy myd dywyllu fwy fwy... os ydi hynny'n bosib.

Wrth i'r gronyn olaf o obaith ddiflannu, gwelaf Paddy'n pwyso ar bostyn lamp rhyw ddeg llath i ffwrdd, gyda Woodbine yn hongian o'i geg a gwên fach slei ar ei wyneb. Wedi alldafliad dramatig o fwg, mae e'n ystumio arna i i'w ddilyn, ac er bod fy sgidiau lledr anghyfarwydd yn pinsio 'nhraed yn barod, dilynaf fy nhywyswr, fel brodor ifanc o Hamelin, yn ddall tua Newport Road.

02: Y MAB AFRADLON

Mae lliwiau'r hydref cynnar yn gwibio heibio i'r ffenest gan greu clytwaith o ogoniant o flaen fy llygaid. Ar ddiwrnod fel heddiw, gyda'r haul yn ysblennydd uwchben y ddinas a'r awyr yn las, mae presenoldeb Duw yn hawdd ei weld. Yn sisial y dail i wead melfed byd natur. Yn wir, galla i deimlo'i gyffyrddiad ym mhelydrau'r haul sy'n treiddio'r gwydr a mwytho 'mochau.

Mae sŵn yr injan, sy'n dirgrynu'n ysgafn o dan 'y nhraed, a'r gerddoriaeth clasurol – Gloria in Excelsis dw i'n credu – yn annog fy llygaid i gau. Bydd y siwrne fer o'r capel tuag adref, ar ôl cwrdd bore Sul, wastad mewn tawelwch. Sa i'n siŵr ai meddwl am y bregeth mae Mam a Dad, neu beth, ond mae'r geiriau sanctaidd yn dal yn ffres yn y cof ac yn cael yr un effaith arna i bob wythnos. Heddwch. Llonyddwch. Bodlonrwydd.

Heddiw, dw i'n meddwl am berthnasedd y bregeth dw i newydd ei chlywed – y mab afradlon. Dw i 'di clywed y stori filwaith o'r blaen ond roedd y geiriau'n taro'r nod eto heddiw. Bydden nhw 'di taro tant gyda chi hefyd tase gennych chi frawd fel f'un i...

Mae Dad yn gyrru ei Volvo V70 Viking-blue fel sant; heb gripian dros y cyfyngiad cyflymder unwaith. Mae'n peswch yn dawel i mewn i'w ddwrn caeëdig wrth i ni ffarwelio â Llyn y Rhath a dringo Rhodfa Celyn tuag at wyrddni croesawgar a strydoedd tawel ein cynefin dosbarth canol clyd – Cyncoed.

Ar ôl aros i brynu'r Telegraph yn Lakeside, daw Dad â'r

car i stop ar gerrig mân y dreif gan adael i leisiau'r adar hawlio lle'r injan ar drac sain fy modolaeth.

Wrth gamu o'r car dof wyneb yn wyneb â dail y weeping willow sy'n bygwth gorchuddio'r car a brysiaf er mwyn agor y drws i Mam. Mae hi'n gafael yn fy llaw a thynnaf hi allan yn dyner i'r awyr iach. Gan ddiolch yn dawel, mae hi'n ymlwybro tua'r drws cefn. Dim ond dieithriaid sy'n defnyddio ein drws ffrynt ni.

Gyda fy llyfr emynau o dan fy mraich, dilynaf hi'n hamddenol tua'r tŷ o dan belydrau'r haul hydrefol. Clywaf sain miaaaaaw main dros fy ysgwydd a throf i weld Dwdi, aelod pwysica'r teulu, yn rholio tuag ata i. Pan ddaeth Dwdi aton ni gynta, roedd e'n heini a chwareus, ond ar ôl wyth mlynedd o dwyllo fy rhieni i'w fwydo'n barhaus, mae e'n debycach i bencampwr sumo na'r gath Siamese sy'n bodoli o dan ei fraster.

Dw i'n aros i roi da bach iddo, ond wrth i mi blygu i'w fwytho mae e'n bolltio am y drws am bryd posib o fwyd. Mae'r digwyddiad yn f'atgoffa o gartŵn ddangosodd Mam i fi rai misoedd yn ôl a awgrymai, "the training procedure for cats isn't difficult; mine had me trained in two days." Dw i'n gwenu wrth gofio ac yn camu tua'r tŷ gyda Dad.

Mae'r ddau ohonon ni'n cael ein croesawu ger y drws cefn gan aroglau'r cyw'n coginio ac yn denu'r dŵr i lifo dros ein dannedd. Gyda'r mmmmmmmmmms yn dianc, ryn ni'n cyfnewid ein sgidie lledr am sliperi ac yn camu i'r tŷ.

Yn reddfol, mae Dad yn mynd i'w stydi i ddarllen y Telegraph ac i yfed ei sieri, tra 'mod i'n ymuno â Mam yn y gegin.

"Alla i helpu o gwbl?" dw i'n gofyn, ond fel arfer dyw hi ddim yn derbyn.

"Dim diolch, bach," meddai, wrth agor yr Aga a phlannu fforc ym mron yr iâr euraidd tu fewn. "Gei di osod y bwrdd os ti moyn neud rhywbeth…"

"Dim problem."

Base Mam yn gwneud popeth i ni tasen ni'n gadael iddi, ac wedi meddwl, ma Dad yn gadael iddi! Ond alla i ddim, dw i'n rhan o'r byd modern... wel... dw i'n hoffi meddwl 'mod i...

Dw i'n hongian fy siaced tu ôl i'r drws, llacio 'nhei a gadael Mam gyda'i danteithion, cyn troedio ar draws y cyntedd, heibio i'r cloc tal wrth y drws ffrynt, i'r stafell fwyta. Ar wahân i fy stafell wely, hwn yw fy hoff le yn y tŷ. Fi'n credu mai cynhesrwydd y lle sy'n apelio fwya ata i: y llawr pren tywyll, y tân agored a'r 'Bugail' gan Syr Kyff uwchben y fantell; y ford dderw a'r ardd ffrwythlon tu draw i'r drysau patio. Mae'r lle'n llawn atgofion hefyd – o sglefrio yn fy sanau ar draws y llawr llithrig, i losgi fy llaw ar fflamau'r tân, wrth ddilyn gorchmynion Wil.

Ar y wal gyferbyn â'r 'Bugail' mae dreser Gymreig yn sefyll, gyda'i llwyth o blatiau coffáu a llestri addurnedig, sy'n faich bythol ar Mam gan taw hi sy'n dwstio'r dodrefn. Dw i'n plygu, agor y drws ac estyn chwe mat bwrdd wedi eu gwneud o lechi Llanberis. Trof a'u gosod ar y bwrdd mewn cymesuredd perffaith – tri'n gwynebu'r dreser a thri'n gwynebu'r 'Bugail' – cyn ychwanegu'r ffyrc, y cyllyll, y llwyau a'r gwydrau gwin.

Erbyn hyn mae arogl mwg sigâr Dad yn cystadlu gyda gwledd Mam am fy sylw. 'Sa i'n hoff o'r ffaith bod Dad yn smygu, ond dw i 'di rhoi'r gorau i gwyno gan ei bod hi'n amhosib rhesymu gyda dyn sy'n fy ateb gyda'r geiriau, 'gallen i gael fy lladd yfory gan fws wrth groesi'r hewl'.

Yn ogystal â'i fwg, mae nodau cynnes concerto piano un o fawrion y byd clasurol, Tchaikovsky dw i'n credu, yn sleifio i bob stafell drwy'r system uchelseinyddion canolog. Un o 'brosiectau bach' Dad gymrodd dri mis iddo ddechrau'r gwaith, pythefnos o frwydro i'w gyflawni, cyn iddo ddod i'r casgliad nad oedd ganddo'r sgiliau i lwyddo, a deuddydd hamddenol i Mr Jones y trydanwr gwblhau'r dasg. Y jôc fwya yw 'mod i 'di clywed Dad yn ymffrostio wrth ymwelwyr am ei 'waith llaw' ar fwy nag un achlysur!

Mor braf yw sefyll â 'nghefn at yr ardd, gyda'r haul yn cynhesu f'ysgwyddau wrth i'r pelydrau gael eu chwyddo gan wydr dwbl y drysau. Mae'r golau'n creu trobwll llachar ar wydr ffrâm y 'Swper Olaf' ar wal gefn yr stafell. Sylwaf ar un gyllell wedi ei gosod yn gam ar y bwrdd o'm blaen a phlygaf i'w chywiro. Wedyn, mae cloch y drws ffrynt yn canu gan ddatgan bod Wil wedi cyrraedd. Am unwaith, am y tro cynta erioed, o bosibl, mae e ar amser.

Mae llonyddwch y lle'n diflannu mor gyflym ag atgof o ymennydd amnesiac wrth i Wil, Mia a Sophie gamu i mewn. Mae Mam wedi agor y drws iddyn nhw ac mae'r ffws wedi dechrau'n barod.

"Wel helô 'na Sophie a sut wyt ti heddiw – ti 'di bod yn y parc, do fe, bla bla bla bla bla?" Mam sy'n gofyn a Sophie'n syllu 'nôl arni'n hollol ddryslyd. Dw i o'r farn bod rhyw reddf fewnol gan bob menyw i ffysian, greddf sy ond yn cael ei hamlygu ar ôl esgor ac sy'n amlycach fyth ar ôl i'w phlant dyfu a gadael cartref – yn enwedig os mai mab neu feibion sy ganddi.

"Chi'n gwbod bod hi ddim yn deall, so pam chi'n siarad Cymraeg 'da hi?" Wil, 'y mrawd, sy'n siarad a'i das wair o wallt melyn yn denu'r mwg trwchus Ciwbanaidd o'i sigâr. Dw i eisiau dweud wrtho fod angen iddi ddysgu Cymraeg, bod angen iddi glywed yr iaith, bod plant fel sbwnj a'i bod hi'n warthus nad yw e'n siarad Cymraeg gyda'i blentyn. Ond, yn anffodus, Wil sy wedi bachu holl hyder y Bradies a dw i'n cadw 'ngheg ar gau ac yn toddi ymhellach i mewn i'r cefndir.

Daw Dad i lawr y grisiau gan roi cwtsh fawr, cwtsh hir, i Mia. Gan ddal ei sigâr yn ei law dde a Mia gyda'i fraich chwith, mae Dad a Wil yn ceisio ysgwyd dwylo tu ôl i'w chefn gan beidio gollwng llwch eu sigârs drosti. Mae'r olygfa mor lletchwith. Mor ffug. Mor drist. 'So ni'n gweld lot o Wil a'i harîm: mae e'n rhy brysur, yn otherwise engaged, yn… yn warthus. Dim ond dwy filltir i ffwrdd ma fe'n byw!

Ar ôl i Dad ryddhau Mia, mae Mam yn cymryd yr awenau tra bod Dad yn troi at Sophie. Clywaf Mam yn busnesa ym mywyd Mia, a Dad yn gwneud y synau chi'n eu clywed gan oedolion wrth iddyn nhw siarad â rhywun o dan dair blwydd oed… neu ag anifail.

Dw i'n sefyll yr ochr arall i'r cyntedd yn gwylio hyn i gyd ond 'sneb yn 'y ngweld i. Dw i fel cleren ar wal. Voyeur heb gymhelliad. Mae Wil yn sugno'i sigâr yn galed ac yn chwythu'r mwg tua'r nenfwd.

"Oes rhaid i ti smoco rheina, Wil?" Mam, pwy arall?

"Doctor's orders," yw ateb Wil i bopeth, ac mae'n ateb da, chwarae teg, o gofio bod fy mrawd yn ddoctor. Wel, llawfeddyg a bod yn dechnegol gywir.

Ma Mam yn wfftio ac yn arwain Mia a Sophie tua'r gegin gan addo rhywbeth blasus i'w hwyres. Dw i ar fin camu o'r cysgodion i ddweud helô, ond cyn i fi gael cyfle llwydda Dad i arwain Wil allan trwy'r drws er mwyn mwynhau gweddill eu mwg yn yr awyr (af)iach.

Ma un sliperen ar ris isa'r stâr pren tywyll, a'r llall ar fin dilyn ar y daith i f'stafell wely, pan dw i'n teimlo plwc ar fy nhrowsus sy'n gwneud i fi stopio. Edrychaf i lawr a gweld Sophie'n edrych 'nôl a'i llygaid glas yn llawn direidi.

"Al!" mae'n datgan drwy wên igam-ogam.

"Helô, Soph, beth ti'n 'neud?" gofynnaf gan geisio 'ngorau i beidio rwdlan. Mae'n rhyfeddod bod plant yn datblygu gallu ieithyddol o gofio'r ffordd mae oedolion yn siarad â nhw…

Cyn i fi allu ychwanegu gair arall mae ei chwrls melyn yn troi ac mae hi'n rhuthro tua'r lolfa. Trof i esgyn y grisiau, ond cyn cymryd cam sylwaf nad oes neb arall yno i'w gwylio. Ble mae ei rhieni? Otherwise engaged. Dw i'n ei dilyn i'r lolfa i gyfeiliant y gerddoriaeth glasurol ac wrth agor y drws mae'r hyn dw i'n ei weld yn gwneud i fi ruthro tuag ati er mwyn atal trychineb. Mae Sophie'n byseddu recordiau Dad ac… o na, mae hi'n llyfu'r finyl hefyd!

"Sophie! Na!" gorchymynnaf yn gadarn, ond dyw hi ddim yn gwrando gair. A wedyn dw i'n cofio nad yw hi'n deall Cymraeg, felly dyma ddweud "No, Sophie!" ac er mawr syndod i mi mae hi'n stopio. Wedi camu ati a chymryd y finyl noeth oddi arni dwi'n ei roi 'nôl yn y llawes briodol. Base Dad yn wallgo erbyn nawr 'se fe 'di gweld be weles i – mae e'n addoli ei recordiau fel ma person normal yn addoli ci, cath, car neu gymar. Tase'r tŷ ar dân, y recordiau fase'n cael eu hachub gynta (dyna pam dewisodd e silffoedd ar olwynion!), wedyn Mam yn cario'r hi-fi…

Erbyn i fi ddychwelyd y record i'w lle priodol ar y silff – yn nhrefn yr wyddor, wrth gwrs – mae Sophie wedi diflannu 'to. Dw i'n ei ffeindio hi yn y cyntedd yn llyfu'r rubber plant. Mae hi'n edrych arna i wrth wneud gan wybod ei bod hi'n gwneud rhywbeth arall o'i le. Mae ei llygaid yn dweud hyn wrtha i. Heb os, mae hi'n fy ngwawdio. Like father like daughter…

"Sophie, paid!" Ond mae hi'n llyfu'r ddeilen fel tasai hi'n hufen iâ gyda flake ynddi. Mae ei llygaid yn sbarclo a dyma pryd dw i'n sylwi am y tro cynta ar ei chrys-T pinc gyda'r gair 'Angel' mewn 'sgrifen sgleiniog yn llawn celwydda.

"No, Sophie!" Ac unwaith eto mae hi'n gwrando. Dw i'n gwenu arni ac yn dweud 'da iawn' ond am ryw reswm mae ei llygaid yn llenwi, ei gwên yn diflannu a llinynnau ei llais yn bywiogi.

Mae ei sgrechiadau'n llenwi'r lle, a dw i jyst yn sefyll yna'n syllu mewn rhyfeddod. Beth yn y byd sy'n bod? Ond pan dw i'n camu tuag ati mae'r rheswm am y tantrum yn cael ei amlygu. Nid dim ond sgrechiadau Sophie sy'n llenwi'r cyntedd, ond ei harogl 'naturiol' hefyd.

Brasgamaf tua'r gegin ac agor y drws. Mae Mam yn ei chanol hi'n chwysu tra bod Mia'n eistedd wrth y bwrdd yn sipian gwydraid o Chardonnay.

"Mia, you're needed in here…"

"All right Al, where did you come from?" Dw i'n gorfod brwydro'r awydd i ddweud wrthi'n blwmp ac yn blaen ble dw i 'di bod – yn cymryd ei chyfrifoldeb hi – ac yn mwmian "I was here all along," gan syllu ar y llawr.

Mae Mia'n gosod ei gwydryn ar y bwrdd o'i blaen ac yn codi. Dw i'n ceisio, ond yn methu, atal fy hun rhag syllu ar ei choesau siapus, sydd ar ddangos i'r byd heddiw o dan ei sgert (belt) o ledr tywyll. Tarten yw Mia. Trophy Wife, 'sdim dowt am hynny, ond… wel, mae hi mor rhywiol… fel Erika Eleniak yn ei gwisg nofio goch, mae Mia'n ysgogi teimladau gwaharddedig ynof. Dw i'n credu ei bod hi tua'r un oed â Wil – tri degau cynnar, ychydig yn hŷn na fi – ond mae'n anodd dweud gan fod ganddi gorff fel merch yn ei harddegau ac yn gwisgo gormod o golur gan fasgio'r gwirionedd. A dweud y gwir, mae hi'n fy atgoffa i o un o'r beauty-beasts 'na sy'n gweithio ar gownteri colur Debenhams – fake tan, sylfaen trwchus, lipstic llachar ac aeliau fel stribedi go-faster ar Ford Fiesta. Just what the doctor ordered. Nawr 'mod i ar y pwnc, dw i'n siŵr bod ei thrwyn hi'n llai erbyn hyn, hefyd…

Mae hi'n gwthio heibio i fi ar ei ffordd allan trwy'r drws, ac wrth i'w bronnau frwsio yn f'erbyn mae hi'n edrych i fyw fy llygaid gan wenu. Mae 'ngliniau bron â bwclo a dw i'n anadlu'n drwm mewn ymdrech i beidio llewygu. Mae ei harogl yn llenwi fy ffroenau ac yn codi chwant estron ynof. Trof i'w dilyn ac unwaith eto mae fy llygaid yn cael eu denu at ei choesau. Tu ôl, gallaf glywed Mam yn straffaglian â'r cyw, neu'r swêdj, neu'r stwffin. Am unwaith, 'sa i'n troi i'w helpu. Otherwise engaged.

Mae Mia'n camu at Sophie, a hithau'n dal i grio ger y

planhigyn rwber yn y cyntedd a llwydda'r haul sy'n tywynnu trwy wydr lliw ffenest y landing i greu eurgylch o amgylch pen y fam. Mae bronnau Mia'n bolio o'i blows ac yn gwneud i fi ddychmygu ei bod hi'n rhyw fath o ddelwedd angylaidd ar gyfer y mileniwm newydd… Gyda fi ar goll bellach mewn man estron, mae cwmwl yn pasio uwchben ac yn dychwelyd fy chwaer-yng-nghyfraith i'w gwir ffurf.

Wrth iddi blygu i dawelu Sophie, mae'r sgert yn awchu i fyny ei choesau ac mae rhywbeth yn awchu ynof fi hefyd. Dw i'n syllu yno fel delw a 'sa i'n sylwi ar ddrws y gegin yn agor tu ôl i fi. Heb rybudd, teimlaf law yn gafael yn fy ngheilliau a fy… fy… mae'r llaw yn dal yn dynn yn fy nynoliaeth ac mae arogl aflan ana'l fy mrawd i'w arogli dros fy ysgwydd. Rumbled!

"Not bad, ey Al? Fe gei di ffwcio ei phen-ôl hi am gan punt…"

Mae geiriau fy mrawd yn codi ias o arswyd arna i ac mae 'nghodiad yn diflannu mor gyflym â giro alcoholig. Wedyn, mae Wil yn fy nhroi i'w wynebu ac yn fy nhynnu'n dynn ato nes 'mod i bron yn cael fy mygu gan ledr ei got Neo-aidd laes. Yn anffodus, dyw fy mrawd byth yn hapus gyda chosb gyffredin, ac felly mae e'n cydio yn y blew yn fy nghesail chwith gan eu tynnu nes bod y dagrau'n bygwth. Rhaid brwydro i atal y llif ac i osgoi dangos fy mhoen, ond dyw e ddim yn gollwng gafael nes i Mam alw pawb at y bwrdd.

Wrth i mi gyrraedd y bwrdd bwyd, dw i'n dal i allu teimlo pawen ddieithr 'y mrawd yn aflonyddu ar fy isfyd: fel tasai wedi fy nghreithio'n barhaol trwy fy nhrowsus, fel tatŵydd lledrithiol neu rywbeth. Yn anffodus, ni allaf wneud dim am y sefyllfa gan 'mod i'n cario grefi traddodiadol drwchus Mam mewn un llaw a bowlen o datws newydd yn y llall. Ond, wedi i mi adael fy llwyth ar y llechi, trof a dychwelyd i'r gegin, gan lacio fy nynoliaeth gyda'n llaw rydd.

Cyn cydio mewn rhagor o fwyd blasus Mam, dw i'n

golchi 'nwylo yn y swigod meddal yn y sinc a'u sychu ar glwtyn llestri o Jersey, lle'r aeth Mam a Dad i ddathlu eu priodas ruddem y llynedd. O'r diwedd, mae'r bwrdd yn barod, Dad wedi cerfio'r cig a gwydrau gwin pawb yn llawn – ar wahân i wydryn Sophie, am resymau amlwg...

Heb ganiatâd, mae Wil yn dechrau llwytho'i blât. Mae hyn bron â gwneud i Dad dagu, er nad yw 'mrawd yn sylwi.

"Wil, aros funud! Rhaid diolch yn gynta." Mam sy'n rhoi terfyn ar ei anghwrteisi gan fwrw'i law â llwy. Mae Wil yn stopio ac yn troi at Mia gan fwmian, "I forgot we've got to pray first..." sy ond yn gwneud i Dad gochi fwyfwy a datblygu gwawr dywyll ledled ei ben moel a'i ên driphlyg. Mae e'n cymryd sip o ddŵr cyn fy ngwahodd i arwain y fendith.

Cadwaf y weddi'n syml ac yn fyr gan gadw i'r Gymraeg. Mae 'nwylo wedi eu cau o 'mlaen a dw i'n plygu 'mhen fel na all neb weld nad yw fy llygaid yn hollol gaeedig, fel rhai Mam a Dad, tra bod Sophie'n syllu'n syn ar y ddefod. Er syndod, mae hi'n eistedd yn llonydd – sy'n fwy nag y gellir ei ddweud am ei thad.

Mae'r amarch mae e'n ei ddangos ata i a fy rhieni, yn enwedig at fy rhieni, yn gywilyddus. Y fath esiampl i Sophie! Mae 'ngwaed i'n berwi wrth i fi wylio Wil yn dwyn tafell o gig a'i stwffio i'w geg. Dw i'n gwybod bod Mam a Dad wedi sylwi a galla i deimlo'r tensiwn ynon ni, fel tri llosgfynydd tanddwr yn bygwth ffrwydro i'r wyneb unrhyw funud.

Penderfynaf anwybyddu anaeddfedrwydd fy mrawd, ac wrth adrodd y llinellau ola caf gip ar Mia'n gwatwar fy ystum i ac ystumiau fy rhieni. Unwaith eto, mae'r haul yn boddi'r stafell gan greu eurgylch angylaidd o'i hamgylch, ond mae 'na gwmwl arall yn pasio gan ei thrawsnewid i fod yn debycach i fantis gweddïol... sy'n ddelwedd reit addas hefyd.

"Amen." Fi.

"Amen." Pawb arall.

Dw i wastad wedi credu bod gweddïo yng nghwmni pobl sy ddim yn arfer gweddïo fel ceisio perswadio Iddew i addoli Bwda. Ac mae ymddygiad Wil newydd gadarnhau hynny.

Wrth i bawb lenwi eu platiau, mae cerddoriaeth Dad yn dal i ymdoddi'n ysgafn yn y cefndir, tra bod llais fy mrawd yn hawlio sylw pawb â'i feirniadaethau annilys, sy'n cael eu hadrodd gyda'r fath sicrwydd na allai neb ond person fel Wil ei thraddodi. Cwyno yw cnawd ei sgyrsiau. Gwagedd yw eu henaid.

"... and I got us one of those flat screen plasma tee-vees, didn't i, Mi," dywed Wil, a dim cwestiwn i'w wraig oedd hynny chwaith, jyst ymffrost arall. Sylwaf mai "I got us one," ddwedodd e. Chi'n gweld, dyw Mia ddim yn gweithio, gan fod Wil yn ennill mwy na digon ac er mai ei syniad e oedd iddi orffen, mae'n hoffi ei hatgoffa'n gyson am ei diffyg cyfraniad. 'So ni'n eu gweld nhw'n aml, ond bob tro, dyma'r patrwm. Fi, fi, fi. Prynu, prynu, prynu. Bychanu, bychanu, bychanu. Arian, arian, arian.

"... I've also booked for us to go to the Maldives for a fortnight in February, you know, before global warming and the rising sea levels reclaim them..." Ma fe 'di darllen hynny yn y Guardian, y New Statesman neu ryw glwtyn lledryddfrydol tebyg. Does dim gwir safbwynt gan 'y mrawd am unrhyw beth: darllen ac ailgyfogi yw ei ffordd; ailgylchu syniadau eraill yw ei arddull. Am ddoctor, llawfeddyg, beth bynnag, mae 'mrawd yn fy nharo fel person digon anneallus yn aml.

Dw i'n edrych rownd y bwrdd wrth i Wil ddal i refru. Fi, fi, fi. Bla, bla, bla. Cash, cash, cash. Cael, cael, cael. Mae Mam yn ceisio ymuno yn y sgwrs ond 'sdim gobaith ganddi. Prynu, prynu, prynu. Bla, bla, bla. Gwario, gwario, gwario. Moyn, moyn, moyn. Mae e mor uchel ei gloch fel y bydde clychau cadeirlan ar achlysur priodas frenhinol yn cael trafferth ei foddi.

Mae Mam yn troi at Sophie gan geisio'i gorfodi i fwyta llond fforc o lysiau. Dim gobaith. Mae 'mrawd wrth ei gweld yn dweud wrthi: "Peidiwch boddran, Mam. Dim ond McDonald's mae hi'n 'i fwyta ar hyn o bryd, chi'n gwybod, difficult stage an' all tha'," cyn troi at ei ferch a gofyn. "Is tha 'orrible, Soph? Well don't worry lyfli, we'll get you an 'appy meal on the way 'ome…"

Mae Sophie'n ymateb gyda gwaedd o yipee! tra bod Mia'n edrych arno'n syn, trwy lygaid culion. Ymateb Wil? Agor ei lygaid yn heriol ar ei wraig, sy'n gwneud i Mia droi'n ôl at ei phlât. Who's the daddy?

Mae tawelwch yn disgyn dros yr stafell ac mae hynny'n ysgogi Mam, na all ddioddef distawrwydd, i droi at Mia a llenwi'r tawelwch â chwestiwn gwag. "So how are your parents, Mia? We haven't seen them for ages." Ond mewn gwirionedd, os nad ydyn nhw'n gweld eu mab sy'n briod â hi yn aml iawn, pryd yn y byd maen nhw'n disgwyl gweld rhieni Mia?

Sonia Mia ychydig am ei rhieni – dim byd o bwys, jyst chit-chat arwynebol rhwng dieithriaid – cyn i Dad, o bawb, godi cwestiwn.

"And how's Sophie doing in nursery school, Mia?" Ac am efallai'r tro cynta erioed, mae ganddi rywbeth go iawn i'w ddweud wrth fy rhieni. Mae 'na sbarc yn ei llygaid sy'n cael ei fywiogi wrth sibrwd enw Sophie mewn sgwrs â hi.

"She's doing very well actually," dywed Mia â gwên falch ar ei gwyneb. Mae hi mor bert pan mae'n hapus. Ond gwefr estron yw hynny, mae arna i ofn. "She's made lots of friends, and apparently she's a bit of an artist by all accounts…"

Mae ei hacen yn posh Caaadiff go iawn: yn aaaas i gyd gan golli'r rrrrrs ond heb yr ochrau miniog sy'n gwneud i lawer o'r dinasyddion swnio fel plant siawns Frank Hennessey a Charlotte Church. Mae hi'n mwynhau sôn am Sophie – yn falch o gael cyfle i ymffrostio am unwaith, yn lle gorfod gwrando ar ei gŵr yn gwneud... eto.

Mae Mam a Dad yn mmmmmwmian ac yn wwwwwmwian mewn ymateb ond cyn i Mia gael y cyfle i ymhelaethu 'mhellach, mae'r annwyl Wiliam yn torri ar ei thraws gan hawlio'r sylw unwaith eto.

"They tell us she's artistic but it's hard to believe really, innit Mi, cos, well, I'm totally scientifically minded and don't have an artistic bone in my body. And neither has Mia. You've got no talent at all, have you love." Eto, nid cwestiwn mohono. Ffaith. Du a gwyn.

Cawn dawelwch unwaith eto mewn ymateb i ddatganiad difeddwl fy mrawd, ac wrth i'r stereo gyfnewid un disg am y nesa alla i ddim credu'r hyn ddwedodd e wrth ei wraig; yn waeth fyth, dim ond fe sy heb sylwi bod pawb yn teimlo mor lletchwith... Yn hamddenol braf, heb syniad, heb ofid, mae Wil yn llwytho'i fforc â chig, moron a grefi cyn llenwi'i geg unwaith 'to. Tra mae e wrthi'n cnoi a chnoi mae'r gerddoriaeth yn ailddechrau ac mae ychydig o'r tensiwn yn diflannu.

Dw i'n edrych i gyfeiriad Mia a bron yn dechrau crynu wrth weld ei llygaid llwydlas mesmerig yn syllu'n ôl. Yn rhyfeddol, 'sa i'n edrych i ffwrdd – ar y wal, y bwrdd, nac ar fy nhraed – fel sy'n digwydd fel arfer. Gwelaf dristwch yn ei retinâu, edifeirwch yn ei chorneau ac unigrwydd yn ei iris. Cyrhaeddodd hi heddiw yn edrych fel glamour puss go iawn, ond erbyn hyn mae'r hyder wedi llwyr ddiflannu a phwysau realiti yn ei chreithio.

Mae ei llygaid dan haen o hylif, ac mae'n ymddangos fel petai'r argae ar fin ffrwydro, gan ryddhau'r emosiynau bregus. Ond mae'n trem yn cael ei dorri gan sŵn dieithr ac aflafar sy'n llenwi'r lle heb rybudd. Rhyw fath o gloch ffôn... ond dim un arferol chwaith.

Mae pawb yn stopio bwyta ac yn edrych tuag at Wil. Pwy arall? Mae'n rhoi ei gyllell a'i fforc ar y bwrdd cyn pwyso'n ôl ar goesau ôl ei gadair a thynnu ffôn bitw o'i boced. Heb godi oddi wrth y bwrdd, a heb hyd yn oed esgusodi ei hun, mae'n ateb gan glochdar.

"All right, Pants. Wotsappennnnin' bra?" Mae pawb arall yn stopio siarad ac yn dal i fwyta mewn tawelwch. Llais Wil yw'r unig sŵn sy i'w glywed. Jyst fel ma fe'n licio. "Yeah, no worries. Just a half, mate. No, Rat's lying. Yeah. He can be a proper twat sometimes."

Wrth glywed y gair – y pysgodyn aur beichiog – mae'r embaras yn effeithio ar bob oedolyn yn yr stafell ar wahân i Wil. Mae Mam bron â thagu ar ei Sencere; Mia'n ysgwyd ei phen a throi ei sylw at Sophie er mwyn tynnu meddwl y plentyn oddi ar fochyndra iaith ei chreawdwr; a Dad, yr unig beth sy'n datgan ei wir deimladau am yr hyn mae e newydd ei glywed yw symudiad anfwriadol ei ên. Dw i wastad wedi credu, er pan o'n i'n blentyn, bod gên Dad yn gweithredu'n annibynnol i weddill ei wyneb – yn enwedig ers iddo gael gwared ar ei farf rai blynyddoedd yn ôl. Roedd barf corachlyd ganddo'n tyfu'n aflêr am flynyddoedd, ers cyn co, gyda blew mor hir â bysedd gwrach. Ond, un diwrnod, rhyddhawyd ei gnawd gwelw ac ma hwnnw, erbyn hyn, wedi dysgu dawnsio ar adegau anaddas gan fradychu ei wir deimladau, yn gwmws fel sy'n digwydd nawr.

"OK, Pants. Yeah. Ye. HAHAHAHAHAHAHAHAHAHAHAHAHA! True. True. Wha'? No. Look, I gotta go… Wossat? Nah… nothing that exciting!"

'Sa i'n gwybod beth ma pawb arall yn ei feddwl am yr olygfa, ond dim ond un gair sy'n dod i 'meddwl i. Poseur. P-O-S-E-U-R. Dw i wedi darllen lot am y ffôns symudol ma, a 'newn nhw byth dyfu mewn poblogrwydd. Craze. Fad. Galwch nhw'n beth fynnoch chi ond maen nhw mor beryglus i bobl, i'r ymennydd hynny yw, mae'n rhyfeddod eu bod nhw ar werth o gwbwl. Wedi meddwl, falle taw dyna beth sy'n bod ar fy mrawd, ond, na, roedd e fel hyn ymhell cyn dyfodiad y mobile.

"Safe as… Later, Pants. Easy now…" Mae e'n yngan y geiriau diwetha mewn acen ffug-Garibïaidd sy'n achosi crynfa arall yng ngên Dad. Dw i'n embarrassed drosto a dweud y gwir – mae'r boi'n dri deg oed cofiwch, yn ddoctor 'fyd a ma fe'n siarad fel plentyn pymtheg oed… Trist yw'r gair sy'n dod i'm meddwl.

Mae e'n rhoi'r ffôn ar y bwrdd ac yn ailgydio yn y gloddesta. Mae Sophie'n estyn ar draws y bwrdd, ond cyn iddi allu cydio yn y teclyn trafod, mae Wil yn codi'r ffôn ac yn ei gwawdio hi trwy ddangos cynnwys ei geg iddi.

"It's amazing isn't it, Breian," mae Mam yn datgan, sy'n gwneud i Dad edrych arni'n syn. Mae Dad wedi ffeindio'i off-switch mewnol ac wedi perffeithio'r gallu o doddi i'w amgylchedd. Neu, dyw e ddim yn gwrando'n aml a 'sdim syniad 'da fe am beth ma Mam yn siarad reit nawr! Felly mae Mam yn gorfod esbonio.

"The ffôn, Breian. Wil's ffôn! It's so small I can hardly believe it's real…" ac mae Dad yn mwmian ei gytundeb, llenwi'i wydryn i'r eitha â Rioja drud o'i seler, cyn llarpio llond ei geg yn chwantus er mwyn dod â'i ran e yn y sgwrs i ben.

"You'll be able to take and send photos with these things in a few years I'm tellin' you. And use them to check emails and the internet an' all tha'."

Dw i bron â chwerthin dros y lle mewn ymateb i honiad diweddara 'mrawd, ond yn llwyddo i gadw 'nheimladau i fi fy hun wrth stwffio llond fforc o foron melys i 'ngheg fel hamster barus.

Mae sylw pawb yn troi at Sophie nawr gan fod Wil yn tecstio rhywun ac yn methu siarad ar yr un pryd. Heb os, menywod yw meistri'r aml-dasgio. Dw i'n cael fy sugno at sŵn cefndirol cerddoriaeth Dad, rhywbeth dw i 'di cael y fraint o'i wneud drwy gydol fy oes, ac ymhen dim mae f'ymennydd yn rhydd rhag y sgyrsiau gwag sy'n fy amgylchynu.

Ond, wedi i Wil anfon ei neges – at Pants, Psycho, Piltch, Moose, Rex, Rang, Billy Reii, Baboon, Big Jim, Monkfish neu unrhyw un arall o'i posse – mae e'n eistedd nôl, cydio yn ei wydryn ac yn fy mhlycio i 'nôl i'r presennol.

"So, Al," medde 'mrawd wrth ddechrau, ac ar yr eiliad honno doedd neb yn gwybod beth oedd o'u blaenau. "Have you found yourself a bird yet, then? Or a bloke, come to that?"

Mae Dad yn pesychu'n ffyrnig ac yn ailgyflwyno'i beetroot pôb i'w blat; gên Mam yn cyffwrdd â'i gliniau; Mia'n llawn syndod ac yn mynd "Wiiiiil" a Sophie'n dechrau gwneud synau adar.

A fi? Dw i'n syllu ar draws y platiau diffaith ar fy mrawd. 'Sa i'n dweud dim. 'Sa i'n gallu dweud dim. 'Sa i'n gwybod beth i'w ddweud, er bydd digon 'da fi i'w ddweud mewn cwpwl o oriau ar ôl iddo adael…

Wedi i Mia dawelu synau Sophie, mae'r tawelwch yn dychwelyd. Mae'n annioddefol y tro hwn. Mae'r hyn mae Wil newydd ei awgrymu yn mynd i boenydio fy rhieni yn fwy na fi… a dw i ar fin ymweld â byd o boen. Mae gwên Wil yn lledu wrth iddo edrych rownd y bwrdd.

"What? What's the matter? Surely this isn't a revelation to you all. Surely it's crossed your minds…"

Tawelwch.

"Seriously? Jesus…" alle fe ddim bod wedi defnyddio gair gwaeth tase fe 'di treial, ond yn lle ymddiheuro mae e'n chwerthin yn uchel ac yn parhau gyda'i fonolog. "Until I saw you appreciating my wife's fine body earlier on today, I really did think you were a gay boy, Al. And so did Mia come to that, didn't you, luv?"

Dw i'n edrych i gyfeiriad Mia am gadarnhad a dw i'n ei dderbyn gan fod ei bochau'n cochi a dyw hi ddim yn gallu dal fy nhrem y tro hwn. 'Nôl at Wil, sy'n rhefru eto. "I mean, it's an easy mistake to make, Al, especially when you consider the evidence..."

"Evidence?" Dad, yn mudferwi.

Mae Wil yn edrych arna i nawr fel tasai'n pwyso a mesur fy rhinweddau rhywiol. "Well, he's always been a proper little mummy's boy and you know how things go..."

"No, how?" Mam nawr, yn llawn pryder gan ei bod hi'n meddwl mai ei bai hi yw... beth bynnag. Popeth.

"Just look at Jimmy Saville, Mam, or Dale Winton..."

"Who?" Mam a Dad fel un.

"Dale Winton, the handbag who does Supermarket Sweep on telly. Pushing forty, probably lives with his mam, gay as fu..." Mae fy rhieni'n syllu arno heb syniad am bwy mae e'n sôn. S4C yw unig sianel ein cartref ni a – Sky Sports wrth gwrs. "Never mind, look, he's nearly thirty, he's never left home, he's never had a girlfriend..." Mae e'n siarad amdana i fel tasen i ddim yma. "He never goes out. He watches classic films, and that's classic in inverted commas too. Some bloody arty-farty camp bollocks from I don't know... Luxemberg, Latvia, Lesbos. I mean, if he's not a gay he must be a girl. Are you a girl, Al?"

"That's enough, Wiliam!" Mam, fel arth yn amddiffyn ei chenau.

Mae Wil yn edrych rownd y ford eto: dyw ei wên ddim yn gwanhau. Dw i'n plygu'r napcyn sy wedi bod yn gorwedd ar fy nghôl gan geisio 'ngorau i feddwl am ryw ffordd o amddiffyn fy hunan. Blank. 'Sdim byd yn dod i'r meddwl gan fod ei eiriau'n taro tant. Dw i ddim yn hoyw, heb os, ond wedyn mae'n wir – 'sa i erioed 'di cael cariad a dw i'n dal i fyw 'da Mam...

"And anyway, Wil," medd Mam. "Alun has got a girlfriend, haven't you, cariad?"

A thro fy ngên i yw hi i golli rheolaeth nawr ac edrychaf arni'n syn.

"What's her name now, Alun – that girl you're seeing from work?"

Dw i'n mwmian ei henw, "Rhian", ac wrth i fi wneud mae fy llygaid i a Mia'n cwrdd ar draws y bwrdd unwaith eto. Y tro hwn, fi sy'n edrych i ffwrdd mewn cywilydd. Cywilydd oherwydd y celwydd. Cywilydd oherwydd yr anobaith. Cywilydd oherwydd cywilydd.

"'Na ni, yes, Rhian. You've been seeing her for a while now haven't you, Al…"

"Have you met her then, Mam?"

"Not yet, no. All in good time…"

"Can I meet her then, Al? We could go on a double date – me and Mia, you and 'Rhian'." Ac mae e'n gwneud siâp dyfynodau yn yr awyr pan mae'n adrodd ei henw. Byddai'n helpu fy achos tawn i'n amddiffyn fy hun, ond y gwir yw 'mod i'n ddiwerth mewn sefyllfaoedd fel hyn. Tawelwch yw fy unig arf, tra bod arfdy anferthol ym meddiant fy mrawd. Dw i'n hopeless am weud celwydde, a dyna beth fyddai'n rhaid i fi wneud fan hyn gan nad yw 'Rhian' yn bodoli. Wel, mae 'na ferch o'r enw Rhian yn gweithio gyda fi ond mae hi'n briod, a 'nes i ond dweud bod gen i gariad yn y gwaith achos bod Mam yn ceisio 'ngorfodi i fynd ar blind date gyda Delyth, nith i rywun ma hi'n ei hadnabod yng ngrŵp merched y capel.

Heb rybudd, ond heb syndod, mae dagrau'n dechrau torri'r glannau, ac o fewn dim dw i'n beichio crio heb reolaeth o flaen pawb fel Mummy's boy go iawn. Alla i ddim godde'r teimlad o gael pawb yn syllu arna i felly dw i'n codi'n sigledig ac yn gadael yr stafell i gyfeiliant fy mrawd yn gofyn "What did I say?" a Mia'n dweud, "You're such a prick sometimes Wil!" Sometimes dwedodd hi?

Dw i'n brasgamu fesul tair gris ar y tro i gysegr f'stafell wely yn nho'r tŷ ac yn taflu fy hun ar y matras gan gwrlio, megis foetus, yn bêl dynn. Mae'r dagrau'n dal i lifo a fy ana'l yn anghyson wrth i fi syllu ar wyneb Jack, fy hoff actor, sy'n gwenu'n wallgof o'r poster ar y wal gyferbyn gan ysgogi'r geiriau anfarwol, "Here's Johnny."

Fel hyn mae hi 'di bod erioed. Wil gafodd y gallu, yr hyder a'r... popeth. Unwaith eto, ma e 'di 'nghuro i. Ddim yn gorfforol – 'sdim angen gwneud hynny wrth ddelio â rhywun mor feddal â fi – ond ma difrod seicolegol yn ddigon gwael os nad yn waeth...

Dw i'n gorwedd mewn tawelwch – y dagrau yw fy unig gwmni – ac yn ceisio 'mherswadio fy hunan nad yw geiriau 'mrawd yn brifo. 'Sa i hyd yn oed yn ei barchu fe, felly sut gall ei farn e effeithio arna i? Ond, maen nhw yn brifo. Fel stwmpio bawd neu gwt papur, y pethau pitw sy'n tynnu'r dagrau mwya.

Wrth gecian a snifflan mewn cwlwm llaith ar fy ngwely, o dan drem bythol groes Black Rock sy'n hongian ar y wal uwchben gan f'ysbrydoli a fy atgoffa o 'ngwreiddiau gwyrdd, rhaid atal fy hun rhag estyn am y llyfr bach o gerddi a meddyliau sy'n gorwedd ar y bwrdd wrth ochr fy ngwely. Atal fy hun rhag ychwanegu rhyw gwpled tywyll at gynnwys y casgliad a fyddai'n adlewyrchu fy stad presennol. 'Sa i'n gwybod pam dw i'n cadw llyfrau o'r fath – efallai am fod fy llais llafar mor wan nes bod yn rhaid i fi ryddhau fy nheimladau, rywfodd...

Wrth i'r awyr las droi'n gybolfa o liwiau cochlyd ddiwedd dydd tu fas i'r ffenest, clywaf lais Mam yn galw fy enw. Rhaid eu bod nhw'n gadael. 'Sdim gobaith 'da hi i 'nghael i ffarwelio â nhw, dim nawr. Datgymalaf fy hun o'r groth a throedio'n dawel at y ffenest sy'n edrych i lawr ar y dreif. Dw i'n cil-agor un o'r llenni ac yn gwylio Mia'n helpu Sophie i'w chadair yng nghefn Mercedes mawreddog fy mrawd. Mae Wil yn eistedd tu ôl i'r olwyn yn barod. Wedi i Mia orffen, mae hi'n cau'r drws, yn cusanu fy rhieni ac yn diolch cyn cerdded rownd cefn y cerbyd ac agor y drws.

Cyn iddi gamu i mewn i'r car gwna rywbeth rhyfeddol:

mae hi'n edrych i fyny'n syth i 'nghyfeiriad i. Dw i'n rhewi yn fy unfan, er 'mod i'n siŵr nad yw hi'n gallu 'ngweld i oherwydd yr adlewyrchiadau ac ati. Mae hi'n syllu am gwpwl o eiliadau cyn gwenu arna i a throi i eistedd yn y car, cau'r drws a diflannu o 'mywyd am fisoedd lawer.

Dw i'n dal i sefyll yn syllu allan drwy'r ffenest am sbel, gan adael i'r tawelwch ddychwelyd yn araf i'r tŷ gydag ymadawiad fy mrawd. Trof oddi wrth y ffenest a dal fy adlewyrchiad yn y drych ar y wal uwchben y sinc gyferbyn – yr en suite fel roedd Wil yn galw'r un yn ei stafell e. Gyda'r dagrau'n dal ar fy mochau, gwelaf yr un peth dw i 'di 'weld erioed yn syllu'n ôl arna i – babi.

03: AR GOLL

Dw i ar drywydd Paddy, wrth droad plasty'r Maer, yn dal i edrych o 'nghwmpas mewn rhyfeddod at y datblygiadau dinesig anghyfarwydd, pan dw i'n clywed llais yn siarad. Dim gyda fi, 'sa i'n credu, ond gyda'r aer, gyda'r amgylchedd, gyda neb, gyda phawb ac efallai gyda Duw?

Mae'r gŵr sy'n berchen ar y llais yn cerdded tuag ata i'n gwisgo siwt lwyd slic ac yn cario dogfenfag du. Mae ei wallt tywyll yn glynu wrth ei ben gyda help llaw gan y styling gel. Gyda'i ysgwyddau nofiwr a'i gamau pendant, 'sa i'n siŵr ai edmygedd at ei hyder neu ofn at ei wallgofrwydd amlwg dw i'n ei deimlo. 'So fe'n gweiddi, ond mae ei eiriau'n glir a dw i'n stopio a syllu ac yn methu â chredu'r hyn dw i'n ei weld. Ydy'r boi ma off 'i ben? Ydw i?

Wrth gerdded heibio mae'n dweud, "Tell Russell I'm on my way would you, Sally," ac wedi ymgynghori gyda'i oriawr mae'n ychwanegu, "I'll be there in three minutes." Syllaf ar ei ôl nes iddo ddiflannu i mewn i lwydni'r ddinas, cyn ysgwyd fy mhen ac ailafael ar fy nhaith.

Dw i am ddatgan yr amlwg fan hyn a dweud bod y byd yn gadael carcharor ar ôl pan fo hwnnw dan glo. Ond mae'n wir. Mae'r ddinas wedi datblygu, wedi esblygu, a fi, fel Lister a'r Gath, wedi bod mewn cyflwr o stasis ers dwy flynedd. Mae fflatiau moethus Heol y Crwys i'r chwith, gyda'u golygfeydd godidog o'r mosg briwsionllyd drws nesaf, yn ogystal â fflatiau bregus myfyrwyr Richmond Road bases i rai munudau'n ôl, yn brawf o'r datblygiadau dinesig. Ond yr hyn dw i'n methu'n lân â'i gredu yw bod pawb yn siarad ar eu mobiles gan gadarnhau proffwydoliaeth chwerthinllyd fy mrawd. Ble bynnag dwi'n edrych maen nhw'n hongian o glustiau'r boblogaeth, fel pluen o labed Mr T, gyda'r pwêr i wneud i bawb weiddi dros y lle. 'Sdim shwt beth â sgwrs breifat, mae'n debyg! Ond ma unrhyw beth yn well na siarad 'da'ch chi'ch hunan, fel y boi 'na ar Richmond Road funud yn ôl.

Mae'r sbwriel yn bla hefyd, ac yn ddatblygiad diweddar. Neu o leiaf 'sa i'n cofio'r fath fudreddi cyn i mi gael 'y nghaethiwo. Er, falle mai fi sy 'di creu delwedd ddelfrydol a hiraethlon o'r ddinas yn fy mhen: rhyw iwtopia rhosliw allanol, neu gelwydd dychmygol sy'n creu dim byd ond siom wrth wynebu realaeth o 'mlaen i nawr. Pwy a ŵyr, ond y stiwdents sy ar fai, heb os. Dyma'u tiriogaeth nhw wedi'r cyfan, ac maen nhw ym mhobman – yn punks, goths, squares a skaters, rugger buggers, stoners a moshers. Pawb yn cyd-fyw'n hapus gan ruthro o gwmpas Cathays heb fynd i nunlle am o leia tair blynedd… Mae'r trawsdoriad rhyfeddol o bobl yn cymharu mewn ffordd i garchar gan fod pobl o bob cefndir a chred yn cael eu taflu i'r crochan ac yn gorfod cydferwi. Er hynny, mae 'na wahaniaethau amlwg: mae bywyd yn symud yn llawer arafach ar y tu fewn ac mae blasu kebab o Ali Babas bron yn amhosib! Dw i'n wrthgyferbyniad llwyr i'r bobl dw i'n eu pasio, wrth i fi ymlusgo ar ôl Paddy fel sarff cloff, gan sawru pob cam, pob ana'l, pob profiad newydd.

Dw i'n digalonni wrth weld Spar newydd yn sgleinio ar gornel Woodville, ond mae fy ffroenau'n llawn rhamant wrth i arogl gwefreiddiol fy nghludo'n ôl i 'mhlentyndod gydag un sniff – sglods. Ond dim unrhyw hen sglods chwaith, ond sglods yr XL Fish Bar – siop chips 'local' fy nheulu erstalwm. Ar ôl dwy flynedd o arlwyaeth di-flas, mae'r arogl yn ysgogi 'ngheg i ollwng fel tanc dŵr tyllog. Rhaid ildio i'r temtasiwn.

Wedi taro bargen gyda'r sglodfeistr seimllyd – un sy'n gydbwysedd perffaith o dewdra a hapusrwydd ac yn amlwg wedi ffeindio'i alwedigaeth berffaith – dw i'n eistedd ar wal y Co-op er mwyn mwynhau fy ngwledd mewn cysur. Mae Paddy'n syllu arna i'n ddiamynedd cyn diflannu fel cameleon i'r cefndir. Mae Paddy'n pwdu! Dw i'n agor y papur newydd, gyda phyllau o saim 'di treiddio trwyddo, cyn palu i mewn i'r sglods a'r Clarks Pie. Mae'r sglods mor wefreiddiol, os nad yn well, nag oedden nhw, ond wedi saith can pedwar deg saith diwrnod a dwy fil dau gant pedwar deg un o brydau bwyd carchar, dyw hynny ddim yn syndod.

Ar ôl y dechrau tanllyd, dw i'n arafu fymryn a gadael i'r saim setlo. Tynnaf fy siaced wrth i'r haul gwanwynol esgyn dros y neuadd breswyl gyferbyn, a gwyliaf y byd yn troelli o 'mlaen. Wedi dwy flynedd o fodoli mewn gêr niwtral, mae gwylio'r boblogaeth yn rhuthro o amgylch yn gwneud i fi feddwl fod pawb yn gaeth i rywbeth, boed yn amser, yn yrfa neu'n deulu... Mae e hefyd yn gwneud i fi deimlo'n flinedig!

Mae'r cyfuniad o dywydd braf, bola llawn a synau estron, ond cyfarwydd, yn sicrhau bod yr ofn, oedd mor amlwg ynof i gynt, yn cilio wrth i fi doddi'n ôl i mewn i 'nghynefin. Mae clywed acenion y ddinas yn f'atgoffa o deithio ar y bws i'r gwaith, o siopa yn Asda gyda Mam a gwylio'r Blue and Blacks 'da Dad. Ac wrth i bwl bach o dristwch a cholled ddod i'r amlwg yn fy llyfrgell o emosiynau, dw i'n gwybod yn gwmws nawr ble ma Paddy'n fy arwain.

Wedi siario gweddillion fy ngloddest gyda chwpl o golomennod chwantus a gwylan swnllyd, dw i'n gwaredu newyddion ddoe i fin sbwriel cyfagos ac yn mynd i edrych am Paddy. Dw i'n ei ffeindio fe tu hwnt i'r cratiau ffrwythau gwag sy wedi'u parcio'n anghyfreithlon ar y llinellau melyn tu fas i'r Veg Rack, yn sefyll a syllu ar ffenest Glenn Abraham, yr asiantaeth dai, a'r cartrefi sy ar werth o'i flaen. Ymunaf â fe gan wneud yr un peth, a dw i bron â thagu ar yr hyn dw i'n ei weld. Can mil am fflat! Chwarter miliwn am dŷ teras! Ydy cyflogau'r gweithwyr wedi codi ar yr un raddfa, ys gwn i, neu jyst eu dyledion?

Dw i'n troi er mwyn siario fy anghredinedd gyda Pad, ond mae e wedi gadael yn barod. Cyn iddo fynd yn bell, mae drws yr asiantaeth yn agor ac mae Paddy'n cerdded, yn llythrennol, yn syth drwy gorff dyn ifanc, Pharöaidd ei groen, mewn siwt sidan barddu ei lliw. Mae'r gŵr yn gwenu'n gnotiog arna i cyn camu i'w Mondeo glas golau a rhuthro i'w apwyntiad nesa heb wybod dim am ei gyfarfyddiad rhithiol â Paddy.

Dw i'n dilyn fy nghydymaith i gyfeiriad Witchurch Road – hewl sy wastad wedi 'nrysu i gan nad yw hi'n arwain at yr Eglwys Newydd, nac yn agos ati – gan basio clytwaith o bobl yn cynrychioli amryw o genhedloedd ac osgoi'r bagiau du sy'n coloneiddio'r palmentydd fel morloi ar draethau Sgomer ar ddiwedd dydd. Ond cyn cyrraedd llyfrgell Gothamaidd Cathays, mae Paddy'n troi i'r dde i lawr Fairoak Road ac yn croesi'r ffordd tuag at ben draw ein taith. 'So ni'n bell nawr. Mae Paddy'n camu drwy giât Mynwent Cathays a dw i'n ei ddilyn, ond yn amlwg yn gorfod agor yr iet cyn parhau...

Wrth droedio llwybrau'r fynwent, heibio i'r cerrig beddau sy'n sefyll fel sentinels mud dros eu meistri marw, mae'r atgofion yn llifo'n ôl am y tro diwetha i fi ymweld â'r lle ma, gan ysgogi'r tywyllwch i godi i'r wyneb. Ma Paddy'n dal i fy arwain, ond a dweud y gwir 'sdim angen ei help arna i nawr. Er mai unwaith yn unig dw i 'di bod 'ma, ac er bod y fynwent mor eang, dw i'n gwybod yn gwmws ble i fynd.

Y tro diwetha i fi nesáu at orffwysle fy rhieni roedd yr amgylchiadau'n dra gwahanol, er bod f'esgidiau'n peri poen i fi ar yr adeg hynny 'fyd. Roedd y glaw yn disgyn o'r awyr dywyll gan adlewyrchu teimladau mewnol y galarwyr niferus oedd yn amgylchynu'r bedd. Wrth i fi agosáu, trodd y gynulleidfa fel un i edrych i 'nghyfeiriad, â'u llygaid fel dartiau gwenwynig yn saethu tuag ataf. Roedd cymysgfa o emosiynau i'w teimlo – casineb, dicter, siom ac anghrediniaeth. Doedd y ffaith bod fy nwylo mewn gefynnau o 'mlaen, a dau swyddog carchar y naill ochr i fi, yn fawr o help. Fel bachwr rhwng dau brop, cerddais tua'r cynulliad gan ddod i stop cyn ymuno â nhw. Byw ar y tu fas i gymdeithas yw realiti bywyd carcharor, hyd yn oed pan nad yw y tu ôl i ddrws cloëdig.

Yr unig wên welais i drwy'r gwasanaeth oedd un gan Sophie. Roedd hi'n sefyll rhwng ei rhieni o dan ymbarél pinc ac edrychodd draw ata i ar fwy nag un achlysur, sy'n fwy nag a wnaeth Wil a Mia drwy'r prynhawn. Ar y pryd, ro'n i'n difaru i mi fynd, ond dw i'n falch i mi wneud erbyn hyn, er 'mod i'n gwybod bod fy nheulu'n ei ffeindio hi'n anodd bod yn agos ata i. Dw i'n cynrychioli hunllef y Bradys – cyfnod tywyll ac atgofion trist – ond dw i 'di meddwl cymaint am yr hyn ddigwyddodd ac mae 'nghydwybod i'n glir a'r euogrwydd wedi hen ddiflannu... ddim yn gyfan gwbl, efallai, ond mae e dan reolaeth erbyn hyn. Er hynny, bydd y ffaith na chefais gyfle i esbonio nac i drafod fy ngweithred gyda fy rhieni'n peri poen i fi tan y bydda i'n ymuno â nhw.

Trof i'r chwith cyn cyrraedd y capel, sy'n araf ddadfeilio gan basio angel yn gweddïo o dan orchudd o fwsogl... gweddïo am pressure washer, sebon a brwsh efallai? Mae gwynt main canol y dref yn atgof pell wrth i'r awel ddawnsio'n dyner yn y coed gyda'i phartner heulog sy'n hollti trwy'r brigau.

Gallaf weld Paddy'n sefyll wrth eu bedd, ond wrth i mi ymuno ag e, mae'n diflannu, gan adael dim ond llonyddwch yn ei le. Ni chefais gyfle i sefyll mor agos at y bedd yn ystod eu hangladd gan fod aelodau 'nheulu'n amddiffyn y twll fel Orcs ger amderfyn Mordor, ond o leia fe ges i'r cyfle i fod yno, o gofio na ches i fy rhyddhau i fynd i angladd fy Nhad-cu ym Mhenpedairheol ar ddechrau fy nedfryd.

Ro'n i'n teimlo mor ynysig y diwrnod hwnnw yn angladd fy rhieni: fel dieithryn, fel gwahanglaf, fel gelyn. Ond nawr, ar yr eiliad hon, dw i'n teimlo fel mab unwaith eto. Dim y ffefryn, o bell ffordd, ond dw i'n profi rhywbeth nad ydw i 'di'i deimlo ers amser maith...

Safaf yma'n syllu ar y llawr gan geisio dychmygu eu hwynebau, ond wrth i fi fethu eu ffurfio yn fy meddwl mae holl emosiynau'r dydd, y misoedd a'r blynyddoedd diwetha'n ffrwydro i'r wyneb a dw i'n disgyn ar fy ngliniau gan feichio crio'n ddireolaeth.

Wedi i'r storom ostegu rhywfaint caf fymryn mwy o reolaeth ar fy emosiynau wrth eistedd gyda 'nghoesau 'di'u croesi gan smwddio'r gwyrddni sy'n gorchuddio'u gorffwysle. Trwy'r gwlith, dw i'n darllen y geiriau syml ar y garreg fedd.

BRIAN BRADY
1946-2001

A'I ANNWYL WRAIG
GWEN
1947-2001

DUW CARIAD YW

Mae'r daffodils, y lilis a'r tiwlips – hoff flodau Mam
– sy'n sefyll mor lliwgar o flaen y garreg yn brawf
eironig bod fy mrawd yn dod i'w gweld yn amlach
nawr, a hwythe 'di marw, nag oedd e pan oedden nhw
ar dir y byw.

Mae'r dagrau'n dal i lifo a 'nghalon i'n deilchion ar y
llawr o 'mlaen. Dw i bron yn gallu gwneud jig-so allan
o'r darnau. Tan nawr, doeddwn i ddim wedi sylweddoli
gymaint dw i'n gweld eu heisiau nhw. Ar ôl bywyd
llawn cwmnïaeth – a chofiwch fod cwmnïaeth fythol
gan garcharorion, hyd yn oed – mae'r unigrwydd
unwaith eto'n fy mwrw. Do'n i erioed wedi gweld eisiau
ffrindiau o'r blaen gan fod gen i'r ffrindiau gorau yn
byw gartref 'da fi; ond nawr, fan hyn, ar 'y mhen 'yn
hunan, dw i'n sylwi nad mater o *eisiau* ffrindiau yw hi,
ond *angen*. Ar ôl bywyd o gwmni teuluol, dw i ar goll
yng ngwir ystyr y gair.

Mae'r dagrau'n llifo wrth i fi alaru'n iawn am y tro
cynta ers y ddamwain a ddaeth â'u bywydau i ben:
damwain bws ar y ffordd adref o wylio drama fyd
enwog *Dioddefaint Crist* yn Oberammergau, os gallwch
gredu'r fath anlwc. Pan glywais i'r newyddion ro'n i'n
drist, wrth gwrs, ond do'n i heb eu gweld nhw ers dros
flwyddyn ac, a dweud y gwir, ro'n i 'di dod i arfer â'u
habsenoldeb. Dw i'n deall pam roedden nhw mor

siomedig gyda'r hyn wnes i – roedd e'n groes i'w credoau – ond y peth gwaetha yw na ches i'r cyfle i esbonio mai gweithred o gariad oedd hi, ac nad oedd unrhyw fath o gasineb yn gysylltiedig â hi. Ddim 'mod i eisiau ymddiheuro wrthyn nhw chwaith, jyst trafod. Wedi'r cyfan, dyw rhieni ddim wastad yn iawn.

Dw i hefyd yn gwybod y bydde Mam, yn enwedig, yn credu eu bod nhw wedi mynd i 'le gwell', ond wrth eistedd yma yn y tawelwch unigryw sy'n arnofio uwchben pob mynwent, dw i'n ei ffeindio hi'n anodd cytuno. 'Na i gyd dw i'n ei weld yw'r ddaear oer o dan draed a dw i'n gwybod y bydden nhw'n hapusach yn eu cartre clyd yn ymlacio i gyfeiliant cerddoriaeth un o'r meistri clasurol neu'n trochi eu bysedd yng ngwyrddni'r ardd.

Gyda'r haul yn araf ddiflannu a'r cymylau'n ymgasglu'n wledd o liwiau uwchben, fel derwyddon cyfoes ar Wastatir Salisbury adeg heuldro'r haf, dw i'n cael fy rhwygo rhwng fy ngalar o'u colli a gorfoledd fy rhyddhad. Mae'r ffaith 'mod i'n gallu gwylio'r nos yn nesáu yn yr awyr iach yn gwrthgyferbynnu'n llwyr â'r tristwch wrth sylweddoli na fydda i byth yn cael y cyfle i ffarwelio â fy rhieni.

Pengliniaf unwaith eto wrth i atgofion melys fynnu fy sylw. Dw i'n cofio cael gwyliau yn Ffrainc pan o'n i'n blentyn ac am grysau-T St. Jean de Monts. Glas i fi, coch i Wil a gwyrdd i Dad. Llosg haul a frites, crepes yn diferu o driog ac yn blasu fel camfihafio: cofio Asterix, Obelix ac Odlgymix, y Smurfs a bod yn bored yn y Bayeux Tapestry; cofio'r rhwystredigaeth wrth adeiladu awyrennau Airfix ac adeiladu Zoids a'r ffordd roedd Dad yn gwneud i bopeth ymddangos mor ddiymdrech; cofio Mam yn darllen storïau â'i geiriau mor swynol ag unrhyw symffoni; cofio Gerald Cordle ar yr asgell i

Gaerdydd a barn ddiflewyn-ar-dafod Dad amdano; cofio cic Thorburn o hanner milltir ac ochrgamu Elvis yn erbyn y Jocks. Cofiaf lyncu craidd afal a'r siom pan na dyfodd coeden yn fy mola fel yr addawodd Dad. Cofiaf ganu yn Neuadd Dewi Sant a wynebau balch fy rhieni'n gwenu arna i o'r gynulleidfa. Cofiaf eu cariad tuag ataf ac, unwaith eto, mae'r tonnau'n torri dros y glannau ac mae fy emosiynau'n glynu wrth draethau fy mochau cochion.

"'Scuse me mate," medd llais dros f'ysgwydd. Trof i'w wynebu, ac er fy nghyflwr, nid yw ei fynegiant yn newid. Rhaid fod gweld galar ar wynebau'n mynd law yn llaw â gweithio mewn mynwent. Trwy'r dagrau, mae e'n edrych yn gyfarwydd, ond wedi meddwl dw i'n dod i'r casgliad ei fod e jyst yn gymysgedd o'r holl garcharorion dw i newydd eu gadael: tatŵs yn gorchuddio'i freichiau, creithiau lu, crew cut a roll your owns. Ond mae 'na un peth sy'n ei wneud yn wahanol i denantiaid Carchar Caerdydd, rhywbeth sy'n anodd iawn dod ar ei draws mewn cell: lliw haul. "Sorry 'bou' this, mate, but I gots to lock up in abou' ten minutes like. OK?" Nodiaf mewn cytundeb ac off â fe tua'r capel gan wthio'i whilber.

Codaf a sychu 'ngwyneb gyda chefn fy llewys cyn edrych i bob cyfeiriad am Paddy. Sdim syniad 'da fi beth i neud nawr, ond dw i'n gobeithio bydd e'n gallu bod o help. I ddechrau, 'sa i'n ei weld e'n unman, ond ar ôl i'n llygaid gyfarwyddo â'r cyfnos sy'n araf ymlusgo dros y ddinas, gwelaf dân ei Woodbine yn goleuo yn y pellter, fel pen-ôl magïen mewn ogof, yn arwain y ffordd.

Fel Jim Morrison yn dilyn Indiad Puebloaidd ei ddychymyg, dw i'n dilyn Paddy allan o'r fynwent ac i lawr Allensbank Road, gan adael y tai teras a mynd i gyfeiriad y maestrefi.

Dw i'n camu ar ôl fy nghyfaill, a 'mhen fel portread gan Pollock. Mae Paddy'n troi i'r dde wrth y Mackintosh – hwnnw'n chwydu aroglau seimllyd i'r tywyllwch gan ychwanegu at broblem persawr personol Wedal Road. Wrth gerdded am y Juboraj i gyfeiliant rhuthr diderfyn yr A48, dw i'n synnu o weld y tai crand cochlyd sy wedi egino'n anghyfforddus rhwng y tip sbwriel a'r rheilffordd. Pe baech chi'n *gallu* fforddio byw fan hyn, dw i'n sicr na fasech chi byth yn *dewis* byw 'ma...

Wedi cefnu ar y tai coch carbordllyd dw i'n troi i'r chwith cyn i aroglau perlysiau'r Juboraj dreisio fy synhwyrau, a dyna pan dw i'n sylwi bod fy nghoesau'n dechrau gwynegu. 'Sa i 'di gwneud y fath ymarfer corff ers oesoedd. Er bod digon o gyfle i wneud hynny mewn carchar, dyw'r fath beth ddim yn apelio ata i. Gwell 'da fi ddringo mynydd neu grwydro fforest os am ymestyn yr hen goesau, yn hytrach na throelli'r olwyn ar feic sefydlog mewn gym. Mewn carchar, ro'n i'n gaeth fel hamster fel roedd hi heb orfod actio fel un hefyd!

Ymlaen â ni i lawr Lake Road West tan i ni gyrraedd Llyn y Rhath. Mae golau'r stryd a goleudy Scott yn adlewyrchu'n berffaith ar wyneb y dŵr a dw i'n aros am sbel i werthfawrogi'r olygfa a chofio'r tro diwethaf i fi gerdded ffor' 'ma ar y diwrnod tyngedfennol 'na; trobwynt fy mywyd, the point of no return. Fel caleidosgôp, mae'r lliwiau'n cyfuno a gwasgaru gyda symudiadau'r llif a dw i'n dechrau meddwl am Knocker a'r ffaith na chaiff byth eto gyfle i weld y fath olygfa. Cyn i'r tosturi dros sefyllfa fy ffrind droi'n ddagrau emosiynol unwaith 'to, mae ystumiau Paddy'n mynnu fy sylw, felly dw i'n codi ac yn ei ddilyn, gan hercian oherwydd y pothelli sy 'di ymddangos ar sawdl 'y nhroed chwith ac o dan fawd mawr 'y nhroed dde, tua'r ynysoedd tywyll ar ben pella'r llyn.

Cyn cyrraedd pen ein taith, sef cartre Wil yn ymyl y llyn, dw i'n sylwi ar fenyw'n cario'i chi. Dim cerdded, cario. Un o'r cŵn bach diwerth 'na yw e – chiwawa neu ryw frid onomatopëig arall – mae'n rhaid ei gario i bobman achos bod eu coesau nhw'n rhy fyr! Mae'r corff pitw, y pen mawr a'r tennyn sy'n hongian o'i wddwg yn fy atgoffa o soap-on-a-rope mamolol ac yn codi cwestiwn syml yn fy mhen: pam?

Dw i'n troedio'n ofalus heibio i'r gwyddau, er mwyn osgoi eu cynhyrfu, a gwylio pysgotwr yn glanio tiddler. Mae'r boi'n siomedig gyda maint ei brae, ond come on, beth allwch chi ddisgwyl ei ddal yn Llyn y Rath – baracwda?

Ymunaf â Paddy, sy'n eistedd ger un o'r byrddau picnic pren, gyda'n cefnau at y dŵr. Pan edrychaf arno, mae'n ystumio drwy nodio'i ben i gyfeiriad y tŷ ar yr ochr draw i'r ffordd. Mae'r hyn sy i'w weld yn y ffenest olau yn gwneud i 'nghalon guro fel cnocell y coed o dan ddylanwad gormodedd o gaffein: Mia. Dim ond cwpwl o weithiau dw i 'di bod yn eu cartref nhw ac mae gweld Mia drwy'r ffenest gyferbyn yn sioc ac yn bleser ar yr un pryd. Mae ei gwallt yn fyrrach, heb fod yn fyr, 'bob' yw'r term technegol dw i'n credu, a rhyw awgrym cochlyd yn ei liw, ond dyw ei nodweddion – y trwyn cwta, ei dimples dwfn a'i llygaid Manga – heb newid dim. Dw i'n syllu arni o bell, yr un hen stori, ac yn crynu wrth roi croeso cynnes i emosiwn arall, emosiwn nad oeddwn i'n disgwyl gorfod delio â fe heddiw…

Pan fo Sophie'n ymuno â hi yn y ffenest, yn dal cath sinsir dew sydd mor debyg i Dwdi fel na all fod yn unrhyw gath arall, dw i'n dechrau crio mewn euogrwydd. Dyna'r peth am euogrwydd ac amser – mae'r delweddau'n cymylu, ond mae'r teimladau'n parhau i lechu yn y cysgodion yn aros am unrhyw esgus i ailymuno â'r brif ffrwd.

Ro'n i'n meddwl y gallen i gnocio ar eu drws nhw heno… sy'n chwerthinllyd nawr 'mod i'n eistedd yma'n meddwl am y peth. 'Na pam 'nes i wrthod cynnig y carchar am loches dros dro, a dweud y gwir. Ond nawr, wrth eistedd yma'n edrych ar y teulu trwy'r ffenest, dw i'n gwybod nad oes dim pwrpas i fi gnocio. Dw i ddim am agor y creithiau… dim eto, ta beth.

Wrth i Paddy danio mwgyn arall, cerdda Wil i mewn i ganol yr olygfa yn Pringle i gyd gan siarad ar ei ffôn symudol a mwytho pen Sophie fel tasai hi'n Shetland Pony neu rywbeth tebyg o ran maint. Great Dane, efallai? Mae e'n rhoi ei ffôn yn ôl yn ei boced ac yn dweud rhywbeth wrth ei wraig sy'n gwneud iddi wenu. Mae pethau 'di gwella rhyngddyn nhw, mae'n debyg.

Mae gweld fy mrawd yn codi ias arna i. Dy'n ni erioed wedi bod yn agos, er i'n perthynas wella ychydig yn y misoedd cyn i fi gael fy nghyhuddo. Ar ôl bywyd o gecru ac o fwlian, ar ei ran e, mae'r creithiau'n ddwfn a'r atgofion mor fyw. Ond yn waeth nag unrhyw beth 'nath e i fi erioed, mae'r ffordd dretiodd e'n rhieni ni'n gwneud i fi deimlo'n sâl.

Cafodd y term 'black sheep' ei fathu ar gyfer pobl fel Wil – aeth e'n groes i bopeth roedd Mam a Dad yn ei gredu heb ddim rheswm o gwbl. Rebel without a clue fuodd fy mrawd erioed! Rhoddodd ein rhieni bopeth i ni – cefnogaeth a chariad – ond nid oedd hynny'n ddigon i Wil. Roedd e am eu gweld nhw'n dioddef o dan ei law, fel tasai'n ceisio profi rhywbeth drwy eu gwneud nhw'n anhapus.

Er hyn i gyd, mewn rhyw ffordd wrthnysig, dw i'n ei garu fe'n fwy heddiw nag ydw i wedi ei wneud erioed o'r blaen. Mae cael brawd yn beth anodd i'w esbonio, ond mae rhyw gysylltiad rhyngddon ni, heb i fi ofyn amdano nac yn wir ei angen. Fe yw'r unig beth sy ar ôl 'da fi nawr...

Wedi'r angladd daeth Mr Arch, cyfreithiwr penfoel y teulu, i 'ngweld i yn y carchar. Ac ar ôl y smaldod chwithig a'r cyfarch drwy ysgwyd llaw gwannaf ers i rywun wneud y camgymeriad o shiglo llaw dde Jeremy Beadle, rhoddodd y newyddion i mi'n oeraidd.

Er amarch fy mrawd a'i esgeulustod tuag at ein rhieni, er y blynyddoedd o'u gwawdio gyda'i gelwyddau a'i hunanoldeb, fe, Wil, gafodd y cyfan. Yn ôl Mr Arch, newidiodd Dad yr ewyllys jyst cyn i fy achos gyrraedd y llys. Nawr, ro'n i'n gwybod 'mod i 'di eu siomi nhw, ond eto roedd y newyddion yn ergyd. Fi oedd yn ffyddlon iddyn nhw, fi oedd yn gwrando arnyn nhw, fi oedd yn dangos diddordeb yn eu bywyd, fi oedd yn eu caru... fi... fi'n dechrau swnio fel Wil nawr...

A dweud y gwir, ar wahân i'r siom amlwg, dyw'r golled ariannol heb effeithio arna i tan heddiw gan fod talu rhent ddim yn broblem pan fo'r trethdalwyr yn talu. Ond wrth eistedd yma'n edrych ar nyth glyd fy mrawd, dw i'n hiraethu am gartref – tŷ fy rhieni, hynny yw. Ar ben ei gyflog blonegog, mae Wil 'di gwerthu 'nghartre i am elw pur o ryw hanner miliwn! Dw i'n hollol grac oherwydd fy ngholled i a'i elw annisgwyl, anhaeddiannol e.

Cwestiwn: Beth chi'n ei roi i'r dyn sy'n berchen ar bopeth?
Ateb: Mwy.

Dw i'n gwybod bod hyn yn swnio fel cenfigen sbeitlyd ar fy rhan i, ond credwch chi fi, doedd yr hyn wnes i ddim mor wael ag ymddygiad fy mrawd gydol ei oes tuag at Mam a Dad.

Mae Paddy'n dal i fygu'n dawel wrth fy ochr a'r dail uwchben yn dal i sibrwd eu cyfrinachau wrth i Mia godi a gadael yr stafell. Mae Sophie'n dechrau sgipio tra bod Wil yn siarad ar ei ffôn unwaith eto. Ymhen dim, mae Mia'n ailymddangos yn cario plentyn bychan gan gadarnhau mai merch arall gafodd y cwpl hapus tra bu Wncwl Al 'ar ei wyliau'.

Mae Mia'n pasio'r babi, sy'n ddeunaw mis o leia erbyn nawr, i Wil ac mae e'n lleoli'r ffôn rhwng ei ên a'i ysgwydd er mwyn gallu aml-dasgio a helpu ei wraig. Wedyn, mae Mia'n camu tuag at y ffenest cyn agor ei breichiau a gafael yn y llenni ar ei naill ochr a'r llall, gan gofleidio'r nos fel hen ffrind. Cyn eu tynnu, mae hi'n oedi ac yn edrych yn syth i 'nghyfeiriad i trwy'r tywyllwch. Er 'mod i'n siŵr na alliff hi 'ngweld i, mae 'nghalon yn dechrau trotian unwaith eto wrth i fi syllu'n ôl. Ac wedyn, gydag un plwc cadarn, mae'r teulu cyfan yn diflannu, fel actorion llwyfan ar ddiwedd perfformiad, a dw i'n sylwi 'mod i'n gafael yn y groes arian sy'n hongian rownd fy ngwddwg. Wrth redeg fy mysedd a'm bawd dros y metel oer, dw i'n gweld bod Paddy'n gwenu ac yn cael boddhad amlwg wrth 'y ngweld i'n derbyn ychydig o gysur gan ei rodd.

Dw i 'di gweld digon a chodaf a dweud "Nos da, Pad" cyn cloffi'n ôl i'r un cyfeiriad ag y daethon ni'n gynharach. Does dim angen tywysydd arna i nawr. Dw i'n gwybod yn gwmws ble dw i am orwedd heno… er y bydden i'n gwerthfawrogi piggy-back.

Wedi cyrraedd y brif fynedfa, dw i'n dringo dros y railings rhydlyd, ac yn cripian yn dawel heibio i'r tŷ tywyll cyn ffeindio sach sych ger yr hen gapel. Wedyn, dw i'n dychwelyd at fedd fy rhieni trwy'r tywyllwch mwyn. Mae'r cymylau wedi aros yn yr awyr gan greu blanced ffurfafol i gardotwyr Caerdydd.

Dw i'n rhyddhau 'nhraed o'u celloedd lledr a rhoi massage i'r bodiau bregus, ond cyn gorwedd ar y borfa feddal sy'n tyfu ger y bedd, dw i'n sylweddoli bod 'na un peth dw i'n ei ddifaru fwy na dim – ches i mo'r cyfle i ddiolch i Mam a Dad cyn iddyn nhw farw, ches i mo'r cyfle i ddweud faint ro'n i'n eu caru nhw. Ond yn bennaf, dw i'n difaru na ches i gyfle i ddweud 'hwyl fawr' wrthyn nhw...

Er bod hyn yn fy nhristáu, mae gobaith yn fy mywyd heddiw. Wrth i mi gau fy llygaid a gadael i'r cwsg fy nghymryd i gyfeiliant cerddorfa o bryfed uchel eu sain ac er 'mod i'n gallu gweld y barrau haearn o 'mlaen, dw i'n gwybod nad oes drws yn cloi amdana i heno.

04: GWYDDEL YN Y GYRNOS

"**Y**ou'll nevva gess wor I urd off tha' Leeeee-anne Delaney girl?"

"No, wozzat Debs?"

"Ye', wo?"

"I urd tha' tha' Jow-anne Rolff girl from da Malffa, you nowz 'er, short 'air, blonde, looks like wossername off Eestenduz…"

"Pat?"

"No, nor Pat, the fa' one wo' my dad fancies."

"Sharun."

"Yeah, Sharun. Righ', well, I urd she got urpies from suckin' Maffew wossisface…"

"Buttla?"

"…Yeah, suckin' Maffew Buttla off behind vu Spa'."

"Who, Sharun?"

"No Sash, nor Sharun. Jow-anne innit. From da Malfa."

"Oh…"

"She ain't a full shillin', vat girl…"

"I knowz Kez. She's well rank."

"Urpies? Wossa'r'en Debs?"

"Wo', you don't knowz wo' urpies is like?"

"Well, yeah, but no, but ye… You knowz I knowz, I jus' can't remember innit. Worrizit Debs?"

"It's a SDP innit, like da clap an' rabies but you gets it from suckin' cocks an' fingering an' all tha', innit Kez?"

"Ye'. My mum gor it last yur like. Caught it off sum Doctor down da Philly. My Dad was well fucked off wiv 'er."

Croeso i fy hunllef. Mae'n ddiwedd dydd Llun a dw i ar fy ffordd adref o'r gwaith. Ar hyn o bryd, dw i'n gaeth yn yr arhosfan bws – Debz, Kez a Sash o 'mlaen i a'r ugain o bobl eraill sy'n cywasgu fel ystumwyr syrcas Jim Rose i mewn i'r lloches annigonol tu fas i'r Toucan. Mae'r glaw'n disgyn yn drofannol o drwm, hence y wasgfa, gan 'lychu'r dinasyddion at eu crwyn. Roedd hi'n braf bore 'ma chi'n gweld, yr awyr yn las a'r awel yn fwyn, felly des i, a nifer o bobl eraill, i'r gwaith yn gwisgo dim byd mwy na siaced ysgafn. Camgymeriad fyddai gwneud y fath beth yn y gwanwyn; twpdra yw e ym mis Hydref.

Er y gwlybaniaeth a chyfyngder yr arhosfan, mae'n ymddangos fel petai pawb yn smygu ac mae'r mwg yn dawnsio uwchben y dorf fel stêm yn codi uwchben gyr o wartheg. Mae'r merched, sy'n sefyll wrth fy ymyl – gyda'u bagiau TK Maxx, eu bysedd L&B a'u hiaith sy'n fwy brwnt na'r tywydd – yn trafod… wel, chi'n gwybod beth ma'n nhw'n trafod. Chwythswyddi, fel tasai'n weithred mor normal â phrynu papur newydd! Ma pawb yn gallu eu clywed ond sdim cywilydd yn perthyn i un o'r tair. Dw i'n difaru peidio dod â fy walkman nawr.

Yn ymuno â'r sgarmes, ac yn sefyll ysgwydd wrth ysgwydd, bron wrth fron â fi, ma 'na dramorwr. Dyn o dras Indiaidd neu Bacistani dw i'n credu, gyda chroen lliw noethlymunwr o Nevada. Wrth iddo setlo i mewn i'r glustog dorfol, mae ein llygaid yn cwrdd ond mae'n ymddangos nad yw e'n 'y ngweld i ac ma fe'n edrych heibio a thrwyddo i fi. Mewn ymateb i hyn, dw i'n slipio 'nwylo i bocedi 'nhrowsus ac yn falch o deimlo fy waled a fy allweddi yno. Dim 'mod i'n ei amau oherwydd ei wreiddiau ethnig, ond maen 'nhw' yn eich rhybuddio am ladron poced wrth deithio ar y cyfandir ond sneb yn considro fod na bobol o'r fath yn gwneud bywoliaeth yma, gartre 'fyd. Mae'r sefyllfa'n berffaith i bic-poced – gyda chyrff pawb yn cyffwrdd, a waledi'n barod i dalu am y bws. Mae llywodraethau'r gorllewin wedi llwyddo i'n gwneud ni'n ofnus a drwgdybus o bawb sy'n 'wahanol', a thrwy'r ofn yma mae rheolaeth o fath yn bosib. Mae'r bobol ddrwg ma – y lladron, y llofruddwyr ac ati – maen nhw'n cerdded yn ein plith, yn edrych yn 'normal' ond bod eu gwerthoedd, a'u moesau, ar goll.

Wedi cyfarwyddo â'i gorff o'r diwedd, mae'r dorf gyfan yn ochneidio wrth i ddau fws gyrraedd ar yr un pryd, fel arfer. Dw i'n gadael i bawb arall esgyn cyn camu i mewn a gweld bod y cerbyd mor llawn â chroth merch feichiog. Tri pheth sydd ar fy meddwl i'n awr: whirlpool cynnes, nofel dda a gwely cynnar. Y nos Lun berffaith. Dw i'n ysu am gael tynnu 'nillad, sy'n glynu i 'nghroen fel lycra, a ffarwelio â'r dydd. Dw i'n talu'r gyrrwr ac yn gwastraffu pum ceiniog arall oherwydd polisi 'newid cywir' Cardiff Bus ac yn meddwl faint o arian sydd ar y cwmni i fi wedi pymtheg mlynedd o deithio...

Gwthiaf fy ffordd trwy'r teithwyr di-sedd tua phen draw'r Clipper gan ymddiheuro ac esgusodi fy hun ond sneb am symud o'r ffordd er byddai hi'n gwneud synnwyr i bawb symud tua'r cefn. Mae wynebau pawb mor surbwch, mor drist, mor ddiflas fel petaen nhw mewn zoo – un dynol, gyda'r holl atyniadau o dan 'run to. Galla i weld dau eliffant yn eistedd yn y seddi i'r anabl, gyda'u braster yn bolio dros yr ochr i'r eil a chreu rhwystr ychwanegol i'r teithwyr eraill; orang-utan blewgoch yn eistedd â'i goesau ar led yng nghanol y sedd gefn; gorila arianwallt yn nodio'i ben i rythm ei stereo personol; fwltur ac udfil yn plygu ar unwaith i godi pum ceiniog oddi ar y llawr ger eu traed; babŵn; gazelle; tri chimp wedi'u cywasgu i mewn i sedd i ddau, a thrwy'r gyr o fyfflos blewog dw i'n llygadu un o greaduriaid hyfryta'r ddaear sy'n eistedd ond un metr oddi wrtha i – panther.

Mae'r byd o 'nghwmpas i'n tawelu, yn clirio ac yn callio

wrth i fi edrych i'w chyfeiriad. Syllaf arni'n gwylio'r byd gwlyb tu fas i'r ffenest stemiog drwy smotyn crwn mae hi 'di greu â'i phawen. Mae ei gwallt yn dywyll gyda'r gwlith arno'n gloywi yng ngolau'r bws. O'i llygaid dwfn a'i gwefusau Merlot, dw i'n crwydro dros ei bronnau, sydd wedi eu gorchuddio'n gyfan gwbl o dan ei siaced ddenim ddu gan adael popeth i'r dychymyg, cyn dod i stop ar ei choesau sidanaidd sy'n ymestyn o'i sgert fer i lawr tua'r cawl brwnt o dan draed.

Dw i wedi 'mharlysu, ac mae'r hyn dw i'n ei weld o 'mlaen yn ysgogi gwefrau dieithr i gorddi yno i. Mae'r chwant yn ormodol, dw i'n crynu, ac mae llif o waed yn annog cyffro lle nad oes cyffro'n digwydd yn aml. Edrychaf i ffwrdd i geisio gwaredu'r codiad ond gyda'r 'ping' yn dynodi arhosfan arall ar y gorwel dw i'n angori fy hun wrth bolyn ac yn disgwyl i'r rhuthr o gyrff garlamu tuag ata i.

Wrth i'r bws arafu, dw i'n edrych nôl i gyfeiriad y Panther mewn pryd i'w gweld hi'n codi ar ei thraed. Wrth iddi sythu'i choesau mae ei sgert yn codi gan ddatgelu croen gwelw ei morddwyd uwchben ei stockings. Mae cynnwys fy nhrôns yn rigomortaidd nawr wrth iddi dynnu'r sgert yn ôl i'w phriod le; cyn iddi wthio heibio ar ei ffordd mas, dw i'n troi 'nghorff oddi wrthi er mwyn peidio â'i thrywanu â'm min a thynnu gwaed. Gwyliaf hi'n gwthio'i chorff gosgeiddig, corff dawnswraig, tua blaen y bws gan chwantu ar ei hôl, a dim ond wedi iddi ddiflannu drwy'r drws dw i'n sylwi bod y teepee yn 'yn nhrowsus yn pwyntio'n syth at wyneb hen fenyw sy'n eistedd yn hollol ddidaro o dan orchudd ei het blastig dryloyw o 'mlaen.

Dw i'n pingo'r gloch mewn panig, er nad yw'r bws o fewn dwy filltir i ben fy nhaith, ac yn ceisio dofi'r anifail anwes gyda fy llaw dde sy'n ddwfn yn fy mhoced, wrth wthio tua'r blaen, heibio i driawd y buarth sy'n dal i drafod beth mae Jow-anne a Buttla'n wneud tu ôl i Spar, am y drws ac allan am yr awyr iach.

Mae'r daith adre'n hir, yn wlyb ac yn llawn euogrwydd a rhwystredigaeth. Dw i'n teimlo'n euog wedi i fi weld y ferch 'na fel dim byd mwy na... gwrthrych, thing. Rhywbeth i edrych arni, rhywbeth i'w chael, fel car newydd neu lolipop mewn Little Chef. Dw i'n rhwystredig oherwydd... wel... chi'n gwybod... ac wedi meddwl, doedd hi ddim yn unrhyw beth sbesial chwaith, jyst aur ffŵl mewn môr o farmor. Beggars can't be choosers, medden nhw, ac ar ôl naw mlynedd ar hugain o aros, dw i, heb os, yn perthyn i'r categori cynta. Fasech chi'n teimlo'r straen 'fyd, dw i'n siŵr.

Dw i'n troedio bob cam ar hyd Cyncoed Road – o Benylan, heibio'r twr dŵr, y coleg a'r plastai trefol – sy'n lledu tua Llanisien fel anaconda anferth. Er bod y glaw wedi peidio wrth i fi droi'r cornel a chyrraedd fy stryd, Hollybush Road, mae hyn yn gwneud pethau'n waeth rywffordd wrth i 'nillad ddechrau rhwbio yn erbyn fy nghorff. Mae'r chwarter milltir ddiwetha'n boenus, wrth i bothell dyfu ar gefn fy sawdl chwith a hefyd dan fawd mawr fy nhroed dde. Ar adegau fel hyn dw i'n difaru peidio gorffen 'y nghwrs o wersi gyrru pan o'n i yn y chweched o dan diwtoriaeth Chicken Sveed – y llysenw anffodus ar yr unig athro gyrru Cymraeg ei iaith yng Nghaerdydd, a edrychai fel Foghorn Leghorn a swnio fel Bob Fleming.

Cerddaf tuag adref fel Huggy Bear cloff gan anelu am y bath, am gawl ac am y gwely. Nos Lun yw noson Alun yn tŷ ni. Ma Mam yn ei chlwb Am-Dram a Dad yn golffo, fel ma fe'n dweud, neu o leia ym mar y clwb pan fo'r tywydd mor wael â hyn. Jyst fi a'r gath, llyfr a bath. Ond pan dw i'n cyrraedd y dreif, dw i'n synnu gweld y Volvo'n eistedd 'na fel newyddion drwg. Dw i'n nesáu at y drws cefn yn llawn pryder gan wybod bod rhywbeth o'i le. Galla i deimlo gwefr estron yn corddi, gwefr wahanol i'r un a brofais ar y bws...

Anadlaf yn ddwfn cyn agor y drws. Galla i weld fy rhieni

drwy'r ffenest yn eistedd wrth y bwrdd derw tywyll, canolbwynt y gegin, yn trafod. Mae eu hwynebau'n llym, ond o leia mae'r ddau ohonon nhw'n iawn... yn fyw. Dw i wastad yn dychmygu'r gwaetha, a galla i gofio sefyll ar gadair yn ymestyn i syllu drwy ffenest y llofft pan oeddwn yn ifanc yn pryderu am fy rhieni pan fydden nhw ddim ond pum munud yn hwyr. Natur ddynol, mae'n siŵr...

Wrth i mi gamu i mewn mae pennau fy rhieni'n troi a gwenaf yn ansicr wrth i arogl y Cerrado Capim Branco fynnu sylw fy nwy-ffroen.

"Be sy'n bod, be sy 'di digwydd?" Mae'r geiriau'n llifo o 'ngheg. Dw i'n awchu i wybod, ond pwyll piau hi gyda Dad a sneb yn f'ateb yn syth.

Yn hytrach, mae Mam yn codi ac estyn cwpan o'r cwpwrdd, a dyna pryd mae hi'n sylwi arna i. "O Alun," mae'n clochdar. "Ti'n socan!"

Dw i'n nodio 'mhen, tynnu'n sgidie, a dw i'n siŵr 'mod i'n clywed 'y nhraed yn dweud diolch. Wedyn, dw i'n eu gosod ar y llawr o flaen yr Aga.

Wedi llenwi'r cwpan â'r coffi, mae Mam yn ystumio arna i i eistedd wrth y bwrdd, ond dw i'n dal i aros lle'r ydw i. Gyda 'nghefn at y popty, dw i'n codi'r cwpan er mwyn gwerthfawrogi'r sawr cyn cymryd llond ceg.

"Dewch 'mlân te. Be sy 'di digwydd?"

Ac unwaith eto, sneb yn ymateb. Ma'n nhw'n edrych ar ei gilydd – Mam drwy lygaid cochlyd sy'n bradychu presenoldeb dagrau ynghynt, a rhai Dad yn wydrog a blinedig, fel petai neb am ddatgelu'r gwir.

"Gwen..." medd Dad o'r diwedd, gan basio'r baton i Mam ac ochrgamu'r cyfrifoldeb.

"Breian, dy Dad di yw e..."

"Dw i'n gwybod, ond dere, esbonia i Al..."

"Alun, mae Patr... dy Dad-cu, tad Breian, yn sâl..."

"Be sy'n bod?" gofynnaf yn fyrbwyll.

"Bydd yn amyneddgar, Alun." Dw i 'di clywed mantra 'nhad fil o weithiau, ond yr unig un sy'n bwyllog yn ein teulu ni yw fe ei hunan.

"Sori Dad, Mam. Dw i jyst… chi'n gwybod."

Mae Dad yn nodio'i ddealltwriaeth ac yn llyncu llond ceg o'i goffi tra bod Mam yn chwarae gyda'r llwy sy'n gorwedd yn y fowlen siwgr gan adael i'w diod oeri. Cyn iddi ailgychwyn esbonio, dw i'n edrych ar y rhychau o amgylch ei llygaid sy'n amlycach nag arfer heno. Wedi eu creu gan hapusrwydd ei blynyddoedd, maen nhw heno'n cael eu meddiannu gan ei gofid.

"Wel, ti'n gwbod 'i fod e'n hen. Faint yw e nawr, Breian?"

"Wyth deg saith…"

"Ie, wyth deg saith. Wel ma… sut alla i ddweud hyn… wel, ma fe 'di colli… wedi colli'i goesau…"

"Beth?!" Ebychaf braidd yn rhy ddramatig, fel actor pantomeim yn troi ei law at Shakespeare.

"Gwen!" Mae Dad yn ymuno yn y sgwrs gyda'i lygaid ar dân a'i geg yn agored.

"Sori, sori, na, na, na! Dyw e heb golli ei goesau o gwbl, ond ma fe wedi colli defnydd ei goesau…" Mae llaw Mam yn ymestyn ar draws y bwrdd ac yn dofi braich 'nhad.

"Sut?"

"'Dyn ni ddim yn rhy siŵr a dweud y gwir, odyn ni Breian, dim byd pendant, jyst oedran, henaint…"

"Wear and tear…" Mae fy rhieni wastad yn gorffen brawddegau ei gilydd – canlyniad cydfyw am ymhell dros chwarter canrif, siŵr o fod…

"Diolch Breian, ie, wear and tear. Mae angen dwy benlin newydd arno fe, ti'n gwbod, rhai ffug…"

"Artificial…"

"Ie, 'na 'ny, ma angen rhai artificial arno fe, ond oherwydd ei oedran a'r trafferthion gyda'i galon, ti'n gwybod, ma'r doctoriaid yn pallu ei drin…"

Y 'trafferthion' gyda'i galon, 'na un ffordd o'i roi e! Wnewch chi ddim credu hyn chwaith, ond mae hi'n stori hollol wir sydd erbyn heddiw'n chwedlonol yn ein teulu ni. Rhyw chwarter canrif 'nôl, cyn cof i fi, roedd Dad-cu'n smocio chwe deg Woodbine non-filter bob dydd yn ôl y sôn, er rhaid cofio bod y stori wedi'i chwyddo a'i gorliwio erbyn hyn ac fe ddwedwn ni 40 Woodbine i fod yn saff. Felly, beth ddigwyddodd? O, am syrpreis, fe gafodd e drawiad ar ei galon. Dim un peryg bywyd, ond digon o rybudd i wneud i'r gwallgo gallio. Pan o'dd e yn yr ysbyty'n gwella, rhybuddiodd y doctoriaid e bod yn rhaid iddo roi'r gorau i'r mwg neu byddai'r trawiad nesa'n siŵr o'i ladd. Ond, wedi ei ryddhau, beth oedd y peth cynta wnaeth Dad-cu? Mynd lawr i'r siop a phrynu pecyn ugain...

Ymhen mis, cafodd drawiad anferthol fase 'di claddu'r rhan fwya, ac yn ôl â fe i'r ysbyty. Y tro hwn, gwrandawodd ar gyngor y doctoriaid ac ar bledio'i wraig a phan adawodd yr ysbyty ar ôl mis, ffeindiodd arferiad newydd i lenwi'r gwagle. Losin. Pan o'n i'n blentyn, roedd mynd am sbin yng nghar Dad-cu fel ymweld â ffatri symudol Willy Wonka i fi – roedd 'na beryglon deintyddol ym mhobman! Yn y glovebox, dan y radio, ym mhocedi'r drysau, y daliwr tapiau, a wastad yng ngheg Dad-cu. Yr unig beth oedd ar goll oedd yr Oompa Loompas, er 'nes i byth edrych yn y boot chwaith. Gwellodd ei iechyd dros y blynyddoedd, ond collodd ei ddannedd cyn hir, a galla i ei glywed e'n cwyno nawr yn ddweud "Well, the toffees gave me lungs ah rest but they rotted me bloody gnashers!"

Er i fi hala Nadoligau, pen-blwyddi a Phasgau niferus yn ei gwmni, dyna'r unig atgo sydd 'da fi ohono fe a dweud y gwir, a dyw hynny ddim really'n cyfri gan mai chwedl wedi eu gorliwio yw hi... So ni erioed wedi bod yn agos ac mae fel petai Mam a Dad wedi gwneud y gwaith o'i adnabod ar fy rhan i a nawr mae'n debyg na cha i'r cyfle i'w nabod e o gwbl...

"…a dweud y gwir, 'na beth ro'n ni'n trafod nawr cyn i ti ddod gytre, Al… Alun?"

"Al!" Ma Dad yn fy mhlycio'n ôl i'r presennol.

"Mmmm, sori Mam, beth?"

"Ni'n meddwl gofalu amdano fe ein hunen. Fan hyn."

"Pwy, Dad-cu?"

"Wrth gwrs, pwy arall?"

Dw i'n stryglan nawr a 'sdim clem 'da fi beth dw i 'di golli…

"Beth am y sheltered housing lle ma fe'n byw nawr?"

"Wel, ma hynny'n bosib." Mae Dad yn cymryd yr awenau. "Ond ni moyn i weddill ei amser e ar y ddaear fod yn gyfforddus…"

"Yn hapus…"

"… ie, mor hapus ag sy'n bosib. Mae e, a Mam o'i flaen e, wedi rhoi cymaint i ni fel teulu dros y blynyddoedd, ni moyn rhoi rhywbeth bach yn ôl iddo fe, 'na i gyd…"

"'Na beth ma teuluoedd fod gneud, gofalu am ei gilydd…"

"…dw i jyst eisiau iddo fe wybod ein bod ni'n meddwl y byd ohono fe ac yn gwerthfawrogi'r hyn ma fe 'di neud i ni…"

Dealladwy, ond…

"Ti'n meddwl 'yn bod ni'n wallgo, Alun!" Mam nawr, yn dechrau ei cholli hi… "Breian! Edrycha ar ei wyneb e… edrych!"

"Mam, fi ddim yn gwrthwynebu! Dim o gwbl, ma e bach o sioc, 'na gyd…"

Mae'r llonyddwch yn dychwelyd i'w llais. "Sori bach, o'n i ddim yn meddwl…"

"Dw i'n gwbod, Mam, mae'n iawn."

Ac mae hi'n estyn ei llaw tuag ata a dw i'n gafael ynddi, yn camu ati, ac yn rhoi cwtsh fawr wlyb iddi. Er gwres cariad Mam, dyw hi ddim yn cymharu â'r Aga!

Trwy'r holl siarad call am fod yn gyfforddus a hapus ac yn y blaen, dw i'n cael y teimlad, wrth gofleidio Mam a gwylio Dad yn gorffen ei goffi, fod 'na bendantrwydd yn mudferwi o dan yr wyneb. Dw i'n cael yr argraff bod amser Dad-cu'n tician tua'r terfyn…

O nunlle, mae Miaaaaaaw yn torri'r tawelwch ac ma Dad, heb oedi, yn codi i fwydo Dwdi sy'n ymestyn ei hun ar ôl diwrnod caled o gysgu.

"Ni'n mynd i Ferthyr i'w weld e mewn munud, Al, os nad oes unrhyw beth arall mlân 'da ti heno…"

"Gwen, dw i'n siŵr bod ga…"

"Na, Dad, dw i eisiau dod. Jyst rhowch ddeg munud i fi newid…"

Ac wrth frasgamu tua f'stafell wely, tair stepen ar y tro, dw i'n gwybod mai euogrwydd sy'n llywio fy hwyliau heno ond dw i eisiau gweld Dad-cu 'fyd. Dw i eisiau siarad 'da fe, dod i'w nabod e… nawr. Mae'r ffordd dw i 'di'i anwybyddu e fel oedolyn yn gwneud i fi feddwl am un person yn unig. Wil. A chredwch chi fi, dyw hynny ddim yn gymhariaeth nac yn deimlad sy'n eistedd yn gyfforddus ar fy nghydwybod.

Dw i'n agor drws fy stafell ac yn gweld bod Dwdi, fel amfitheatr Rufeinig, wedi gadael ei ôl crwn ar fy ngwely. Newidiaf i gyfeiliant eironig cân enwoca'r albwm Tea For The Tillerman gan Cat Stevens, sy'n fy ngorchuddio mewn goosebumps fel arfer, cyn diffodd y golau, rhoi pwt i'r stereo ac ailymuno â fy rhieni yn y gegin.

Wedi i Mam sicrhau bod holl hobs y ffwrn yn dawel a'r soced lectrig 'fyd, ma fy rhieni'n mynd am y car gan 'y ngadael i gloi'r drws. Gwyliaf nhw'n dal dwylo wrth gerdded lawr y llwybr a cheisiaf gofio'r tro diwetha i fi eu gweld nhw'n gwneud hynny. Angladd Mam-gu oedd yr achlysur…

Ni yn y Volvo, y tri ohonon ni, ar y ffordd i weld Dad-cu, ac yn pasio clwb golff Witchurch, clwb golff Dad, ar y dde. Wel, dim fe sy'n berchen y lle ond 'na lle ma fe'n chware.

Beth bynnag, ni'n gadael y ddinas ac yn gwneud saith deg milltir yr awr yn gwmws, dim mwy, dim llai, wrth basio o dan gysgod Castell Coch mewn tawelwch llethol. Tawelwch llawn pryder. Sdim hyd yn oed cerddoriaeth 'mlaen 'da Dad, sy'n brawf bod pethau mawr ar ei feddwl heno.

Mae'r glaw wedi peidio ond mae'r byd yn diferu ag atgofion o'r wlychfa. Dw i'n eistedd yn sedd flaen y car yn syllu'n syth o 'mlaen ar oleuadau'r ffordd ddeuol sydd, fel effeithiau arbennig Tron, yn teithio tuag ata i ar gyflymder eithafol cyn diflannu o'r golwg dros fy mhen. Mae'r blinder, y tristwch a'r edifeirwch yn tonni drosta i wrth i Dad arafu'r bwystfil metel dwy-litr yn ofalus yn y tywydd gwlyb i lawr o 70 milltir yr awr i 50, wrth ymateb i arwyddion y gwaith ffordd tragwyddol ar yr A470. Dyw'r côns traffig, o beth alla i weld, yn rhwystro dim byd ond lôn wag lyfn, a rhaid cyfadde 'mod i'n falch ar adegau fel hyn nad ydw i'n gallu gyrru.

Mae'r lôn gyfyng yn ein tywys o Ffynnon Taf tu hwnt i Drefforest, a chyn hir ni'n pasio Ponty a chaf gyfle i edrych i'r dde ar Pops. Yng ngolau isel y cocpit, mae proffil 'Nhad yn f'atgoffa o Dad-cu, er bod fy nhad yn gyfforddus yn nhrwch ei ganol oed, sy'n wrthgyferbyniad llwyr â ffrâm esgyrnog Patrick Brady. Etifeddodd ei 'esgyrn eang' oddi wrth ei fam, caseg o fenyw yn ei dydd, ond mae gan Dad a Dad-cu 'run trwyn ac mae'r dimples sy'n cloddio'i fochau'n etifeddiaeth gorfforol arall. Er nad oes hint o'r Gwyddel yn llais fy nhad, does dim modd gwadu'r tebygrwydd teuluol.

Yn wahanol i Mam, sy'n bur ei Chymreictod, brithgi yw Dad, ac felly hefyd ydw i. Ymfudodd Dad-cu o Blackrock yn Nulyn i Gymru'n ddeunaw oed ym 1930-ish. Mae'r rheswm dros y symud yn aneglur ac yn cael ei drafod mewn sibrydion gan aelodau'r teulu sydd wastad wedi rhoi clogwyn o ddirgelwch a rhamant i'w hanes. Gweithiodd ym mhorthladd Abergwaun am ddeng mlynedd ac yn ystod y cyfnod yma fe ddigwyddodd dau beth o bwys. Yn gynta, dysgodd siarad Cymraeg, ac er ei fod yn dal i regi, diawlo a grymial ambell i frawddeg yn ei famiaith, mae ei Gymraeg mor gyfoethog â f'un i, os nad yn well. Dyna fel dw i'n ei gofio, anyway. Yn ail, fe gwrddodd â Gwyneth, fy Mam-gu. Priododd y ddau cyn symud i'r dwyrain i chwilio am waith ac i gwrso breuddwydion, a setlo ym Mhenpedairheol lle ffeindiodd Dad-cu waith ym Mhwll Glo Penallta. A dyna lle y buodd e'n gweithio, tan i Maggie wneud ei gwneud, a lle buon nhw'n byw. Am byth. A-men.

Mae e'n dal i fyw yn y pentref, dafliad carreg o'u tŷ teras, mewn sheltered accomodation. Symudodd o fewn deufis i golli Mam-gu gan nad oedd clem 'da fe sut i ofalu amdano'i hunan. Nodwedd arall ma Dad wedi ei hetifeddu ganddo… a Wil wedi meddwl, ond un dw i'n gneud 'y ngorau i'w gorchfygu.

Mewn cywilydd, dw i'n cyfadde nad ydw i'n gallu cofio'r tro dwetha i fi fynd i'w weld e – dod lawr aton ni yw'r norm. Gan nad oes car 'da fi sdim ffordd o'i gyrraedd… ar wahân i'r trên neu fws… 'Sdim esgusodion 'da fi dros ei esgeuluso… ei anghofio. Dw i jyst yn gobeithio nad yw hi'n rhy hwyr i wneud yn iawn am fy ngham.

Dw i'n ailymuno â'r byd mewn pryd i weld Castell Cyfarthfa'n cuddio yn y coed, a'r cysgodion tu hwnt i'r llyn tywyll a'r elyrch mynwentaidd o'n blaen.

"I'r dde fan hyn…" ma Mam yn cynghori.

"Fi'n gwybod," ma Dad yn sibrwd, gan slipio'r car yn ôl i'r ail gêr a gwthio'r Volvo i fyny'r rhiw tua'r Gurnos.

Mae'r awyrgylch yn newid cyn gynted â'n bod yn cyrraedd y stad – sy'n dywyllach oherwydd bod cynifer o lampau'r stryd wedi'u chwalu gan garreg o ddwrn diflas, di-waith. Mae'r ffenestri chwâl a'r cregyn ceir llosg llychlyd ar ochr ffordd yn dynodi gwastraff… a dyna beth yw'r lle ma, a llefydd tebyg ym mhedwar ban byd. Trefi sianti. Tomen sbwriel cymdeithas, lle mae'r gwan a'r tlawd, y mud a'r pwdwr yn ymgasglu. Wedi cyrraedd yno mae'n anodd, os nad yn amhosib, gadael.

"Breian," medd Mam o'r cefn. "Gwylia rheina ar y chwith…" Mae hi'n cyfeirio at y grŵp, y gang, o blant yn eu harddegau sy'n ymgynnull ger arhosfan bws i yfed seidr ac… wel, mae'n anodd dweud… Nad yw hynny'n ddigon? Yn enwedig ar nos Lun! Wrth i Dad yrru heibio ar ochr anghywir y ffordd, gan fod y cyrff yn gorlifo dros y palmant i'r hewl, galla i deimlo pymtheg pâr o lygaid yn syllu tuag aton ni.

Ghetto go iawn yw'r Gurnos, lle a chymdeithas mae'r gwleidyddion eisiau anghofio amdano. Fel pe na bai yno ddim problem, esgus nad yw'r llefydd na'r bobol ma'n bodoli. Maen nhw'n anweledig … tan i chi ymweld â nhw.

Mae Mam yn mynnu bod Dad yn parcio'r car mor agos at brif fynedfa'r ysbyty ag sy'n bosib, gan fod CCTV yn gweithredu yn y maes parcio yn ôl hi.

Cerddwn tuag at Ysbyty Carlo fraich ym mraich, y tri ohonon ni, gyda Mam yn y canol. Mae'r pyllau o dan draed yn adlewyrchu'r awyr uwchben sy'n glwstwr o sêr erbyn hyn. Mae'r adeilad llwydaidd, sy'n troi'n ddu mewn mannau, yn ymddangos mor drist â'r stad o'i gwmpas ac â'r cleifion tu fewn. Wrth y brif fynedfa, mae 'na glwstwr o bobol – yn gleifion, perthnasau a gweithwyr iechyd amrywiol – yn adio at broblemau'r NHS drwy smygu wrth gist goncrit yn llawn dop o flodau mewn ymdrech amlwg i godi calonnau'r ymwelwyr. Yn anffodus, mae cynnwys y gist yn gwatwar straen bywyd y cleifion tu mewn drwy blygu'n gam dan straen bywyd.

Efallai fod y darlun dw i'n ei beintio o'r tu allan yn llwm, ond mae'n Edenaidd o'i gymharu â'r tu fewn. Dw i'n dilyn fy rhieni tua Ward 3, Orthopaedic, wrth iddyn nhw droedio'r un coridorau ag y gwnaethon nhw bum mlynedd yn ôl yn ystod dyddiau olaf Mam-gu.

Awn heibio i Security Guard ar ddyletswydd ger y fynedfa. Yng ngolau sepia'r ysbyty, gyda'i groen gwelw a'i fol cwrw'n crychdonni dros ei wregys, mae'n ymddangos bod angen sylw meddygol arno fe. Wrth i ni ei basio, mae'n estyn pecyn o greision o'i boced a llowcio'r tatws tewdra. Wedyn, mae'r arogl yn cyrraedd fy nhrwyn – arogl bwyd fel dail yn pydru, sydd fel sŵn fy sodlau ar y llawr caled, yn atseinio oddi ar y waliau.

Cyn cyrraedd ward Dad-cu, ry'n ni'n pasio cleifion yn dioddef o jaundice a chlefydau eraill, amputee heb goesau yn sgrialu rownd cornel yn ei gadair olwyn fel Barry Sheen yn Brand's Hatch, dwy chwaer yn cofleidio'i gilydd o dan gawod o golled, slings, plaster of Paris, pwythau mewn pennau, pesychu, Parkinson – y clefyd, dim y cyflwynydd teledu – llond lle o bryder, sy'n bodoli mewn ysbyty fel ysbryd Crist mewn eglwys.

Wedi gofyn i'r Chwaer am gyfarwyddiadau i wely Dad-cu, mae'r hyn a welwn yn cadarnhau fy holl bryderon. Mae e'n gorwedd yng nghornel bella'r stafell – sy'n llawn dynion o'r un oedran yn mwmian geiriau heb lunio brawddegau, neu'n chwyrnu, rhechen neu chwibanu trwy eu hysgyfaint – yn hollol lonydd. Mae ei lygaid, sydd ar gau, yn datgelu marc geni tywyll ar glawr dde un ohonyn nhw ac mae ei freichiau'n llipa wrth ei ochr. Ar wahân i'w frest, sy'n codi a disgyn i rythmau'r peiriant cynorthwyol o dan orchudd ei byjamas hufenfrown, gwna ddynwarediad da o gorff marw.

Ni'n sefyll wrth droed y gwely, fel y Doethion ger y preseb, yn syllu arno. Dyw e ddim fel dw i'n ei gofio fe... am beth twp i feddwl... a dweud y gwir, mae 'ngobeithion o ddod i'w nabod e'n diflannu o flaen fy llygaid.

Ar ôl cyfnod o dawelwch – ar ein rhan ni yn hytrach na'r cleifion eraill – mae Mam yn dechrau crio'n dawel. Dw i'n rhoi 'mraich amdani ac yn ei thynnu'n dynn tuag ata i tra bod Dad yn eistedd ar y gadair ger y gwely, yn gafael yn llaw chwith yr hen ddyn. Mae'n mwytho llaw Dad-cu a galla i weld cyfuchliniau garw oes o waith corfforol caled yn symud rhwng bysedd fy nhad. Yn ogystal â gyrfa fel glöwr, roedd Dad-cu wedi gweithio'r tir gydol ei oes ar ei annwyl randir yn Fleur de Lis tan rai misoedd yn ôl. Dwylo dyn sydd ganddo, rhywbeth arall nad ydw i 'di'i etifeddu. Er, wedi meddwl, dyw etifeddu'r fath ddwylo ddim yn bosib... heb oes o waith caled.

"Mr Brady?" medd llais cyfagos sy'n gwneud i'r tri ohonon ni droi i'w wynebu. "I'm Doctor Thomas and I was wondering if I could have a short chat with you... in private." Mae Dad yn codi o'i gadair, yn gafael yn llaw Mam, sydd wedi stopio crio, ac yn dilyn y doctor tua'i swyddfa heb ddweud gair wrtha i.

Am eiliad, dw i'n sefyll yn yr unfan yn meddwl beth i'w neud, ond mae'r ateb yn amlwg. Af i eistedd wrth ochr Dad-cu, yn y gadair lle'r oedd Dad eiliade 'nôl. Caiff fy sylw ei ddenu at y tiwbs sy'n penetreiddio'i ffroenau, a'i ysgyfaint sy'n gwneud sŵn fel cerrig mewn prosesydd bwyd. Mae cnawd ei wyneb tenau yn hongian oddi ar ei ên ac mae ei wallt gwyn fel gorchudd o eira ar dŷ-to-gwellt.

Er mawr cywilydd, yr unig beth dw i'n teimlo tuag ato, y dieithryn hwn, fy nhad-cu, yw tosturi. Wrth edrych o amgylch y ward ar y cleifion eraill does dim i'w weld ond hen ddynion, doethion, wedi colli eu hurddas; trof yn ôl at Dad-cu gan afael yn ei law rhwng fy mysedd. Er yr holl waith caled, mae ei groen fel sidan oerllyd yn hongian oddi ar ei fysedd esgyrnog.

Dw i'n ysu i esbonio, yn ysu i ymddiheuro, ond am resymau amlwg, gan nad yw'n ymwybodol 'mod i yno, dw i'n penderfynu peidio siarad â'r hen ddyn. Yn hytrach, dw i'n gwneud rhywbeth llawer mwy ymarferol. Dw i'n cau fy llygaid a gweddïo.

05: FLOYD,
Y GWAREDWR GARW

Clywaf draffig cynnar canol y ddinas tu hwnt i farrau'r ffenest yn fy nghroesawu'n ôl i ymwybyddiaeth, ac wrth agor fy llygaid y mymryn lleia, dw i'n gweld Knocker yn sefyll drosta i gyda mwgyn cynta'r dydd yn hongian o gornel ei geg. Am ryw reswm, mae fy esgyrn mor oer â Mr Freeze a 'ngwyneb, mewn gwrthgyferbyniad llwyr, mor boeth â Ralgex ar gwt agored...

"No, Knock, not yet..." protestiaf. "The alarm hasn't gone off..." A chaeaf fy llygaid unwaith eto. Ond, yn wahanol i'r arfer, dyw fy ffrind ddim yn gwrando. Yn hytrach, mae e'n plygu wrth fy ochr ac yn f'ysgwyd yn ysgafn i ddechrau ac wedyn yn fwy cadarn.

Agoraf fy llygaid unwaith eto, a thrwy'r niwl boreol mae Knocker yn edrych yn lot llai o ran maint y bore ma. Hynny yw, nid yw ei ysgwyddau'n ymddangos fel petai angen rhybudd 'Llwyth Llydan' arnyn nhw. Mae e'n f'ysgwyd unwaith eto, ond dw i ddim am godi tan bod y gloch yn canu. Am ryw reswm, dw i 'di blino'n lân...

"C'mon mate, wakey-wakey!"

Dw i'n clywed y llais ac wedi ystyried y geiriau a'r acen, dw i'n gwybod mai dim Knocker sydd yno. So, dw i'n codi'n sydyn ar fy eistedd, gan achosi i'r person gamu'n ôl fel petawn i'n gobra ar fin dadrwymo. "Easy now, mate, take it easy," mae'r boi'n cynghori, ac wedi edrych o 'nghwmpas ar y beddau a'r coed a'r awyr uwchben dw i'n cofio lle rydw i a pham mai nid Knocker sy'n sefyll o 'mlaen i.

Crynaf o dan y blanced blastig, sy'n diferu ag anwedd oerfel y nos a chynhesrwydd y bore, cyn codi'n araf ac estyn am fy sgidie. Ond, cyn eu gwisgo dw i'n cofio am y pothelli ac yn penderfynu peidio.

"Are you all right, mate?" hola'r dyn.

Dw i'n edrych ar ei wyneb ac yn cofio i fi gwrdd â fe'r diwrnod cynt yn yr un lleoliad yn union. Fel fi, sa i'n credu ei fod e 'di newid ei ddillad chwaith – mae'n dal i wisgo'r un crys T di-lewys gyda'r geiriau 'Motorhead – No Sleep Till Hammersmith 1983' a llun o benglog â phapur degpunt wedi'i rolio lan ei drwyn ar y ffrynt; shorts denim oedd yn amlwg yn bâr o jins ar un adeg, a sgidie Caterpillar trymion. Mae ei wallt spiky melyn, flat top cwta a dweud y gwir, ei lygaid drygionus a'i groen lliw grefi'n tanbrisio'i oedran o leia bum mlynedd basen i'n dyfalu.

"Yes, I think so. A bit cold…"

"A bit! I'd be fuckin' freezin' out here if I was you. Haven't you got anywhere better to sleep?"

Mae e'n edrych arna i gan dynnu'n galed ar ei rôl, cyn chwythu'r mwg tua'r nefoedd. Dw i'n ymestyn mewn ymateb i 'niogi gan feddwl am ateb i'w gwestiwn.

"I actually haven't… and now that I think about it, that's one of the best night's sleep I've had in ages…"

Mae'n gwenu ar fy natganiad wrth i'r modrwyon arian sy'n hongian o'i glust chwith ddisgleirio, fel dafnau o wlith ar ddeilen, wrth i'r haul eu bwrw.

"Well, I'm glad of that, really I am. But be that as it may, you can't stay here again. OK?"

Mae'r rhybudd yn un cyfeillgar, ond mae'r creithiau ar ei wyneb yn gwarantu 'mod i'n mynd i wrando arno.

"Of course, it won't happen again."

"Safe. No 'arm done. They your parents a'they?"

Dw i'n troi 'mhen i edrych ar y bedd – as if bod angen cadarnhad arna i! – cyn edrych nôl i'w gyfeiriad.

"They were…" Dw i'n ei gywiro.

"True. I'm sorry." A dw i'n ei gredu fe 'fyd. Mae ganddo wyneb mor gyfeillgar a gwên mor gam mae'n anodd peidio. "Look, my name's Floyd," mae'n adio gan estyn ei law tuag ata i.

Ac wedi i fi adrodd fy enw – "Alun, but my friends (!) call me Al" – ac ysgwyd ei law mewn cyflwyniad, mae Floyd yn fy ngwahodd i'w sied am baned o de.

Wedi codi'r sach a'i rhoi hi yn ei wilber, ni'n cerdded tua chornel pella'r fynwent, ochr Fairoak Road, heibio i'r capel a'r tŷ wrth y fynedfa, gyda fe'n siarad am ei waith fel gofalwr y lle a fi'n ceisio 'ngorau i beidio dangos y boen o gerdded yn droednoeth ar hyd y llwybrau garw. Dw i'n stopio am eiliad wrth i fi sefyll ar garreg eithafol o finiog ac, fel seicig, mae Floyd yn dweud "Why don't you walk on the grass verges, Al? They're softer than puppies and don't yelp when you step on 'em." Dw i'n gwenu ar ei gymhariaeth ac yn falch o ddarganfod ei fod e'n dweud y gwir…

Ar ôl rhyw ganllath, ni'n gadael y llwybr cyhoeddus a'r beddau tu ôl gan groesi nant fach grinsych ('Nanteeweedle' yw ei henw, yn ôl Floyd) a cherdded tua chornel pella'r fynwent ar drac o bridd. Cyn belled â dw i'n gallu gweld, sdim byd lawr 'ma ar wahân i goed trwchus a… 'na ni really.

"There she is," nodia Floyd 'i ben i gyfeiriad clwstwr o goed o'm blaen. Dw i'n rhythu am eiliad gan nad oes dim byd yno ar wahân i ddeiliach trwchus…

"What? Where?"

"There… H-Q. My office, laboratory, storeroom,

garage, workshop, kitchen and lounge." A gyda gwên lydan ar ei wyneb a haul y bore'n goleuo'r sied bwdr wrth i ni symud drwy'r coed, mae'n adio' "No one knows she even exists... which is just the way I like it. You're a privileged person, Al. If you tell anyone about her, I'll have to kill you..."

"What?" gofynnaf â'r pryder yn amlwg yn fy llais.

Ond mae Floyd yn gollwng y whilber rhyw ddeg llath o'r sied ac yn troi i 'ngwynebu. Ma 'nghalon i'n curo a dw i'n stopio cerdded, ond dw i'n barod i'w heglu hi pe bai raid.

"Al, you gotta chill, mate. I was only joking, like, but I can see from the look on you face that you're shitting it. You're very jumpy... but I'm sure there's a good reason for that..."

Dw i am dorri ar ei draws ac esbonio'r hyn sy 'di digwydd, ond cyn i fi gael cyfle mae e'n codi'i ddwylo ac yn fy stopio.

"Look, Al. I don't care what happened to you or why you're kippin' like a bepp by your parents' grave. It's just, well, when I see a man in a suit crying his eyes out and then freezing his nuts off, least I can do is offer him a cup o 'tea, know what I mean?"

A chyn i fi gael cyfle i ymateb, mae e'n fy arwain tuag at y sied sy 'di cael ei choloneiddio gan iorwg, er, wedi meddwl, efallai mai cadw'r adeilad yn un darn yw pwrpas y planhigyn...

Wedi iddo ddatgloi'r tri chlo trwm ar y drws, cama Floyd i mewn a chynnau'r bwlb noeth sy'n goleuo'r stafell. Dw i'n aros wrth y drws yn pwyso f'ysgwydd ar y ffrâm gan syllu ar gynnwys y lle ac yn deall yn iawn nawr pam fod Floyd eisiau cadw'r sied yn gyfrinach rhag gweddill y byd – mae'r lle fel pencadlys Trotters Independent Traders! Mae'r lle'n llawn dop â phentyrrau o CDs, crysau Lacoste, bocsys Adidas a theclynnau trydanol amrywiol fel toasters, tecyll a phethau felly. Yn ogystal â hyn, mae 'na blanhigion anhysbys – tri ohonyn nhw'n tyfu yn y cornel pella o dan belydrau parhaol golau UV – ac er 'mod i'n ddibrofiad yn y maes, dw i'n gwybod yn gwmws beth ydyn nhw. I'r chwith o lle dw i'n sefyll mae 'na sinc stainless steel a thegell rhydlyd, oergell fach i gadw llaeth, stôf wersylla, radio a ffenest frwnt gyda rollerblinds crimp yn gwneud ymdrech wael i guddio'r gwydr a dallu llygaid estron rhag edrych i mewn. I'r dde mae 'na fainc-weithio, droriau gorlawn ac offer gardd amrywiol yn hongian ar fachau ar y wal; ac o 'mlaen i, ar fwrdd pin, mae teledu 28 modfedd sy'n hawlio sylw'r holl stafell. Anodd dweud os mai contraband neu adloniant yw pwrpas y behemoth, ond o weld y dwst sy'n gorchuddio'r teclyn, baswn i'n dyfalu nad oes fawr o bwrpas iddi o gwbl.

Wrth lenwi'r tegell dywed Floyd "Scuse the mess, Al, I don't do much entertaining in this place. And don't stand there like a bouncer, mate, come on in. Make yourself comfortable," a gyda hynny, ma fe'n estyn dwy sunlounger ac yn ystumio i fi ymuno â fe. Ond, wrth i fi gymryd 'y ngham cyntaf i'r sied – y tardis tamp, llychlyd – gwaedda Floyd, "Stop! Sorry mate, but you might want to put your shoes on before coming in, in case you step on a nail or some glass or summin'."

"That would probably be more pleasant than putting my shoes on, Floyd…"

"That bad, ey. All right, stay there for a sec…" ac mae e'n mynd i gornel pella'r sied a thwrio. "What size are you, Al?"

"Size?"

"Feet. Shoes. What size?"

"Nine, I think…"

"Bingo!" Ac ma fe'n troi i 'ngwynebu gyda bocs Adidas yn ei ddwylo gan wenu. "You can have these. They're Sambas, Adidas Samba. Y'know, like the dance."

"Are you sure, Floyd?"

A rhaid cyfadde 'mod i'n teimlo ychydig bach yn embarrassed fan hyn – ma'r boi ma, y dieithryn sydd wedi bod mor hael tuag ata i'n barod, nawr yn rhoi pâr newydd sbon o daps i fi 'fyd! Mae ei gyfeillgarwch yn gwneud i fi deimlo'n saff yn ei gwmni rywffordd, ac er bod cynnwys ei sied yn hintio i'r gwrthwyneb, dw i'n ei drystio fe'n llwyr yn barod.

Maen 'nhw' yn dweud bod carchar yn gallu sugno'r gallu i ymddiried mewn eraill ohonoch, ond i fi, gyda chyfeillgarwch a gwarchodaeth Knocker, nid dyna'r gwirionedd. Yno, tu ôl i'r barrau a'r welydd trwchus, y g'nes i fy ffrind cynta erioed, ar wahân i aelodau'r teulu hynny yw, a nawr 'mod i ar y tu allan dw i'n dechrau sylwi pa mor bwysig yw cyfeillgarwch mewn bywyd. Faswn i heb bara wythnos yn y carchar heb Knocker a dw i'n benderfynol o oroesi nawr 'mod i'n rhydd hefyd. Felly, efallai 'mod i'n ymddangos yn desperate i drystio Floyd ond, i ddefnyddio hen ystrydeb, mae hi'n well difaru rhywbeth chi wedi 'neud yn hytrach na rhywbeth na 'nethoch chi.

"Yeah, of course. They've just been lying there for the past few months. Maybe even years. I'm not the best salesman see – I buy all this stuff off people, knows what I mean, then after an initial burst of floggin' down the Arches like, I just don't bother any more… can't be arsed I s'ppose… anyway, they're yours if you want 'em…"

A dw i'n eu cymryd gan ddiolch iddo a'u gwisgo wrth

y drws cyn eistedd ar un o'r cadeiriau print blodau tra bod Floyd yn arllwys dŵr berw dros ddau fag te. Ond, cyn setlo, mae dilledyn cotwm yn fy mwrw yn fy ngwyneb.

"Put that on too, so you don't look like an undertaker…"

Ac eto, dw i'n diolch iddo cyn cyfnewid 'y nghrys angladdol am un polo Lacoste lliw coch. Eisteddaf ac edrych ar gefn Floyd wrth iddo droelli'r hylif ac am y tro cynta dw i'n sylwi pa mor fyr yw e. 'Five foot and a fart' fel base Paddy'n ddweud. Paddy! 'Nes i bron anghofio amdano fe… ond dw i'n siŵr ei fod e'n iawn. Wedi'r cyfan, dylsai mynwent fod yn lle hawdd iddo wneud ffrindiau … er rhaid cyfadde mai dyma'r lle diwetha i fi ddisgwyl gwneud un.

"D'you want any sugars, mate?"

"No, none for me thanks."

"More for me, then," ac mae Floyd yn llwytho'r llwy dair gwaith cyn adio'r llaeth.

Dw i'n cymryd ceged o de tra bod Floyd yn gosod ei baned e ar fwrdd cyfagos ac yn estyn ei bapurau rholio. Ond, dim tybaco mae e'n ei estyn o'i boced.

"What are these, Floyd?" gofynnaf gan estyn casyn plastig o bentwr cyfagos. "CDs are they?"

Mae Floyd yn edrych arna i nawr gyda golwg ddryslyd ar ei wyneb wrth iddo dorri gwair gwyrdd drewllyd mewn powlen blastig ar ei gôl gan ddefnyddio pâr o siswrn ewinedd.

"Not quite, Al. They're DVDs…"

"DVDs? I've never heard of them."

"Serious? Fuckin' hell, where 'ave you been 'iding, mate?"

Dw i'n oedi cyn ateb gan feddwl a ddylsen i gyfadde'r cwbwl iddo…

"I've been away for a while…"

"Oh yeah, travellin' is it?"

"Not quite. The complete opposite really…"

"The complete opposite of *travellin*'?" Dw i'n cymryd llwnc o'r Typhoo ac yn nodio'r ateb. "What? Sitting still?"

"Pretty much…"

"Fuck, I knows now!" Ac mae e'n gwenu arna i'n orfoleddus, fel mathemetegydd yn cael moment eureka, gan lenwi papur rholio'n llawn baco a gwair mân. Wrth lyfu'r papur a chreu côn perfaith, mae'n dyfalu fy hanes. "You've been banged up, haven't you? The suit, the kippin' rough, it all makes sense now."

Dw i'n cadw'n dawel am sbel gan feddwl am y cam nesa, ond wrth gofio'i gyfeillgarwch a'i onestrwydd, dw i'n cyfadde'r cyfan… wel, bron.

"I have. Yes. I got out yesterday after serving two years of a four-year stretch…"

"What was you in for, Al? If you don't mind me asking…"

"Some other time, Floyd, if you don't mind?"

"Of course mate, no worries," ac wrth ddweud hyn ma fe'n dal ei ddwylo i fyny mewn dealltwriaeth. "I've done some time myself, like. Two stretches, one for armed robbery when I was well young, twenty years old I was, five years of an eight year stretch. That taught me something that did…"

"What?"

"Never get caught!"

Ac mae'r ddau ohonon ni'n chwerthin fel Bond villains cyn cario 'mlaen â'r sgwrs.

"What else were you sent down for?"

"Did another year about ten back for dealing draw…"

"I see you've reformed well on that front, Floyd!"

"Of course! What about you?"

"Reformed?"

"Aye."

"That's a difficult one to call, really, as I don't think I did anything wrong in the first place..."

"True, we're all innocent on the inside..."

"I didn't say I was innocent of what I was accused of doing," esboniaf gan gymryd llymaid arall o'r te. "I mean, the evidence was stacked against me. I just believe that what I did was the right thing to do at the time..."

Ac mae 'ngeiriau'n tawelu'r stafell a Floyd yn gosod ei fwgyn rhwng ei wefusau. Cyn ei thanio, mae e'n dweud:

"You've got nowhere to stay, have you – no family or nothin'."

"I have got a family, but nowhere to sleep, you're right. Why?"

"Well, I was just thinking. You can stay here if you want, till you get back on your feet, like. I knows it's not much, but it's better than kipping on the floor like a tramp."

Dw i'n methu credu'r hyn dw i'n glywed ac am eiliad yn meddwl 'mod i 'di cwrdd â fy angel gwarchodol. Dw i'n diolch i Floyd a methu credu'n lwc... ac er mai sied yw hi, mae'n well na mainc, neu fedd, neu gell.

"Do you trust me, Floyd? I mean, I haven't even told you what I was in for..."

"I don't know if I trust you yet, Al, but I've got a good feeling about you. And anyway, everyone deserves a second chance in life, don't they?"

"You're right, thanks Floyd. But what about the house by the main entrance? Does anyone live there?"

"Nah, just the occasional gippo and the resident ghost."

"Ghost?"

"Yeah, that's why the gippos never stay too long!"

Gyda'i lygaid yn chwerthin, mae Floyd yn tanio'i berlysyn pleserus a thynnu mor galed nes bod y blaen cochlyd yn clecian a'r mwg melys yn codi tua'r to gan ddawnsio gyda phelydrau'r haul sy'n treiddio i mewn i'r stafell. Ar ôl chwythu cynnwys ei ysgyfaint tua'r drws agored, mae Floyd yn cymryd llond ceg o de ac yn toddi'n ôl i'w gadair gyda gwên lydan ar ei wyneb.

Wedi seibiant tawel o synfyfyrio, mae ffôn fy ffrind yn canu gan dynnu'r ddau ohonon ni'n ôl i realiti. Mae Floyd yn edrych ar y rhif gan fwmian "Unknown number, fuck" cyn ateb yr alwad.

"City Gardening Solutions, Floyd speaking... Hah! You gotta be pro, Clyde, I'm not psychic... Yeah, I'm all right, sun's shining weather is sweet, what more can you ask for... anyway, what can I do for you... How much? Fuckin' hell, big weekend is it?... I'll see what I can do, mate... safe, I'll call you back..."

Er 'mod i'n ceisio 'ngorau i beidio gwrando ar y sgwrs, mae'n anodd peidio o gofio ble dw i'n eistedd. Mae'n amlwg beth oedd yn digwydd ac alla i ddim peidio gofyn:

"So, do the council mind that you're on the job in a higher state of consciousness then, Floyd?" Wedi tawelwch anghyffrddus sy'n gwneud i fi ddifaru holi'r cwestiwn, mae Floyd yn chwerthin yn uchel unwaith eto cyn ateb.

"I don't know about a higher state of consciousness, Al, but the council don't say anything about me being caned all the time. In fact, I don't think they've ever met me sober... but it don't matter. See, they employ my company, not me personally, I think they call it… y'know… fuck, I forget, fuck… doesn't matter. So they employ my company, City Gardening Solutions, to look after the place, y'know, keep it clean an' tidy. Nothin' too strenuous. I don't have to do any gravediggin' ar anything dark like that, they employ a firm of specialists to do all that shit. All I gotta take care of is maintenance. Just maintenance."

Mae'n tynnu ar ei fwgyn unwaith eto. "It's ideal for me really, stress free, fresh air, well, as fresh as you can get in the city like, but you knows what I mean. It's good physical work, keeps me fit like. I mean, I used to do martial arts, I mastered Tao Do Chaung, you know, Ninjitsu like, serious stuff," ac wrth ddweud hyn mae e'n ystwytho'i biceps yn ddifeddwl cyn ychwanegu, "Now I just do some gardening and a few press-ups every day to keep in shape… but, best of all I get a year-round tan without going to those salons what turn your skin orange… Outsourcing! That's what they call it, outsourcing… Truth is, I hardly ever see a Council worker down here. As long as I keep the place lookin' tidy, no one cares if I'm off my box all day. Ideal."

Mae'n cynnig y mwgyn i fi. Nawr, yr unig bethau myglyd dw i 'di brofi yn fy mywyd yw eog, macrell ac ychydig o gaws a 'sa i wir eisiau darganfod habit newydd heddiw. Ar y llaw arall 'sa i eisiau sarhau fy ffrind newydd chwaith… ond dw i'n ysgwyd 'y mhen ta beth, sydd ddim yn plesio Floyd.

"Don't give me that, Al. It won't bite you. And anyway, it'll give you a whole new perspective on the day ahead…"

Dw i'n edrych ar ei lygaid Tseiniaidd ac yn cydnabod ei eiriau.

"That's from *Easy Rider*."

"So you knows *Easy Rider* do you? If that's the case you definitely want some of this," ac ma fe'n dal y spliff o 'mlaen i a dw i'n ei gymryd. Edrychaf ar y papur sy'n ddu gan effeithiau'r cyffur ac ar fy ffrind yn gwenu fel ffŵl gan ysu i fi ymuno â fe. "And anyway, Al," mae'n adio, "what have you got to do today? Fuck all, that's what!" Ac fel cachgi bach di-asgwrn-cefn, dw i'n codi'r rhôl i 'ngheg ac yn tynnu... ac wedyn dw i'n peswch, fel asthmatig mewn stafell llawn asbestos, wrth i'r mwg fwrw cefn fy ngwddf. Ma angen dŵr arna i, llond llyn o ddŵr...

"Don't murder it, Al," yw cyngor Floyd. "Just toke it easy."

Ond, erbyn hyn, dw i 'di'i phasio hi'n ôl iddo ac yn plygu o dan y tap dŵr oer gan larpio'r hylif fel camel ger werddon. Mae Floyd yn chwerthin fel udfil tu ôl i fi, sy'n helpu dim a dweud y gwir. Pan dw i 'di cael digon, a chefn fy ngwddf heb fod yn teimlo fel papur tywod, dw i'n aileistedd a sychu'r dagrau o'n llygaid.

"Ahhh, virgin lungs," dywed Floyd gan gynnig y smôc i fi eto. "Mine are shrivelled like a pair of raisins by now. You want some more of this?" Ac i ymddangos yn galed, dw i'n ei chymryd ac yn ei chodi unwaith eto at 'y ngwefusau. "Now, don't pull so hard this time, Al. You don't want to choke again," sy'n sylw amlwg ond yn gyngor gwerth chweil ar yr un pryd. Tynnaf yn llyfn ac yn dyner y tro hwn gan sugno'r mwg i 'mherfedd. 'Sa i'n peswch. A dweud y gwir, mae'n brofiad eitha neis, ac mae'r blas yn felys rywffordd. Wedi pasio'r spliff, nôl i Floyd, ymlaciaf yn 'y nghadair gan adael i'r cyffur gymryd ei effaith.

Wedi munud o banig llethol wrth i f'ymennydd gywasgu ac ehangu a'r stafell donni mewn ymateb i'r mwg, mae pethau'n setlo a'r byd yn meddalu...

Edrychaf ar Floyd sy'n gorwedd yn ôl ar ei gadair gyda'i lygaid ar gau, ei feddyliau ar grwydr a'r wên yn dal yn sefydlog ar ei wyneb. Dw i'n gwneud yr un peth, ac am funud sy'n teimlo fel awr mae 'mhen i'n llawn anhrefn a gwallgofrwydd wrth i euogrwydd bywyd a'r gwyrddni afael ynof. Ond, diolch byth, mae Floyd yn mynnu fy sylw, gan 'y nhynnu i mas o'r ynfydrwydd:

"Well I don't know about you, Al, but I'm fuckin' starvin'," ac mae'n wir, mae 'mol i'n grwgnach. "It's breakfast time, mate. I'll take you to the best caff in Cardiff. I'm payin'."

Ac ar ôl ffwlffacan fel pâr o ddynion dall am funud neu ddwy, ry'n ni, o'r diwedd, yn gadael y sied ac yn ailymuno â'r awyr iach a gogoniant naturiol y ddaear.

Ni'n hedfan heibio i'r tŷ gwag a'r capel rhacs gyda bysedd yr haul boreol yn mwytho'n croen – un Floyd yn cyfoethogi wrth i f'un i losgi ar ôl dwy flynedd o ddieithrwch. Mae 'nhraed yn cymryd at f'esgidiau newydd fel cranc meudwy at gragen wag ac mae'r fynwent yn ymddangos fel delwedd 3-D dan ddylanwad Mari Joanna. Mae'r byd fel petai'n gliriach, rywsut – y beddau'n rhythu a'r coed a'r planhigion yn anadlu o flaen fy llygaid… beautiful, maaaaan.

Heb rybudd na gair, mae Floyd yn ymestyn ei fraich o 'mlaen i ac yn dod â'r ddau ohonon ni i stop gyferbyn â Morgan Signs ar Fairoak Road.

"Check that out," mae e'n mynnu, wrth bwyntio'n gyffredinol i gyfeiriad y cwmni.

"What?" gofynnaf, gan geisio canolbwyntio ar yr hyn sydd o 'mlaen i.

"The graffiti on the van, man."

Sy'n lot o help gan 'mod i 'di bod yn syllu ar yr adeilad yn hytrach na'r fan wen sydd wedi ei pharcio tu fas. Yn yr haen o lygredd dinesig sy'n amgylchynu'r cerbyd, mae 'na eiriau wedi eu byseddu. Ond, yn hytrach na'r 'Also available in white' neu'r 'Please wash me' disgwyliedig, mae'r graffiti mwya gwreiddiol i fi ei weld mewn o leia dwy flynedd: 'I wish my wife was this dirty'.

Efallai mai effeithiau'r gwyrddni sy'n gwneud i ni blygu dan straen y chwerthin a slapio cefnau'n gilydd, ond sdim ots, mae'r foment fel petai hi'n selio cyfeillgarwch newydd Floyd a fi. Ac ar ôl dechrau diflas i fy rhyddid ddoe, mae rhyw obaith newydd yn llifo trwy 'ngwaed i'r bore hwn… wow, dw i mor stoned!

Ar ôl ailafael yn ein patrymau anadlu, mae Floyd yn pwyntio at y siop drws nesaf i Morgan Signs, siop gwerthu beddau Mossfords.

"Now that's prime fuckin' real estate and prime location for a stone mason, ey Al. Mr Moss is a fuckin' millionaire and it's all thanks to the positioning…" ac ar y gair, ma Mr Moss yn camu o bencadlys ei ymerodraeth ac yn chwifio i gyfeiriad Floyd a fi. Mae Floyd yn dychwelyd ei gyfarchion ac yn dechrau cerdded i ffwrdd rhag ofn y byddai'r dyn yn dod draw am sgwrs. Dw i'n ei ddilyn. "He's always fuckin' smiling, he is, and it's no fuckin' wonder is it, I mean, everyone's gotta die someday. We're just fivers with legs to him. He looks at us and thinks of cash, 'cept he won't get anything from me, no one will…"

"How do you mean, Floyd?"

"Unmarked grave for me, Al. Absolute anonimity in death, just like William H…"

"William Hague?" gofynnaf yn hollol golledig.

"He's not dead yet, Al. And anyway, no, not William fuckin' Hague, Al, William H Bonney…"

"Who?"

"Who? Are you serious? Billy the Kid, Al. Billy the

fuckin' Kid." Ac unwaith eto ry'n ni'n chwerthin fel hen ffrindie ar abswrdiaeth ein sgwrs wrth gerdded tua Crwys Road.

Jyst cyn gadael y fynwent trwy'r gatiau wrth gefn y llyfrgell, dw i'n gweld Paddy i'r dde ohonon ni'n pwyso ar fedd ger y generadur lectrig hynafol. Er 'mod i'n teimlo'n euog am ei adael am gwmni bydol Floyd, ac er nad oes ganddo 'ffrind' yn gwmni, mae e'n lleddfu 'nheimladau gyda gwên gefnogol a thumbs-up, cyn diflannu'n ôl i'r cefndir.

Ymhen canllath, camwn i mewn i Café Calcio ac eistedd wrth gasgliad o ffotos sy'n hongian ar y wal fel marwnad gweledol i Gaerdydd. Mae'r delweddau o sbwriel a gwastraff, realiti'r ddaear gyfoes, yn newid annisgwyl i'r lluniau o'r Ganolfan Ddinesig, y stadiwm neu'r Bae sydd fel arfer yn cynrychioli'r lle. Wrth fyw a bod 'ma, gan weld gwythiennau pydredig y brifddinas – y strydoedd cefn sy'n tagu o dan domenni lludw a'r papurach bwyd-brys sy'n arnofio i lawr y Taf – mae gweld gwirioneddau'n hongian ar wal gyhoeddus yn dod â gwên i fy ngwyneb. Neu efallai mai fi sydd ag argoelion gwyrdroëdig o'r byd ma... pa ots, mae angen cydnabod yr ochr dywyll – o bobol, dinasoedd, beth bynnag – er mwyn gallu gwerthfawrogi'r ochr heulog, y pethau da. Wedi'r cyfan, beth fyddai Caerdydd heb Adamsdown neu Ely, Bangor heb Maes G, neu Lundain heb Brixton?

Dw i'n gofyn i Floyd ble mae'r fwydlen ac mae e'n pwyntio at y mat bwyd sydd o 'mlaen i. Ar unwaith, fel petai f'ymennydd i'n gwneud cysylltiad rhwng y geiriau ar y mat a'r arogl sy'n arnofio o'r gegin agored yn y cefn, mae 'ngheg i'n dyfrhau a 'mola i'n cwyno unwaith eto.

"There's no choice really," medd Floyd, sy'n beth braidd yn rhyfedd i'w ddweud gan fod dewis go lew ar y fwydlen. "I recommend the Big Bastard Breakfast, it's massive and it'll set you up for the rest of the day," mae'n adio wrth rolio sigarét.

Wrth iddo danio'r tybaco, dw i'n sylwi am y tro cynta ar drwch y mwg yn yr stafell. Ma *pawb* yn smygu – y stiwdents, y cwsmeriaid a'r gweithwyr – a'r awyr yn llwydaidd oherwydd y llygredd a'r ffaith i'r waliau gael eu peintio'n felyn, fel muriau ysgyfaint Floyd, gan frwsh y dreigiau dynol.

"Can I take your order?" medd llais sy'n perthyn i un o'r gweithwyr – dyn yn ei ugeiniau sy'n groesiad rhwng Plug o'r Bash Street Kids a'r BFG.

"Two Big Bastards please," yw ateb Floyd, ac ar ôl cadarnhau mai te, dim coffi, 'ry'n ni'n moyn, mae'r dyn yn dychwelyd i'r gegin.

Ni'n eistedd am ychydig mewn tawelwch, gyda Floyd yn smocio a fi'n gwylio'r byd yn pasio mewn super slo-mo tu hwnt i'r ffenest flaen, cyn mod i'n penderfynu cyfri fy arian er mwyn sicrhau faint sydd ar ôl 'da fi. Wrth roi fy llaw yn 'y mhoced, teimlaf y drwydded parôl, ac ar unwaith mae ton o gyfrifoldeb yn llifo dros fy euogrwydd cyffuriol.

"Oh, no!" ebychaf, gan wneud i Floyd godi'i lygaid o'r fwydlen mae e'n dal i'w ddarllen.

"What's up?"

"My parole officer…" Dw i'n chwysu nawr, ac yn crynu 'fyd.

"What about him, Al?"

"I forgot, I have to call him this morning."

"So why do you look like you've seen an ex-girlfriend carrying a nipper?"

"Well, I'm stoned for starters… and anyway, what do I tell him? I've got nowhere to live…"

"You have, the shed."

"Well, yes, but I can't tell them that, they'd think I was mental. I told them I was staying with my brother, see, and I'm not so I can't give them that address or maybe they'll call round to see me…"

Gyda hyn, ma Floyd yn chwerthin gan neud i fi deimlo'n chwithig braidd.

"Al, mate. Chill out. In my experience, they're never gonna call round to see you, it's you that goes to see them… if at all. Look, I've got a plan that'll get the fuckers off your back for good." Ond nid yw ei wên lydan yn gwneud dim i leddfu 'mhanig. "Look, I'll call him if you want, on your behalf like. I'll tell him you're living at my address so any correspondence can be sent there like, and I'll also tell him you're working for me, City Gardening Solutions like, and if he wants to see you he can call by the cemetery. How does that sound?"

Gwych!

"I don't know what to say, Floyd, thanks. But will it work?"

"Course it'll work… look, I know how hard it is to get work after doing time. I mean, no one wants to employ an ex-con. Why d'you think I set up my own business?"

"Why?"

"Cos I don't ask myself for a reference, do I… I don't care what those equal opportunity fucks tell you, no one wants an ex-con working for 'em. I'm tellin' you, we're more prejudiced against than the fuckin' Taliban! I mean, I wish I could give you a job an' all that, but unfortunately the council don't pay so well, know what I mean…" Yna, wedi tagu'i fwgyn yn y blwch llwch, cipiodd y garden o'm llaw a dweud "I'll be back in a sec, mate," cyn camu tua'r drws. Ond cyn gadael y caffi am breifatrwydd cyhoeddus y stryd tu fas, mae'n troi ac yn gweiddi dros yr stafell' "What's your full name, Al?"

A dw i'n ei ateb a'i wylio'n mynd i bwyso ar ffenest flaen y bwyty.

Wrth eistedd ar 'y mhen yn hunan dw i'n sylweddoli fod Floyd yn ymddangos yn waredwr anghonfensiynol a dweud y lleia. Yna, dw i'n dal fy hunan yn syllu ar ben-ôl merch sy'n eistedd â'i chefn ata i ar y bwrdd nesa. Ond, yn hytrach na rhoi pleser i fi, mae'r olygfa'n gwneud i'n stumog droi, a drysu popeth o'n i'n meddwl 'mod i'n gwybod... sydd ddim yn lot, rhaid cyfaddef. Yr hyn sy'n troi'n stumog i yw crac ei thin, modfedd o leia uwchben ei hipster jîns, sy'n f'atgoffa o stereoteip y diwydiant adeiladu. Mae'r bochau'n bolio uwchben ei belt a'r ferch, sy'n ymddangos yn ddigon pleserus – gwallt hir melyn, tenau heb fod yn *rhy* denau – yn hollol anymwybodol o'r hyn sy'n cael ei arddangos i'r byd tu ôl i'w chefn. Mae ei chrac hi, yn ogystal â'r bechgyn ifanc, stiwdents heb os, sy'n amlwg yn treulio gormod o amser yn rhoi sylw i'r ffordd maen nhw'n edrych – mohicans bach benywaidd fasai'n gwylltio Mr T a Travis B, crysau T tyn a'r cadwynau bach 'na sy'n estyn o'u gwregysau i'w pocedi – yn cadarnhau bod y bwlch rhwng y rhywiau'n fwy clòs heddiw nag oedd pan adewais i gymdeithas ddwy flynedd yn ôl. Mae'r androgynedd yn ddigon i ddrysu'r mwyaf gwahanrywiol ohonon ni... a dw i ar goll mae'n rhaid cyfaddef. Ac er nid yw'r olygfa ddryslyd yn 'y mhlesio i'n arw, mae hi'n f'atgoffa o'n chwantau cnawdol sydd wedi cael eu hanwybyddu, eu merwino, gan ddwy flynedd o gyd-fyw â llond carchar o ddynion.

Am gyfnod, dw i fel delw'n syllu arni ond o'r diwedd mae Plug yn f'arbed drwy osod plât gorlawn o fwyd o 'mlaen – hanner mochyn ar ffurf sosej a bacwn, dau wy, tun o domatos, ffa pob, tolch o waed anifail anhysbys a digon o fara saim. Heb oedi, dw i'n bochio i mewn i'r mynydd o gig a braster, ac ar ôl llowcio gwerth Babe ar ffurf bacwn, mae Floyd yn dychwelyd at y bwrdd. Mae ei lygaid yn agor mewn ymateb i'r wledd o'i flaen, ac wedi iddo osod ei ffôn a'r drwydded ar y bwrdd a chymryd llond ceg o saim, cnawd a cholesterol, mae'n dweud "sorted." Un gair bach sy'n cadarnhau fod ei sgwrs wedi bod yn llwyddiant.

06: CROESO GARTRE, PATRICK BRADY

"**M**aen nhw 'di cyrraedd!" yw'r geiriau o geg Mam sy'n torri'r tawelwch gan ddod â normalrwydd ein bywydau i ben am byth.

Dw i'n gorwedd ar 'y ngwely ar brynhawn Sadwrn stormus yn ceisio creu campwaith barddonol. Ond, fel arfer, dw i'n ffaelu. Dw i 'di hen ddod i'r casgliad na fydda i byth yn Poe, Dodge nac yn un o'r Dylans, ond oherwydd rhyw rym mewnol anesboniadwy sy'n f'ysgogi i ysgrifennu, dw i'n dal i geisio, dal i frwydro.

Heddiw, mae gwylio dail y coed yn bygwth ffenestri f'stafell wedi ysbrydoli'r geiriau hyn:

Brwydro diddiwedd rhwng dyn a'r tirwedd,
Natur sydd nerthol,
Dynol ryw, ffug-fawredd.

Am y tro cynta erioed efallai, dw i'n eitha hapus gyda'r hyn dw i 'di'i sgwennu. Sort of. Fy unig broblem yw penderfynu ydy 'ffug-fawredd' yn dderbyniol… a nawr dw i'n styc, ac fel person petrus yn ceisio'r Gold Run, sdim clem 'da fi ble i fynd nesaf. Dyna pam bod fy llyfr cerddi'n llawn ymdrechion anorffenedig; gormod o gwestiynau, dim digon o dalent. Er bod fy ngherddi'n dod ag ychydig o hapusrwydd i fi, wel rhyw fath o bleser a boddhad, dw i erioed wedi eu dangos na'u darllen i neb ac felly sa i hyd yn oed yn gwybod ydw i ar y trywydd cywir neu beidio. Base hi'n neis gallu eu siario â rhywun, ond wedi meddwl, 'se'n i'n rhy swil i wneud mae'n siŵr…

Dw i'n reit falch bod Mam newydd darfu ar fy mhrynhawn, a dweud y gwir, gan taw dim ond rhwystredigaeth sydd o 'mlaen i nawr. Dw i'n amal yn meddwl ai'r ffaith 'mod i'n perthyn i'r dosbarth canol cyfforddus yw gwraidd y drwg. Wedi'r cyfan, on'd yw'r farddoniaeth fwya pwerus yn tarddu o fywydau caled a'r frwydr fythol i oroesi? Neu ai jyst esgus dros 'y niffyg talent yw hynny? Beth bynnag, caeaf y llyfr a chaethiwo'r geiriau gyda'r gweddill, diffodd y golau a dychwelyd f'stafell i'r lled-dywyllwch hydrefol cyn ymuno â fy rhieni i groesawu Dad-cu i'n haelwyd.

Mae bron i bythefnos wedi pasio ers ein hymweliad ag ysbyty Merthyr ac yn ôl y doctoriaid mae'r hen ddyn yn ddigon da bellach i ddod i fyw aton ni. Dw i'n edrych 'mlaen at gael ei gwmni ond yn gobeithio nad yw e'n dal dig yn f'erbyn am y blynyddoedd o esgeulustod. Dw i hefyd yn gobeithio ei fod e'n ddigon compus mentis i gyfathrebu'n gall gan fod mwy o gyffuriau'n llifo trwy ei waed e nag sy'n llifo trwy wythiennau tyrfaoedd Glastonbury. Cyfle dw i eisiau, 'na i gyd, i siarad 'da fe… i wrando.

Dw i'n brasgamu i lawr y grisiau ddwy ris ar y tro, a bron yn sbaddu Dwdi sy'n cysgu ar ris waelod y staer, cyn ymuno â Mam a Dad yn y cyntedd jyst mewn pryd i groesawu Dad-cu a'i dywyswyr, y paramedics, i'r tŷ. Ni'n sefyll 'na yn llawn gobaith, ond wrth i'r hen ddyn ymddangos mae'n amlwg nad yw e'n ymwybodol o ddim. Mae ei lygaid ar gau a'i fron yn dal i wichian ei symffoni angheuol.

"Where d'you want him, luv?" mae'r parafeddyg yn gofyn, mor anystyriol â dyn yn dod â pheiriant golchi newydd i'r tŷ.

Sylwaf fod Mam yn edrych yn welw ar ôl diwrnod hir o lanhau. Am ryw reswm mae hi 'di teidio'r holl dŷ ar gyfer ymweliad Dad-cu, er taw dim ond un stafell bydd e'n debygol o'i gweld. Dw i 'di sylwi ar newid mawr yn fy rhieni dros yr wythnosau diwetha – pwysau'r paratoi ar gyfer misoedd, blynyddoedd efallai, o ofal wedi gadael ei farc. Bydd cyfnod cyfforddus eu hymddeoliad yn sicr o ddiflannu a chyfnod o ansicrwydd a disgwyliadau tywyll yn eu hwynebu. Maen nhw wedi heneiddio dros nos a dw i 'di clywed y ddau'n cweryla fwy dros y dyddiau diwetha nag yn ystod y degawd cynt.

Mae Mam yn cyfarwyddo'r dynion, "Upstairs, second door on the right," cyn i ni wylio'r hen ddyn yn cael ei wthio, wedyn ei gario, tua'r llawr cynta. Mae'r paras yn amlwg yn arbenigwyr mewn manwfro cyrff; mae Patrick Brady yn ei wely o fewn dwy funud a'r dieithriaid yn eu gwisgoedd gwyrdd bron yn barod i adael. Wrth i un ohonyn nhw osod y cynorthwy-ydd anadlu ger ei wely, gallaf weld cwestiwn yn codi ar wyneb Dad.

"The doctor said he didn't need that…"

"He doesn't need it all the time, like. But it could come in handy at some point…"

"We hooked him up before leaving the hospital," mae'r llall yn adio. "Just to make the journey more comfortable for him."

"OK, great. When's he likely to come round?" hola Mam, wrth sychu llwch 'nath hi ei fethu cynt oddi ar y silff y ffenest gyda'i bys.

"Couple of hours tops, probably less…"

"More like an hour I'd say."

"Aye, an hour or so. He might be a bit groggy when he does but that won't last long…"

"From what we hear off the nurses on the ward, Paddy here's quite a character…"

"He certainly is," medd Dad, yn amlwg yn falch o enw da'r hen ddyn.

Ond rhaid i fi gyfadde fod hyn yn newyddion i fi gan mai fel dyn tawel dw i'n ei gofio. Person braidd yn surbwch a dweud y gwir, caredig heb os, ond 'sen i byth wedi ei alw'n 'gymeriad' chwaith. Cawn weld mewn cwpwl o oriau mae'n siŵr…

Plyga un o'r parafeddygon y gwely cludo a gadael yr stafell wrth i'r llall gyflwyno bag boliog i Mam.

"Here's his medication," mae'n esbonio, gan agor y bag ac edrych i mewn am gadarnhad. "There's about a month's supply in there, I'd say. You know where to go to get more, don't you?" Mae fy rhieni'n nodio. "Good. Now, I'm sure the doctor's explained that young Patrick here's not to leave his bed. His legs aren't strong enough, and what with his chest problems on top of that, if he puts any weight on them he'll be back in hospital quicker than you can say haemarthorsis patella synovitis." Mae'r ffordd mae'n ynganu'r tri gair diwetha'n profi ei fod newydd adrodd un o'i bafflinellau mwya cyffredin.

"Yes, Doctor Thomas explained. Thank you for your help."

"No worries, Mrs Brady, just doing my job."

A gyda hynny, mae Mam a Dad yn ei arwain o 'na gan 'y ngadael i yn yr stafell yn pwyso ar y teledu deuddeg modfedd yn y cornel a syllu ar Dad-cu. Mae e'n edrych mor heddychlon yn ei drwmgwsg annaturiol, o dan gysgod Crist ar y groes sy'n hongian uwch ei ben yn amddiffyn ei enaid. Dw i'n ffeindio fy hun yn dychmygu am beth mae e'n breuddwydio'r foment hon ond, fel cwpla cerddi, dw i'n methu. Yn hytrach, gobeithiaf mai meddyliau hapus sy'n rasio trwy ei ben.

Yn sydyn, am ddim rheswm, teimlaf dristwch llethol wrth feddwl ai dyma fydd diben ein perthynas – fi'n gwylio corff yn cysgu heb gael cyfle i ddod i 'nabod y person. Cosb lem fyddai hynny, ond cosb haeddiannol o gofio fy esgeulustod.

Yn drist ac isel fy ysbryd, dychwelaf i f'stafell wely i geisio ailgydio yn fy marddoniaeth. Efallai bydd fy hwyliau tywyll yn adio cnawd at fy ngeiriau a 'nghwpledi gwan...

Wedi ceisio a methu, dw i'n gwrando ar ychydig o gerddoriaeth cyn ymuno â Mam a Dad yn y gegin am swper. Bara Ffrengig, caws, tuna mayo a bowlen o greision blas amrywiol; swper nos Sadwrn traddodiadol ein teulu.

Mae Dad, fel arfer, yn dawel ond heno, am y tro cynta erioed, dyw Mam ddim yn llenwi'r gwagle trwy siarad – arwydd gwael. Mae'r pryder yn amlwg ar ei gwyneb ac efallai ychydig o edifeirwch hefyd.

"Sut oedd e, te?" gofynnaf, gan i Dad-cu ddihuno ryw hanner awr yn ôl.

"Ddim yn wych a dweud y gwir, Al," medd Dad, trwy lond ceg o gaws, fyddai fel arfer yn dod â phryd o dafod gan Mam... ond dim heno. "Roedd e'n reit ddryslyd i ddechrau, bach yn groggy ti'n gwbod, ond bydd e'n iawn erbyn nawr os ti moyn mynd i ddweud helô. Jyst paid disgwyl gormod. Ma fe'n wahanol i fel ro't ti'n ei gofio fe, siŵr o fod."

Er mawr gywilydd, sa i'n cofio lot amdano – jyst pethau dibwys fel sut roedd e'n edrych ac ati. Ond dw i'n benderfynol o newid hynny yn y dyfodol agos... os ca i'r cyfle. "'Na i fynd ar ôl bwyd nawr," meddwn wrth sylwi nad yw Mam wedi cyffwrdd yn y bwyd o'i blaen. "Chi'n OK, Mam?"

"Beth? Ydw i. Jyst ddim chwant bwyd, 'na i gyd, bach." Mae'n gwenu arna i, gwên wan sy'n bradychu'i chelwydd, a dw i'n ymestyn draw gan afael yn ei llaw.

"Bydd popeth yn iawn, Mam, gewch chi weld," a dw i hefyd yn masgio fy ansicrwydd gyda gwên.

Ar ôl llenwi'r bol ac anfon fy rhieni i'r stafell fyw er mwyn iddyn nhw gael cyfle i ymlacio – sdim gobaith, ond ma'n rhaid treial – dw i'n golchi'r llestri cyn ymweld â'r claf.

Wrth esgyn y grisiau teimlaf bilipalas yn heidio yn fy

mola – rhagflas o'r bennod newydd sydd ar fin dechrau. Ond, wrth agor y drws ac edrych i gyfeiriad y gwely, mae siom yn diffodd y cyffro ar ffurf chwyrnadau dwfn Dad-cu, felly eisteddaf wrth erchwyn y gwely gan obeithio bydd e'n dihuno cyn bo hir.

Gyda gwichiadau ei ysgyfaint yn gyfeiliant truenus, ceisiaf gofio'r tro diwetha i fi ymweld â'r 'stafell 'ma – 'stafell heb fawr o bwrpas iddi tan heddiw. Cofiaf chwarae cuddio gyda Wil yn blentyn, ond ar wahân i hynny, dim...

Heno, ar wahân i'r silindr cynorthwyo anadlu, mae golau isel y lamp a'r papur wal blodeuog yn rhoi rhyw naws Fictorianaidd i'r lle. Teimlaf fel Sherlock Holmes ger gwely prif dyst mewn achos pwysig yn aros iddo ddihuno er mwyn ei gwestiynu, ac edrychaf o gwmpas yr stafell ar eiddo'r hen ddyn, am gliwiau cudd i hanes Patrick Brady.

Ar y bwrdd bach ger ei wely mae copi clawr caled hynafol yr olwg o... anodd dweud o ble dw i'n eistedd, felly dw i'n ymestyn a chodi'r llyfr ac yn darllen y geiriau ar y clawr treuliedig. Dw i'n crynu wrth ddarllen y teitl – A Portrait of the Artist as a Young Man – ac yn methu credu'r hyn dw i'n ei weld. Fy hoff lyfr i... hoff lyfr Dad-cu? Efallai. Gobeithio. Plîs! Mae hyn yn ddatblygiad ffodus ac yn arf bondio o'r radd flaena. Mae fy meddwl yn llawn posibiliadau nawr wrth i'm llygaid grwydro at ei wyneb caredig, ei geg agored a sŵn erchyll ei anadlu afiach.

Edrychaf ar ei freichiau tenau a'r tatŵs ar ei groen llac – angor ar y dde, cranc ar y chwith. Tystiolaeth o'i gyfnod yn gweithio yn harbwr Abergwaun heb os... Wedyn, dw i'n edrych ar ei law dde, gwir edrych arni am y tro cynta erioed. Er 'mod i 'di clywed y stori o'r blaen ac yn cofio rhyfeddu ati'n blentyn, dyma'r tro cynta i fi, fel oedolyn, astudio'i fysedd... neu ei ddiffyg bysedd dylsen i ddweud.

Mae bywyd Dad-cu'n llawn chwedlau a straeon difyr – rhai'n wir a rhai'n rhy ryfedd i allu eu credu – ac mae hanes ei fysedd yn perthyn i'r traddodiad hwnnw. Yn anuniongyrchol, bysedd colledig Dad-cu sy'n gyfrifol am fy ngenedigaeth i. Skipped generation insemination, os chi moyn.

Wrth weithio yn harbwr Abergwaun yn y tri degau, collodd fynegfys a bys canol ei law dde mewn damwain erchyll pan gaeodd drws un o'r cratiau llwytho mawr metel ar ei law gan dorri'r bysedd i ffwrdd yn lân. Yn ôl yr hanes, aeth Dad-cu'n syth at ei reolwr a mynnodd hwnnw ei fod yn mynd i'r ysbyty am driniaeth yr eiliad honno. Ond, gan fod gweddill y diwrnod yn rhydd ganddo, peth prin i weithwyr y cyfnod hwnnw, aeth Paddy ddim yn agos at A&E. Yn hytrach, aeth yn syth i'r S&A, y Ship and Anchor! Gyda'i law mewn bwced iâ, a'r chwerw a'r chwisgi'n lleddfu'r boen, roedd e'n ôl yn y gwaith y bore canlynol gyda'i law mewn clwtyn cartref a dau fys yn llai ganddo na phan gafodd ei eni.

Rai blynyddoedd yn ddiweddarach, ar ddechrau'r Ail Ryfel Byd, aeth Patrick Brady, gyda channoedd o ddynion ifanc o Orllewin Cymru, i wersyll ymarfer y fyddin yn Hwlffordd i baratoi ar gyfer y rhyfel. Ond, er mawr siom iddo, a chryn adloniant i'w gyd-filwyr, doedd e ddim yn gallu saethu'r gwn yn gywir oherwydd ei anabledd. Roedd Patrick Brady, neu 'Paddy Shoite Shot' fel y cafodd ei fedyddio ar ôl hynny, yn destun gwawd diddiwedd aelodau eraill ei garfan. Ond Dad-cu oedd yr un lwcus yn y pen draw gan iddo gael ei anfon i wersyll Americanaidd ar gyrion Abertawe i fod yn yrrwr swyddogol i ryw Gyrnol yn ystod y rhyfel, tra cafodd yr holl garfan ymarfer eu lladd ar Ffrynt y Gorllewin. Felly, os gallwn gredu'r chwedl, tasai Dad-cu heb golli'i fysedd, faswn i ddim yma i adrodd y stori i chi heddiw...

Dw i'n syllu arno'n gorwedd o 'mlaen, yn gysgod o'r hyn a fu gan werthfawrogi 'mywyd, fy marwoldeb. Mae'n gwneud i fi feddwl am y dyfodol rywsut; yr hyn sydd i ddod, yr hyn sydd o 'mlaen. Ansicrwydd byw, ansicrwydd bod. Mae hanes ei fysedd yn rhoi persbectif newydd ar bopeth wrth i mi feddwl am y peth. Mae'n profi bod rhywbeth, rhywun arall ar wahân i fi'n llywio fy ffawd ac yn cyfarwyddo fy modolaeth. Os oedd angen cadarnhad pellach arna i o fodolaeth Duw, bysedd colledig Paddy yw'r prawf…

"Ti'n ffan o'r Cownt te, Alan?" Mae'r geiriau'n f'ysgwyd a dw i'n edrych ar wyneb fy nhad-cu. Mae ei lygaid yn dal ar gau, ond yn araf bach mae e'n eu hagor ac yn edrych arna i. Mae'n gwenu, gwên gam, ddi-ddant llawn drygioni, wrth weld yr anghrediniaeth sydd wedi glynu ar fy ngwyneb mewn ymateb i'w ddatganiad.

"Count Basie, Alan," mae'n ailadrodd, wrth wthio'i hun i eistedd, gafael yn y gwydryn dŵr oddi ar y bwrdd ger ei wely a gosod y dannedd oedd yn socian yn yr hylif yn ôl yn ei geg. "Glywes i ti'n gwrando arno fe gynne fach. Ti o'dd hwnna, on'd yfe? 'So dy dad di'n gwrando ar ddim byd ond classical wedi'r cyfan…"

Mae'r ffordd mae'n dweud 'dim byd ond classical' yn wawdlyd ac yn feirniadol o chwaeth gerddorol ddethol fy nhad.

"Ie, fi oedd e. Fi'n caru jazz… ond fi'n gwrando ar bob math o gerddoriaeth 'fyd," a rhag ofn nad yw hynny'n ddigon i blesio'r hen ddyn, dw i'n adio, "sa i'n gweld y pwynt o gyfyngu'n hunan i ddim ond un genre, chi'n colli mas fel 'ny…"

"Gwir pob gair, Alan, gwir pob gair," mae'n cytuno yn ei acen sydd erbyn hyn yn gybolfa gyfoethog o lafariaid meddal, cytseiniaid caled a'r rrrrrs mwya crrrrrwn glywsoch chi 'rrrrrioed. Fel rhyw gyfuniad ffodus o Richard Burton a Henry Kelly, mae'n parhau, "Dw i'n lico jazz fy hun, rhaid cyfadde. Fe ddales i'r bug gan y GIs croenddu yn ystod y rhyfel…"

"'So chi'n gallu galw nhw'n 'groenddu' mwyach!" meddwn yn or-ddramatig gan fethu â chuddio fy ngwrthwynebiad.

"Pam? 'Sa i'n hiliol os taw 'na beth ti'n feddwl!"

"So fe'n politically correct, 'na i gyd. Pobol o dras Affricanaidd sydd yn gywir erbyn hyn."

"Politically beth? Bloody hell, ma galw nhw'n groenddu'n well na nigger, coon neu spade, so ti'n meddwl? A 'na beth oedd rhai pobol, sori, correction, rhan fwyaf o bobol, yn eu galw nhw. Ta beth, ma'r byd i gyd yn meddwl 'i bod hi'n iawn i alw ni'r Gwyddelod yn Micks neu'n Paddys, Albanwyr yn Jocks a chi'r Cymry'n Taffs... iawn, os ti'n gofyn i fi. Ac Alan bach, pan gyrhaeddi di 'yn oedran i, byddi di hefyd yn rhy hen i newid a rhy hen i fecso 'fyd."

Dw i'n anghytuno â'i gymariaethau ond mae'n edrych mor drist am eiliad nes 'mod i'n penderfynu peidio lleisio 'marn a llenwi'r bwlch yn hytrach drwy weud:

"Gadwa i'r sŵn i lawr o hyn 'mlaen..."

"Na, na, na. Paid. Plîs paid. Mwynheues i'r gerddoriaeth. Ta beth, fi'n clywed popeth sy'n digwydd yn y tŷ 'ma, o fan hyn – ffysan parhaol dy fam. Ydy'r fenyw 'na'n stopo, gwed? Dy gerddoriaeth di a dy dad, traed trwm Breian... traed pawb a dweud y gwir, hyd yn oed rhai'r gath!"

"Os felly, 'na i ddod â stereo a CDs jazz i chi allu gwrando arnyn nhw fan hyn..."

"Really, Alan, ti o ddifri?" Dw i'n nodio. "Diolch, base hynny'n grand... ond 'sa i eisiau dy drwblu di..."

"Fydd e ddim trafferth o gwbl, fi jyst yn falch bod ganddon ni rwbeth yn gyffredin yn barod." Roedd hyn yn well na gallen i erioed wedi gobeithio gyda Dad-cu'n berson hollol wahanol i'r hyn dw i'n ei gofio. Mae'n siŵr taw rhywbeth i wneud gyda'r gwahaniaeth oedran oedd y ffactor mwya ond pan dw i'n meddwl am y peth 'sa i'n credu i fi erioed siarad, cwestiynu, cymryd diddordeb na gwneud sylw ohono fe o'r blaen. Wrth gofio, Mam-gu oedd canolbwynt eu cartref – hi fydde'n sgwrsio a gwneud ffws ohonon ni, dim Dad-cu. Eistedd yn y cornel yn darllen yn dawel fydde fe.

Wedi'r sgwrsio, mae tawelwch yn disgyn, ond cyn i bethe fynd yn anghyffordddus, gofynnaf:

"Shwt chi'n teimlo te, Dad-c... sori, sa i hyd yn oed yn siŵr beth i'ch galw chi... fi 'di bod yn ŵyr mor warthus, wedi'ch esgeuluso chi..."

Dw i bron â dechrau crio ond mae e'n torri ar 'y nhraws i gan f'ysgwyd allan o'n nigalondid.

"Paid bod mor soft, Alan! Fi bron yn naw deg ac o'n i ddim am eiliad yn disgwyl i ti ddod i 'ngweld i bob dydd, bob wythnos neu hyd yn oed bob mis. Rhaid i bawb fyw eu bywydau, so stopia 'na nawr. Mae dy rieni 'di bod yn dda iawn wrtha i a ti'n gwbod beth, fi wastad wedi teimlo cysylltiad o ryw fath gyda ti bob tro ni 'di cwrdd..." Dw i'n gwybod mai jyst dweud hynny ma fe er mwyn gwneud i fi deimlo'n well, ond ma clywed y geiriau'n codi 'nghalon i. "Shwt ma dy frawd?" mae'n gofyn.

"'Sa i'n gwybod really. So ni braidd byth yn 'i weld e..." ac mae ei wyneb yn tristáu wrth glywed hyn.

"'Na drueni. Ma teulu'n hollbwysig os ti'n gofyn i fi... Ble o'n i nawr, Alan bach? O ie, galwa fi'n Paddy fel pawb arall." Dw i'n ysu i ddweud 'dim ond os 'newch chi 'ngalw i'n Alun fel pawb arall,' ond, fel arfer, dw i'n rhy wan i leisio 'ngwir deimladau. Sa i'n gwybod pam, ond so Dad-c... Paddy erioed wedi 'ngalw i'n Alun... a sa i erioed wedi cael esboniad pam. "Ma Dad-cu'n gorffwys yn anghyffordddus ar fy ysgwyddau am ryw reswm. Rhywbeth i neud â 'ngwreiddiau gwyrdd i, siŵr o fod, a dw i'n feckin' casáu Grandad neu unrhyw beth tebyg; ma fe'n gwneud i fi swnio'n rhy barchus o lawer!"

Mae'n dweud hyn gyda winc fach slei, ond mae'r olwg ar

'y ngwyneb i'n bradychu 'ngwrthwynebiad i'w reg. Dim 'mod i heb glywed y gair o'r blaen, jyst ddim gan rywun mor hen, un sy'n honni ei fod yn grefyddol, rhywun ddylsai wybod yn well.

"Be sy'n bod, Al bach? O, fi'n gwbod, y rheg," meddai gan gymryd llowcied o'r dŵr lle bu ei ddannedd dodi ynddo a llyfu ei wefusau crimp cyn parhau. "Dw i'n gwybod, dw i'n gwybod, so fe'n iawn a ni i gyd yn Gristnogion bach da. Ond wyt ti wir yn meddwl nad yw Duw yn gallu derbyn rheg neu ddwy? Ma lladd, trais a lladrata wrth gwrs yn anfaddeuol, ond dere nawr, rhaid bod Duw wedi galw Judas yn buggering-bastard-bollock wedi iddo fradychu ei fab! Os ti'n gofyn i fi, sdim byd o'i le 'da rhegi, jyst geiriau y'n nhw wedi'r cyfan. A ta beth, rhaid mai Duw ddyfeisiodd regfeydd yn y lle cynta!"

Pan dw i'n ystyried ei resymeg, rhaid cyfadde 'mod i'n cytuno 'da fe... i ryw raddau. Mae doethineb ei brofiad a'i flynyddoedd yn creu argraff arna i'n barod ac mae ei ffraethineb yn annisgwyl ac yn fwy na derbyniol. "Ac i ateb dy gwestiwn cynharach, Alan, dw i wedi teimlo'n well, fel dw i'n siŵr ti'n gwybod yn barod. Wedi'r cyfan, o'n i'n gweithio ar fy rhandir gwpwl o fisoedd yn ôl, yn tyfu womps o bwmpenni, a'r tatws mwya blasus tu fas i Sir Benfro."

Dw i'n nodio mewn cydymdeimlad ond cyn i fi gael cyfle i ddweud gair, bant â fe 'to.

"Ac edrych fan hyn!" Mae Paddy'n pwyntio at ffôn goch newydd sbon sy'n sgleinio ar y bwrdd bach ger ei wely. "'Drych! 'Drych beth ma dy rieni 'di'i brynu – y bloody Bat Phone! Wel, os 'dyn nhw'n meddwl bydda i'n defnyddio hwnna pan fydd y diwedd yn dod, ma'n nhw'n wrong, wrong, wrong. Fydda i ddim yn brwydro... y Bat Phone, wir Dduw!"

Ac mae ei frest yn gwichian fel Darth Vader wrth iddo chwerthin am abswrdiaeth y sefyllfa. Dw i hefyd yn ymuno yn yr hwyl, ond er 'mod i'n gallu deall sut mae e'n teimlo, dw i hefyd yn gallu gweld pethau o safbwynt fy rhieni. Wedi'r cyfan, jyst eisiau gwneud yn siŵr ei fod yn iawn a gofalu amdano maen nhw. "A beth uffach yw hwn?" mae'n gofyn, gan bwyntio at declyn sy'n gorffwys ger yr awyrydd.

"Monitor babi…"

"Ie, fi'n gwbod beth yw e, Alan, ond ma fe'n lot mwy na jyst monitor babi…"

"Be chi'n feddwl?"

"Ydy, glei! Dyma esiampl berffaith o gylchdro bywyd. Ti'n gweld, dw i nôl yn fabi nawr. Dw i'n hollol ddibynnol ar eraill i edrych ar fy ôl; fel babi blwydd ond heb y jim-jams bach ciwt." Dw i'n gwenu arno gan nad oes gen i ddim i'w ddweud. "Yr unig wahaniaeth mewn gwirionedd yw'r diffyg urddas sydd ar ôl 'da fi. Ti'n gweld, 'sdim hunan-barch yn perthyn i'r oedolyn sy'n gaeth i'w wely yn gorfod cael ei olchi, ei sychu, a'i fwydo, ond heb ddatblygu unrhyw urddas ma babi…" Efallai fod ei gorff yn heintus, ond mae ei feddwl mor finiog â chleddyf Hanso. Rhaid i fi newid y pwnc er mwyn ceisio tynnu ei feddwl oddi ar ei sefyllfa anffodus.

"Chi'n darllen Joyce dw i'n gweld, Paddy…"

"Paid swnio mor syn, Al!" medde fe'n fyrbwyll a braidd yn amddiffynnol, ond cyn i fi gael cyfle i ateb, mae'n adio, "It's my body that's buggered, not my brain! A 'sa i wir yn ei ddarllen e chwaith; fi'n gwybod y gwaith mor dda, gallen i adrodd e i ti gyda'n llygaid ar gau…"

"A fi 'fyd," dw i'n adio'n llawn cyffro. Ers i Dad brynu copi i fi'n blentyn, anrheg pen-blwydd os dw i'n cofio'n iawn, neu efallai Nadolig, beth bynnag, dw i 'di darllen y stori'n flynyddol bron ac mae cwrdd â rhywun sy'n rhannu fy angerdd yn foment fawr. Mae'r ffaith mai Paddy yw hwnnw hyd yn oed yn well!

"Wel, wel." A'i dro fe yw hi'n awr i fod yn edmygus. "Ma ganddon ni lot yn gyffredin, ti'n gwybod; fi, Joyce a Stephen Dedalus…"

"Chi'ch dau o Black Rock – chi a Joyce hynny yw…"

"Ti'n iawn. Ac fel Stephen, 'nes i adael Iwerddon i wireddu 'mreuddwydion…"

"A chi'n gwerthfawrogi celfyddyd ac yn deall eu pwysigrwydd i'r enaid dynol…"

"Iawn 'to, Alan. The pills might help the pain, but it's art that soothes the soul." Ac mae'r ddau ohonon ni'n eistedd yno'n edrych ar ein gilydd yn llawn edmygedd. Ar ôl ychydig o eiliadau mae Paddy'n cydio yn y llyfr. "Ma hwn yn gopi gwreiddiol, ti'n gwbod. Anrheg wrth Mam pan adewais i Ddulyn. Heirloom go iawn. Gei di hwn, Alan bach. Pan dw i 'di mynd, hynny yw…"

"Diolch, Paddy. Ond peidiwch dweud 'na…"

"Pam lai? Der' nawr, ni i gyd yn gwybod sdim lot o amser ar ôl 'da fi fan hyn, 'sdim pwynt gwadu hynny…"

"Galla i wastad obeithio."

"Wel, dw i'n gobeithio i Dduw na fydda i'n rhy hir. Gorau po gynta, os ti'n gofyn i fi." Ac unwaith eto dw i'n chwilio am rywbeth i lywio'r sgwrs oddi ar ei feddyliau tywyll. Ond, y tro hwn, Paddy sy'n cymryd yr awenau. "Beth arall ti'n lico de, Alan, ar wahân i Joyce a jazz?"

"Barddoniaeth," atebaf heb oedi. "A ffilms 'fyd…"

"Barddoniaeth, ie? Pa feirdd yn gwmws?"

"Fi'n hoff iawn o Poe. Sut dychmygodd e'r fath arswyd, 'sa i'n gwybod… Jim Dodge a hefyd y ddau Dylan, Thomas a Bob…"

"Pwy ar wyneb y ddaear yw Dylan Bob?" Mae'n gofyn gan grychu'i dalcen yn grac.

"Na, Paddy! Bob Dylan," ac mae'r olwg sur yn diflannu a'r ddau ohonon ni'n chwerthin yn un llais eto. "Ma pwêr ei eiriau'n syfrdanol yn 'y marn i."

Ac, ychydig yn chwithig, dw i'n cyfadde 'mod i'n ceisio sgrifennu 'fyd.

"Really? Wel wel, Al, ti'n llawn trics, on'd wyt ti!"

"'Sa i'n dda iawn," dw i'n adio, ond mae Paddy'n wfftio'r awgrym.

"Paid bychanu dy hun! Mae'r ffaith dy fod ti'n treial creu yn dy wahanu di oddi wrth y mwyafrif. Hoffwn i glywed dy waith, os fase dim ots 'da ti."

"Really?"

"Really, Al. Paid swnio mor syn! Ond ma gen i gwestiwn. Os ydi dy ddylanwadau di'n Seisnig, a dw i'n meddwl bod dy hoff feirdd di'n barddoni yn Saesneg, pam wyt ti'n sgrifennu yn y Gymraeg?"

"Oherwydd 'mod i'n meddwl yn y Gymraeg, hi yw 'yn iaith gynta i wedi'r cyfan. Ry'n ni'r Cymry, fel chi'r Gwyddelod, wedi ein hamgylchynu gan ddylanwadau Seisnig ac Americanaidd ac mae hi'n amhosib eu hanwybyddu... 'na i estyn fy llyfr cerddi os chi moyn, world premier Paddy..."

"A dweud y gwir, Al, bydd rhaid peidio gwneud heno. Dw i braidd yn buggered ar ôl y daith a'r drugs. Tro nesa, OK?"

Ac mae'n gwenu arna i eto, gwên garedig, llawn parch. Dw i mor hapus fel 'mod i moyn rhoi cwtsh enfawr iddo ond dw i'n rhy ofnus rhag ofn i fi wneud niwed pellach i'w sgerbwd bregus.

"Iawn. Alla i 'nôl rhywbeth i chi cyn i chi fynd i gysgu – dŵr, paned...?"

"Dim diolch... er bod 'na un peth allet ti wneud i fi."

"Beth?"

"Ti'n meddwl allet ti smyglo potel o wisgi i fi fory? Rhywbeth da, dim byd rhad. Gwrthododd Breian pan ofynnais iddo fe'n gynt, a 'sa i'n meddwl fase dy fam di'n cytuno chwaith! Ond ma fe'n help i fi gysgu, t'wel."

Er 'mod i'n gallu deall pam bod Dad wedi gwrthod, dw

i'n cytuno i wneud gan taw'r pethau bach sy'n eich gwneud chi'n hapus pan 'ych chi mor sâl â Patrick Brady. Dw i hefyd eisiau ei blesio fel ma ffrindiau i fod i wneud.

Dw i'n ffarwelio am y nos ac ma fe'n cwympo'n anymwybodol mewn cwsg, yr eiliad dw i'n diffodd y golau. Mae'n debyg nad oes angen lot o help arno i gysgu...

Dw i'n ffeindio fy rhieni yn y lolfa lle'r anfonais nhw'n gynharach. Mae Mam yn gwylio rhyw ddrama ar S4C – wel, pan dw i'n dweud 'gwylio', beth dw i'n feddwl yw ei bod hi'n syllu'n ddifynegiant ar y sgrin – yn y tywyllwch, ac mae'r golau'n dawnsio ar ei gwyneb gwelw gan adio naws arswydus i'r stafell. Mae Dad yn cyfrannu trac sain unigryw i'r digwyddiad, sef chwyrn-ruo boliog o'r gadair gyfforddus yng nghysgodion pella'r stafell.

Mae presenoldeb Dad-cu'n gadael ei farc arnyn nhw'n barod ac mae'r tristwch a'r drafferth eisoes yn amharu ar ein bywyd breintiedig ni.

Dw i'n plygu ac yn cusanu Mam ar ei phen ond dyw hi braidd yn cymryd unrhyw sylw a dw i'n dychwelyd i f'stafell wely yn gymysgedd o deimladau gwrthgyferbyniol. Ar yr un llaw, dw i'n hapus o gael y cyfle i ddod i adnabod Paddy, a darganfod 'i fod e'n ddyn mor ddiddorol. Ond ar y llaw arall, mae ei bresenoldeb yn effeithio mewn ffordd mor eithafol ar fy rhieni fel 'mod i eisiau iddo ddiflannu er mwyn iddyn nhw allu dychwelyd i fwynhau'r bywyd maen nhw'n ei haeddu.

Y peth gwaethaf am hyn i gyd yw 'mod i'n gwybod bydd yn rhaid i bethau waethygu cyn bydd y sefyllfa'n gwella, a gyda'r meddyliau digalon yma'n chwyrlïo rownd f'ymennydd, dw i'n clapio 'nwylo er mwyn diffodd y golau gan ddod â diwrnod arall i ben.

07: GALWEDIGAETH

Sa i'n siŵr beth ddihunodd fi yn y diwedd ond dw i'n meddwl mai'r gwres a'r chwys oedd yn benna cyfrifol. Mae crombil y sied, 'y nghartre ers deuddydd a dwy noson, fel sawna yng nghanol y Sahara ac mae 'nhin i'n cyffwrdd â'r llawr drwy waelod y gwely gwersylla brynodd Floyd fel 'shed-warming present' i fi o'r siop Army & Navy ar City Road.

Dw i'n edrych o nghwmpas yn gysglyd ac yn cyfarch Paddy sydd, fel Leon, yn cysgu mewn cadair ger y drws. Dw i'n credu 'i fod e'n ceisio'n amddiffyn i rhag y bwganod sy'n bodoli yn y fynwent, ond mewn gwirionedd sa i'n ofnus a sa i hyd yn oed wedi meddwl am y peth tan yr eiliad hon. Efallai mai oherwydd presenoldeb Paddy dw i'n teimlo mor gartrefol ma, ac eto, efallai mai'r ffaith bod Mam a Dad mor agos sy'n gwneud i'r lle deimlo'n gyfforddus... er 'mod i ar 'y mhen 'yn hunan fan hyn, 'sa i'n teimlo'n unig, ac ro'n i'n ofni hynny'n fwy na dim wrth adael carchar.

Yfaf hanner peint o ddŵr o'r gwydryn peint ar y llawr wrth y gwely, cyn edrych ar fy oriawr. Fel ddoe, mae hi 'di troi hanner awr 'di naw'n barod. Y rheswm am y lie-ins 'ma yw bod crombil y sied yn ddu bitsh, hyd yn oed ganol dydd, pan fo'r bleinds wedi'u cau.

Efallai na alla i gymharu'r aelwyd hon â 'nghartre gynt yng Nghyncoed, ond galla i'ch sicrhau chi 'i bod hi'n well na'r carchar. Wedi i Floyd gynnig y lle i fi, dw i 'di cael dwy noson o gwsg gwell na ges i erioed cynt –

wedi'r cyfan, mae synau rhyddid yn well na synau caethiwed. Methais gysgu am wythnos gyfan ar ddechrau fy nedfryd oherwydd synau artaith ac anobaith oedd yn atseinio rhwng barrau'r carchar. Dim artaith corfforol Hollywoodaidd ystrydebol dw i'n 'i feddwl chwaith, ond sŵn dynion 'caled' – llofruddwyr a lladron arfog yn eu plith – yn wylo, sgrechian a phledio am faddeuant ac am weld terfyn ar eu dioddefaint. Dim ond ar ôl i Knocker brynu pâr o earplugs ar 'yn rhan gan Chris 'Corner Shop' Barker, sef prif weithredwr y farchnad ddu, y ces i unrhyw fath o gwsg yn y carchar. A dweud y gwir, basen i'n dal i'w defnyddio nhw heddiw tasen i heb eu hanghofio yn y gell, ond dw i'n falch 'mod i wedi eu gadael nhw gan fod cwsg yn beth hawdd ei gael yma.

Dw i'n codi'n araf o'r gwely, ei blygu a'i roi o'r neilltu am y dydd, cyn agor y drws er mwyn cael ychydig o olau ac aer. Wrth i'r pelydrau benetreiddio'r stafell, diflannu o flaen fy llygaid wna corff di-gnawd Paddy. Camaf at y sinc, agor y bleinds a llenwi'r tegell. Tra bod y dŵr yn berwi dw i'n gwagio'r llwch o fy ffroenau, sy mor llawn ag ashtray tafarn ar ddiwedd nos. Rhaid golchi 'ngheseiliau, 'y ngwyneb, a gwlychu 'ngwallt er mwyn ei gribo gan fod angen i fi edrych yn smart heddiw. Wedyn dw i'n eillio'r tyfiant tri diwrnod chwerthinllyd oddi ar 'y ngên. Mae'r dŵr yn oerllyd, diolch byth, gan fod fy nghorff yn dal yn grasboeth.

Meddyliaf am Floyd ac am ba mor garedig ma fe 'di bod wrtha i. Ar wahân i roi llety, dillad a gwely i fi, dyw e ddim hyd yn oed yn dod draw i'r sied, ei bencadlys gwaith, cyn deg y bore er mwyn i fi gael cyfle i gysgu a lle i anadlu. Ma'r boi'n sant... ond, ar ôl ystyried yr holl nwyddau amheus o 'nghwmpas i, rhaid ailfeddwl am wirionedd y datganiad yna!

Daeth i gasglu ei 'shrubbery' ddoe er mwyn eu dychwelyd i'r stafell dyfu mae e bron â'i chwblhau yn ei gartref yn Thornhill, ac ar wahân i hynny dw i 'di gweld cryn dipyn ohono fe dros y deuddydd diwetha. Dw i'n mwynhau ei gwmni a'i gyfeillgarwch yn fawr. Mae e mor fywiog ac yn llawn straeon anghredadwy, felly mae 'myd i'n lle tawel iawn pan nad yw e o gwmpas. Mae cael ffrind fel fe, un cydradd yn hytrach nag aelod hŷn o 'nheulu, yn 'y ngwneud i ychydig yn drist na 'nes i fwy o ymdrech yn y gorffennol... Ni 'di bod yn Calcio am frecwast bob bore, gyda fe'n mynnu talu, ac oherwydd ei haelioni dw i 'di gwrthod ei wahoddiadau dyddiol i ymuno â fe yn y Three Arches gyda'r hwyr. Dim 'mod i ddim eisiau mynd – mae'r gwrthwyneb yn wir – ond mae hi'n embarrassing pan ma fe'n mynnu talu am bopeth. Mae e'n gwbod 'mod in sgint a dyna'r prif reswm pam 'mod i'n mynd i chwilio am swydd heddiw. Dw i'n gwbod bydd hi'n anodd, oherwydd fy hanes diweddar, ond mae'n rhaid treial gan fod y diflastod o fod yn ddi-waith a'r rhwystredigaeth o fod yn rhydd, heb ddim i lenwi f'amser, yn barod yn effeithio arna i. Rhaid ffeindio rhywbeth i ffocysu arno achos wedi blynyddoedd, oes o drefn ac undonedd cydymffurfiol – yn enwedig dros y ddwy flynedd ddiwethaf – dw i'n awchu am ddychwelyd at normalrwydd bodolaeth fel rhan o'r llafurlu.

Ar ôl sychu 'nghroen â'r towel Cardiff City fenthycodd Floyd i fi ddoe, gwisgaf fy nhrowsus du a cherdded allan o'r sied yn fronnoeth tua'r llannerch heulog, rhyw hanner can llath i ffwrdd. Mae'r llecyn agored, yng nghanol y gorchudd trwchus o goed uwchben, yn lle perffaith i sychu dillad ac yn ddigon pell oddi wrth y beddau i beidio â merwino llygaid unrhyw alarwyr.

Yno, ar y lein ddillad, mae 'nghrys gwyn yn dawnsio yn yr awel foreol. Edrychaf i fyny er mwyn i'r pelydrau allu tylino mandyllau fy ngwyneb. Ai dyma ddiffiniad corfforol o ryddid yn ei wedd naturiol? Dw i'n gwisgo'r crys ac yn cael pwl o hiraeth wrth i'r cotwm, sydd mor gynnes ar fy nghroen, f'atgoffa o 'mhlentyndod ac arferiad Mam o roi dillad Wil a finnau yn yr airing cupboard, hanner awr cyn i ni godi, er mwyn eu cynhesu. Dw i'n gwenu ar yr atgof melys ac yn dychwelyd tua'r sied gan fotymu 'nghrys.

Wrth i mi agosáu at y sied, mae sglein yr haul ar rywbeth arian yn mynnu fy sylw ac, fel pioden, dw i'n mynd i fusnesa. Yn pwyso ar yr adeilad, ger y lloches lle mae Floyd yn cadw'i fowers, mae 'na ddeunydd metelaidd sy'n araf rydu yn yr elfennau. Yng nghanol y pibau mae pâr o handlebars hen racer yn ymestyn tuag ataf, fel tyscs eliffant bach alwminiwm.

Mae'r beic hynafol mor dreuliedig erbyn hyn fel nad yw'n bosibl dyfalu ei liw gwreiddiol. Wedi rhoi golchad clou iddo a bod yn ofalus peidio trochi 'nillad glân, dw i'n twrio am bwmp yn y sied. Dw i'n ddiolchgar bod Floyd yn berchen ar Ogof Aladdin, byth yn taflu dim byd, a wir, dw i'n ffeindio pwmp ac adaptor sy'n ffitio olwynion tenau'r beic. Ar ôl eu llenwi ag aer, checio'r brêcs ac iro'r gadwyn, dw i'n ei reidio ar y llwybr caregog er mwyn sicrhau bod popeth yn troi. Er nad yw'r siwrne fer yn gyfforddus – bai'r cyfrwy cyllellog ac olwynion tenau ar dir garw – mae'r beic yn gweithio ac mae gen i gerbyd. Dw i'n gwybod nad yw'n fawr o beth ond mae'n well na cherdded, a phan 'ych chi mor dlawd â fi, mae hyd yn oed mynd ar y bws yn ddrud.

Dw i'n golchi 'nwylo unwaith eto ac yn gorffen paratoi cyn llowcio dwy dafell o dost a chwpaned o de. Rhaid gwisgo fy sgidiau poenus heddiw gan nad yw daps yn cyd-fynd â siwt... ond o leia fydd dim rhaid i fi gerdded yn bell, diolch i'r beic. Ar ôl cau'r bleinds, dw i'n cloi'r drws ac yn gwthio'r march tua'r fynedfa agosa ar Fairoak Road. Dw i'n gobeithio bydd y reid yn llyfnach ar y ffordd fawr ond pan dw i'n dweud hyn wrth Paddy, sy'n cyd-gerdded 'da fi trwy'r coed, mae e'n f'anwybyddu. Er iddo fe fod 'da fi ers bron i dair blynedd erbyn hyn, dw i'n dal ddim yn siŵr a yw e'n clywed gair dw i'n ddweud.

Ger y capel, dw i'n ffeindio Floyd yn codi arwydd newydd yn rhybuddio pawb o gyflwr peryglus yr adfail. "Health and safety, innit," mae Floyd yn esbonio. "We've got to cover ourselves in case some stupid kid or alcy wanders in there and has a fall on the way home from the pub."

Yn ôl Floyd, mae'r fynwent yn cael ei defnyddio mewn amryw o ffyrdd ar wahân i gladdu'r meirw – o addoli Satan i fan cwrdd cymuned hoywon Caerdydd, ac o sniffio glud i gymryd short cut adre o'r dafarn – ond sa i 'di gweld na chlywed dim byd rhyfedd dros y dyddiau diwetha. Er, wedi meddwl, y dyn sy'n byw yn y sied yw'r weirdo mwya yma, siŵr o fod.

"You look smart, Al. Where you off?"

"Job hunting, like I told you yesterday. Is it still OK for me to use your mobile number as a contact?" Ac wedi iddo gadarnhau ei bod hi, dw i'n esbonio: "I found this near the shed by the way," gan gyfeirio at y beic. "I hope you don't mind me borrowing it?"

"Not at all. Does it work?"

"Seems to, and anything's better than walking in these shoes..."

"Aye," mae'n cytuno gan gymryd drag hir ar ei fwgyn cyn ei chynnig hi i fi.

"No way, Floyd. Thanks all the same, but no way,"

a rhag ofn ei fod heb 'y nghlywed i, dw i'n ailadrodd, "I'm off job hunting, Floyd."

"Why? You should enjoy your freedom, take a few weeks off, like."

"No thanks, I'm already going loopy after just two days. Plus I need the cash…"

"True, true… although you know I'd lend you some if you want."

"I know, cheers Floyd. But I want to get back on my feet ASAP and the first thing I have to do is find a job."

"Anything in particular? I heard there's a vacancy down Bute Street."

"What is it?"

"Rent boy!" Ac mae e'n chwerthin yn uchel ac yn troi'n ôl at ei waith.

"See you Floyd."

"See ya, mate. Oh, and Al, come down the Arches after you're done. I'll be there from twelve…"

"Twelve!"

"Aye, half day on Friday like," mae'n esbonio, cyn adio â winc: "extra curricular activities."

"It's Friday is it? All right, Floyd, I'll see you later," a dw i'n mowntio fy march ac yn gadael fy ffrind i'w hanner dydd a Paddy i'w grwydro bythol. Wrth ymuno â cherbydau Fairoak Road, clywaf Floyd yn gweiddi, "Good luck" a dw i'n diolch iddo o dan fy ana'l gan wybod bydd angen lot o hwnnw arna i heddiw.

Dw i'n rasio i lawr Cathays Terrace am ganol y dre ac yn ymuno â'r Taff Trail ger y Stadiwm. Penderfynais ddod ffor ma er mwyn osgoi'r carchar a rhwbio halen i 'nghreithiau cignoeth. Dw i ar fy ffordd i'r Bae, ddim i Bute Street fel 'nath Floyd awgrymu, ond i fy hen weithle yn Sgwâr Mount Stuart. Cyn mynd i'r carchar, ro'n i'n arfer gweithio i ENCA Cyf., cwmni hyrwyddo'r iaith Gymraeg mwya Caerdydd, am chwe blynedd. Fy swydd gynta, ar ôl gadael coleg, oedd hi. Dw i'n dweud 'gadael coleg' ond mewn gwirionedd, es i ddim i unman, gan i fi ddilyn cwrs ym Mhrifysgol Caerdydd a byw adre. Cyfieithydd ydw i… o'n i, a dw i'n gobeithio y gall fy nghyngyflogwyr fy helpu i heddiw. Wedi'r cyfan, 'nes i roi blynyddoedd o wasanaeth iddyn nhw.

Mae'r cwmni'n arbenigo mewn creu a datblygu cyrsiau aml-gyfryngol i gynorthwyo'r rhai sydd am ddysgu'r Gymraeg. Ar ben hynny, maen nhw'n cyfieithu, is-deitlo, cynnal cyrsiau dysgu a chynhyrchu rhaglenni teledu. Dw i'n obeithiol y byddan nhw'n gallu ffeindio rhywbeth i fi wneud.

Gyferbyn â Bragdy Brains, sy'n chwydu ei bersawr hosanllyd i'r amgylchedd fel arfer ('sa i byth 'di deall pam fase unrhyw un eisiau yfed eu cynnyrch o wybod bod y broses yn drewi fel 'na), dw i bron yn gwneud tric fase Evel Kenevel yn falch ohono wrth i 'nhrowsus ddal yng nghadwyn y beic gan greu rhwyg tair modfedd lan croth 'y nghoes. Dw i mor grac ar ôl gwneud y fath ymdrech i edrych yn smart fel 'mod i bron â throi am nôl. Ond, gan wybod pa mor siomedig ac euog byddwn i'n teimlo'n hwyrach yn y dydd tase'n i'n ei heglu hi o 'ma, dw i'n ailafael yn 'y nhaith ac yn anelu am y Bae'n edrych fel cachgi o fosher heb y gyts i rwygo'i grys.

Wrth basio'r fflatiau tyrog a'r tir diffaith trefol sy'n gartref i gymunedau croenddu'r ddinas yn bennaf, ac sy'n wrthgyferbyniad llwyr â'r hyn sy lawr yn y Bae, dw i wir yn digalonni. Mae'r ardal mor aflan ag unrhyw beth sydd gan Lundain neu Birmingham i'w gynnig, ac mae'r ffaith bod cymaint o arian yn cael ei fuddsoddi er mwyn datblygu fflatiau fflimsi a chanolfannau adloniant Americanaidd eu natur i ddosbarthiadau ariannog Caerdydd yn ennyn fy atgasedd – cael eu hanghofio wna'r di-groenwyn. Er nad yw hi mor amlwg ag yn Ne Affrica, Awstralia nac yn nhaleithiau deheuol America, eto i gyd rhyw fath o wahanu, o apartheid, sydd ar waith fan hyn hefyd. Yn sydyn, mae'n gwawrio arna i 'mod i'n seiclo drwy garchar agored... Gurnos Caerdydd. Mae'r bwytai moethus a'r yacht clubs newydd yn gweithredu fel colur erchyll ar wyneb salw, wyneb cywilyddus, y ddinas.

Mae'r rhan fwyaf o bobol yn meddwl bod carchar yn cau'r troseddwyr i ffwrdd oddi wrth weddill y byd. Ond, wrth ystyried yr hyn dw i'n ei weld ar y ffordd i'r Bae, dw i'n teimlo bod carchar wedi fy insiwleiddio i rhag erchyllta'r byd allanol a nawr 'mod i'n ei weld, mae 'na ran ohona i eisiau cael ei gloi i ffwrdd rhag y gwirionedd unwaith eto. Yn y carchar, mae pawb yn gydradd i raddau gan fod pawb yn yr un sefyllfa. Wrth gwrs, mae 'na hierarchaeth ar waith, ond mae pawb yn gyfartal gan eu bod wedi cael eu carcharu. Mewn 'rhyddid' mae arwahanu ac anghydraddoldeb yn fwyaf amlwg.

Dw i'n cyrraedd Sgwâr Mount Stuart ac yn gadael y beic rownd y gornel i fynedfa'r cwmni, tu allan i'r Gyfnewidfa Lo. 'Sa i'n ei gloi achos 'sdim clo 'da fi, ond os byddai unrhyw un yn ei ddwyn, wel, pob lwc iddyn nhw – mae'n amlwg bod angen help arnyn nhw! Wrth agosáu at fynedfa ENCA, sydd wedi cael cot o baent yn ddiweddar, dw i'n penderfynu mewnbynnu'r hen gôd o'n i'n ei ddefnyddio dros ddwy flynedd yn ôl. Er mawr syndod, mae'n dal i weithio! Alla i ddim credu'r peth a dweud y gwir. Wedi'r cyfan, gallai unrhyw un gerdded i mewn... hyd yn oed cyn-garcharor peryglus.

Dw i'n nesáu at y dderbynfa'n twtio 'nhei ac yn diawlo bod y fath fès wedi digwydd i waelod 'y nhrowsus. Ro'n i eisiau creu argraff dda, yr argraff orau, ond dw i'n edrych mwy fel aelod o gynulleidfa cyngerdd Meatloaf nag un sy'n chwilio am waith. Mae'r dderbynfa wedi newid ei gwedd yn aruthrol ers i fi fod 'ma ddiwetha: ma'r cadeiriau plastig oedd yn bygwth rhoi piles i unrhyw un fyddai'n eistedd arnyn nhw am fwy na phum munud wedi diflannu, ac yn eu lle mae dwy soffa ledr dywyll. Yn ogystal, mae llawr llechi wedi cymryd lle'r teils carped, a logo newydd y cwmni wedi ei beintio'n goch trawiadol ar draws tair wal.

Ond, er yr holl newidiadau, yr un llygaid sy'n syllu'n wag arna i o'r tu ôl i'r dderbynfa – rhai Shiranee. Merch ifanc drawiadol tu hwnt o dras Indiaidd yw Shiranee: mae ei chroen lliw siocled, ei gwallt pur-ddu a'i llygaid doli yn gyfuniad mesmeraidd. Ond, yn anffodus, mae ganddi orchudd trwchus o flew tywyll ar ei gwefus ucha sy'n difetha'r ddelwedd ac sydd wedi cyfrannu, heb os, at y rhesymau pam ei bod hi'n cael ei adnabod fel 'beic' y cwmni. Dw i hyd yn oed yn cofio clywed rhai pobol yn cyfeirio ati wrth ei llysenw creulon, Sir Walter. As in Raleigh. Er y goedwig ar ei gwefus, mae jyst bod mor agos â hyn at gnawd benywaidd, yn ogystal â gwybod ei hanes cywilyddus, yn ddigon i'n hala i'n wyllt. Wrth iddi syllu arna i, dw i'n rhoi gwên groesawgar iddi yn y gobaith y byddai hi'n f'adnabod. Yn anffodus, mae ei chof mor llac â'i moesau, a dyw hi ddim yn 'y nghofio i o gwbl!

Ar ei desg mae 'na arwydd sy'n hyrwyddo'i henw a'i sgiliau aml-ieithyddol, felly dw i'n dweud:

"Bore da, Shiranee, dw i 'ma i weld Neifion…"

"Oes gan chi appointment?" mae'n gofyn mewn Wenglish sy'n f'atgoffa o bolisi cyflogi canmoladwy ENCA Cyf, lle maen nhw'n annog pobol o leiafrifoedd ethnig i geisio am swyddi gyda'r cwmni ar yr amod eu bod nhw'n dysgu'r Gymraeg. Ac er taw ffordd amlwg o dderbyn mwy o arian gan y llywodraeth yw'r polisi, mae'n ei wneud yn lle diddorol iawn i weithio pan allwch chi sgwrsio yn Gymraeg gyda Dan y Rasta o'r adran ymchwil neu Jamshad, o Fangladesh, o'r adran ddosbarthu.

"Na, sdim apwyntiad 'da fi. Ro'n i'n arfer gweithio ma rai blynyddoedd yn ôl a jyst moyn chat glou 'da fe. Alun Brady yw'r enw."

Ac mae hi'n edrych arna i fel petai f'enw'n canu cloch ond 'y ngwyneb i ddim yn taro'r un nodyn.

"Cymerwch sedd plîs, Mr Brady, 'na i gweld os ma fe'n available nawr."

Felly dw i'n eistedd ar y soffa foethus. Ond cyn i fi gael cyfle i ddarllen gair o *Golwg*, mae Luned, pennaeth yr adran gyfieithu yn fy nghyfarch yn ei hacen gyfoethog ogledd-orllewinol. Acen dw i heb 'i chlywed ers blynyddoedd bellach.

"Alun! Ti yw hwnna?" A dw i'n codi ar 'y nhraed gan estyn llaw iddi. Unwaith mae'n dwylo'n cyffwrdd, mae 'nghorff – o fodiau'n nhraed i wallt 'y mhen – yn crynu, a dw i'n brwydro i siarad heb gecian. Dim 'mod i'n ffansïo Luned na dim. Mae hi'n iawn, peidiwch cael fi'n wrong – dim byd sbesh, ond ddim yn ffôl am fenyw ganol oed, chwaith. Y rheswm dw i'n crynu yw mai hi yw'r fenyw gynta i fi gyffwrdd ynddi ers dros dair blynedd ac mae'r profiad yn estron, yn ddryslyd ac mor rhwystredig ag unrhyw beth y gallwch chi 'i ddychmygu.

"Ie, ie. Sut wyt ti, Luned, ers talwm?"

Wrth iddi ysgwyd fy llaw dw i'n sylwi ar ddau beth: ei gwên lydan, ffug-groesawgar, a'i llygaid sy'n syllu i bobman ond i 'nghyfeiriad i. Er yr annifyrrwch amlwg, mae hi'n gyfeillgar iawn ac yn rhoi'r teimlad ei bod hi'n falch o 'ngweld i, sydd yn ei dro yn help i fi ymlacio ychydig. Dw i'n anadlu'n ddwfn cyn adio: "Dw i 'di dod i weld Neifion, i gael chat fach, 'na i gyd."

"O, chwilio am waith, ia?"

"Ie, mae'n amser ailadeiladu…" a dw i'n tawelu yng nghanol brawddeg gan ddod â'r sgwrs i ben yn gynamserol.

"Ty'd draw i weld y tîm ar ôl gorffan efo Neifion ta, Al…" awgryma wrth ysu am ddianc oddi wrtha i.

Efallai yr af i draw i weld yr hen 'dîm' yn nes ymlaen, ond wedi meddwl, falle bydd gweld yr un hen wynebau'n arnofio tuag at eu pensiynau'n fawr o help i fy achos i. Bydd eu gweld jyst yn fy nigalonni.

Ymhen dwy funud, wedi darllen dau baragraff o erthygl ddiddorol am Beti George yn *Golwg*, mae Neifion yn ymddangos yn y dderbynfa fel Robert Kilroy-Silk… with extra cheese. Dyn sengl yn ei bumdegau cynnar yw Neifion sydd, heb os, wedi bod yn cael mid-life crisis ers ei ugeiniau. Mae'n gwisgo'n 'ifanc' ac yn fflyrtio'n agored a digywilydd gyda holl weithwyr benywaidd y cwmni sy'n ifancach na fe. Yn ôl y sibrydion, dyn hoyw yw e, yn gwadu ei reddfau rhywiol: mae ei wallt arian yn bradychu'i oedran a'i goatee bach twt yn bradychu'i ansicrwydd.

Neifion yw rheolwr y cwmni – yn fwy o bwped neu gi rhech i'r bòs na dim byd arall. Cachgi dauwynebog, di-asgwrn cefn, hiliol a homoffobaidd yw e, sy'n credu'n gryf ym mawredd ei fodolaeth; y math o ddyn fyddai'n chwarae Herod bob Nadolig yn nrama plant y capel pan oedd e'n ifanc. Gan fod y bòs bron byth yn bresennol yn y pencadlys – oherwydd dyletswyddau lobïo, hyrwyddo a gwledda cyson – Neifion sy'n gyfrifol am redeg y lle o ddydd i ddydd. Ac oherwydd ei bwêr, mae'n troedio'r coridorau fel Tony Montana… gan gerddetian fel Richard Fairbrass.

"Alun, Alun, Alun! Sut wyt ti, boi?" mae'n holi gan fy nghyfarch fel hen ffrind – rhywbeth na fues i erioed. "Dilyna fi i'r swyddfa, Al. Ti moyn diod? Te, coffi neu ddŵr."

"Dim diolch, dw i'n iawn, am nawr."

"Ti'n siŵr?"

"Positive, diolch."

"Shiranee, coffi du, nawr, 'na ferch dda."

A dilynaf y bwli tua'i stafell gyda 'ngwaed i'n berwi mewn ymateb i'w orchymyn anghwrtais a diraddiol. Cyn ymuno â Neifion yn ei swyddfa, edrychaf dros fy ysgwydd a dw i'n falch o weld Shiranee yn codi'i bys canol i'w gyfeiriad mewn ystum amharchus sy'n gwarantu y bydd mwy na jyst dŵr berw'n cael ei arllwys dros ei ronynnau coffi.

"Cym' sedd, Alun," ac wedi i fi wrando fel bachgen da, ni'n gwneud chit-chat am ddim byd arbennig, cyn iddo roi ei ddwylo tu ôl i'w ben, a'i draed wedi eu croesi ar ei ddesg, a gofyn.

"So, sut alla i dy helpu di heddiw, Al?"

"Edrych am waith dw i, a dweud y gwir…"

"S'dim agoriad yn yr adran gyfieithu ar hyn o bryd…" Mae'n ymateb yn orawyddus, gan wneud i fi amau pa mor ddibynadwy yw ei eiriau.

"'Na i neud unrhyw beth, jyst angen cyfle i ailddechrau gweithio sy arna i…"

Nodia Neifion a rhoi'r argraff ei fod yn meddwl yn ddwys: wel, ma fe'n rhwbio'i afr arian fel Blofeld yn mwytho'i gath. Wrth iddo gosi'i ên, mae 'meddwl i'n crwydro ac yn dod dan swyn y ffan sy'n troelli ar ddesg Neifion gan ei oeri ef, tra mod i'n chwysu ar yr ochr arall fel pencampwr sumo ar ôl gêm o sboncen.

"A dweud y gwir, Al, sdim agoriad yn unrhyw le 'da ni ar hyn o bryd, ond os adewi di dy rif ffôn, 'na i gysylltu â ti pan fydd cyfle'n codi, iawn?"

Dw i am ddweud 'na, dyw hi ddim yn iawn, helpwch fi!' ond fel arfer, does 'na ddim gwynt i hwylio fy llais ar adeg fel hyn. Yn hytrach, dw i'n dweud "Ie, grêt, cadwch fi mewn cof. Dw i ar gael o heddiw 'mlaen." A dw i'n sgwennu rhif Floyd ar ddarn o bapur gan ddweud: "Rhif ffrind yw hwn. Gadewch neges ac fe 'na i ffonio'n ôl cyn gynted ag y galla i…"

Wedi ysgwyd llaw unwaith eto, dw i'n gadael yr stafell, y dderbynfa a'r adeilad heb ymweld â fy hen adran. Ac er 'mod i'n gwybod na fydda i'n clywed gair gan ENCA byth eto, dyw hyn ddim yn fy ngwylltio na'n siomi. Ro'n i'n disgwyl i hyn ddigwydd – y rhagfarn – achos sdim byd yn creu mwy o ofn yng nghalonnau'r dosbarth canol na chyn-garcharor mawr cas…

Dw i'n falch o allu adrodd nad oedd neb yn ddigon twp i ddwyn 'y meic i, ac wrth seiclo'n ôl tua chanol y ddinas ar hyd Stryd Bute, dw i'n penderfynu ymweld â Chanolfan Gwaith ac efallai cwpwl o asiantaethau tempio hefyd cyn diwedd y dydd.

Unwaith eto, dw i'n gadael 'y meic heb ei gloi ar y barrau tu fas i'r Ganolfan Gwaith ar gornel Stryd Carlo. Mae'r chwys yn cronni rhwng llafnau f'ysgwyddau wedi i mi seiclo mewn tymheredd uchel. Wrth sychu'r hylif hallt oddi ar 'y nhalcen gyda chefn fy llaw, dw i'n cael llond ffroen o realiti ar ffurf arogl afiach fy mhersawr personol. Unwaith eto, dw i bron â throi am adref gan fod heddiw'n datblygu'n hunllef, ond dw i'n gorfodi fy hunan i gadw i fynd.

Yn ogystal â'r propaganda a'r celwydd sy'n fy nghyfarch y tu fewn i'r ganolfan, mae 'na rywbeth llawer mwy croesawgar hefyd – air conditioning. Dw i'n falch o'r cysgod rhag y gwres llethol ac yn gobeithio bydd yr awyru'n cael gwared ar arogl fy chwys, er, dw i'n gwybod mai breuddwyd ffŵl yw hynny. Dw i'n edrych o gwmpas am y dderbynfa, ond ar wahân i'r Gwarchodwr Diogelwch, dyw hi ddim yn ymddangos fod neb arall yma i gynorthwyo'r cyhoedd. Mae'r gweithlu wedi eu neilltuo ar un ochr i'r stafell, tu ôl i res o ddesgiau sy'n eu hamddiffyn rhag y bwystfilod di-waith yr ochr arall.

Wedi cael cyfarwyddiadau gan y Gwarchodwr Diogelwch, dw i'n derbyn ffurflen. Wedi ei chwblhau, dw i'n cymryd rhif o'r peiriant ac yn ymuno â'r trawsdoriad eang o bobol sy'n aros eu cyfle i gael cymorth oddi wrth y wlad. Dw i'n aros am ddeg munud hir cyn penderfynu edrych ar yr hysbysfyrddau am swyddi ac yn gwneud hynny'n hamddenol braf gan gadw llygad ar y rhes hir o bobol sy'n aros am sylw. Mae cyn lleied o weithgaredd i'w weld ar 'ochr' y gweithlu fel y teimlwn awydd cynnig fy ngwasanaeth iddyn nhw er mwyn gallu gwacáu'r dderbynfa'n gynt a gadael i'r bobol ddychwelyd at eu bywydau.

Mae 'na ddigon o swyddi sy'n apelio ata i ar yr hysbysfyrddau – gwaith swyddfa, garddio a hyd yn oed gweini – ond sa i'n cymryd y manylion rhag ofn bydd rhyw gymhlethdodau'n codi. Ac mae 'na wastad gymhlethdodau'n codi mewn llefydd mor fiwrocrataidd â hyn.

Ar ôl oes o aros, caiff fy rhif ei alw gan ferch ifanc, a dw i'n cymryd fy ffurflen a fy BO tuag at ei desg. Dw i'n gwenu'n braf arni ac yn cynnig fy llaw ond dyw hi ddim fel ei bod hi hyd yn oed yn 'y ngweld i. Dyw hi ddim yn ysgwyd fy llaw nac yn edrych arna i unwaith – yn hytrach, mae hi'n astudio fy ffurflen. Dw i'n eistedd ar y gadair gyferbyn ac yn edrych arni: mae ei gwallt melyn yn tonni dros ei hysgwyddau noeth a'r fest haf yn dangos dim mwy na'i diffyg bronnau. Tasai hi ond yn gwenu, dw i'n siŵr y basai hi'n bert iawn... ond breuddwyd ffŵl arall yw hynny.

"Address?" mae'n mynnu, gan anadlu'n uchel i danlinellu ei hanfodlonrwydd bod yn rhaid iddi wneud rhywbeth i fy helpu. Wedi meddwl yn ddwys am gyfeiriad Floyd yn gynta, ac wedyn am un fy mrawd, dw i'n penderfynu bod yn onest.

"It's a bit complicated really..."

"Where do you live, Mr..."

"Brady."

"Brady. Yes. Where do you live? We need an address before we can continue, before we can help you."

"Well, it's in Cathays..."

"You need to be a little bit more specific than that, Mr Brady!"

"Yes, of course. I live in Cathays Cemetery."

"Cathays Cemetery? Really? In that old house by the entrance, is it?"

"Not quite, no. I live in the caretaker's shed..."

Ac wrth i'r geiriau adael fy ngheg dw i'n ymwybodol yn syth pa mor wael mae'r hyn dw i newydd ei ddatgan yn swnio. Mae'r ferch yn edrych arna i am y tro cynta ac mae ei llygaid yn llawn tosturi a'i geiriau'n nawddoglyd a ffug ar ar yr un pryd.

"So you're homeless, Mr Brady?"

"No, not at all."

Ond cyn i fi gael cyfle i esbonio 'mhellach, mae'r ferch yn 'y ngadael i'n eistedd yma'n meddwl pa mor abswrd dw i'n swnio wrth ddatgelu 'mod i'n byw mewn sied... mewn mynwent. Dw i'n cochi braidd wrth iddi ddychwelyd ac mae'r hyn mae'n ei basio i fi'n gwneud i'r lliw ddyfnhau.

"Here's a leaflet that might be of help to you. It's a charity that helps the homeless find somewhere to live, an address, so that you can sign on and return to the mainstream…"

"But I'm not…"

"Mr Brady!" meddai hi'n awdurdodol, fel mam wrth blentyn mewn man cyhoeddus. "Without a valid address, we can't help you. It's that simple unfortunately. Now I urge you to contact this number; they'll be able to assist you further."

"But I'm not…"

"Goodbye, Mr Brady," mae'n adio, cyn pwyso'r botwn ar ei desg i ddatgan ei bod hi'n barod i weld y rhif nesaf.

Dw i'n gadael y lle'n gandryll wedi'r ffordd dw i newydd gael fy nhrin, ond mae'r system mor chwerthinllyd fel ei bod hi'n anodd aros yn grac am rhy hir. Dw i'n penderfynu peidio ymweld ag unrhyw asiantaeth tempio heddiw ac yn dychwelyd i'r fynwent, via Lovely Baps – heb os yr enw gorau yn y bydysawd ar siop frechdanau – gan feddwl ar y ffordd pa mor annheg yw'r ffaith bod 'na bobol sy ddim eisiau gweithio ond yn cael eu gorfodi i wneud, tra 'mod i'n ysu am waith ond yn cael 'y ngwrthod!

Wrth dynnu 'nillad a molchi 'ngheseiliau am yr ail dro heddiw yn sinc y sied, dw i'n dod i'r casgliad bod y byd yn lle rhyfedd a chymhleth iawn. Mae Paddy'n cytuno 'fyd, dw i'n meddwl, ac wedi gwisgo dillad call, cyfforddus, dw i'n chwilio am Floyd o amgylch y fynwent cyn cofio nad yw e'n gweithio. Felly dw i'n anelu am yr Arches gan obeithio y gall fy ffrind wella fy hwyl ar ôl bore mor ddiwerth a digalon.

Camaf i mewn drwy brif fynedfa'r dafarn, gyda'r gair ENTRANCE wedi ei sgwennu mewn llythrennau anferthol uwchben y drws. O 'mlaen i mae stafell wag, ar wahân i fwrdd o bedwar gŵr busnes sy'n mwynhau liquid lunch ar brynhawn Gwener. Mae eu gwynebau'n flotiog a'u teis yn agored fel coesau Shiranee ym mharti Nadolig ENCA.

Prin 'mod i erioed wedi mynychu tafarndai yn ystod fy mywyd, a galla i gyfri sawl gwaith dw i 'di ymweld ag un, ar un, na, dwy law. Y tro diwetha i fi fod mewn tafarn oedd gyda 'mrawd rai blynyddoedd yn ôl, a thrwy gyd-ddigwyddiad, y tafarn hwn oedd y dewis bryd hynny hefyd.

Mae'r Three Arches yn dafarn rhyfedd, ac yn ôl 'y mrawd mae'r tair stafell yma'n cynrychioli tri dosbarth cymdeithasol. Ar y penwythnosau, pan mae'r lle'n brysur, y dosbarth canol sy'n llenwi'r bar canol lle dw i'n sefyll ar y foment. Mae'r stafell yn ddigon croesawgar gyda charped ar lawr a chadeiriau lu. Fel cartref rhyw hen fodryb a dweud y gwir. I'r dde o ble dw i'n sefyll, trwy ddrws trwm, lliw aur, mae bar y crach, neu 'Bel Aire' fel mae Wil yn ei alw. Dyna lle mae crachach Cyncoed, Llysfaen, Llanisien a'r Rhath yn cyfarfod i yfed eu brandis mawr a'u Baileys wrth drafod eu cyfoeth ac anghofio'u cwrteisi wrth orweddian ar gadeiriau moethus, blodeuog, di-chwaeth y bragdy. Ac yn olaf, yn y bar cyhoeddus lle dw i'n disgwyl ffeindio Floyd, mae'r dosbarth gweithiol yn yfed mewn aflendid cymharol ond yn cael mwy o hwyl na'r ddau far arall gyda'i gilydd.

Dyna lle mae'r teledu, y bwrdd pŵl, y darts, y jukebox, y bandits, yr ali fowlio a llawr moel gludiog o dan draed, sy'n gwneud y daith fer i'r tŷ bach mor llafurus â dringo'r Wyddfa'n gwisgo welis llawn plisg wy. Ystafell blaen yw hi heb unrhyw ffrils; dim clustogau ar y cadeiriau na blychau llwch glân bob hanner awr. Ond dyna lle mae curiad calon y lle – a heb geiniogau cwsmeriaid ffyddlon y bar cyhoeddus, fe fase'r Arches yn ffeindio bywyd yn anodd iawn.

Dw i'n ffeindio Floyd yn eistedd ar stôl uchel rhwng dau gyfaill. Mae'r tri ohonyn nhw'n gwylio'r teledu yng nghornel pella'r stafell gan ferlota yn eu hunfan mewn cytgord gyda'r ceffylau maen nhw'n eu cefnogi. Pwysaf ar y bar a'u gwylio am weddill y ras. Mae Floyd, am y tro cynta mewn tridiau, wedi newid ei ddillad – yn lle'r dillad gwaith mae'n gwisgo jeans du, crys polo coch a phâr o ddaps Lacoste gwyn... ma fe'n barod am y penwythnos! Mae'r ddau wrth ei ochr wedi dod yn syth o'u gwaith... neu'n cael amser cinio 'hamddenol'. Mae eu dillad sy'n drochfa o baent amryliw yn brawf o hynny. "*C'mmmmmmmmmmmmmmmmmmmmmmmon* my son!" gwaedda Floyd, gan osod ei wydryn ar y bar a'i sigarét yn y blwch llwch, cyn iddo ddyrnu'r awyr wrth i'r march ennill y ras a'i ysgogi i neidio o gwmpas y lle fel gwallgofddyn. Wedi iddo ailafael yn ei synhwyrau mae'n sylwi arna i ac mae gwên lydan yn ymddangos ar ei wyneb. Rhwng anadliadau trwm, mae'n fy nghroesawu.

"Al, fuckin' hell, I didn't think you'd make it! Did you see that? Jeezuz H Cribbins, that don't happen very often, does it Jeff?" Mae Jeff, sy'n eistedd wrth y bar gyda'i ben yn ei blu, yn mwmian rhywbeth annealladwy mewn ymateb ac yn rhwygo'i slip betio'n ddarnau mân. "My Son, sixty to one for fuck's sake! Hardly worth a punt; you'd think, well you'd be wrong!"

Mae Floyd yn llawn cyffro ac yn camu ata i ac yn 'y nghofleidio i o flaen pawb, sydd braidd yn embarrassing ond yn neis ar yr un pryd. Ar ôl fy ngollwng ar lawr, mae'n troi at y barman, a ddaeth i weld beth yw achos yr holl sŵn.

"Drinks all round, John; I've just won six hundred fuckin' quid!"

"So that's why you're acting like a child is it, Floyd?"

"Fuck off, John, don't be so miserable!"

Ac mae'r stafell gyfan, sef chwech o bobol, yn anelu at y bar i ddewis eu gwobrau. Ar ôl i bawb setlo mae John yn troi'n ôl at Floyd a dweud.

"Pint of the usual for you, is it Floyd?"

"Aye, and whatever Al by 'ere's 'avin'."

Ac mae'n teimlo fel petai pob llygad yn y lle'n troi eu sylw ata i. 'Sa i'n foi tafarn fel chi'n gwybod, a nawr dw i o dan bwysau i ddewis yn gall heb wneud ffŵl o'n hunan o flaen fy ffrind newydd. Mae Floyd yn gwenu arna i wrth i fi sganio'r poteli a'r pympiau am ysbrydoliaeth…

Ar ôl sbel, dwedaf "Half a shandy, please," gan wybod yn iawn mod i 'di gwneud camgymeriad cyn gynted ag mae'r geiriau'n dianc o 'ngheg. Mae'r corws o chwerthin hefyd yn cadarnhau 'nghamgymeriad.

"Bitter or lager?" mae John yn gofyn.

"Lager. Stella. Pint. OK Al?" Mae Floyd yn ateb ar fy rhan. Dw i ddim yn dweud gair mewn ymateb ond dw i'n siŵr bod fy mochau cochion yn dweud y cyfan.

Wedi derbyn 'y mheint, dw i'n eistedd gyda Floyd, Jeff a Jase. Mae Jeff yn ei bumdegau hwyr ac yn cnoi sigâr drwchus heb ei chynnu, sy'n gwneud i'w wên gamu bob tro mae'n gwenu. Mae ganddo ben moel ac un llygad diog sy'n gallu drysu'r sgwrs o dro i dro. Jase yw ei fab, ac mae'r ddau'n cydweithio. Mae gan Jase, sydd yn ei dridegau cynnar, wallt hir melyn blêr, fel pencampwr syrffio heb noddwr shampŵ, a thatŵs yn cripian lan ei wddwg. Mae ganddo'r un wên â'i dad, ond heb fod mor gam, ac mae'n smocio Benson & Hedges fel petai ei fywyd yn dibynnu arnyn nhw.

Ar ôl cymryd y llymaid cynta o'r Stella, a gwerthfawrogi nodweddion adfywiol y ddiod ar ddiwrnod mor boeth, mae Floyd yn fy nghyflwyno.

"Boys, this is Al…"

"From the shed?"

"Yes Jase, from the shed."

"It's only temporary," dw i'n adio'n amddiffynnol, er nad ydw i'n teimlo cywilydd dros fy sefyllfa.

"Of course it is, Al."

Wedi mân siarad am sbel mae'r pedwar ohonon ni'n chwerthin ac yn yfed fel se ni mewn aduniad coleg. Wedi i'r peint cyntaf ddiflannu, ac wrth i Floyd fynnu prynu rownd arall oherwydd ei lwc ar y gee-gees, mae'n cofio'n sydyn am fy helfa.

"Fuck Al, I almost forgot. How did it go this morning?"

"What happened this morning?" Jase, trwy gwmwl o fwg ac mor fusneslyd â Mrs Mangle.

"I went job hunting," dw i'n esbonio. "No luck at all. Where I worked before, they were polite and accomodating but I know I'll never hear from them again…"

"I told you so," medde Floyd a dw i'n nodio 'nghytundeb.

"I then went to the job centre but was given nothing but this," a dw i'n pasio'r ffurflen gymorth i'r digartref iddyn nhw gael gweld. "It's hopeless, it really is. All I want is a job so I can get back on my feet but they wouldn't even let me register because of where I live."

Dw i'n cymryd llond ceg o'r ail beint, gan deimlo'r ysgytwad cyntaf o fedd-dod yn fy stumog, wrth i'r pedwar ohonon ni dawelu wedi clywed am fy sefyllfa drychinebus. Ond allan o'r tywyllwch daw golau, daw gobaith.

"John, do you need any bar staff?" hola Floyd i'r rheolwr – gŵr tew iawn yn ei bedwardegau hwyr sy'n ceisio'i orau i fasgio'i alcoholiaeth gyda digon o Brylcreem a thei barchus.

"As it happens, I do," mae'n ateb, gan edrych i 'nghyfeiriad. Dw i'n gwenu arno'n obeithiol, ac fel tafleisiwr dw i'n ateb heb agor 'y ngheg.

"Look no further, John, Al by 'ere's the man for the job." Diolch, Floyd.

"Have you got any experience?"

Ond cyn i fi gael cyfle i ateb yn onest, mae Floyd unwaith eto'n gwneud ar fy rhan.

"Course he fuckin' has, John! And anyway, it's hardly fuckin' difficult now is it!" Ar glywed hyn, mae John yn tynnu ei drem oddi wrtha i ac yn syllu ar Floyd. Mae'r bygythiad yn amlwg i bawb. "What? What? Don't even think about arguing the point, John, or I'll come round there and show you how to pull a pint... a few fuckin' pints come to that!" Ac, jyst fel 'na, mae pawb yn chwerthin a'r tensiwn yn diflannu.

"You can start tomorrow, Alan, if you want."

"Yes, definitely. What time?"

"I've got two shifts to fill..."

"I'll do them both," dw i'n torri ar ei draws.

"You sure? It's hard work." A dw i'n nodio tra bod Floyd, Jeff a Jase yn chwerthin wrth glywed honiad John am ei broffesiwn.

"I need the money and I won't let you down..."

"As long as you turn up on time, you won't."

A dyna ni, mae gen i swydd. Dw i'n troi at Floyd i ddathlu, ond mae fy ffrind yn cydgerdded gyda dyn ifanc allan o'r bar i'r awyr agored tu fas. 'Sa i'n gwybod yn gwmws beth ma fe'n neud, ond mae gen i syniad go dda.

"Where you from then, Alan?" hola Jeff, a dw i'n troi i'w wynebu gan geisio llenwi fy acen â'r gwirionedd.

"Caaaadiff."

"Fuck off!" medde Jase. "There's no way you are. Your accent's more like, I don't know… not Cardiff anyway."

"Are you really, born and bred like?" hola ei dad.

"I am," dw i'n cadarnhau. "I spoke Welsh at home, though. You know, first language like." Dw i'n gwybod 'mod i'n gwatwar fan hyn ond mae'n hollol ddealladwy. Dw i jyst eisiau cael 'y nerbyn. "I know I don't have much of a Cardiff accent, but I've lived here all my life…"

Ac mae Jeff yn nodio'i ben, cyn adio.

"There's a little bit of Cardiff in there, Alan, certain words like, but it's much softer than mine, Floyd or Jason's Crystals Caaadiff accent. It's nicer if you ask me, I mean, you've heard that Frank Hennessy, well, if I sound anything like that cunt, I'd rather be English. No, not really…"

"But he does sound like a cunt," mae Jase yn cytuno.

"Yes, son, he does. You're Welsh then, proper Welsh…"

"Say something," Jase eto. "Say something rude."

Dw i'n casáu pan mae hyn yn digwydd – bob tro chi'n datgan eich Cymreictod i rai sydd erioed wedi clywed yr iaith.

"OK, here goes," ac wedi meddwl am eiliad dw i'n dweud, "mae Jase braidd yn dwp," ac mae ei wyneb yn fflachio wrth glywed ei enw. O'n i ddim yn sylwi faint o effaith ma'r cwrw'n 'gael arna i tan yr eiliad hon a dw i'n difaru gwneud hwyl am ben Jase yn syth.

"What did you say, Al?"

"I said, Jase's got a huge penis…" ac mae e'n nodio'i ben yn llawn balchder wrth glywed hyn. Mae ei dad, ar y llaw arall, yn swta.

"Whatever the language, you can always tell when someone's lying."

"Like father like son then innit, Dad!"

"Unfortunately, yes."

Ac ar ôl i fi ailadrodd ac ailadrodd y llinell tan fod Jase yn gallu ei dweud hi'n ddigon da fel basai rhywun sy'n medru'r iaith yn ei deall, mae Jeff yn ailafael yn y sgwrs.

"I've never met a Welsh speaker before, you know. I mean, I knew they existed because of the road signs and that, but I never met one before today. I seen that SC4 on the telly but I've never watched it, I mean, what's the point when you can't understand a bloody word they're saying?"

"Most programmes have subtitles these day, Jeff..."

"I'm sure they do, Al, but you see, I'm not a brilliant reader, never have been. I mean, I read the *Sun,* like, but that doesn't really count, and when it comes to watching telly I can't be arsed with it all. I never go to the cinema to watch a foreign film 'cos of the subtitles, so I'm not gonna start watching foreign shit on my own telly..."

Ond, cyn bod y sgwrs yma'n mynd i gyfeiriad y ddadl genedlaetholgar feddw, mae Floyd yn dychwelyd, diolch byth.

Erbyn chwech o'r gloch, dw i 'di meddwi'n rhacs am y tro cynta erioed. Dw i 'di llowcio pedwar peint o Stella ac wedi ymuno â Floyd a Jase yn y maes parcio am smôc ar ddau achlysur. Roedd y cynta'n syniad gwael a'r ail waith yn dwpdra llwyr. Dw i'n beio'r alcohol, yn bersonol.

Dw i 'di profi'r trawsdoriad cyflawn o emosiynau'n barod ac wedi denu dagrau wrth feddwl am Mam a Dad; euogrwydd, cywilydd a hiraeth ar yr un pryd wrth feddwl am Wil a Mia; teimlo'n edifar am ffawd Paddy a fy rhan i yn y cyfan; rhyddhad dros fy rhyddid a balchder 'mod i 'di ffeindio swydd. Dw i 'di cofleidio Floyd ar fwy nag un achlysur ac wedi ei alw'n 'my best mate' gan slyran fy ngeiriau... Dw i'n wrthgyferbyniad llwyr ac wedi fy hollti'n emosiynol.

Erbyn hanner awr 'di saith, dw i 'di yfed dau beint arall ac mae'r byd yn troelli. Mae'r cyrff yn aneglur a'r lliwiau'n gymhlethdod caleidosgopig o flaen fy llygaid. Mae'r byd yn lle estron i fi heno a sdim fawr o ddim yn gwneud synnwyr bellach. Dw i'n llawn cyffro un funud ac yn llawn pryder y nesa, a dw i heb sefyll ar 'y nhraed ers dros awr ac yn ofnus o wneud nawr gan 'y mod i'n gwybod beth allai ddigwydd pan wna i. Mae'r dafarn yn llawn gwynebau niwlog, ond dim llawer o rai benywaidd chwaith, ac mae Floyd wedi 'nghyflwyno i nifer o bobl fydda i byth yn cofio'u henwau. Dw i'n hapus.

Ar ben y cannoedd enillodd Floyd ar y ras yn gynharach, mae'n siŵr o fod wedi gwneud cryn dipyn yn ychwanegol o'i 'extra curricular activities' gan ei fod wedi ymweld â'r maes parcio gyda dieithriaid yn amlach na phutain mewn cystadleuaeth cyfathrach. Unwaith eto, sa i 'di gorfod talu am unrhyw beth.

Heb rybudd, mae cynnwys fy nghylla – sgampi a sglods o'r 'award winning kitchen' (o'n i ddim yn sylwi eu bod nhw'n rhoi gwobrau i bobl am eu gallu i ddefnyddio meicrodon) – yn ymddangos yn fy ngheg. Dw i'n eistedd yno gyda cheg llawn cawl cynnes parmesanaidd yn ceisio 'ngorau i beidio dechrau cael panig. Dw i'n dal i eistedd wrth y bar; mae John, fy mòs newydd, yn serfio'n syth o 'mlaen i a dw i'n ceisio 'ngorau i beidio hyrddio ar lawr a chael y sac cyn dechrau ar y swydd. Mae'n rhaid gwneud penderfyniad clou, rhywbeth anodd yn y fath stad, a dw i'n llyncu'r cyfan ac yn golchi 'ngheg gyda hanner peint o Stella cyn codi ar 'y nhraed, mwmian rhywbeth wrth Floyd a gadael. Wrth faglu tua'r drws galla i glywed Jase yn datgan ar dop ei lais yn y Gymraeg ei fod e'n dwp, sy'n dod â gwên i'r gwyneb, sick i'r geg a dim owns o euogrwydd ar 'y nghyfyl. Mae alcohol yn grêt!

Dw i'n poeri'r piwrî pydredig ar lawr y maes parcio cyn gynted â dw i mas o'r drws ac yn dechrau cerdded am adre pan mae Floyd yn gafael yno i a gofyn,

"You all right, Al? You looked fucked!"

"Aye, aye, aye," ac wedyn dw i'n pwyntio ata i fy hunan gan adio "I am. Drunk! Me!"

"Where's your bike, mate? Did you bring your bike?"

"Yes, no. Yes, I think so... don't know... maybe..."

Ac ma fe'n fy arwain i at y brif fynedfa trwy glwstwr o bobol dan ddeunaw sy'n mwynhau'r ardd gwrw (iard gwrw, more like). Mae Floyd yn mynd i ffeindio 'meic tra 'mod i'n ceisio gwatwar person sobor a pheidio denu sylw ata i fy hunan, cyn f'arwain at y ffordd ac yn 'y nghynorthwyo i groesi i'r pafin ar yr ochr arall.

"You all right to get home now, Al?"

"Yes, yes," dw i'n esgus wrth geisio dringo ar 'y meic.

"You can't ride home, mate..."

"Zimmer... frame..."

"Good idea, ya pissed bastard! Use it as a zimmer and be careful."

A dw i'n rhoi cwtsh fawr iddo, cyn diolch a bod yn sick dros sêt y beic. Mae e'n chwerthin, a rhaid dweud 'mod i'n teimlo'n well yn syth ar ôl gwaredu'r budreddi o 'nghylla. Mae Floyd yn dychwelyd i'r dafarn wrth i fi ystumio'n igam-ogam am adref yn berson gwahanol i'r un anhapus gyrhaeddodd y dafarn rhyw chwe awr yn gynt.

Wrth ddringo'r rhiw tua Heath Halt, dw i'n teimlo'n llawn drygioni ac yn cael yr ysfa i redeg dros gar neu i ganu cloch tŷ a rhedeg i ffwrdd. Ond, er 'mod i'n gaib, dw i'n dal yn ddigon call i wybod y basai hynny'n beth twp i'w wneud... wedi'r cyfan, fase dim gobaith 'da fi o ddianc heb gael 'y nal. Dw i'n credu bod yr awydd i wneud pethau plentynnaidd fel hynny'n codi o 'mhlentyndod colledig, yr arddegau na fu, ond dw i'n ddyn erbyn hyn ac yn gallu claddu'r ysfa o dan fy aeddfedrwydd... wrth feddwl am hynny, dw i'n chwydu ar lawr. Mae hynny'n dweud y cyfan, really.

Mae'r daith adre'n niwlog ond yn help mawr i glirio 'mhen, ac erbyn cyrraedd Wedal Road dw i'n ddigon call i gofio'r short cut drwy gefn y stad newydd o dai 'nath Floyd ei ddangos i fi ddoe. Mae'r ffaith nad oes yn rhaid i fi ddringo'r railings miniog a finne'n feddw rhacs yn beth da 'fyd.

Wedi gadael y beic ar lawr tu allan i'r sied a baglu tua 'ngwâl dw i'n ffeindio Paddy'n cysgu yn ei gadair wrth i fi agor y drws. Dw i'n baglu tua'r gwely, tynnu 'nillad a chwympo i gysgu gyda'r drws ar agor a 'mhen-ôl noeth ar ddangos i'r byd.

08: BRAWD / BRADWR

Wrth i Hydref droi'n Dachwedd, mae'r nos a'r tymheredd yn disgyn mewn cytgord yn ystod fy nhaith adref o'r gwaith, ac unwaith eto mae 'nghartref, yn llythrennol ac yn ysbrydol, o dan glogyn o dywyllwch pan dw i'n agor y drws cefn a ffeindio Dad yn darllen y Telegraph wrth fwrdd y gegin. Cyn ei gyfarch, dw i'n rhoi'r bag Dixons ar lawr, yn gwneud i Dwdi ganu grwndi drwy rwbio'i ên ac yn tynnu fy sgidiau a rhyddhau 'nhraed o'u hartaith.

"Iawn, Dad, sut ddiwrnod?"

Ond dw i'n gwybod yr ateb cyn clywed gair gan fod y bagiau o dan ei lygaid yn bolio fel home delivery o Blerways.

"Paid gofyn!"

So dw i'n cymryd ei awgrym yn llythrennol, ac yn peidio. Er bod y dyddiau, heb os, yn anodd iddyn nhw oll, fy rhieni a Paddy, dw i'n siŵr nad y'n nhw mor wael â'r nos. Mae Paddy'n cael trafferth cysgu. 'Sa i'n siŵr ai hunllefau sy'n effeithio arno, neu'r boen neu gyfuniad o'r ddau, ond ma hi'n amhosib cysgu yn y tŷ 'ma ar hyn o bryd gyda'r holl sgrechiade sy'n dod o'i stafell.

Mae Paddy 'di bod 'ma ers pum niwrnod bellach ac mae ei gyflwr wedi gwaethygu'n barod. Sdim byd o'i le ar ei ysbryd – ar wahân i'r cyfeiriadau cyson at farwolaeth – ond yn gorfforol, mae 'na 'ddatblygiadau'. Yn ogystal â bod ei goesau'n giami a'i ysgyfaint yn wan, mae ei lygaid yn suddo'n ddyfnach i'w benglog bob dydd, sy'n arwydd pendant o ddiffyg maeth eithafol. Mae ei oesophageal stricture, sef lwmpyn bach sydd wedi datblygu ar ei bibell fwyd sy'n peri problemau iddo wrth lyncu, yn dechrau effeithio arno hefyd. Ar ben hyn i gyd mae briwiau gwely wedi ymddangos ar ei gefn sy'n peri iddo gosi'n gyson. Mae ei weld yn pydru o flaen fy llygaid yn torri 'nghalon, a finne'n dod i 'nabod yr hen ddyn yn iawn.

Wrth i'w gyflwr fynd o ddrwg i waeth, mae fy rhieni'n datgymalu wrth geisio gofalu amdano. Y gwir yw fod y sialens yn ormod iddyn nhw ond, yn anffodus, gan fod y ddau mor benstiff â'i gilydd, fydden nhw byth yn cyfadde hynny – jyst cadw i frwydro'n dawel fydd y Bradys.

"Lle ma Mam, de, Dad?"

"Yn y gwely," medde fe, heb esbonio dim.

Rhyw ffordd, mae'r sefyllfa'n effeithio ar Mam yn fwy na neb. 'Sa i'n siŵr o'r rhesymau dros hyn. Wedi'r cyfan, tad Dad yw Paddy; ond rhywbeth i wneud gyda'r teimlade emosiynol mae menywod yn ffeindio mor hawdd i'w darganfod, dw i'n credu.

"Yw hi'n iawn?"

"Ydy, wedi blino, 'na i gyd. Ni'n mynd mas mewn awr..."

"I ble?"

"I'r theatr, The Graduate, gyda Matthew Rhys..."

"O, gwych! Dw i'n dwlu ar Matthew Rhys."

"A dy fam. Dyw e ddim patsh ar Daniel Evans, os ti'n gofyn i fi, ond ma fe'n well na beth-yw-'i-enw-fe..."

"Pwy?"

"Y bwgan brain 'na o Notting Hill."

"Rhys Ifans."

"'Na fe! Rhys Ifans. Ma angen bath ar y boi 'na!"

Ac wrth glywed hyn, dw i'n penderfynu peidio parhau â'r sgwrs gan fod honiadau fy nhad am ddiffyg glendid yr actor wedi eu gwreiddio mewn dim byd mwy na rhagfarn di-sail. Yn hytrach, dw i'n gadael i Dad ddychwelyd at ei thesawrws o safbwyntiau ceidwadol tra 'mod i'n estyn fy swper i, a swper Paddy o'r popty. Mae 'mhlât i'n edrych yn flasus tu hwnt– caserol cyw iâr gyda gwin coch a tharagon os nad yw fy synhwyrau'n 'y nhwyllo – tra bod swper Paddy'n edrych fel gwacamoli llyfn, neu 'baby puke' fel mae e'n ei alw.

Dw i 'di setlo i ryw fath o batrwm yn barod ers i Paddy ddod i aros 'da ni. Ni 'di bwyta swper 'da'n gilydd bob nos ers iddo gyrraedd. Mae'n tynnu'r pwysau oddi ar Mam a Dad ac yn rhoi'r cyfle iddyn nhw ymlacio (as if!) gyda'r hwyr, yn ogystal â rhoi'r cyfle i fi a Paddy sgwrsio a dod i 'nabod ein gilydd. Dw i'n benderfynol o wneud yr amser sydd ganddo ar ôl mor hapus ag y medra i, felly dw i'n rhoi'r platiau ar hambwrdd, yn codi'r bag Dixons ac yn gadael Dad yn y gegin.

Dw i'n cyrraedd y landing ac yn gosod y bwyd a'r bag i lawr yn ofalus ar y chaise-longue. Cyn mynd i stafell Paddy, dw i'n rhuthro'n ysgafn droed, rhag dihuno Mam, i'r atig ac yn gafael mewn cardigan wlân dywyll a fy llyfr cerddi oddi ar y bwrdd bach wrth fy ngwely. Wrth agor y drws i stafell fy nhad-cu mae dau beth yn fy mwrw – yr oerfel a'r arogl. Mae'r arogl yn gybolfa o rechfeydd, bwydach, traed, eli antibiotig, mints amrywiol, ammonia, anobaith ac urddas colledig. Mae'r oerfel, ar y llaw arall, yn ganlyniad uniongyrchol i'r ffaith bod Paddy'n mynnu bod y ffenest ar agor bob adeg o'r dydd a'r nos am ddau reswm – sef bod ganddo dymheredd uchel sy'n gwneud iddo losgi 'like a pasty Geordie on a package holiday in Hell' a'i fod e eisiau clywed byd natur tu fas. Ac er bod mwy o Nissan Bluebirds yn y cyffinie, nag sy o adar go iawn, mae dymuniad dyn anhwylus wastad yn cael ei wireddu, hyd yn oed os oes angen cardigan ychwanegol arna i er mwyn gallu ymuno ag e bob fin nos. Mae'r ffaith bod y stafell yn dal i ddrewi er bod y ffenest ar agor yn dangos pa mor ddifrifol yw ei ddrewdod. Ond, fel gyda nifer o aroglau amhleserus, mae fy synhwyrau'n addasu ac o fewn dim dw i'n eistedd yn mwynhau fy swper yn hollol anystyriol o'r amgylchedd afiach.

"'Ma'ch swper chi, Paddy," dw i'n dweud, wrth roi'r cymysgedd gwyrdd-frown ar y bwrdd bach sy'n pontio dros ei goesau ar y gwely. Mae e'n symud y Western Mail mae'n ei ddarllen i'r naill ochr ac yn codi'i wefus, fel Elvis, mewn ymateb i'r hyn sydd o'i flaen. 'So fe'n hapus. Wrth iddo brocio'r bwyd â'i lwy, dw i'n tynnu'r llyfr o 'mhoced gefn ac yn eistedd gyda'r hambwrdd ar fy ngliniau yn y gadair wrth ei wely. "Unrhyw beth diddorol yn y Wessie, Paddy?"

"Dim. Jyst darllen yr obituaries o'n i…"

"Pam?"

"Jyst checio 'mod i dal ar dir y byw. Sut ddiwrnod gest ti de, Al bach?"

"Olreit, chi'n gwbod. Yr usual, dim byd arbennig." Fi'n casáu siarad am 'y ngwaith gan 'i fod e mor routine a di-fflach, felly dw i'n arwain y sgwrs i gyfeiriad gwahanol gan godi'r bag Dixons oddi ar y llawr a'i osod ar y gwely. "Brynes i hwn i chi…"

"Beth yw e?" mae'n holi, ond 'sdim angen i fi ateb gan ei fod e'n gafael yn y bag fel plentyn bach ar fore 'Dolig. Wrth dynnu'r bocs mas mae'n sugno'i ana'l i mewn trwy ei ddannedd mewn ymateb i'r anrheg. "Al, Al, Al! Do'dd dim ishe i ti 'neud hyn…"

"Fi'n gwbod, ond galla i ga'l fy stereo 'nôl nawr!" dw i'n ebychu, gan gyfeirio at y system sain fenthyces iddo fe ddydd Sul. Mae Paddy'n dal i archwilio'r bocs, sy'n gwneud i fi wenu. Y pethau bach sy'n dod â'r llawenydd mwya i rywun yn ei sefyllfa fe. "Nawr, bydd di'n fachgen da a byt dy fwyd i gyd, neu gwely cynnar fydd i ti eto heno!" Ac wedi iddo ddychwelyd y bocs i'r bag, mae e'n edrych ar ei fowlen ac yn pigo'r past gyda'i lwy.

"'Sa i'n gallu byta hwn," medde, gan grychu'i wefus. "Mae'n afiach!"

"Rhaid i chi. Doctor's orders; egni a daioni, chi'n gwbod…"

"Ac i beth sy angen egni arna i, e? 'Na gyd fi'n neud yw gorwedd 'ma. Ac mae'n hawdd i ti barablan yn eistedd fan 'na gyda dy… beth sy 'da ti heno?"

"Chicken casserole â saws tarragon," dw i'n ateb, gan lenwi 'ngheg a sawru'r blas.

"Gad i fi ga'l 'bach o hwnna, Al, tamed o ffowlyn…" gyda'i lygaid yn llydan agored a drool yn dianc o gornel ei geg.

"So chi'n fod cael unrhyw solids, Paddy, chi'n gwbod 'ny. Gewch chi'r saws though, arllwyswch e ar ben eich swper…"

"Beth ti'n feddwl, sos gyda mwy o sos?"

"Rhywbeth fel 'na…"

"O diolch, sir, chi'n rhy garedig!"

"Paddy, 'sen i moyn sarcasm 'sen i'n gwylio pennod o Seinfeld, so stopwch hi, reit nawr! Ma'r sos ma yn ffein cofiwch, so mlân â fe a dim gair wrth Mam," ac mae Paddy'n dal ei fowlen allan heb oedi.

Wrth iddo fwynhau ei fwyd – wel, ma fe'n bwyta'r cyfan heno mewn corws o lowcian swnllyd am y tro cynta ers cyrraedd – dw i'n rhoi'r hambwrdd o'r neilltu, yn datblygio'r stereo ac yn gosod yr un newydd yn ei le. Dw i 'di prynu midi-system iddo – dim byd flash, ond perffaith i wrando ar gerddoriaeth mewn stafell gyfyng – a bydda i'n falch cael fy stereo 'nôl i f'stafell 'fyd, gan fod bywyd heb gerddoriaeth mor wag. Wedi dewis CD o berfformiad byw gan Donald Byrd, dw i'n sicrhau bod y lefel sain yn berffaith ar gyfer sgwrsio a pheidio distyrbio Mam, cyn rhoi fy stereo i wrth y drws.

Wedi i Paddy orffen bwyta, mae e'n sychu ei wyneb gyda'r baby-wipes tra 'mod i'n rhoi ei fowlen ar yr hambwrdd gyda gweddillion fy swper innau. Wrth wneud, dw i'n sylwi ar y ffordd mae Paddy'n gwingo wrth orwedd. Y briwiau gwely sy'n ei boeni ac mae ei groen yn sgleinio oherwydd yr eli mae Mam yn ei rwbio arno. Er bod Paddy'n anesmwyth, dyw e byth yn cwyno, ac mae'r briwiau'n effeithio ar Mam yn fwy nag arno fe mewn ffordd. Mae Mam yn teimlo mor euog bod y briwiau wedi datblygu dros yr wythnos ddiwethaf, ers iddo ddod aton ni i fyw, a dw i'n gwybod ei bod hi'n beio ei hun amdanyn nhw gan adio at y straen mae'n ei roi arni hi ei hun. 'Sa i'n cofio'r tro diwetha i Mam fynd i'r gwely yn ystod y dydd, a dweud y gwir; mae'n bosib mai heddiw yw'r tro cynta i'r fath beth ddigwydd. Dw i'n poeni amdani yn fwy nag erioed o'r blaen.

Ni'n eistedd mewn tawelwch cyn i eiriau Paddy f'ysgwyd allan o fy isymwybod.

"Is that what I think it is?"

Dw i'n edrych arno ac yn dilyn trem ei lygaid at fy llyfr cerddi sy'n gorffwys ar y bwrdd cyfagos. Wedi'r cyffro o gael y cyfle i siario fy ngwaith 'da rhywun, 'sa i 'di cael y guts i ddod â'r llyfr gyda fi, tan heno. Chwarae teg i Paddy 'fyd, dyw e ddim wedi rhoi unrhyw bwysau arna i, ond mae'r olwg ar ei wyneb yn dweud y cyfan heno; mae e mor gyffrous ag ydw i'n nerfus.

"Yep," dw i'n cyfadde braidd yn chwithig, wrth i 'mola ddechrau troi o achos yr hyn sydd ar fin digwydd.

"Der' i fi ga'l clywed un te," ond pan mae'n gweld 'mod i'n oedi a chochi ar unwaith, mae'n adio, "Der' nawr, Alan, sdim ishe bod yn embarrassed. Cofia dy fod ti'n darllen i ddyn mewn oed sy angen help i ga'l cachad, wel, o leia i lanhau ar ôl y weithred… ti'n gwbod be sy 'da fi."

"Oes rhaid bod mor afiach, Patrick Brady?" mae Mam yn gofyn wrth iddi gamu i mewn i'r stafell yn ei glad rags.

"Beth? Jyst setlo nerfau Al o'n i cyn ei ddarlleniad…"

"Darlleniad?"

"Aye, ma Al ar fin darllen cerdd i fi. World première cofia…"

"Cerdd!" mae Mam yn ebychu. "Ers pryd ti'n barddoni, Al?"

"So nhw'n dda iawn," dw i'n esbonio gan geisio meddalu'r siom.

Dw i'n agos iawn at fy rhieni a bydd y darganfyddiad hwn yn brifo Mam yn fawr. Dw i'n dweud popeth wrthi fel arfer… ond Paddy yw'r cynta i wybod am 'y marddoniaeth.

"Gad i ni dy feirniadu di, Al; nawr der mlân, darllena er mwyn i dy fam allu clywed 'fyd cyn iddi adael."

Ac yna, mae Mam yn eistedd ar ochr y gwely a dw i'n brwydro i ddarllen oherwydd y nerfau. Roedd dewis y gerdd yn broses hawdd gan taw dim ond llond llaw dw i erioed wedi eu cwblhau. Er 'mod i'n ei galw'n orffenedig, dyw hynny ddim yn golygu fod 'y ngwaith i'n dda o gwbl.

"Ti'n rhan annatod o'm bywyd yn barod…" dw i'n cychwyn, gan gadw'n llygaid ar y ddalen yn hytrach na gwynebu 'nghynulleidfa.

"…Dy ffordd a'th berson yn f'anfon yn wallgof
Ar adegau cyson ond nid yw'n ffactor.
Rwy'n dechrau deall
Yn dechrau dysgu
Fel plentyn adfer yn dechrau datblygu.
Dy ffordd
Dy berson
Ti'n her o'r cychwyn.
Yn od
Yn addfwyn
Ysbrydol weithiau.
Gad i fi helpu i eneinio'th greithiau."

Sa i'n codi 'mhen o'r llyfr wedi i mi orffen darllen, ond mae'r tawelwch yn dweud y cyfan os chi'n gofyn i fi. Wrong! Mae un yn crio a'r llall yn dawelach na phan mae e'n cysgu hyd yn oed!

"Beth sy?" dw i'n gofyn i Mam.

"Ro'dd hwnna'n hyfryd, Al, mor hyfryd," a dw i'n gwenu arni'n llawn balchder. Mae Mam yn codi ac yn ymddiheuro wrth adael, ond fi ddylsai ymddiheuro am ddifetha'i cholur a hithe ar ei ffordd i'r theatr…

"Neis iawn, Al bach, neis iawn. Nawr te, dwed wrtha i, pwy oedd testun y gerdd 'na?"

"Neb really, neb o bwys…"

"Neb o bwys!? Paid siarad dwli. Roedd hi'n llawn angerdd, yn llawn teimlad. And at the end of the day, all good poems are about shagging…" dw i bron yn chwerthin at yr honiad, gan nad yw hynny'n gallu bod yn wir yn fy achos i, ond mae Paddy'n ymhelaethu. "Cariad yw'r emosiwn mwya pur ti'n gweld, Al; 'na'r rheswm ei fod e'n brifo cymaint pan ti'n ei golli fe. Pan ti'n ei ffeindio fe, paid byth gadael iddo fe fynd, beth bynnag ti'n 'neud…" ac mae ei lais yn tawelu wrth iddo, efalle, feddwl am ei golled bersonol. "Am bwy oedd y gerdd 'na te Al? C'mon, dwed wrtha i.."

"Neb," a dyna'r gwirionedd. Wedi'r cyfan, dw i erioed 'di bod mewn cariad, erioed wedi cael cariad… dim un iawn ta beth.

"Dere, Al bach, gelli di ddweud wrtha i! Pwy yw hi?"

"Neb, neb o gwbl. Dychmygol yw hi," ac wrth i Paddy edrych arna i'n llawn tosturi, mae'n gwawrio arna i pa mor drist yw 'mywyd, pa mor anghyflawn yw 'modolaeth. Ma bywyd heb gariad mor ddiwerth â chi gwarchod sy ddim yn gallu cyfarth.

"Dychmygol? Wel o leia neiff hi ddim ateb 'nôl!"

Dw i'n gwybod bod Paddy'n ceisio llywio'n meddyliau ymhell o'r cysgodion. Ond mae'n rhy hwyr, mae'r hadau wedi eu plannu, a'r iselder ond cawod i ffwrdd.

"'Nei di ddarllen hi i fi eto, Al, unwaith 'to?"

"Wrth gwrs," dw i'n ateb er bod fy meddyliau'n bell i ffwrdd.

Clywaf fy rhieni'n gadael y tŷ tua'r un pryd ag mae Paddy'n cau ei lygaid a chwympo i gysgu, felly sdim rhaid i fi ailddarllen y gerdd, diolch byth. A gydag ysgyfaint Paddy'n chwibanu, dw i'n eistedd am ychydig yn gwrando ar y glaw yn cnocio ar ffenestri'r stafell cyn casglu 'mhethau a'i adael i'w freuddwydion.

Wedi dychwelyd y llestri i'r gegin a'u llwytho i'r peiriant golchi, dw i'n agor tun o diwna i Dwdi, cyn dringo'r grisiau a mynd ati i ailosod fy stereo. Wedi cysylltu'r uchelseinyddion, mae cloch y drws ffrynt yn canu deirgwaith, sy'n rhoi'r argraff i fi bod rhywun ar frys, a dw i'n brasgamu i lawr i'r cyntedd mewn pryd i agor y drws i'r syrpreis gorau, gwaetha, a mwya annisgwyl dw i 'di gael erioed.

Wrth i mi agor y drws, mae'n cymryd eiliad i'm llygaid ddod yn gyfarwydd â'r tywyllwch a'r glaw sy'n disgyn, hyd yn oed wedyn, sa i'n adnabod y ferch sy'n sefyll o 'mlaen i'n syth. Â'r haen drwchus o golur wedi diflannu, yn sefyll o 'mlaen mae'r ferch naturiol brydfertha dw i erioed wedi'i gweld. Gyda'i gwallt hir, melyn naturiol, yn dynn mewn cynffon a'i dillad ymarfer llachar yn socian ar ôl y daith fer o'i char i'r drws, mae'r blynyddoedd wedi disgyn oddi arni. Ni'n sefyll 'na heb ddweud gair am amser hir, jyst yn syllu ar ein gilydd: mae ei llygaid hi'n llawn... ofn efallai, er bod ofn a chyffro'n perthyn yn agos i'w gilydd. Mae fy llygaid i'n llawn pryder a dryswch tra bod 'y nghalon i'n curo rhythmau gwyllt. Mae'r tawelwch a'r tensiwn rhyngddon ni'n dweud lot, ond dim y cyfan. Mae ei gwefusau'n crynu ac yn edrych fel petai hi ar fin dweud rhywbeth, ond gan nad yw'n siarad, dw i'n reddfol yn llenwi'r tawelwch gyda'r peth cynta sy'n dod i'm meddwl.

"My parents aren't here."

"I know, I saw them leave about ten minutes ago."

"Are you stalking me?"

"Sort of."

A gyda hynny, mae hi'n camu ata i gan roi ei dwylo rownd 'y ngwddf ac yn 'y nhynnu tuag ati tan bod ein gwefusau'n cusanu a'n tafodau'n tasgu. Mae fy llygaid i'n llydan agored mewn sioc at yr hyn sy'n digwydd. Dw i'n gwybod nad yw hyn yn iawn, mae'n erbyn 'y rheolau', yn erbyn y Gair a'r gorchmynion, ond eto, dw i'n methu stopio. Fel pob dyn, dw i mor wan ag alcoholig mewn off licence pan mae'n dod i faterion rhywiol… dim bod unrhyw beth, a dw i'n meddwl unrhyw beth, fel hyn wedi digwydd i fi o'r blaen yn ystod fy naw mlynedd ar hugain ar y ddaear.

Dw i'n dal i syllu'n llygad agored arni wrth gusanu ger y drws ffrynt – gwefr felys gydag awgrym sur – wrth i euogrwydd ddod i'r amlwg. 'Nath hynny ddim cymryd yn hir, ond yn ddigon hir o gofio pwy sy'n cydio yno' i. Er hynny, dw i erioed wedi bod mor galed, a dw i nawr yn gwybod o ble mae'r dywediad 'scared stiff' wedi tarddu. Dw i'n cau'r drws gyda 'nhroed dde wrth i'w dwylo grwydro o dan 'y nghardigan a 'nghrys gan achosi i fantell o goosebumps godi i'r wyneb. Er bod 'y nwylo'n crynu, dw i'n llwyddo i ddarganfod y trysor sydd wedi'i gladdu o dan fra chwaraeon, anghyfforddus o dynn, a denu mwmian gwerthfawrogol o geg fy chwaer-yng-nghyfraith.

Mae ein tafodau fel llysywod letrig yn dawnsio yn y llif, a'n hanadlu'n llawn cyffro gwaharddedig. Ry'n ni'n dau'n gwybod nad yw hyn yn iawn, ond does dim modd stopio'n awr. Mae Mia'n fy arwain i fyny'r grisiau, ac alla i ddim peidio â theimlo'i phen-ôl a'i llenni chwyddedig trwy lycra ei cycling shorts.

Wedi i ni gyrraedd y landing mae hi'n troi i fy ngwynebu. Dw i'n gweld hyn fel cyfle arall i'w chusanu ond mae hi'n fy atal.

"Which one's your room, Al? Unless you want to do it right here," a dw i bron yn cyfadde mod i'n defnyddio pob tric i beidio gwneud hynny reit nawr, cyn ailafael yn fy anadl a'i harwain i f'stafell wely yn nho'r tŷ. Dw i'n mynd yn syth at fy stereo ac yn mewnbynnu CD Minnie Riperton, cyn gwasgu PLAY a diolch i Dduw bod popeth yn gweithio'n iawn, tra bod Mia'n cau'r drws ac yn edrych o gwmpas.

"I love Jack Nicholson," medde hi gan edrych ar y poster sy'n syllu arni'n fygythiol, cyn dyfynnu'r actor: "Ever danced with the Devil in the pale moon light?" Dw i am ddweud, 'not yet, but I'm about to', ond fel arfer, dw i'n oedi ac yn colli'r cyfle. "Where's that?" mae'n gofyn, gan bwyntio at groes Black Rock, ac wedi i fi ateb, dw i'n ei holi.

"What's going on, Mia?" Cwestiwn twp dw i'n gwybod, ond un sy'n rhaid ei ofyn wrth gael eich hudo gan wraig eich brawd.

"I want you, Al. I've wanted to do this to you for ages…"

"Do what?"

"This," ac mae hi'n camu ata i gan dynnu 'nghardigan yn gynta, wedyn 'y nghrys, cyn gwaredu gweddill 'y nillad mewn hanner munud o berlewyg bythgofiadwy. Dw i'n noeth yng nghwmni menyw am y tro cynta erioed, a rhaid cyfadde nad ydw i'n hollol gyffyrddus. Nerfus, heb os. Dryslyd. Paranoid. Cyffrous. Parlysiedig. Mud. Anghyfforddus. Ond hapus, na. Dim cweit. Credwch fi, mae Mia'n wefreiddiol i edrych arni, ond y rheswm 'sa i'n gallu cau'n llygaid wrth ei chusanu yw oherwydd bod Wil yn ymddangos bob tro dw i'n gwneud. Fel bwgan, mae'n amharu ar y foment ac yn codi cwestiynau anghyfforddus bob tro dw i'n ei weld.

Dw i'n sefyll wrth fy ngwely yn hollol hunanymwybodol. Mae 'nghorff tenau'n gwneud i fi eisiau cwpanu 'ngheilliau a chuddio 'nghywilydd, ond cyn i fi allu gwneud dim, mae Mia'n dadorchuddio ei bronnau. Maen nhw'n berffaith! Yn fwy na llond llaw ond yn dal yn gadarn ac mae'r nipplets brown tywyll mor galed â phig gwaywffon. Mae'n ymddangos fel petaen nhw wedi cael eu creu gan bensaer

Nefolaidd! Dw i'n cymryd y ddwy yn fy nwylo ac, yn reddfol mae'n rhaid, gan nad ydw i erioed wedi gwneud y fath beth o'r blaen, dw i'n penlinio a dechrau eu cusanu a'u llyfu gan ddefnyddio synau Mia fel cyfarwyddyd o ba mor dda dw i'n gwneud. Edrychaf i fyny ar ei gwyneb, sydd wedi'i rewi gan gnawdolrwydd y foment, wrth i mi sugno'i thethi. Yna, mae Mia'n agor ei llygaid ac yn edrych i lawr arna i. Mae ei gwên yn adrodd mil o eiriau, ond yn anffodus, 'sa i'n rhugl yn ei thafodiaith, felly mae hi'n fy arwain gan fynnu 'mod i'n codi ar 'y nhraed.

Wedi orig arall o gusanu nwydus, gan geisio 'ngorau i beidio gwneud ffŵl o'n hunan wrth i mi deimlo'i chnawd cynnes yn uno â fy nghorff esgyrnog, mae Mia'n gofyn: "Have you showered tonight?" Mae'r cwestiwn yn fy nal yn hollol annisgwyl ac er mod i'n amlwg newydd ddiosg fy nillad gwaith, dw i'n celwydda ac yn dweud "Yes." In for a penny... Mae Mia'n edrych arna i gyda golwg amheus ar ei gwyneb ond wedi oedi am eiliad mae hi'n penlinio gan gymryd fy stwmp cadarn yn ei cheg. Yn gynta, mae hi'n llyfu'r paladr cnawdol ar flaen y cledd gan wneud alldafliad cynamserol yn anochel, cyn dwfn-yddfu a denu'r milwyr gwynion tua blaen y gad. I wrthsefyll yr ymosodiad, dw i'n ceisio cofio'r technegau dw i 'di darllen amdanyn nhw, sy i fod o help mewn sefyllfaoedd o'r fath – meddwl am Mam yn noeth, neu DIY neu Morris Minors... ond mae'n rhy hwyr nawr mewn gwirionedd. Dw i'n edrych ar ei chefn noeth a dilyn diferyn o chwys wrth iddo deithio i lawr ei hasgwrn cefn tuag at ei phen-ôl. Gyda fy mhidyn yn cael ei sugno'n gadarn ganddi, dw i'n ei gwylio'n plisgo'r lycra oddi ar ei thin. Dyw hi'n gwisgo dim dillad isa ac mae olion beichiogrwydd i'w weld wrth i'r lycra ddiflannu. Ond, os unrhyw beth, mae hyn yn adio at fy chwant gan ei fod yn ei gwneud hi'n fwy real ryw ffordd.

Yn sydyn, wrth i'w thin gael ei ddadorchuddio'n

swyddogol, dw i'n teimlo dirgryniad yn fy mherfedd wrth i'm llynges ffrwydro yn ei cheg. Wedi oediad byr, mae'n codi ar ei thraed yn sefyll o 'mlaen i'n llyncu fel tetotaller sydd newydd lowcio chwisgi dwbl a dw i bron yn tagu hefyd wrth sylwi bod Mia'n hollol foel… chi'n gwybod, lawr fan yna.

"You could have warned me, Al!" ebycha gan ryddhau ei gwallt o'i gynffon a'i adael i gwympo dros ei hysgwyddau fel rhaeadr euraidd. Sa i'n hollol siŵr am beth mae hi'n sôn gan 'mod i'n methu stopio syllu ar ei chedorau llyfn sy'n f'atgoffa o beiriant swipe cerdyn credyd mewn archfarchnad, ond dw i'n ei hateb y gorau galla i.

"Sorry Mia, I didn't know I was supposed to… I've never… I've never done this before," dw i'n cyfadde, ac mae hi'n gwenu ac yn fy nghofleidio cyn dechrau cnoi f'ysgwydd a symud ei gwefusau tuag at 'y nghlust. Mae hyn yn anfon tonnau pleserus ledled 'y nghorff ac ymhen dim ni'n gorwedd ar 'y ngwely'n rhoi pleser i'n gilydd wrth i'r cadernid ddychwelyd.

"Why are we doing this, Mia? It's so senseless…" dw i'n dweud wrth i'm dwylo grwydro ac archwilio'i chorff. Mae popeth mor newydd i fi a'r wefr yn well na dw i erioed wedi dychmygu.

"I can't speak on your behalf, but I can tell you why I'm doing it."

"Please, go on," a dw i wir yn gobeithio bydd hi'n gallu tywallt 'bach o oleuni ar y sefyllfa a gwaredu ychydig ar yr euogrwydd. Efallai fod Wil yn cael affêr hefyd! Er, wedi meddwl, basai hynny'n gwneud fawr ddim o wahaniaeth…

"I like you, Al. And I'm fed up of how your brother treats me…"

"Does he beat you?" Dw i'n gobeithio ei fod e: bydd hi'n tati-bye ar yr euogrwydd wedyn…

"Nooooo, don't be silly," mae'n dweud, gan godi i orffwys ar un benelin gan fy annog i lyfu a chusanu'i bronnau. "He's an arsehole, yes, but he's no wife-beater. Look, all he wants is a trophy... mmmm, that's good... something nice-looking for his idiot mates to be jealous of when, on those rare occasions, he invites me out with him. I'm fed up of it, to tell you the truth..."

"But why me, Mia? I'm nobody, nothing... and I'm his brother!"

"Exactly. If he ever finds out about this... watch it, Al! Not too hard... he'll be so surprised he'll choke to death... hopefully... mmmm, that's better... He's not a very nice man, your brother..."

"I know."

"I know you know, I've seen how he treats you and that's how it is for me at home. I need to feel wanted, that's all, cos I'm fed up of being treated like shit. I'm not a piece of shit, Al!"

"I know you're not. You're beautiful..."

"So are you..."

"Shut up!"

"You are. You're the exact opposite of Wil. You're kind, gentle, sensitive and you've got the sexiest eyes in the universe! Life's too short to be unhappy, don't you agree?"

"In theory, yes... but what about Wil? This is wrong!" A dw i'n ceisio tynnu fy hun i ffwrdd oddi wrthi ond mae 'na ryw rym anesboniadwy, neu efallai chwys, yn fy atal rhag gwneud hynny.

Mae Mia'n cymryd fy ngwyneb yn ei dwylo ac yn fy nghusanu'n araf, cyn adio. "Wil treats us both quite similarly. Like shit, that is. So, for once, why don't we treat each other like we deserve to be treated?"

Ac mae hi'n fy rholio ar 'y nghefn ac yn penglinio arna i gan rwbio'i chedorau gloyw ar hyd fy mhidyn sy bellach wedi hen atgyfodi. Mae'n amlwg bod Mia'n brofiadol iawn yn y maes hwn, ac mae'n sicrhau nad ydw i'n difetha'i hwyl yr ail dro wrth iddi arwain fy mhidyn i mewn gan afael yn ei fôn rhwng ei bawd a'i mynegfys tra'n pwyso'n ôl er mwyn teimlo holl wefr fy ymdrech. Mae meddyliau gwrthgyferbyniol yn gwibio trwy f'ymennydd yn ystod y weithred – mae Wil yn barhaol bresennol yn ogystal â'r euogrwydd o'i fradychu e a gair Duw. Dw i ar goll mewn trwch o ddryswch ac eto'n hapusach nag erioed. Er 'mod i'n gwybod nad yw'r hyn ni'n neud yn iawn, sa i eisiau, heb sôn am allu, stopio.

"Feel my tits!" gorchmynna wrth i'w chroen sgleinio dan haenen o chwys. Dw i'n gwrando arni ac yn gwasgu'i bronnau. S'dim clem 'da fi beth dw i'n neud, ond mae sgrechiadau Mia, sy'n chwyddo mewn traw gyda phob hyrddiad, yn fy annog i barhau. Gyda'i chefn yn pontio a'i phen bron yn cyffwrdd 'y nhraed mewn bwa o bleser, mae ei mwynhad yn cyrraedd crescendo aflafar a rhaid i fi ofyn iddi dawelu ychydig rhag distyrbio Dad-cu.

"Sorry, Al," meddai, â gwên ddrwg ar ei gwyneb, "I forgot about your grandad."

"That's OK, I think he's asleep…"

"Probably not anymore though, right?" Ac mae hi'n fy nghusanu'n gariadus cyn ailafael yn ei hoff safle a fy marcho tuag at y llinell derfyn gan fwmian yn fodlon a brathu'i gwefus isaf. Wrth i fy mhlatŵn fygwth ddianc o'r barracks unwaith eto, dw i'n datgan fy nghynllluniau gan deimlo fel ffŵl wrth i'r geiriau chwalu'r tawelwch.

"I'm gonna cummmmmmmmmmmmmmmmm!" Dw i'n bloeddio, yn uwch na'r un sŵn wnaeth hi gynt. Dyna pryd dw i'n sylwi ar ei thatŵ am y tro cynta, sy'n rhyfeddol a dweud y gwir gan ei fod yn syllu arna i oddi ar ei bola ac yn anodd iawn ei fethu o ble dw i'n edrych. Er, chwarae teg, mae ei bronnau a'r ardal eilliedig annisgwyl yn cynnig cystadleuaeth go lew i'r inc! Ta waeth, wrth i Mia gyflymu ei charlam dw i'n dod o dan swyn y symbol sydd ar ei bola diffiniedig; tua tair modfedd i'r dde o'r fodrwy sydd wedi ei blannu yn ei botwm bol: croes. Ac er taw croes Geltaidd addurnedig yw hi, mae pwêr y symbol a'r hyn mae'n ei gynrychioli i rywun fel fi'n ysgwyd 'y nghydwybod. Dw i'n cau fy llygaid mewn ymateb i'r symbol ac yn cael fy nghroesawu gan ddelweddau ganwaith yn waeth na gwyneb Wil. Gwelaf stigmata gwaedlyd ar ddwylo agored a choron o ddrain yn tynnu hylif sgarlad o'r penglog pur. Sdim gobaith 'da fi mewn brwydr gyda'r Hollbwerus i waredu'r darlun, felly dw i'n agor fy llygaid eto ac yn canolbwyntio ar gorff gwefreiddiol Mia.

Felly, wrth i Mia gyflymu'r broses a sicrhau llwyddiant rhywiol personol drwy fyseddu ei chlitoris tra'n rhwyfo'i chluniau i rythmau anweledig, mae'r weithred a'r foment hanesyddol hon yn cael ei difetha ychydig gan fy euogrwydd. Ac er i'r ddau ohonon ni ddod ar unwaith, fel ras glòs rhwng dau wibiwr, dw i'n gwybod cyn i'r llanast gael ei fopio na fydd hyn, byth eto, yn cael ei ailadrodd.

Ar ôl i'n hanadliadau dawelu, ni'n torheulo yn ein sudd corfforol gan gofleidio a chusanu fel gwir gariadon, yn hytrach nag fel dau fradwr. Yn bersonol, dw i'n awchu iddi adael er 'mod i 'di profi nefoedd o noson yn ei chwmni, ac er nad ydw i a Wil yn ffrindiau da, mae'r euogrwydd dw i'n ei deimlo'n gwledda ar fy nghydwybod ar hyn o bryd gan warantu nosweithiau di-gwsg i fi dros yr wythnosau, misoedd, blynyddoedd nesa...

"What now, Mia?" gofynnaf, er nad ydw i eisiau clywed yr ateb, beth bynnag fydd e.

"What do you mean? Am I gonna leave him?"

"I s'ppose, although I'm not sure if that's what I mean either."

"It doesn't matter anyway, 'cos I can't leave him, Al. Not at the moment anyway. You see, although that man, your brother, blatantly uses me, it's not all one way traffic. I mean, I use him in many respects too…"

"Don't tell me, Mia. I don't want to know." Dw i'n torri ar ei thraws er mwyn peidio clywed. Ond, mae'n rhy hwyr yn anffodus, gan 'mod i'n gwybod y gwir yn barod; mae hi'n ei ddefnyddio am ei arian. Heb Wil, basai bywydau Mia a Sophie'n llawer caletach. Ond, os chi moyn 'y marn i, mae Wil yn haeddu popeth sy'n dod i'w drafferthu… er nad yw hyn yn gwaredu'r euogrwydd mewn unrhyw ffordd.

Ar ôl orig o dawelwch gyda dim ond Minnie Riperton yn gyfeiliant i'n meddyliau gwasgar, mae Mia'n dweud, "I never thought you were gay either, Al. That was just your brother shit stirring…"

"Well, now you know for sure. Maybe you can pass the information on to him," a dw i'n difaru dweud hyn yn syth, gan fod temtio ffawd yn beth hawdd i'w wneud wrth orwedd yn noeth gyda gwraig eich brawd.

"I'll keep that information for another day; you never know when it'll come in handy… And anyway, you could still swing both ways!" A dw i'n edrych arni gan smalio syfrdan. "I'm only joking, Al… I know you're all man!" Ac unwaith eto mae hi'n dringo arna i gan fy nghusanu tra bod ei bronnau'n rhwbio yn erbyn fy nghroen gan ddanfon ymdeimlad arallfydol o amgylch fy nghorff. Mae'n rhyfeddol fel mae'r euogrwydd yn diflannu wrth i fy mhidyn gadarnu, a dw i'n barod am sesiwn arall. Ond, yn anffodus, mae Mia'n camu oddi arna i ac yn dechrau gwisgo.

"I told Wil I was going circuit training."

"Do you think he'll fall for it?"

"No reason not to. After all, I do look like I've just had a hard session." Ac unwaith eto, mae'r wên ddrwg 'na'n dychwelyd a dw i'n codi a gwisgo hefyd. Wrth iddi orchuddio'i bronnau mae hi'n camu at y ffenest ac yn edrych i lawr. "I saw you looking down that Sunday, you know."

"Really? You can see through the blinds?"

"Yes, you can see through the blinds. Not completely, but I could see your shape, your shadow... unless it was a ghost."

"I don't believe in ghosts. Well, I've never seen one anyway..."

"I hated Wil more than ever that day, he was such an asshole to you..."

"And to you."

"Yeah, well, I'm used to it and I've learned to deal with it... but that day it really got to me, more than usual. I wished I was somewhere else, you know, with someone else..." A dyna pryd dw i'n sylwi fod Mia newydd fy nefnyddio i mewn ffordd debyg ag mae hi'n defnyddio 'mrawd. Dial oedd pwrpas yr alwad yma heno, dial am y ffordd mae Wil yn ei thretio, a hynny gyda'i frawd bach diniwed naïf... dw i jyst yn gobeithio nad yw dweud wrtho fe'n rhan o'i chynllun.

Wedi i Mia wisgo ac ailosod ei gwallt yn dynn, dw i'n ei harwain mewn tawelwch rhyfedd at y drws ffrynt, ac wedi eiliad anghyffyrddus yn sefyll yno'n ansicr sut i ffarwelio, mae hi'n 'y nhynnu'n dynn ati ac yn 'y nghusanu unwaith eto.

"You're not going to tell him are you, Mia; that's not your plan?"

"It's not my plan, no, but you never know, sometimes plans change."

"Don't say that!"

Wrth iddi weld y panig yn fy llygaid mae'n chwerthin.

"Don't be so soft, Al! This is our little secret. OK?"

A dyna 'ny, wedi digwydd, wedi gorffen, wedi mynd.

Heb feddwl, dw i'n ffeindio fy hun yn y gegin. Mae'r tegell yn berwi, mae'r golau'n isel ac mae Dwdi'n mewian tu fas i'r drws cefn. Mae e'n eistedd ar ochr draw'r cat-flap yn swnian, ond, fel pob cath dw i erioed wedi cwrdd, mae e'n pallu'i ddefnyddio pan mae'n gwybod fod 'na rywun gerllaw i'w helpu. Dw i'n agor y drws iddo, ac wrth i'r tegell gyrraedd ei anterth byrlymog dw i'n anwybyddu'i fewian am chwaneg o fwyd gan fod hanner bowlen o gig a grefi ar ôl ganddo. Caiff Dwdi strop ond sa i'n cymryd sylw ohono ac yn arllwys y dŵr berw dros gymysgedd o gamomeil a mêl cyn eistedd wrth y bwrdd i geisio darllen y papur. Ond, oherwydd nad oes digon o olau yn yr stafell, ac efallai oherwydd beth sydd newydd ddigwydd i fi, mae darllen yn dasg amhosib o dan y fath amgylchiadau.

Wrth feddwl am yr hyn ddigwyddodd rhwng Mia a fi, mae cymysgedd o emosiynau'n corddi ynof – cywilydd, hapusrwydd, gwasgedd a dryswch... ac wrth gwrs, ma'r euogrwydd yn hollbresennol. Dw i'n gwybod bydd bywyd yn wahanol i fi nawr. Wedi mynd, mewn eiliadau, mae fy niniweidrwydd; wedi cael ei gipio fel rhan o gêm gan fy chwaer-yng-nghyfraith! Mae'r peth yn wallgofrwydd llwyr a dw i'n gweddïo, yn gobeithio, na fydd Wil byth yn darganfod y gwir – bydd yn ddigon anodd byw gyda 'nghydwybod, heb sôn am frawd crac gyda dial ar ei agenda.

Wrth sipian fy nhe a chofio am y weithred, at golli fy virginity, rhaid cyfadde, er mod i 'di ysu am y foment yma ers blynyddoedd, aeth pethau'n well na'r disgwyl... wel, ar wahân i'r ffaith mai gwraig Wil oedd fy mhartner. Ac er i'r weithred ei hun orffen mewn storom aneglur mewn mater o eiliadau, dw i'n falch mod i 'di cael y cyfle i raddio'n oedolyn cyflawn o'r diwedd, er 'mod i'n siŵr i mi aberthu fy lle yn y ciw i'r Nefoedd. Dw i am weiddi'r newyddion o ffenest yr atig ar un llaw, ond eto, dw i am guddio 'mhen mewn gwarth hefyd. Chi byth yn anghofio'r tro cyntaf, apparently, ac i fi, oherwydd fod y weithred wedi ei chyfuno â brad mwyaf teulu'r Bradys, mae hynny'n ddweud amlwg. Y peth dw i'n becso am fwy na dim arall yw bydd yr hyn ddigwyddodd 'ma heno'n dod nôl i aflonyddu arna i yn y dyfodol… ac, o na… condom, dim condom, 'nes i ddim gwisgo condom! Dw i'n codi a cherdded o gwmpas y gegin yn poeni, a'r panig yn fy ngholoneiddio. Ond, wedi meddwl yn ddwys, dw i'n cymryd llymaid arall o'r camomile ac yn callio gan gofio, gan obeithio, fod Mia, fel mam ifanc mewn perthynas hir-dymor, yn defnyddio dulliau atal cenhedlu.

Er 'mod i'n cytuno 'da Mia fod Wil yn haeddu cael ei frifo ar ôl bywyd o boenydio'r rhai sy'n agos ato, sa i'n siŵr iddo haeddu hyn chwaith… Ac yn sydyn mae popeth yn ddryswch llwyr, mae'r manylion yn cymylu a'r atgofion yn aneglur. Mae'r holl beth mor swreal, dw i'n dechrau amau a oes unrhyw beth wedi digwydd o gwbl. Ai breuddwyd oedd popeth – Mia, y noethni, y weithred, y dial? Ond dw i'n ei harogli ar fy nwylo, ei phersawr rhywiol hynny yw, sy'n cadarnhau 'mod i, fel Judas gynt, wedi bradychu brawd. Mae'r gwirionedd wastad yn waeth na'r ansicrwydd… yn llawer gwaeth.

Dw i'n gadael y gegin ac yn dringo tuag at f'stafell wely a noson anghyfforddus o gwsg, ond wrth i mi gyrraedd y landing, dw i'n gweld golau'n treiddio o stafell Paddy ac af i mewn er mwyn sicrhau fod popeth yn iawn. Dw i'n gobeithio'n arw ei fod wedi cysgu trwy'r cyfan, ond wrth edrych arno'n eistedd yn ei wely, mae'r olwg sydd ar ei wyneb yn adrodd stori wahanol. Mae Paddy'n eistedd i fyny'n sipian joch swmpus o wisgi ac mae'r wên slei ar ei wyneb yn cadarnhau fy holl hunllefau.

"Popeth yn iawn, Paddy?" dw i'n gofyn gan obeithio cadw'r ymweliad yma mor fyr â phosib. Mae'r hen ddyn yn cymryd llymaid o'i donig cyn ateb.

"Sa i'n rhyw siŵr iawn, Al. Fi'n olreit, ond 'nath rhywbeth fy nistyrbio i'n gynharach…" Uh-oh!

"Sori am 'na, ges i ymwelydd."

Ac mae e'n chwerthin yn uchel gan dywallt ychydig o'r chwisgi a staenio'r dillad gwely.

"Fi'n gwbod. A dweud y gwir, fi'n gwbod lot o bethau…"

"Beth ma hynny'n 'i feddwl?" Rhy amddiffynnol, Al.

"Wel, i ddechrau, fi'n gwybod fod dy awen, dy muse, ddim yn ddychmygol wedi'r cyfan…"

"A?"

"…a fi hefyd yn gwybod pam fod ti moyn ei chadw hi'n gyfrinach…" Dw i'n ceisio ymateb a gwadu'r cyfan ond dw i 'di colli'r gallu, fel petai Duw yn atal fy nghelwyddau neu rywbeth. "…do'n i ddim yn dweud celwydd pan ddwedes i 'mod i'n clywed popeth o'r gwely ma, Al." Dw i jyst yn syllu arno nawr, heb obaith i arbed y sefyllfa. "Nawr, ni i gyd wedi gwneud pethe twp ar hyd y blynyddoedd, ond Alan bach, ti 'di hawlio'r goron heno…"

"Ond dim fy mai i oedd e!" dw i'n honni, gan swnio fel plentyn pathetig.

"Sdim ots bai pwy oedd e, Al, yr unig beth sydd o bwys yw fod e wedi digwydd, a dyw hynny ddim yn iawn, ody fe?"

"Ond…"

"Ond dim, Al, jyst meddylia pa mor eironig oedd hi pan ges ti dy dramgwyddo gan fy rhegi i'r diwrnod o'r blaen…" Dw i'n edrych ar y llawr nawr wrth i'r cywilydd fy nharo. Dw i eisiau gadael a dw i'n difaru dod i weld Paddy. Sdim byd 'da fi i'w ddweud. "Cofia…" mae e'n parhau gyda golwg ddifrifol ar ei wyneb truenus, "…pan ti'n chwarae 'da fflamau, ti'n mynd i ga'l dy losgi. Cysga'n dynn, Alan bach, wela i di fory…"

"Nos da," dw i'n mwmian yn dawel o dan fy ana'l, cyn cau'r drws a dringo'r grisiau gan ddifaru codi o 'ngwely'r bore ma.

09: YR OCHR DYWYLL

Wedi noson ddifreuddwyd o orffwyso anghyff-
orddus, yn hytrach na'r cwsg arferol, mae larwm
naturiol fy hangover cynta erioed yn taranu yn 'y
mhenglog gan ysgwyd y dwst o'r cilfachau ac atseinio'n
aflafar yn y gwagle. Dw i'n gorwedd ar 'y ngwely mor
noeth â baban newyddanedig yn brwydro i godi ac yn
teimlo'r haul ar 'y nghroen trwy'r drws agored. Er bod
y gwres yn gynnes braf, mae'r awel sy'n treiddio'r stafell
yn bleserus o gofio bod y lle fel popty bore ddoe. Dw i'n
estyn am y dŵr sydd mewn gwydryn ar y llawr o 'mlaen
i ac yn llarpio'r hylif fel Bedouin sydd newydd
ddarganfod stondin Brecon Carreg tu ôl i balmwydden
yng nghanol yr anialwch. Fi hanner ffordd trwy
ddyfrhau fy mhaled cyn sylwi nad ydw i'n cofio fawr
ddim am y noson gynt. Mae'r noson yn blur llwyr, er
dw i *yn* cofio bod yn sick dros fy meic... ond efallai
mai'r crwst caled sy'n dal i lynu ar fy ngwefusau sy'n
ysgogi'r atgof yma. Pwy a ŵyr? Dim fi.

Gydag ymdrech anferthol, dw i'n codi ar 'y nhraed ac
fel tŵr Jenga tal, dw i'n sigledig iawn. Wedi llenwi'r
gwydryn unwaith eto dw i'n eistedd ar y gadair agosa
heb sylwi fod Paddy ynddi'n barod. Mae e'n codi
trwydda i gan edrych yn llawn atgasedd wrth gerdded
allan o'r sied yn cynnu Woodbine a diflannu i'r gwagle
rhyngfydol.

Mae 'mhen i'n dirgrynnu wrth gofio 'mod i'n dechrau
gweithio yn yr Arches mewn... dw i'n edrych ar fy

oriawr… o, na, hanner awr! Ac ar y gair, fel cadarnhad diangen, mae'r cloc larwm yn clochdar. Dw i'n ei droi i ffwrdd ac yn gwingo mewn ymateb i'r atsain mae e 'di'i adael yn 'y mhen, cyn bod dwy ffaith hunllefus yn dod i'r amlwg: un, 'sa i erioed wedi teimlo mor sâl; a dau, 'sa i erioed wedi gweithio mewn tafarn. Mae'r siarad mawr, ar ran Floyd os dw i'n cofio'n iawn, bod gen i brofiad yn dod nôl i'm poenydio'n awr a dw i'n difaru cytuno i weithio heddiw… shifft ddwbl ddwedes i?

Dw i'n llwyddo i godi ar 'y nhraed yn ddidrafferth y tro hwn ac yn golchi fy ngheseiliau a 'ngwyneb gan adael i'r dŵr oer gofleidio 'nghroen gan waredu'r chwys a dod ag ychydig o'r teimlad yn ôl i'r corff… ond dim llawer, a bod yn onest.

Heb rybudd, mae'r galar yn fy mwrw fel ergyd slei gan baffiwr pwysau trwm, a dw i'n eistedd unwaith eto'n noeth yn y gadair gan wylo'n ddireolaeth wrth i atgofion am 'y nheulu ymddangos ar adeg anffodus. Am y tro cynta ers dyddiau bellach mae'r golled yn ymddangos yn anfeidrol. Ond, wrth gofio Mam a Dad, dw i hefyd yn cofio bod gen i frawd 'sa i 'di'i weld ers blynyddoedd bellach ac mae hyn, mewn rhyw ffordd, yn waeth o lawer. Mae Wil a'i deulu'n byw o fewn milltir i fan hyn, ond oherwydd hanes cythryblus, mae'r filltir yn teimlo fel cefnfor eang. Ar ôl bywyd o gyd-fyw fel teulu, a 'sa i'n sôn am Wil nawr, mae hi fel petawn i 'di anghofio gwerth y berthynas. Mae hyn yn gwneud i'r dagrau lifo, ac, as if nad yw hynny'n ddigon, mae'r cyfuniad afiach o aroglau – prydau parod seimllyd tafarn y Mac a gwastraff pydredig Wedal Road – sy'n cymysgu'n anweledig yn yr awyr foreol yn gwneud i'r cyfog godi a dw i'n brysio at y drws gan hyrddio i'r awyr agored. Wedi i'r chwydfa ddarfod, dw i'n sefyll yno'n gam am funud neu ddwy yn gafael yn y pren am gymorth ac anadlu'n drwm wrth i'r poer a'r bustl hongian o 'ngheg. Mae'r dagrau'n peidio o'r diwedd, er nad yw'r gwacter, a dw i'n ail ymolchi yn y sinc, gwisgo fy nillad taclus, cloi'r drws, a sychu sêt y beic cyn anelu am yr Arches i ddechrau 'ngyrfa newydd.

Wrth frwydro'n wanllyd lan rhiw dwyllodrus o serth Allensbank Road, mae'r chwys yn llifo a'r pen yn dal i guro, er bod y bola wedi setlo ar ôl yr alldafliad cynharach. Dw i'n stopio yn Londis am frecwast brenhinol – Lucozade a Cornish pastie – ac wrth lowcio'r pryd yng nghysgod y siop, dw i'n meddwl ai dim ond Stella sy'n rhoi'r fath ddioddefaint i chi'r bore wedyn, neu ydy pob diod feddwol yr un mor llym. Cofiaf glywed Jase yn galw Stella'n 'wife beater' neithiwr, sy'n rhyfedd o beth a dweud y gwir, oherwydd, yn ôl fy stad druenus i'r bore 'ma, mae'n amlwg nad oes ffafriaeth rywiol gan y ddiod.

Cyrhaeddaf y dafarn a pharcio 'meic cyn cerdded i mewn ddwy funud yn hwyr. Basai'r fath ymddygiad – y diffyg prydlondeb a'r meddwi – yn siomi, na, yn diflasu Dad tasai e yma i 'ngweld i. Yn ogystal â gyrru fel sant, roedd Dad yn byw ei fywyd mor gywir ag y gallai, gan fod yn brydlon i bopeth ac yn gwrtais wrth bawb.

Dw i'n ceisio oeri fy nghorff o dan fy nghrys polyester gwyn drwy chwythu arno. Ond, so fe'n helpu dim a dw i'n cyflwyno fy hun wrth y bar canol yn chwysu fel menyw dew wrth stondin gacennau.

"Can I help you, mate?" hola'r barman, gyda mwy nag awgrym o annifyrrwch yn ei lais.

"I hope so. My name's Al. I start work here today," ac mae e'n edrych arna i'n amlwg heb syniad am beth dw i'n sôn. Felly, dw i'n ceisio cofio enw'r rheolwr er mwyn i'r honiad fod yn gredadwy. Dw i'n clicio 'mysedd ac yn taro 'mhen, sy'n syniad gwael rhaid cyfadde, wrth geisio cofio'i enw. "John!" Dw i'n ebychu o'r diwedd gan wenu'n fodlon. "John, the bar manager... he *is* the bar manager, isn't he?"

"Yeah, John Smith, just like his favourite beer."

"I talked to John yesterday, I start today. Double shift. Is he around?"

"No, he'll be in tonight."

"Oh. Did he tell you about me?"

"No," ond wedi ychydig o eiliadau mae golwg ddifrifol y barman yn diflannu ac yn ei le mae gwên hunanfodlon yn ymddangos. "Only jokin' bro, fuck! He did tell me about you, in fact, he introduced us last night..."

"Did he? I don't remember. Sorry."

"Don't be, you were wrecked. Anyway, I see you're a bit hungover..."

"That's an understatement, I can't stop shaking or sweating. It's a nightmare."

"Well, before we get you started, I'll fix you a cure and you'll be right as rain. Pull up a stool, I'll be back in a minute, man."

"What's your name, by the way?"

"What, you don't remember?" Ac wedi i fi gyfadde nad oes syniad 'da fi, mae'n chwerthin eto gan gyflwyno'i hun. "My real name's Michael Knightbridge but everyone, apart from my pares like, call me Hoff... or bro... whatever really... anything 'cept Michael, OK?" Ac i ffwrdd â fe tua'r bar gwaelod i hôl iachâd hudol ar ffurf Alka Seltzer neu rywbeth o'r fath i fi.

Tra mae e'n ymweld â'r fferyllfa, dw i'n teimlo'n egwan ac yn gorfod rhedeg i'r toiled am chwydfa annisgwyl. O'n i'n meddwl bod hynny wedi gorffen, ac ar ôl ffarwelio â'r Cornish pastie yn ei chyfanrwydd, dw i'n credu fod y dyfroedd yn gostegu, er na alla i weud yr un peth am y dymestl yn 'y mhen.

Dw i'n dychwelyd i'r bar, lle mae Hoff yn disgwyl.

"You all right, bro? You seem to have turned green."

"I'm OK," dw i'n celwydda. "But I hope that hangover cure of yours really works."

"It does. Every time, man," ac mae'n gwthio gwydryn llawn hylif cochlyd i 'nghyfeiriad gan ddatgan: "Bloody Mary, the original and still the best hangover cure since thirteen twenty- nine, or something," a rhedeg ei law trwy ei wallt hir seimllyd. Dw i'n codi'r gwydryn ac yn arogli'r gymysgedd.

"What's in this, Hoff? It smells… it smells nasty."

Mae Hoff yn gwenu ar hyn gan nodio. Mae e'n ifancach o lawer na fi, rhyw un ar hugain falle, o ystyried ei broblem acne, ond mae'n amlwg, yn ôl ei ateb, bod Hoff yn yfwr profiadol.

"Bloody Mary, Al! You don't know what's in a Bloody Mary? Bloody hell and Jeezus fuck, bro, where've you been? Vodka, double; tomato juice, single; tabasco sauce, dash; ice, shitloads. It'll bring you back to the level and sort the DTs out in an instant. Don't think about the contents, bro, just guzzle the fucker and let's go to woik!"

Felly dw i'n gwneud, ac er nad ydw i really eisiau gwella fy hangover drwy yfed mwy o alcohol, rhaid cyfaddef ei fod e'n ymddangos fel petai am weithio. O fewn hanner awr, dw i'n rhydd o'r 'sgytian anwirfoddol, mae'r chwysu 'di peidio a dw i heb chwydu unwaith.

Ar ôl cael 'y nghyflwyno i weddill y staff – cybolfa o wynebau ac enwau hen ac ifanc sy'n troi 'niwrnod yn gêm o Guess Who bob tro dw i'n cyfarch unrhyw un ar wahân i Hoff – dw i tu ôl i'r bar canol, yn dysgu tynnu peints gan nad oes fawr o neb yma eto, pan dw i'n cofio honiadau Floyd nad yw gwaith tu ôl i'r bar yn ormod o sialens. Ar hyn o bryd, rhaid cytuno ag e, er bod pethau'n bownd o newid yn ystod y dydd. O dan diwtoriaeth hamddenol a hwyliog Hoff, dw i'n mwynhau fy amser wrth i'r 'lunchtime trade' ddechrau ymddangos.

Wedi tynnu peint perffaith o IPA i ryw hen foi â mwstásh fel malwoden wlanog, dw i wrthi'n plannu'r arian cywir yn y till pan dw i'n clywed clebran cynulliad o ferched ifanc yn agosáu at y bar. Dw i'n teimlo llaw Hoff ar fy ysgwydd yn ysu i fi droi i wynebu'r olygfa – a phan dw i'n gwneud, dw i'n diolch i Dduw am dywydd braf.

Mae pedair ohonyn nhw i gyd, er bod y sŵn maen nhw'n ei greu yn debycach i gynulleidfa cyngerdd N-Sync. Maen nhw'n nesáu aton ni gan strytian fel modelau ar rodfa yn Wythnos Ffasiwn Llundain. Yn amryliw eu gwallt ac yn goesau, bronnau, fests pitw, shades mawr a Daisy Dukes ffin-gyfreithlon i gyd. Dw i'n caledu'n syth wrth i Hoff rwbio'i ddwylo.

Mae'r ddau ohonon ni'n hongian ar y bar yn anwybyddu cwpwl canol oed sy'n aros am eu Pimms, yn awchu am blesio'r pedwarawd, a dim drwy serfio diod iddyn nhw chwaith, pan fo llais creulon yn galw arna i o'r bar gwaelod. Dw i'n ei anwybyddu i ddechrau ac yn gwybod os bydda i yng nghanol gweini, fydd dim rhaid i fi symud, ond unwaith eto, mae'r llais yn galw, yn fwy cadarn y tro hwn.

Wrth i Hoff gynnig ei wasanaeth, dw i'n troi o 'na wrth feddalu a melltithio fy anlwc. Wedi cyrraedd y bar gwaelod mae Maggie yn fy nghroesawu; hen ben yn y busnes yw hi, â gwyneb fel beer mat wedi'i staenio ar ddiwedd y nos.

"Thanks, luv, it's gettin' a bit 'ectic down 'ere. Can you serve this gentleman for me?" Dw i am ymateb drwy bwyntio allan fod hi ddim hanner mor brysur fan hyn ag yw hi yn y bar canol, ond dyw cachgi byth yn cyfarth ar adegau fel hyn, a dw i'n troi at y 'gentleman' ac yn gwenu wrth weld nad gŵr bonheddig mohono, ond Floyd.

"Whatssssappennin, Al, how was the head this morning?"

"Don't ask, Floyd, I was a complete mess until Hoff introduced me to his friend, Mary."

"Good old Mary," mae'n dweud wrth sugno ar ei sigarét cyn chwythu'r mwg tua'r nenfwd. "Can you do me a lager top please, mate?"

"Of course I can," ac wrth dollti lemonêd i waelod gwydryn peint, dw i'n gofyn: "Early start today?"

"Aye, I'm here all day Saturday," mae'n esbonio, cyn sibrwd: "what you might call my weekend job," a wincio'n gynllwyngar. "Except I'm on this side of the bar getting pissed while earning a little more than five twenty an hour. Know what I mean?"

"I do. Stella is it, Floyd?" Ond mae ymateb fy ffrind yn dod fel sioc i fi.

"Fuck no, not at this time of day," cyn esbonio'i dactegau ar ffurf rhigwm bach. "After three, Stella for me; just after midday, something gay."

"Something gay, what, like Babycham?" sy'n dod â bloedd lawen o'i gyfeiriad.

"No, no, no. Carling or Fosters. Something like that…"

"Why d'you call them gay?"

"Cos they're weak as piss, that's why," ac ar ôl dysgu'r wers a'i chofio, dw i'n llenwi gweddill y gwydryn â Fosters cyn cymryd ei bapur ugain. Wrth bysgota am newid yn y til, dw i'n clywed ei lais yn dweud "leave the change by my pint Al, I'll be back in a minute" wrth iddo adael yr adeilad yng nghwmni cawr o godwr pwysau, o leia droedfedd yn dalach na Floyd, gyda gwallt melyn hir fel rhywbeth mas o hysbyseb Timotei. Mae busnes yn dechrau'n gynnar heddiw mae'n rhaid.

Un peth 'nes i sylwi arno neithiwr, ac eto nawr wrth i Floyd fynd i 'drafod busnes' yn ei swyddfa awyr agored, a hynny yw fod neb yn cymryd unrhyw sylw o'r hyn mae'n 'wneud. Dim John y rheolwr, y locals parchus na neb, sy'n rhyfeddol really gan fod hi mor amlwg – hyd yn oed i berson mor naïf â fi – beth ma fe'n 'neud. Mae hi fel petai ganddo ryw fath o ryddid i wneud fel a fynno fe yma. Dopelomatic immunity efallai...

Wrth i'r oriau basio, mae'n dod yn amlwg bod gweithio tu ôl i far yn waith caled nad yw'n cael ei werthfawrogi. Dyw'r bobol sydd ar ochr hwyliog y bar ddim yn gweld hanner yr hyn sy'n digwydd ar yr ochr busnes. Nhw yn eu cadeiriau neu ar eu stolion, yn ymlacio a mwynhau, tra'n bod ni'r gweision yn gweini a'u cadw'n llon ac yn llac trwy'r dydd a'r nos.

Dw i 'di aros yn y bar gwaelod, sy'n llawn trigolion gwrywaidd stad y Crystals a nunlle arall mae'n debyg, ers canol dydd ac erbyn hyn dw i'n giamster ar y gwirod, yn cael hwyl ar gwrw casgen ac yn athrylith ar arllwys yr Artois. Er hynny, dw i'n flinedig tu hwnt ac mae gwneud shifft ddwbl fel ailredeg marathon i ddathlu ennill y ras gynta. 'Na i byth gynnig gwneud hyn 'to.

Un peth da am waith cyson yw bod y dydd yn gwibio heibio, ac er 'mod i'n ysu am eistedd neu, mewn byd perffaith, gorwedd, mae'r undonedd a'r cymdeithasu parhaol yn llenwi'r gwacter i'r dim.

Mae Floyd erbyn hyn wedi graddio i'r cwrw cryf ac

mae'r bar yn llawn dynion... jyst dynion. Mae hi fel ysgol breifat i alcoholics canol oed 'ma. Nawr ac yn y man, dw i'n clywed lleisiau merchetaidd yn dod o'r bar canol, ac er nad ydw i'n gallu ei glywed na'i weld, dw i'n gwybod bod Hoff yna'n rhywle'n wincio neu'n gwenu arnyn nhw, unrhyw beth am eiliad ychwanegol yn eu cwmni.

Mae Paddy yma hefyd. Daeth e i mewn tua hanner awr 'di tri, prynu peint o rywle, 'wrth rywun, ac eistedd yn y cornel pella ar ei ben ei hun yn mygu a myfyrio, heb gymryd sylw o neb. Er nad yw e'n cymdeithasu dw i'n gwybod ei fod e'n ddigon hapus 'ma... oherwydd yr holl 'spirits' arall sy'n gwmni iddo! Boom Boom.

Un peth reit embarrassing yw bod lot o bobol yn gwneud hwyl o'r stad o'n i ynddi neithiwr. Peth arall embarrassing yw bod y bobol yma i gyd yn gwybod fy enw er nad ydw i'n cofio enw neb. Mae Jase yn dal i ddweud wrth bawb ei fod e'n dwp ar dop ei lais a dw i 'di gweld Floyd yn gadael i wneud busnes o leiaf bymtheg gwaith yn ystod y dydd. Dim dim ond fi sy'n gweithio shifft ddwbl heddiw!

Wrth i'r amser dynnu at ddeg, mae f'egni 'di llwyr ddiflannu a dw i'n pwyso ar y bar bob cyfle ga i er mwyn peidio cwympo. Mae cofio archebion yn dasg anodd bellach a chadw fy llygaid ar agor yn anoddach fyth. Mae gwres y dydd wedi troi'n dywyllwch trymedd a'n chwys i 'di ymuno â gwahanol ddiodydd ar fwy nag un achlysur. Lager dash, did you say?

Gyda'r lleisiau a'r lliwiau'n benbleth o synau a sgyrsiau dryslyd, allan o'r anhrefn daw bygythiad o geg y cawr o godwr pwysau welais i'n trafod busnes gyda Floyd amser cinio.

"You fuckin' skanked me, yuh short assed fuck!" mae'n gweiddi gan sefyll wrth y drws agored mewn pâr o jeans gwyn a fest lac sy'n arddangos ei gerflunwaith corfforol i'r byd. Does neb yn ymateb, felly mae'n cerdded tuag at Floyd ac yn ei daro ar ei ysgwydd gan fynnu ei sylw. Mae Floyd, ei lygaid yn goch a'i eiriau'n aneglur, yn troi'n araf ar ei eistedd, cyn gofyn.

"Are you shouting at me, Fabio?"

"Too right I am," ateba, gan ymddangos yn anghyfforddus wrth i Floyd ei wynebu. "No one fucks me in the ass and gets away with it!"

"What?" Mae Floyd yn edrych arno cyn troi a gwenu ar y gwynebau sy'n gwylio'r sefyllfa o'u ringside seats wrth y bar. "Not even your boyfriend?" Ac mae'r lle'n ffrwydro chwerthin, mewn ymateb i faint ceilliau Floyd yn hytrach na safon ei jôc.

Mae Fabio'n berwi'n awr ac mae 'na wythïen wedi ymddangos o nunlle ar ei dalcen, fel Krakatoa'n torri'r tonnau. Mae ei lygaid yn fflamgoch a'i ddwylo wedi eu rholio'n ddyrnau. "I want you," mae'n pwyntio'n syth at wyneb Floyd gan ddal ei fys rhyw fodfedd o'i drwyn, sy'n denu corws o '*wwwwwwwwwwwwws*' oddi wrth y gynulleidfa. "Outside, now! I'm gonna teach you a lesson, you skankin' son of a cunt! No one takes the piss out of me, no one!"

Mae'r bygythiad yma i foesoldeb ymarferion busnes Floyd, a'r ffaith fod y dyn sy'n eu lleisio ddwy waith ei faint ac yn amlwg ar gwrs o self-prescribed steroids yn codi ofn arna i. Sa i 'di bod mewn sefyllfa mor ddirdynnol ers i Knocker ac Edwyn Tripple Nips fynd am yddfau'i gilydd ar ôl i rownd derfynol cystadleuaeth tennis bwrdd y carchar rhwng y ddau gyrraedd uchafbwynt dadleuol. Mae Floyd yn archwilio Fabio'n ofalus, gan astudio'i gamau nerfus a'r gwylltineb yn ei lygaid.

"You should leave, boy, before you regret comin' in 'ere."

"Fuck you, pygmy! C'mon, outside now!"

"Hang on," mae Floyd yn mynnu, gan ddal ei law i fyny fel Sitting Bull yn cadeirio cyfarfod tu fas i'w tepee. "Hang on a sec now, Fabio, let me get this straight. You're accusing me of skankin' you, of professional malpractice in other words, am I right?"

"You sold me shit; it wasn't even green."

"Shit is usually brown, you do know that?"

"Fuck you!"

"Fuck me? No, fuck you, Fabio! You're accusing me of selling you some bunk gear, something I find both offensive and perverse. Offensive because I've been doing this for twenty years and never have I skanked no-one in that time. Fuckin' nobody, ya here that you little prick? And perverse because here you are, Mr Muscles, obviously off your fuckin' head on something, offering me out."

"I'm not off my…"

"You must be if you want a piece of me, son. You fuckin must be…" Mae tôn llais Floyd yn meddalu wrth iddo barhau. "…now seriously though, as I'm a reasonable man, if you turn around and walk out of here right now, we'll forget all about this little episode. What d'you say, Fab?"

Ac wrth glywed y dirmyg yn llais Floyd, mae Fabio'n crynu mewn cynddaredd, yn cerdded yn ôl tua'r drws gan fynnu bod Floyd yn ei ddilyn. Cwyd Floyd yn araf ar ei draed, cyn troi ata i gan ddweud "bring my pint, Al," a martsio tua'r maes parcio gyda'r bar cyfan yn ei ddilyn. Mae Floyd wedi newid mewn eiliad a'r miri meddwol yn diflannu wrth i'r gwylltineb sydd mor amlwg yn ei lygaid dorri'n rhydd a chofleidio'i gorff cyfan.

Tu fas i'r dafarn, mae cylch yn cael ei ffurfio'n

reddfol o gwmpas y gornestwyr gyda Jack Brown, y bookies, i'r dde, llwyni gwyllt sy'n arwain at y bont fwa ar y gorwel i'r blaen, a tharian o gyrff yn cuddio'r clwb curo rhag y ceir a'r llygaid craff sy'n teithio ar yr hewl o flaen yr adeilad.

Wrth i'r lefelau testosteron chwyddo mae'r cysgodion yn troi Floyd yn ddieflig ei olwg ac yntau'n rholio'i ben er mwyn llacio'i gyhyrau. Mae John y rheolwr yn ymddangos wrth fy ochr yn dal peint o Smooth ac yn pwyntio at yr olygfa.

"I love the smell of brawling in the evening."

A dw i'n arogli'r aer gan fewndynnu haint y gynulleidfa sy'n mudferwi yng ngwres trwm y nos.

Mae disgwyliadau'r dyrfa'n anifeilaidd ei naws, yn gobeithio am ornest waedlyd, tra bod Floyd a Fabio'n llygadu'i gilydd fel dau darw mewn stafell sgarlad.

Mae'r chwys yn rheadru oddi ar dalcen Floyd a Fabio'n awchu am y cyfle i lanio'r ergyd gynta. Wedi i un o'i ffrindiau, sy yn y dorf, daflu bat pêl-fas ato, mae gan Fabio'r fantais ac mae'r ornest geiliogod ar fin dechrau.

"What the fuck you gonna do with that, boy?" gofynna Floyd heb i'r olwg ar ei wyneb newid.

"I'm gonna teach you a lesson, short ass, like you fuckin' deserve."

Ac ar hynny, mae'r frwydr yn dechrau wrth i Fabio ruthro at Floyd a'i daro â'i holl nerth yn ei aren chwith. Ond, yn hytrach na thynnu i ffwrdd, mae Floyd yn dal ei dir ac yn gwingo mewn poen ond yn dal i syllu ar Fabio.

"Try that again," awgryma, ac mae Fabio'n gwneud gan anelu'r bat am ei ben sy'n ennyn ymateb dramatig gan y dyrfa. Ond, fel Daniel San yn canfod cleren, mae Floyd yn atal y bat rhyw bum modfedd o'i benglog gyda'i law dde cyn gwrthymosod gan ganolbwyntio ar ardal gwaelod cefn ei wrthwynebydd. Wedi diarfogi Fabio gydag ergyd galed a chywir i'w gylla, sy'n tynnu'r gwynt ohono, mae Floyd yn taflu'r bat yn galed i gyfeiriad penliniau'r un 'nath ei gyflwyno i'r ornest, cyn dychwelyd ei sylw at Fabio a'i gloi mewn hanner-Nelson tu ôl i'w gefn. Gan gadw Fabio'n gaeth yn y ddalfa, mae Floyd yn mynd ati i dreisio'i organau gyda'i law dde rydd – ei arennau, ei asennau, ei asgwrn cefn, ei bledren – a phob pwynt-gwan arall. Mae'r cawr yn gwanhau gyda phob dyrnod a'r dorf yn gefnogol eu cymeradwyaeth.

Dw i'n edrych i fyw llygaid Floyd ac yn gweld y gwylltineb sy mor amlwg ynddyn nhw; hanner ffordd rhwng anhrefn pur a llonyddwch llwyr. Mae e'n mwynhau ei hunan, mae hynny'n amlwg, ac er bod Fabio o leia droedfedd yn dalach na fe, mae'r ornest mor unochrog ag Action Man yn dysgu gwers i Malibu Stacey.

Wedi storom o forthwylio didrugaredd pellach, mae'r hyn a wna Floyd nesa'n farbaraidd – er bod gweddill y dorf yn rhuo eu cefnogaeth mewn ymateb.

Gyda braich chwith Fabio'n dal i fod dan glo, mae Floyd yn dwysáu'r pwysau ar ysgwydd ei brae cyn ymestyn tuag at y bicep a suddo'i ddannedd i gnawd addurnedig Fabio. Mewn cawod waedlyd, i gyfeiliant ei sgrechiadau, mae Floyd yn difetha tatŵ tribal Fabio cyn gorffen y frwydr mewn hyrddiad o ergydion i asennau'r cawr. Wrth i Fabio benlinio'n wanllyd mewn pwll o waed gan afael yn ei gnawd rhwygiedig, mae Floyd yn ei gicio'n ddidrugaredd yn ei ên, mor rymus â Hot Shot Hamish yn cymryd cic o'r smotyn. Mae Fabio'n cwympo'n ddifywyd i ganol y danadl poethion yn y perthi.

Am eiliad, wrth i Floyd sefyll dros y corff llonydd yn anadlu'n drwm a sychu'r gwaed o'i geg gyda chefn ei law, dw i'n hanner disgwyl iddo barhau, gorffen y job ac atal ei anadlu am byth. Ond, diolch byth, mae e'n poeri ar Fabio a throi i wynebu'r dorf sy bellach yn gwylio mewn tawelwch. Wrth i Floyd gamu allan o'r cysgodion, gyda gwaed ei wrthwynebydd dros ei wyneb, mae'n edrych fel canibal.

Trof at Fabio – sydd o'r diwedd wedi dechrau symud – a gweld ei jeans golau'n tywyllu wrth i gynnwys ei bledren, yn iwrin ac yn waed, wacáu a llenwi'r awyr ag arogl digamsyniol amonia.

Wrth i'r dyrfa ledu i adael Floyd drwodd, mae e'n cerdded ata i ac yn gafael yn y peint sy yn fy llaw. Ar ôl gwagio'r cynnwys mewn tair eiliad, mae e'n troi at y gwynebau yn y dorf gan ddweud "That fucker better not have AIDS!" cyn pasio'r gwydryn yn ôl i fi a chamu tua'r bar gwag gan wisgo'i grys yr un pryd.

Rhaid i ffrindiau Fabio'n ei bysgota o'r prysgwydd a'i roi i orwedd yn sêt gefn y car, rhyw Nova 1.2 gyda stribedi lliwgar lawr ei ochr a spoiler fel asgell morgi'n ymwthio o'i gefn – cyn gyrru oddi yno ar eu ffordd i'r ysbyty, os oes unrhyw synnwyr 'da nhw.

Wrth i'r Nova sgrialu i ffwrdd, dw i'n ystyried 'y niwrnod cynta yn fy swydd newydd. Ac er bod 'y nhraed i'n gwynegu a'r hyn dw i newydd ei weld yn farbaraidd, yn greulon ac arswydus, yr unig beth dw i'n gallu meddwl amdano mewn gwirionedd yw 'mod i'n falch bod Floyd ar fy ochr i...

10: YR EUOGRWYDD EITHAF

Wedi dydd Mercher cythryblus – lle'r unodd deadline bwysig â system gyfrifiadurol wallus eu grymoedd i greu hunllef i'r adran, ac enw gwael i ENCA Cyf – 'sen i 'di chwerthin, neu efallai grio, tase rhywun 'di dweud y gallai pethau waethygu'n bellach. Ond, dyma fi'n edrych i grombil y popty gwag, yng nghegin ddifywyd fy nghartre, a'r unig feddyliau sy'n dod yw rhai tywyll eu naws ac erchyll eu canlyniad. Mae hyn i'w groesawu, mewn gwirionedd, gan ei fod yn dileu'r euogrwydd sydd wedi bod yn gwledda ar fy nghydwybod ers ymweliad Mia'r wythnos ddiwethaf.

Dw i'n tynnu'r sgidiau oddi ar 'y nhraed ac yn eu rhoi o'r neilltu o flaen yr Aga cyn i ryw rym greddfol 'y ngwthio i fyny'r grisiau, tuag at stafell Paddy.

Wrth folltio am ei stafell, mae pob math o eithafiaeth yn chwyrlïo rownd fy mhen gan ddod i stop yn yr un man bob tro: marwolaeth. Wrth sefyll tu fas i'w ddrws gyda fy llaw ar y bwlyn pres yn barod i'w agor, dw i'n ffeindio fy hunan yn llunio brawddeg agoriadol molawd angladdol Paddy yn fy mhen, ond mae 'nghalon yn ailgydio yn ei rhythm arferol wrth i'r synau o'r ochr draw gadarnhau fod pawb yn iawn... ish.

Dw i'n agor y drws yn araf, gan obeithio na fydd y pren yn griddfan yn ormodol a datgan fy mhresenoldeb, cyn ymestyn fy ngwddf i'r stafell fel Inspector Gadget busneslyd. Fel mae'n digwydd, dim y drws sy'n bygwth datgelu 'mhresenoldeb ond fy nannedd wrth iddyn nhw glecian yn oerfel eithafol yr stafell. Er bod y tri dw i'n eu gweld o 'mlaen i, heb os, ar dir y byw, maen nhw ar y foment hon yn bodoli mewn rhyw fath o Uffern. Mae Paddy'n gorwedd ar y gwely – does dim byd yn anarferol am 'ny – ond, yn hytrach na'r dillad nos Paisley sydd fel arfer yn ei gadw'n gynnes, dyw e'n gwisgo dim. Mae'r olygfa enbyd yn ffinio ar y swreal gan fod cerddoriaeth jazz meddal, rhywbeth gan Michel Legrand os dw i'n adnabod fy sacsoffonwyr, yn gyfeiliant i'r 'molchi. Mae'r hen ddyn yn gorwedd ar ei ochr dde yn gwynebu'r ffenest ac yn llithro ar y sheet blastig sydd wedi ei lleoli rhwng ei gorff a'r gwely er mwyn peidio gwlychu na throchi ei wâl. Mae Paddy'n crio'n dawel, a'i feichiadau'n aflonyddu'r stafell fel adlef theremin mewn neuadd gyngerdd wag.

Mae fy rhieni'n gwynebu'r un ffordd â Paddy ac yn plygu dros ei gorff – Mam yn canolbwyntio ar hanner uchaf ei gorff a Dad yn cael y pleser o lanhau'r hanner gwaelod. Mae 'nghalon yn gwegian dan bwysau tristwch yr hyn dw i'n dyst iddo, a dw i am droi 'nghefn ar yr olygfa a dianc. Ond, 'sa i'n symud. Yn hytrach, dw i'n edrych ar y bed sores sy 'di coloneiddio cefn Paddy, o'i ysgwyddau i fochau llipa ei ben-ôl, ac yn methu peidio ei barchu'n fwy fyth gan nad yw e'n cwyno dim. Mae ei goesau fel chicken drumsticks a'i gorff yn crynu'n ysgafn wrth i'w wylo barhau a'i ysgyfaint frwydro am gysondeb. Dyna'r unig synau yn y stafell, ar wahân i'r muzak cefndirol, gan fod Mam a Dad yn gwneud eu gwaith mewn tawelwch llethol.

Dw i'n gwylio o'r cysgodion gan deimlo mor euog am bopeth a dim byd rhywsut: teimlo'n euog am fod yn dri deg mlwydd oed a dal i fyw adre; teimlo'n euog am nad ydw i'n helpu i nyrsio Paddy; teimlo'n euog am yr hyn ddigwyddodd rhwng Mia a fi'r wythnos ddiwetha… Ond, wedi ailafael yn y presennol, dim ond tosturi sy'n dal i droi. Mae ei weld e'n cael ei olchi fel babi blwydd yn torri 'nghalon.

"Ar ôl tri, iawn, Patrick?" dywed Mam yn amyneddgar

eithriadol o gofio'r straen mae'r sefyllfa'n ei gael arni. Ond, yn lle aros am ymateb, mae Mam yn cydio yn ei fraich chwith a Dad yn ei goes ac yn cyfri i dri cyn rholio'r corff megis carped bregus fel bod Paddy'n gwynebu'r drws a llygaid ymholgar ei ŵyr. Dw i'n ddelw o syfrdan wedi fy nghaethiwo gan yr olygfa o flaen fy llygaid. Mae ei asennau esgyrnog yn gwthio trwy ei groen, a'r dagrau sy'n llifo i lawr ei wyneb yn rhwygo fy nheimladau a fy emosiynau. Mae fy llygaid yn archwilio'i groen llac gwelw a dw i'n gwingo mewn ymateb i'r hyn dw i'n ei weld: mae ei gorff fel llong sydd wedi ei dryllio oddi ar arfordir llwyd-olau ei flynyddoedd.

"Get out!" Mae Paddy'n poeri, gan ddyfrhau'r pentwr llyfrau sydd ar y bwrdd wrth ei wely mewn cawod o germs, poen a chasineb. Mae ein llygaid yn cwrdd am eiliad a galla i deimlo, os nad gweld, y frwydr a'r ymdrech sy'n difetha'i enaid a'i awydd am fywyd. Gyda 'ngheg yn llydan agored, dw i'n syllu arno, cyn i fy rhieni droi ac edrych dros eu hysgwyddau arna i. Mae'r anobaith, yr ymdrech a'r blinder yn amlwg yn eu llygaid hwythau hefyd a'r baich yn amlycach arnyn nhw heddiw na ddoe – ond dim ond Paddy sy'n yngan gair.

"Out!" Mae'n ailadrodd ei orchymyn, a'r tro hwn dw i'n ufuddhau gan gau'r drws drachefn a dychwelyd i'r gegin am swper unig o'r rhewgell.

"So chi'n mynd i'r clwb golff heno de, Dad?" dw i'n gofyn, wedi iddo ymuno â fi yn y gegin lle dw i'n bochio drwy blated o chilli con carne a reis. Ond, yn lle ateb yn y ffordd arferol, trwy ddefnyddio geiriau, hynny yw, mae Dad yn defnyddio'i lygaid i adrodd ei esboniad. Ynddyn nhw gwelaf fod bywydau cymdeithasol fy rhieni wedi dod i ben a bod ymweld â'r clwb neu fynychu'r gymdeithas ddrama – unrhyw weithgaredd sy'n gofyn am ymrwymiad – oddi ar yr agenda tan fod sefyllfa Paddy wedi cael ei ddatrys. Dw i'n penderfynu peidio parhau â'r sgwrs, ac yn hytrach yn holi hanes Mam wrth i Dad lenwi'r sinc â dŵr twym er mwyn golchi'r pentwr llestri sydd ddim yn addas ar gyfer y peiriant.

"Lle ma Mam, dal 'da Paddy?"

"Na. Ma hi 'di mynd i'r gwely…"

"Eto?"

"Eto."

"Ro'dd hi'n edrych yn flinedig gynne fach."

"Dim hi yw'r unig un."

"Fi'n gwbod. Ma'n flin 'da fi, Dad…" ac mae'r ymddiheuriad yma'n tasgu o 'ngheg mor annisgwyl â dant aur o geg cardotyn. Mae Dad yn gafael mewn clwtyn llestri ac yn troi i 'ngwynebu i.

"Am beth, Al, pam ti'n ymddiheuro?"

"Am fod 'ma o hyd ac am beidio'ch helpu chi 'da Paddy…"

Mae Dad yn edrych arna i gan ysgwyd ei ben yn araf, sy'n gwneud i'w ên grychu.

"Paid â siarad dwli, Al, a phaid byth ag ymddiheuro am fyw 'ma. Gelli di aros am byth, ti'n gwbod 'ny. A dweud y gwir, base'r lle 'ma'n rhyfedd hebddot ti."

Ar ôl crafu gweddillion fy swper oddi ar 'y mhlât, dw i'n ystyried geiriau caredig fy nhad. Dw i'n gwybod bod fy rhieni'n 'y ngharu i ac yn falch mod i'n dal o gwmpas, o gofio'u perthynas â Wil, ond eto dw i'n methu anwybyddu'r teimlad fod rhywbeth bach yn druenus a thrist mewn dyn ar drothwy'i dridegau yn dal i fyw gyda'i rieni. "A paid sôn am beidio helpu 'da Paddy, Al. 'Na gyd ma fe'n siarad amdano yw ti, mae'n 'Alan hyn' ac 'Alan 'na' bob tro dw i'n mynd i'w weld e. Ti'n help mawr yn hala amser 'da fe bob nos. Ni'n ddiolchgar iawn i ti, cofia 'ny."

"OK." Dw i'n gwerthfawrogi'i eiriau ac yn codi i helpu gyda'r llestri. Yna, dw i'n gadael Dad gyda'i goffi ffres a'i bapur newydd ac yn anelu am stafell Paddy i weld sut ma fe erbyn hyn.

Wedi ymweliad annisgwyl Mia'r wythnos diwethaf, 'nes i geisio osgoi Paddy am ychydig oherwydd yr euogrwydd a'r ffaith ei fod e'n gwybod yn iawn am fy mrad. Ond, er nad yw Paddy'n medru symud o'i wely, mae ei bresenoldeb yn y tŷ hwn, a'i ddylanwad e, yn enwedig arna i, yn anferthol. Ro'n i'n ôl yn eistedd wrth ei wely'n darllen cerddi ac yn trafod y byd a'i bethau o fewn pedair awr ar hugain. Penderfynais gyfadde'r cwbl iddo. Yr unig gyngor rhoddodd e i fi, heb feirniadaeth yn agos at ei eiriau, oedd pan addewais na fyddai'r fath beth byth yn digwydd 'to. "Iawn, gwna'n siŵr o 'ny." Syml ond effeithiol, a rhywbeth bydda i'n ceisio'i gofio drwy gydol fy oes.

Felly, wedi'r blip bychan (os gallwch fod mor hy â galw cysgu gyda'ch chwaer-yng-nghyfraith yn 'blip') mae ein perthynas cyn gryfed ag erioed. Gyda'i iechyd yn gwaethygu bob dydd, dw i'n trysori'r amser yn ei gwmni ac yn ceisio amsugno'i ddoethineb.

Dw i'n oedi tu fas i'w stafell ac yn edrych ar y llun bychan sy'n hongian ar y wal wrth y drws. Salem yw'r portread, ac mae'r ddelwedd guddiedig, y llun tu fewn i'r llun, yn f'atgoffa'n syth o fy mrad brawdol. Cnociaf yn ysgafn ar y drws a'i wthio'n agored.

Dw i'n ffeindio Paddy'n edrych ar gyfrol gan Harri Webb, ond mae'n gosod y llyfr o'r neilltu unwaith dw i'n ymuno â fe. Cyn dweud gair, edrychaf ar ei wyneb gan wenu'n wan.

"Sori am gynne fach, Paddy, o'n i'n…"

"Paid sôn, Al bach. Ddylsen i ddim fod wedi gweiddi chwaith."

"Mae'n iawn, dylsen i…" ond mae 'ngeiriau'n distewi cyn i'r frawddeg orffen ac mae'r ddau ohonon ni'n chwerthin. Er bod y wên yn palu bochau Paddy, mae olion ei ddagrau'n dal i ddisgleirio ar ei wyneb wrth i fi eistedd yn barod am noson arall yn ei gwmni.

Mae Paddy'n croesi'i fysedd ac yn gorffwys ei ddwylo ar ei fola cyn ochneidio'n hiraethus.

"Be sy?" gofynnaf, er mwyn llenwi'r tawelwch yn fwy na dim.

"Sa i'n siŵr shwt i ddweud hyn…" mae'n dechrau'n bwyllog, "… so 'na i ddweud fy nweud a gweld beth ddigwyddiff, OK?"

"Wrth gwrs," meddwn i ond, mewn gwirionedd, 'sa i'n hoffi tôn ei eiriau.

"Fi moyn marw, Alan, ac ma angen dy help di arna i." Mae ei ddatganiad yn f'ysgwyd at fêr fy esgyrn. "Wyt ti'n shocked, Al?"

"Nnn… nna… dim am y rhan gyntaf ta beth…" dw i'n llwyddo i ddweud, "… fi 'di sylweddoli'ch bod chi moyn marw ers i chi gyrraedd ma, chi 'di 'neud 'ny'n ddigon clir. Ond fi… helpu… chi? Alla i ddim, Paddy…"

"Dw i'n deall," mae'r hen ddyn yn nodio. "Ond taset ti'n byw dim ond am ddiwrnod yn fy sgidie i… fy mhyjamas i more like… falle wedyn baset ti'n deall."

"Alla i weld beth sy'n digwydd i chi…"

"Dyw gweld ddim yn ddigon, Al; ma angen i ti deimlo'r boen, byw fy mywyd. Galle hyd yn oed Joyce ddim dychmygu'r sarhad deimles i'r prynhawn 'ma! Y sarhad dw i'n deimlo bob dydd. Ac ar ôl i ti golli dy hunan-barch, Alan, sdim lot ar ôl i golli wedi 'ny… dim byd o werth ta beth."

Wedyn, 'ma fe'n tawelu a'i lygaid yn cymylu. Ni'n eistedd mewn tawelwch unwaith eto – mae f'ymennydd wedi clirio nawr a dw i'n meddwl am un peth yn unig: cais fy nhad-cu i'w gynorthwyo gyda'r weithred olaf. Allen i wneud yr hyn mae'n gofyn? Dyna un cwestiwn 'sa i eisiau ei ateb… "Ma fe 'di diflannu am byth nawr, wrth gwrs, sdim gobaith ailddarganfod dy hunan-barch unwaith ti'n styc mewn gwely. So fe fel fruit and veg, ti'n gweld; allen i ddim anfon dy fam lawr at y groser i hôl hanner pownd o hunan-barch a bwnsh o grêps i fi…"

"Tase fe ond mor hawdd â hynny!…"

"Aye, ti'n iawn…" ac mae'r tawelwch yn dychwelyd am ychydig cyn bod Paddy'n ailgydio yn ei draethu tywyll. "Ma popeth oedd yn fy niffinio i, pwy ydw i, wedi went. Sdim byd ar ôl 'da fi – dim eiddo, dim gwraig, dim dyfodol. Y gwely 'ma, dyma 'mywyd i'n awr, Al. So 'nghoesau i'n gweithio, ma'n ysgyfaint i'n gwegian, a ma lwmp ar fy oe… oeso…"

"Oesophagus."

"…'na fe, fy oesophagus i. Ac ar ben hynny i gyd, ma 'da fi bledren a bowel buggered to boot! Gall hyd yn oed twpsyn weld nad yw hynny'n helfa impressive i fywyd unrhyw un." Dw i'n awchu i ddweud rhywbeth a fyddai o ryw help ond, fel arfer, dw i'n methu ffeindio dim o werth a chyn i fi gael cyfle i feddwl mwy, mae Paddy'n parhau. "Ma pob awr, pob munud, pob eiliad o 'mywyd i 'di arwain at y gwely 'ma. Ma hynny'n uffernol o drist nawr 'mod i'n meddwl am y peth," meddai gan ysgwyd ei ben. Mae'r edifeirwch yn ei lygaid ac ar ei wyneb yn ddigon i ddenu dagrau. "Se'n i heb weithio mor bloody galed, 'se'n i'n gwybod. Diweddglo siomedig tu hwnt, dim offence i dy rieni na'r cartre, cofia. Ma fe fel disgwyl ca'l bod yn Barbados, ond yn gorffen lan yn Bognor Regis! Falle 'mod i'n ymddangos yn llawn hwyl, ond façade yw hynny; amddiffynfa reddfol sy gan bobol ar eu gwely angau i gadw'r gwirionedd rhag y rhai maen nhw'n eu caru. Ti'n gweld, Al, fi'n gwbod 'mod i'n marw a fi'n gwybod sdim lot o amser 'da fi ar ôl ar y ddaear… yn y gwely 'ma. Felly, hyd yn oed heb dy help di, 'sdim fawr o amser 'da fi i aros. Yr unig beth sy o bwys i fi yw y ca i adael y ddaear ma gydag ychydig o hunan-barch. Os na wnei di fy helpu i, sdim gobaith 'da fi o gadw hwnnw na dim byd arall sy o bwys i fi erbyn hyn…"

"Peidiwch dweud hynny…"

"Pam, wyt ti ofn wynebu'r gwir, Alan?"

"Na, ond fi'n gwbod bod y gwir yn brifo…"

"Ti'n iawn fan 'na… ma fe'n brifo'n fwy nag y gallet ti ddychmygu…" ac wrth i'w eiriau wywo dw i'n dilyn deigryn unig sy'n llithro o'i lygad i lawr ei foch cyn ceisio dianc am borfeydd Paisley ei byjamas.

O'r diwedd, dw i'n edrych y tu hwnt i'w gaerau amddiffynnol ac yn gweld pa mor fregus yw Patrick Brady, fy arwr sy'n gorwedd yn llawn anobaith o 'mlaen i yn y gwely sbâr. Gwelaf berson mor ddiymhongar a syml fel y galla i weld fy hunan yn cael fy adlewyrchu yn ei lygaid. Dyn yw Patrick Brady, mae hi mor syml â hynny; dyn sydd wedi colli'i urddas ac sy'n glynu wrth ei hunan barch â'i holl nerth. Dyn llawn ansicrwydd ac amheuon. Dyn sydd angen cymorth a help. Dyn fel fi.

"Chi'n clywed fi lan fan 'na?" Mae llais Mam yn treiddio'r tawelwch trwy'r monitor babi ger gwely Paddy. "Der lawr fan hyn, Al. Ma rhywun 'ma i dy weld di."

Wrth glywed hyn, mae Paddy'n codi'i eiliau ac yn gwenu'n slei i 'nghyfeiriad, sy'n gwneud dim i dawelu'r cynnwrf yn 'y nghylla. Ai Mia sy 'na? Dw i'n gobeithio ddim. Ond beth wna i os bydd hi'n eistedd yn y gegin yn aros amdana i? Rhedeg? Sgrechian? Crio? Chwerthin? All of the above? None? Beth ma hi'n 'neud 'ma, dathlu ein one week anniversary?

"Bydda i 'nôl nawr, Paddy," meddwn wrth godi a gadael yr hen ddyn i'w feddyliau, ond cyn i fi adael mae'n holi:

"Ti 'di gweld 'yn sgidie i, Al? 'Sa i'n gwbod ble maen nhw…"

Dw i'n stopio ac yn syllu arno'n syn ond dyw e ddim hyd yn oed yn edrych i 'nghyfeiriad i.

"Na, ddim yn ddiweddar, ond 'na i ga'l look lawr stâr i chi nawr."

Dw i'n anghofio am ei sgidiau cyn gynted ag mae'r drws

yn cau. Dw i 'di penderfynu'n barod y bydda i'n anwybyddu ei gais am gymorth, gan obeithio na fydd e byth yn awgrymu'r fath beth eto. Wrth anelu am y gegin a'r ymwelydd dieithr dw i'n adrodd gweddi fach yn gofyn am gymorth, ac wrth wthio'r drws dw i'n gobeithio bod Duw yn barod i faddau i fi.

Wedi i mi gamu i mewn i'r gegin mae 'nghalon i'n suddo wrth i mi weld gwallt cyrliog fy mrawd yn eistedd wrth y bwrdd yn sgwrsio'n dawel gyda'n rhieni. Mae'r euogrwydd yn fy meddiannu ar unwaith a dw i'n teimlo 'nghroen yn cochi wrth i'r atgofion lifo – in Technicolor – yn ôl i flaen f'ymennydd. Mae Wil yn edrych arna i, a dw i'n siŵr bod fy llygaid a 'mochau cochion yn fy mradychu, fel baner lachar â'r gair EUOG wedi'i winïo arni. Ond dyw Wil ddim yn sylwi ar fy lletchwithdod; yn hytrach, mae e'n gwenu arna i ac yn holi ydw i'n iawn. Caf fy nala'n ddiamddiffyn gan nad yw Wil fel arfer fel hyn.

Mae ei hyder a'i sicrwydd wedi diflannu ac yn eu lle mae 'mrawd yn actio'n 'normal'; rhywbeth annisgwyl iawn ar ôl oes o wrthod cydymffurfio. Mae e'n ymddangos fel person hollol wahanol i'r poenydiwr arferol. Mae'n ymddangos fel petai e'n tyfu barf, neu o leia heb eillio ers wythnos. 'Sa i erioed wedi'i weld e'n edrych mor arw, ac mae ei lygaid, sydd fel arfer mor fywiog, yn flinedig a gwaedlyd, lliw Beaujolais. Mae ei lygaid yn dychwelyd at y coffi chwilboeth o'i flaen, ac yn dal i syllu i mewn i'r cwpan fel tasai'r hylif yn ei hypnoteiddio pan mae Mam yn gofyn,

"Ydy popeth yn iawn, Wiliam?" gan edrych yn ofidus ar Dad.

"Aye, ma popeth yn OK, Mam. Dim byd i fecso am."

"A'r merched yn iawn 'fyd?" Dad, yn chwythu'n ddiamynedd ar ei goffi twym.

Dw i'n edrych yn fanwl ar wyneb Wil i geisio gweld a ydi ei fynegiant yn datgelu unrhyw gliwiau ond heb weld dim awgrym o atgasedd wrth iddo glywed y cyfeiriad at ei wraig. Efallai fod cyfle 'da fi i oroesi'r cawlach…

"Ma pawb yn grêt, Dad, a'r ddwy'n anfon eu cariad. Ma Sophie gyda rhieni Mia am yr wythnos…"

"'Na neis,"

Ma Mam yn gwenu, ond darllenaf rhwng y brawddegau a dod i'r casgliad fod Sophie wedi ei hanfon yno tra bod ei rhieni'n datrys eu problemau. Gallaf weld trafferth a thrybini o 'mlaen i a dw i'n awchu am adael y stafell, ond sdim gobaith gwneud hynny, so dw i'n cydio mewn cadair ac yn eistedd gyferbyn â Wil er mwyn gwynebu fy ffawd fel dyn.

Pan mae'n llygaid yn cwrdd, dw i'n adnabod yr olwg sy ynddyn nhw – mae rhywbeth ar ei feddwl, mae hynny'n amlwg, rhywbeth digon difrifol iddo ddod i'n gweld ni, ei deulu.

"Sut ma Dad-cu erbyn hyn?" hola, cwestiwn sy'n achos dathlu ynddo'i hun. Mae clywed Wil yn holi hanes rhywun arall yn ddiffuant a didwyll mor annisgwyl â darganfod fod bwli'r ysgol yn gweithio fel Gweithiwr Cymdeithasol erbyn hyn.

"Ddim yn wych," ma Dad yn ateb. Ond cyn i fi gael y cyfle i adio fod yr hen ddyn yn pysgota am gymorth i gyflawni ewthanasia, mae Mam yn dweud wrtho:

"Cer lan i'w weld e, os ti moyn. Bydd e'n falch o dy weld di, dw i'n siŵr…"

"Sa i'n siŵr os ydi hi'n amser da ar hyn o bryd, actually…" dw i'n awgrymu, gan gofio'r sgwrs rhwng Paddy a minnau bum munud yn ôl.

"Pam, beth sy'n bod?" hola Mam yn llawn pryder.

"Dim, dim, ma fe'n OK. Jyst 'bach yn isel ei ysbryd, 'na i gyd."

"Bydd gweld Wil yn gwneud byd o les, te."

"A dweud y gwir, Mam, 'sa i mewn hwyl rhy dda ar hyn o bryd. Da' i 'nôl mewn cwpwl o ddyddie…"

Tro Mam yw hi nawr i ddarllen rhwng y llinellau.

"Ro'n i'n gwbod fod rhywbeth o'i le! Beth Wil? Allwn ni helpu o gwbl?"

"Mam, jeezuz, stopiwch ffysan, newch chi! Sa i moyn siarad am y peth, OK?" Ac mae Wil yn arllwys gwaddod trwchus gwaelod ei gwpan i lawr ei gorn gwddwg cyn codi a gwisgo'i got ledr laes. "Reit te, diolch am y coffi, dw i off. Al, ti'n ffansïo peint? Fi moyn trafod rhywbeth 'da ti."

A dyna pryd mae 'ngobaith o ddianc yn diflannu. Dim cynnig oedd hwnna, ond gorchymyn wedi'i guddliwio fel gwahoddiad. Dyw gwrthod ddim yn opsiwn, ac anyway, sa i'n gallu meddwl am esgus digon da off top 'y mhen. Dw i'n estyn fy nghot ac yn gwisgo f'esgidiau fel carcharor ar y Filltir Werdd sy newydd orffen ei swper olaf. Dw i ar fin gwynebu fy ffawd fel dyn – profiad estron – ac mae 'nghalon i'n cyflymu wrth i mi ymuno â Wil am 'drafodaeth' yn y dafarn.

Wrth gerdded lawr y dreif – sy'n sgleinio heno dan effeithiau'r lleuad lawn ar rew cynta'r flwyddyn – tua'r car gan chwythu ar ein dwylo er mwyn adfer y gwres, mae Wil yn gwneud rhywbeth annisgwyl a hollol wreiddiol; mae e'n rhoi ei fraich rownd fy ysgwydd ac yn fy nghofleidio heb dynnu 'ngheseilwallt na dyrnu fy aren na dim. I ddechrau, dw i'n cymryd hyn fel arwydd gwael bod Wil ond yn gwneud hyn cyn 'y nghyhuddo o'r drosedd waetha posib. Wrth iddo ddweud ei fod yn gweld fy eisiau, mae 'nghalon i'n meddalu a dw i'n teimlo'n fwy euog nag erioed.

Dw i'n camu i'w gar, Mercedes CLK lliw arian metelaidd, sydd fel ymweld â Las Vegas: yn stribedi llachar ac yn llawn moethusrwydd diangen. Wrth dynnu'r gwregys diogelwch dros f'ysgwydd chwith, dw i'n cecio'r sêt gefn i wneud yn siŵr nad yw Siegfried a Roy yn cynnal sioe yno. Wrth i Wil danio'r injan mae'r gerddoriaeth a'r gwresogydd yn cychwyn ar unwaith. Nawr mae'r gwres yn fwy na derbyniol ond mae R Kelly, Shabba neu ryw crooner tebyg sy'n datgan ei fwriad anweddus trwy gyfrwng cerddoriaeth R&B difrifol o wael yn llai dymunol. Efallai fod agwedd Wil wedi newid, ond mae ei chwaeth gerddorol y tu hwnt i achubiaeth.

Mae'r siwrne i'r Three Arches yn pasio heb drafferth. Yn wir, mae Wil yn fy nhretio fel oedolyn am y tro cynta erioed – sy'n fy ngwneud i'n hapus tu hwnt er bod yr euogrwydd yn dal i blicio. Mae'r sgwrs rhyngddon ni fel arfer yn lletchwith a thrwsgl, ond heno mae 'na ryw aeddfedrwydd yn amlwg a'r geiriau'n llifo, am nawr ta beth…

Mae'r car yn llithro'n llyfn a diymdrech tua phentref Cyncoed cyn troi i'r chwith i lawr Rhydypennau Road a dod i stop ym maes parcio tywyll cefn y dafarn, rhwng Beamer llewyrchus a fan frwnt sy'n pledio am gymorth i'w golchi, os gellir credu'r graffiti. Ni'n sgwrsio'n ddiymdrech, fi a Wil, am ddim byd yn benodol, tan i ni gamu o'r cerbyd ac anelu am y dafarn. Dw i heb fod mewn tafarn ers blynyddoedd… sa i'n hoffi'r llefydd a dweud y gwir, ond dw i'n claddu'r rhagfarn ac yn cydgerdded 'da Wil trwy'r bar uchaf a'r canol i'r un gwaelod, lle nad oes carped ar lawr na chlustogau ar y cadeiriau. Mae'r stribedi noeth uwchben yn boddi'r stafell mewn goleuni didrugaredd ac yn datgelu bod y lle'n reit llawn, heb wyneb benywaidd yn agos at y lle… ar wahân i'r un garw sy'n gweini tu ôl i'r cownter. Bar y werin fase Dad yn galw'r lle. Gippsville yw dewis Wil. Dw i'n ceisio'i berswadio i ddychwelyd i'r bar canol, ond wrth sefyll yno'n aros am wasanaeth, dw i'n sylwi bod fy mrawd yn llygadu un o'r 'locals' gan geisio dal ei sylw. Efallai fod gan Wil gymhelliad cudd i ddod â fi i'r fan hyn, ond gyda phob eiliad sy'n pasio, dw i'n siŵr mai nid yr hyn ddigwyddodd rhyngo i a'i wraig yw'r cymhelliad hwnnw…

"Be ti moyn, Al?"

"Sudd oren plis," atebaf heb oedi. Mae Wil yn edrych arna i ond yn lle fy ngwawdio a bychanu 'newis, mae'n gwneud rhywbeth annisgwyl ond croesawgar iawn. Dyw e'n dweud dim heblaw rhoi'i archeb.

"Pint of Stella and couple of bottles of orange juice, please Maggie," mae'n gofyn gan wenu ar y weinyddes ganol oed a phlygu papur degpunt yn anymwybodol rhwng ei fysedd. Yn ogystal â bod braidd yn ddryslyd ac ofnus, dw i'n dal i bendwmpian dros y rheswm pam bod fy mrawd 'di dod â fi 'ma heno pan mae Maggie'n rhoi ein diodydd ar y bar a chymryd arian Wil. Dw i'n mynd i eistedd yng nghornel pella'r stafell, mor bell i ffwrdd â phosib oddi wrth y Bandits swnllyd a'r triawd meddw sy'n chwarae pŵl gan regi ac anghytuno dros bob ergyd.

Mae Wil yn agosáu gan gyfarch ambell wyneb cyfarwydd ar y ffordd, cyn mynnu 'mod i'n cyfnewid cadeiriau 'da fe er mwyn iddo allu 'cadw llygad ar rywun' wrth y bar. Dw i'n gwneud hynny a nawr dw i'n eistedd yn gwynebu fy mrawd. Mae e'n dal i syllu i gyfeiriad y bar wrth lyncu llond ceg o'i gwrw gan f'anwybyddu i'n gyfan gwbwl; wedi orig dawel, anghyfforddus, dw i'n gofyn, allan o gwrteisi yn fwy na dim byd arall: "So, sut mae Mia, Wil?"

Sa i'n gwybod pam 'nes i ofyn amdani hi yn hytrach nag amdani hi a Sophie, ond fel 'na ddaeth y geiriau mas o 'ngheg. Dw i'n edrych ar Wil gan lyncu poer sych. Mae ei lygaid yn cymylu'r tro hwn wrth glywed ei henw ac mae'n byseddu'r oerfel sydd ar ochr allanol ei wydryn cyn datgelu'i ofidiau.

"'Sa i'n gwybod sut i ddweud hyn wrthot ti, Al, ond o'n i ddim yn gwybod at bwy arall i droi…"

"Dweud beth?" gofynnaf yn llawn gofid. 'Sa i'n hoffi tôn ei lais na'r trywydd mae'n ei ddilyn o gofio ble'r arweiniodd llwybr Paddy'n gynharach wedi iddo fe adrodd yr un frawddeg agoriadol.

"Em… wel, ni'n profi bach o bad patch ar hyn o bryd, ti'n gwbod, fi a Mi…"

Dw i'n nodio gan obeithio bod yr olwg ar 'y ngwyneb yn

dangos tosturi a theimladau dilys eraill, yn hytrach na'r euogrwydd pur sy'n mudferwi yno' i.

"Sa i'n siŵr beth sy'n mynd 'mlân a dweud y gwir… fi mewn fuckin' mess os ti moyn gwybod… allen i ddim byw hebddi hi, hebddon nhw. Nhw yw 'myd i, Al!" Ac mae'n estyn draw a gafael yn fy mraich wrth ddweud hyn. Dw i jyst yn gwenu'n wan arno eto wrth dynnu'r papur oddi ar fy mhotel sudd oren.

"Sexually frustrated, wyt ti?" mae Wil yn cynnig, gan edrych ar y mès dw i 'di 'wneud ar y bwrdd.

"Beth?" gofynnaf, yn hollol ar goll.

"Dim byd, ond maen nhw'n dweud bod tynnu papur fel 'na, neu rwygo beer mat, yn arwydd o rwystredigaeth rhywiol, 'na i gyd." Dw i'n nodio mewn ymateb, gan nad oes dim byd 'da fi i'w ddweud ar y pwnc, ac yn ceisio anwybyddu eironi ei honiad. "Diolch am hyn, Al, fi'n gwerthfawrogi dy gwmni… dy glustiau!"

"Dim problem. Dw i jyst yn hollol shocked, ti'n gwybod."

A chyn gynted ag mae'r geiriau'n gadael 'y ngheg, dw i'n gwybod bod brwydr o 'mlaen i nawr i ennill mynediad drwy'r Pyrth Perlog. Dim ond un lle mae pobol fel fi'n mynd yn y pen draw.

"Fi'n siŵr dy fod ti. I mean, o'n i yn hefyd. 'Sa i'n gwybod ble aeth popeth mor wrong…"

Dw i'n gorfod brwydro yn erbyn yr awydd i awgrymu ambell i beth allai fod o help iddo yn ei sefyllfa – fel gwrando ar ei wraig, ei pharchu a'i gwerthfawrogi nawr ac yn y man – cyn iddo barhau.

"Ond fi'n benderfynol o adfer y sefyllfa. Mae'r ddwy ohonyn nhw'n rhy bwysig i fi. Diolch, Al," mae'n ailadrodd, sy'n arwain at gwestiwn arall diwerth gen i.

"Pam fi though, Wil?"

"Be ti'n feddwl?"

"Sa i'n deall pam ti 'di dewis dweud y pethe 'ma wrtho fi

yn lle Piltch, Kinky neu un o dy ffrindiau eraill di. So ni 'di bod yn agos iawn erioed…"

"Wel…" ac mae Wil yn ystyried ei eiriau'n ofalus cyn parhau. "Mae rhai pethau, rhai problemau, ti ond yn gallu eu trafod gyda'r teulu – blood's thicker than water and all that – ac o'n i ddim really eisiau siario hyn gyda Dad o wybod beth sy'n mynd 'mlân 'da nhw adre. So, dyma ni, ti a fi, sori os yw hyn yn rhy heavy neu rywbeth, ond o'n i ddim yn gwybod at bwy arall i droi…"

Mae'r ffaith bod fy mrawd yn ymddiheuro am droi ataf i bron yn codi cyfog arna i – cyfog o euogrwydd ac edifeirwch hynny yw. Dw i eisiau cyfadde'r cyfan iddo, ond fel chi'n gwybod, dw i'n gachgi ac wrth gwrs, sa i'n gwneud. Yn hytrach, mae Wil yn datgelu ei ofidiau.

"Fi'n meddwl 'i bod hi'n cael affair," medde Wil gan wneud i fi dagu ar fy niod.

"Pam ti'n dweud 'ny?" llwyddaf i ofyn.

"Dim byd penodol. Hunch mwy na dim… wyt ti'n iawn – ti moyn dŵr?"

"Ydw, ydw, dim diolch" gan chwifio fy llaw, cyn adio. "Hunch?" Newyddion da i Judas fan hyn.

"Ie, fel dwedes i, dim byd penodol, ond mae hi 'di newid yn ddiweddar: mae hi'n heriol, yn bigog, yn bell. O, Al, 'sa i'n gwybod, seriously, sa i erioed wedi teimlo mor ofnus. Sa i moyn ei cholli hi, ti'n gwybod?"

"Fi'n deall yn iawn, Wil. Ond beth elli di wneud?"

"Sdim fuckin' syniad 'da fi a dweud y gwir… Newid. Bod yn amyneddgar ac understanding, I suppose. Ni 'di trafod y sefyllfa'n barod, echnos. Dyw hi ddim yn hapus mae hynny'n sicr ond ni wedi cytuno i weithio ar ein perthynas, er mwyn Sophie yw'r rheswm swyddogol ond i fi, Mia yw'r priority. I mean, mae caru Sophie a chariad Sophie'n unconditional, tra bod cariad Mia'n bell o fod yn hynny. 'Sa i erioed wedi bod eisiau neb arall, Al. Just Mia. Just Mia…"

"Wel dw i wir yn gobeithio byddwch chi'n sortio popeth mas, dw i really yn…"

Dyma fi, mewn tafarn o bob man, yn cael gweld tu hwnt i amddiffynfa fregus fy mrawd, heibio i'r bravado llawfeddygol a'r ymffrost hunan-bwysig. Fel yn achos Paddy, mae Wil yn datgelu'r gwirionedd ansicr sy'n cael ei fasgio mor llwyddiannus ganddo fel arfer. Ac yn lle'r bwystfil, yn lle'r bwli, gwelaf ddyn syml, dyn bregus, sydd jyst eisiau plesio'i wraig a magu'i blentyn. Gwarth arnat ti Alun Brady… Alun Brad-y.

Mae llygaid fy mrawd trwy gydol ein sgwrs wedi bod yn saethu 'nôl a mlaen rhwng ei beint, fy ngwyneb a'r bar. A nawr, heb rybudd, mae'n codi gan fwmian ei fwriad o ddod 'nôl 'mewn munud' gan adael y dafarn yng nghwmni rhyw gorrach â gwallt melyn spiky. Mae gen i syniad go dda beth sy'n mynd ymlaen a dw i'n eu dilyn trwy'r drws lle dw i'n gwylio 'mrawd yn prynu 'rhywbeth' gan y 'fferyllydd' yng nghysgod Jack Brown y bookies. Mae'n ymddangos eu bod nhw'n adnabod ei gilydd gan fod y ddau'n sgwrsio a chwerthin gan greu cymylau o anwedd yn awyr yr hydref hwyr, yn cyfnewid arian am gyffur a dyrnu'i gilydd fel Romes a'r Jackal ar gornel Stryd Divisadero. Dw i'n ymwybodol bod Wil wedi 'gweld popeth ac wedi cymryd pob dim' yn ystod ei fywyd, ond dw i'n dal ddim yn deall pam fod dyn 33 oed, llawfeddyg, cofiwch, yn dal i brynu cyffuriau mewn maes parcio tywyll gan Flat Top McReefer.

Dw i'n sleifio'n ôl at fy sudd oren, a phan mae Wil yn dychwelyd ata i rhaid bod y dirmyg yn amlwg ar fy ngwyneb gan ei fod e'n gofyn "be sy'n bod, Al?" cyn i'w fochau ôl gyffwrdd â phren.

"Dim dyna'r ateb i dy brobleme di," dw i'n dweud yn fyrbwyll gan edrych i lawr arno o gefn fy ngheffyl. Mae e'n syllu arna i'n gyntaf cyn cymryd llymaid o Stella ac ymateb i 'nicter.

"Ti'n iawn, Al. Dw i'n gwybod hynny ac wedi gwybod ers blynyddoedd. Ond, ti'n gweld, 'sa i'n edrych am yr ateb achos dyw'r ateb ddim yn bodoli. Fi'n gwybod hyn oherwydd dw i 'di bod yn gofyn y cwestiynau ers blynyddoedd."

Dw i'n edrych arno wrth amsugno'i eiriau. "Ond pam, Wil? Cyffuriau, Wil?"

"Paid bod mor fuckin' naïf, wnei di!" mae'n ebychu cyn ymhelaethu. "Dim ond 'bach o ganja yw e, Al! So pob cyffur yr un peth, ti'n gwybod, ac yn fy achos i dyw 'mhleser i erioed wedi arwain at smack, crack na dim byd arall, a dyw e ddim yn mynd i wneud 'ny nawr. 'Sa i'n junkie na dim byd fel 'na, OK? So fe'n amharu ar 'y ngwaith i nac ar unrhyw agwedd arall o 'mywyd i. Dw i'n gweithio'n uffernol o galed, dan bwysau eithafol bob dydd, a fi jyst yn hoffi smôc fach ar ddiwedd dydd, 'na i gyd. Rhywbeth bach i unweindio ac i leddfu'r stress, fel glass o win neu beint o gwrw... a 'sa i'n ymddiheuro am ddim chwaith, ma angen 'bach o bleser ar bawb, os ti'n gofyn i fi..."

"Ond ma fe'n anghyfreithlon, Wil!" dw i'n dadle.

"Pwy wyt ti, fuckin' Mam neu beth? Ac anyway, Mr fuckin' Duw, sut gall rhywbeth sy'n tyfu'n naturiol fod yn anghyfreithlon? Ma fe fel outlawio daffodils, rhosod neu lilis!"

"Be ti'n feddwl?"

Ond dw i'n gwybod yn iawn beth ma fe'n feddwl; mae e'n ddyn clyfar, ac ar y foment hon ma fe'n chwarae ar fy naliadau ysbrydol i fel Titch Gwilym ar ei Telecaster.

"C'mon Al, ti'n gwbod beth sy 'da fi. Sut gall rhywbeth mae 'Duw' wedi ei roi ar y ddaear, rhywbeth sy'n tyfu'n wyllt heb gael ei gyffwrdd gan law dyn, fod yn erbyn y gyfraith? Sa i'n siŵr pwy ddwedodd hyn, ond dw i 'di dysgu'r dyfyniad yma," ac mae Wil yn cymryd dracht arall o'i beint cyn mynd 'mlaen. 'How absurd is a law that seeks to classify a plant as a crime; as if there's something feloniously wrong with nature'. So'r gyfraith yn neud synnwyr i fi, Al!"

Ond pan mae'n darllen fy ngwyneb a sylwi nad ydw i'n derbyn ei bwynt, mae tôn ei lais yn tawelu ac mae 'mrawd fel petai'n rhoi'r gorau i gweryla.

"Sori, Al," mae'n dweud, a dyma pryd dw i hefyd yn disgyn oddi ar fy march mawreddog ac yn cwympo'n ôl i realiti. Pa hawl sydd gen i, Judas Mk II, i eistedd yma'n beirniadu 'mrawd dros rywbeth mor ddibwys â'i ddewis o gynorthwyydd ymlacio, pan fo gen i gyfrinach mor ofnadwy?

Gwenaf arno o'r diwedd, ac wrth i'r euogrwydd setlo'n ôl i'w chadair gyfforddus yn fy nghydwybod, ni'n dychwelyd at y mân sgwrsio a'r cyfeillgarwch newydd sydd, let's face it, byth yn mynd i bara os bydd Wil yn darganfod ble'r oedd ei wraig nos Fercher ddiwetha...

11: AIL GYFLE

Dw i'n gosod y gwydryn peint gorlawn ar y tywel Stella blêr ar y bar o flaen y cwsmer – Coxy yw ei enw, hen blismon â mwstásh-cyrn-beic cofiadwy o Lanisien, sydd wedi ymddeol bellach er mwyn canolbwyntio ar yfed ei ffordd trwy ei bensiwn (wel, falle mai nid hynny oedd ei gynllun, ond dyna beth sy'n digwydd) – gan wylio'r swigod yn codi tua'r wyneb am eiliad, er mwyn cael seibiant bach yn bennaf, cyn gofyn am dâl.

"Two-twenty please," gofynnaf, ac wrth i Coxy bysgota am newid yn ei boced dw i'n pwyso ar y pympiau lager gan sychu'r chwys oddi ar 'y nhalcen. Dyw'r cyfnod o dywydd crasboeth heb orffen, ac er bod dynol ryw yn hil digon addasadwy, dim ond cwyno dw i'n ei glywed 'wrth bawb.

Mae'n ddydd Gwener heddiw a dw i bellach wedi setlo i routine bach digon derbyniol. Dw i'n gweithio'r shifft un ar ddeg tan bump bob dydd, saith diwrnod yr wythnos. Doedd John ddim yn hapus gyda hyn i ddechrau oherwydd yr oblygiadau iechyd a diogelwch i weithio bob dydd heb ddiwrnod bant. Ond, wedi i fi ei atgoffa ei fod e'n 'y nghyflogi i'n anghyfreithlon ta beth – hynny yw, dw i'n cael 'y nhalu mewn arian parod ar ddiwedd pob shifft; £30, dim treth, pawb yn hapus – nath e anghofio am ei amheuon. Er bod y gwaith yn gallu bod yn galed, dw i'n mwynhau'r undonedd a'r drefn wrth i'r swydd lenwi gwagleoedd fy modolaeth.

Er y gwaith dyddiol a'r goramser cyson, dw i'n rhyfeddu cyn lleied o arian dw i'n ennill ac yn sylweddoli pa mor lwcus o'n i o gael cynnig lloches gan Floyd yn ei sied. Base hi'n cymryd blwyddyn a mwy i fi safio digon o arian ar gyfer blaendal ar bedsit, ogof neu focs. Mae'n wyrth bod unrhyw un sy'n gweithio mewn tafarn yn gallu talu ei rent, heb sôn am fwyta, cymdeithasu a byw...

Er 'y nghwyno, ma'r cyflog wedi arwain at un berthynas annisgwyl a llawn posibiliadau cyffrous: fy mherthynas â Lidl. Roedd 'na gwpwl ohonyn nhw o gwmpas cyn i fi gael 'y ngharcharu, ond roedd gan Lidl, yn ogystal ag Aldi, enw gwael. Siopau i'r tlawd a'r dichwaeth oedden nhw. Ro'n i'n euog o gredu hyn 'fyd, heb unrhyw dystiolaeth. Dyw hi ond yn dangos fel ma snobyddiaeth a sibrydion yn gallu gwasgaru fel pla er mwyn pardduo enw unrhyw gwmni, mewn unrhyw ddiwydiant. Y gwir amdani yw fod eu cynnyrch o'r un safon, os nad gwell, nag unrhyw beth sydd gan Tesco's neu Sainsbury's ei gynnig, ond bod y manylion ysgrifenedig sydd ar y bwydach mewn iaith estron, Ffrangeg neu Almaeneg – o ie, a bod popeth hanner y pris os nad yn rhatach! Dw i'n gwario ugain punt yno'n wythnosol, ac am hynny gallaf frecwesta fel brenin bob dydd. Dyna'r unig bryd dw i'n ei fwyta gartre, gan 'mod i'n derbyn brechdan swmpus gan Terry'r cogydd i ginio ac yn swpera yng nghwmni Floyd bob nos. Fydda i byth yn ddyn cyfoethog ond, ar hyn o bryd, dw i mor fodlon â 'mywyd â dw i 'di bod erioed.

Mae'r bar gwaelod, ar wahân i Coxy a Paddy, mor ddifywyd â noson deyrnged i John Owen, ac mae'r cloc Brains Dark, sy'n hongian wrth y Gordon's Gin a'r casgliad o gardiau post – Birdlife of Benidorm, Full English Breakfasts of the World a'r 2001 Nimbin

Cannabis Cup yn eu plith – yn dynodi ei bod hi wedi hanner dydd erbyn hyn. Sdim sôn am Floyd eto, sy'n rhyfedd iawn gan ei fod fel arfer yn propio'r bar erbyn nawr gan osod y sylfaen am sesiwn dridie arall.

Dw i'n plygu tu ôl i'r bar yn llenwi'r peiriant golchi gwydrau gyda phob math o lestri – blychau llwch, dysglau gorlif y pympiau cwrw ac unrhyw beth arall sy'n ymddangos yn frwnt – pan dw i'n clywed rhuthr wyth coes amser cinio'n agosáu at y bar. Codaf i sefyll gyda gwên barod ar fy ngwyneb, gan groesawu'r pedwarawd yn broffesiynol a chyfeillgar i'r dafarn. 'Sneb yn sylwi ar fy nghwrteisi ac, a dweud y gwir, maen nhw'n f'anwybyddu'n llwyr oherwydd bod un ohonyn nhw – dyn blewog anghyfarwydd, ond yn amlwg yn lleol, sy'n gwisgo crys T gwyn gyda'r Golden Arches a'r gair McShit oddi tano – yn adrodd stori am butain, hamoc a phêl ping-pong.

Yn amyneddgar, dw i'n aros iddo orffen yr hanes cyn cynnig fy ngwasanaeth.

"What can I get you, gents?

"Two Fosters, one smooth…"

"Brains or John Smiths?"

"Brains, please."

"…and a Guinness for me,"

"Extra cold?"

"Too fuckin' right, extra extra cold if you can," mae'r dyn dieithr yn ateb, cyn troi at ei ffrindiau. "I'm telling you boys, three weeks in Thailand and it's hotter in Cardiff than it was in Ko Samui!" Mae hynny'n esbonio lliw ei groen ta beth, sy'n dywyll fel bol buwch ddu Gymreig, ac mae ei wallt lliw lluwch eira'n gwneud iddo edrych fel peint o'i hoff ddiod.

Wrth iddo adrodd straeon am gytiau opiwm, heddweision llwgr a thriciau gweini'r merched proffesiynol, dw i'n mynd ati i gyflawni'r archeb gan ddechrau gyda'r peint perffaith o Guinness.

Dw i'n dal y gwydryn ar ongl o 45 gradd ac yn arllwys nes bod yr hylif yn llenwi dwy ran o dair o'r ffiol. Wedyn, dw i'n gadael i'r cymylau setlo wrth droi fy sylw at weddill yr archeb. Arllwys peint o Guinness yw un o fy hoff bethau am y swydd gan fod rhywbeth boddhaol tu hwnt am y broses. Mae'r canllawiau – cam 1 i 4 – wedi eu glynu wrth gefn y pwmp er mwyn i'r gweithwyr newydd allu dysgu beth i wneud heb i'r athro orfod datgelu'r 'gyfrinach' wrth y cwsmeriaid a chwalu'r 'lledrith' sydd ynghlwm wrth y Stwff Du. Pan ddechreuais i, yr unig gyngor ges i gan Hoff oedd "read that, copy it, voila, Guinness." Those who can, teach. Those who can't, work in a pub.

Gosodaf y Fosters a'r Smooth ar y bar cyn dychwelyd i gwblhau'r Guinness. Codaf y gwydryn at y pwmp gan ei ddal yn hollol wastad o dan y llif nes bod 'na gentimedr o ewyn gwyn yn gorffwys ar ben y trwch tywyll. Dw i'n cwblhau'r ddefod drwy lunio shamrock perffaith ar ben yr hufen, cyn lleoli'r peint gyda gweddill yr archeb a gwylio'r hylif trwchus yn cymysgu yn y gwydryn. Dim ond un peth arall sydd ei angen er mwyn perffeithio'r peint yma: ymddangosiad arbennig gan Rutger Hauer... ar geffyl gwyn... i gyfeiliant cerddorol gan Leftfield. OK, so mae angen tri pheth i gael perffeithrwydd.

Dw i'n sefyll yna'n gwrando ar stori arall am buteiniaid gwlad y powdr gwelwi – gan chwerthin yn y mannau cywir, er bod yr hanes yn fy nrysu a'r cynnwys yn creu atgasedd yno' i. Mae Randy, y gŵr sydd newydd ddychwelyd o'r Dwyrain Pell, yn edrych ar y gwydrau gan wneud double-take wrth i'w lygaid gyrraedd y Guinness.

"What the hell is that?" mae'n gofyn, wrth i'w lygaid saethu'n ôl a blaen rhyngo i a'i beint. "Where's the rest of my head?"

"Easy now, Randy, you're not in Patpong now, mate!" meddai un o'i gyd-yfwyr wrth swigio'i Fosters. Ond mae'n ymddangos bod Randy o ddifri. Mae hi hefyd yn ymddangos bod Randy off 'i ben.

"What's that?" mae'n ailadrodd, a'r tro hwn rhaid i fi ddweud rhywbeth.

"It's a perfectly poured pint of Guinness," dw i'n datgan gan godi f'ysgwyddau mewn anghrediniaeth. Dw i'n siŵr, tase croen Randy ddim mor dywyll, y base'i fochau'n fflamgoch o dan straen swreal y sefyllfa. Mae ei lygaid yn llydan agored a'i flew'n crebachu uwchben ei wefus aflonydd, so dw i'n gwenu arno gan geisio deall beth yn y byd sy'n bod.

Mae Randy'n pwyso'i ddwy law ar y bar gan ysgwyd ei ben yn ara. "No-no-no-no-no-no-no," mae'n dweud, wrth i fi edrych o'r gwydryn ar ei wyneb a nôl unwaith eto. Dw i'n gwybod bod pobol yn gallu bod yn fussy iawn am eu diodydd; wedi'r cyfan, mae hynny'n rhan o waith y barman. Dw i'n gorfod delio ag un menyw leol sy'n yfed shandy chwerw a soda yn lle'r lemonêd arferol gan wneud andros o ffws i gyd-fynd â phob archeb, ond mae hyn y tu hwnt i eithafol. Ai jôc yw hyn, dw i'n amau, wrth i'r tawelwch rhwng Randy a fi gyrraedd uchafbwynt anghyfforddus, neu efallai rhyw gynllwyn ynfyd… breuddwyd… hunllef… neu Quantum Leap?

"How long have you worked here, son?"

"Three weeks tomorrow."

"What! And no one's told you how I like my Guinness?"

Dw i'n ysgwyd 'y mhen wrth ryfeddu at ba mor hunanbwysig mae pobol yn gallu bod, ac yn gorfod ymladd y reddf i ofyn 'why would they if you're in Thailand?' cyn i Randy ddechrau gweiddi ar John. Wedi munud o aros anesmwyth mae John, diolch byth, yn ymddangos wrth fy ochr gan gyfarch Randy fel hen gyfaill. Wrth estyn ei law ar draws y bar, mae John yn dweud:

"Welcome back, Randy, how was the whoring?"

"Fuckin' marvellous, as usual," daw'r ateb. "But forget that for now, why don't you show this young lad here how to pour me a proper pint…"

A dw i'n edrych ar John, sy'n dychwelyd 'y nhrem gyda gwên fach gam a winc. Mae John, sydd wedi gweithio mewn tafarndai ers deng mlynedd ar hugain bellach, wedi perffeithio'i dechneg o ddelio â chwsmeriaid. Grin and bear it yw ei gyfrinach… hynny ac osgoi gweini ar bob achlysur posib. Dw i'n camu o'r ffordd wrth i John afael mewn gwydryn a'i roi i sefyll ar y ddysgl orlif, yn union fel basech yn wneud cyn arllwys peint o lager. Dw i'n gwylio'r broses ac yn methu credu'r hyn sy'n digwydd nesaf: mae John yn agor y tap ac yn llenwi'r gwydryn â'r tywyllwch hufenllyd reit at y top. Mae hyn yn hollol groes i'r canllawiau ac yn rhoi pen dwy fodfedd a hanner ar y ddiod. 'Sa i'n gallu credu'r hyn dw i'n ei weld wrth i John basio'r peint i Randy, a hwnnw'n gwenu'n llydan cyn llowcio llond ceg o ffroth a gorchuddio'i wefus â glafoer gwyn.

"That's more like it!" ebycha wrth lyfu'r ewyn â'i dafod hir a phasio papur deg punt i John. Dw i'n sefyll tu ôl i'r bar yn gneud dim wrth iddo gymryd yr awenau, ac er mwyn llenwi'r tawelwch, dw i'n holi John.

"Where's Hoff?"

"On his fag break" ma fe'n ateb, cyn iddo ymddiheuro (!) i Randy am fy 'nghamgymeriad' a gofyn hanes ei hwrio ar ei ymweliad blynyddol â Siam.

Mae Floyd yn cyrraedd toc wedi un, yn diferu o chwys ac yn dal i wisgo'i ddillad gwaith. Wedi cwyno'n ddi-stop am hanner awr am ei fore'n glanhau graffiti gwrth-Iddewig oddi ar rai o feddau'r fynwent, mae e'n setlo am y prynhawn ar ei stôl wrth y bar. Mae ei fusnes yn gyson wrth i'w gwsmeriaid fynd a dod yn gwisgo llai a llai o ddillad wrth i'r tymheredd godi tuag at dri deg gradd selsiws tu fas.

Wrth iddo ddychwelyd o'r maes parcio ar un achlysur, mae e mor boeth fel ei fod e'n archebu potel o win gwyn o'r oergell, ac yn talu amdani cyn dal y botel yn erbyn ei wyneb er mwyn oeri ychydig. Dyw e ddim yn yfed y gwin; yn hytrach, wedi iddi gynhesu, dw i'n dychwelyd y botel i'r oergell nes ei bod hi'n ddigon oer i Floyd allu ei defnyddio unwaith eto fel ice-pack.

Mae'r dafarn yn reit llawn erbyn tri o'r gloch, er bod y bar yn wag gan fod y rhan fwyaf o'r cwsmeriaid yn mwynhau'r tywydd yn yr ardd gwrw. Dim ond Floyd sy'n eistedd wrth y bar, a dw i, John a fe'n gwylio Hoff yn sefyll tu fas i'r ffenest flaen yn smocio sigarét ac yn perfio ar y merched ifanc sy'n yfed eu Bacardi Breezers yn eu Daisy Dukes a'i crop tops pitw.

Mae llewysau ei grys gwaith gwyn wedi eu troi i fyny a'i wallt hir mewn cynffon ceffyl tyn, wrth i ni ei wylio'n tynnu'r mwg yn ddwfn i mewn i'w ysgyfaint cyn chwydu'r llygredd yn ôl i'r amgylchedd.

"How many breaks has he had today?" dw i'n holi John, mas o ddiddordeb yn hytrach nag er mwyn achosi trafferth i Hoff.

"Dunnow, maybe four, maybe five."

"Fuckin' hell, John, are you serious?"

"Yes, Floyd. Why?"

"Seems like a lot of breaks, that's all. What d'you reckon, Al?"

"It does seem excessive, but I don't smoke, so I really don't know…"

"It *is* excessive, Al. You're right. How many staff members smoke, John?"

"Everyone, apart from Al by 'ere," medde'r rheolwr.

"And does everyone have four or five breaks per shift?"

"It varies. Some do, some don't."

"I don't even have one break during my shifts!"

"Seems a bit unfair on Al to me, John…"

"How d'you mean?"

"Well…" medde Floyd, ond dw i'n torri ar ei draws ac yn benderfynol o leisio 'marn fan hyn.

"I don't take one break during my shifts. Apart from toilet breaks of course…"

"And?"

"How long does it take to smoke a cigarette?"

"I don't know, ten minutes, probably less."

"We'll call it ten minutes then, to make it easier. So, if everyone who smokes takes four breaks during a shift, that means you're losing forty minutes of everyone's shift except for me, who slogs through 'til the bitter end. That's forty minutes you lose, possibly more, for every six-hour shift…"

"How?"

"'Cos you're paying the fuckers to do nothing, that's how, John!" medde Floyd, in layman's terms.

"Exactly," dw i'n adio, heb wybod yn iawn ble mae'r sgwrs ma'n arwain. Yn ogystal â'r smocio, dw i 'di sylwi bod y staff hynach yn cael eu hesgusodi o waith fel glanhau'r blychau llwch. So nhw byth yn gwneud hynny ac mae'n codi 'ngwrychyn i. Er bod hynny'n effeithio arna i yn yr un ffordd â'r fag breaks, dw i'n penderfynu peidio dweud dim wrth John am nawr. Un cam ar y tro...

"And what's your point, then?"

Cwestiwn da. Dw i'n edrych ar Floyd am gymorth; ond mae e'n codi'i sgwyddau mewn ymateb, ond 'sa i'n moyn colli'r cyfle hwn.

"I want a pay rise..." dw i'n datgan yn hyderus.

"You *deserve* a pay rise, mate," Floyd, yn dal ei win wrth ei wyneb.

"Cheers, Floyd," John, yn llawn dirmyg.

"Listen, John..." dw i'n parhau, wrth i fy mòs fy ngadael tu ôl i'r bar, tanio sigarét ac eistedd ar y stôl wag yn ymyl Floyd. "...I work six hours straight every day here. I eat a good breakfast before coming, have a quick sarnie for lunch, and apart from when nature calls, I don't stop working until my shift ends. I think you could show some appreciation by giving me, oh I don't know... an extra pound an hour..." Mae John yn syllu arna i wrth dynnu'n galed ar ei fwgyn.

"You've got some big balls there, Al, I'll give you that," a dw i'n gwenu ar ei ganmoliaeth gan ddisgwyl ateb cadarnhaol. "But the answer, unfortunately for you, is fuck off!" Ac wrth i 'ngobaith suddo fel sach blwm yn llif y Bosphorws, mae John a Floyd yn chwerthin yn uchel wrth fwynhau eu sigaréts, a fy methiant i.

Ar y gair, mae atgofion lu a fy euogrwydd bythol yn cerdded i mewn i'r stafell – Wil. Yn amlwg, mae e 'di dod yn syth o'r gwaith ac mae e'n stopio'n stond wrth fy ngweld i a jyst yn syllu arna i. Dyw e'n dweud dim a dw i hefyd yn fud. Mae e'n nesáu at Floyd, gan gadw i edrych i 'nghyfeiriad i, ac mae'r ddau'n cyfarch ei gilydd fel Ren a Cube ar gornel stryd yn Compton.

"Whatsappenin' Wil?"

"Not much, Floyd," ateba 'mrawd, gan ddal i syllu arna i.

"You wanna step outside for a second, or have you got time for a pint?"

"I'd love to have a beer, but no offence to you here Floyd, I'd rather share it with my brother. We haven't seen each other for a long time…"

"Your brother?" mae Floyd yn gofyn, wrth droi a dilyn trem Wil gan ddod i stop ar fy ngwyneb i. "Brothers! Jeezus H Cribbins, you never told me any of this, Al!"

Mae Floyd yn llawn cyffro wrth i'r gwirionedd donni drosto, ond mae Wil mor llonydd â char wedi' glampio. Er bod yr emosiynau'n rhuthro trwydda i, mae'n siŵr bod rhywbeth tebyg yn digwydd i Wil ar y foment hon hefyd. 'So ni 'di gweld ein gilydd, wyneb yn wyneb fel hyn, ers bron i dair blynedd bellach: mae ei wallt melynllyd wedi'i dorri'n gwta erbyn hyn ac mae'r llwydni'n cripian trwy ei fantell.

Er i'n perthynas wella yn y misoedd cyn i fi gael 'y nghyhuddo, 'sa i'n gwybod sut ma fe'n teimlo amdana i bellach.

"Can I take ten minutes to talk to my brother, please John?" dw i'n llwyddo i ofyn, ac er mai cwestiwn rhethregol yw e, ma John yn ateb ta beth.

"I can hardly fuckin' refuse after what we talked about just now, can I!" Ac mae'r rheolwr yn codi o'i gadair er mwyn gofalu am y bar yn f'absenoldeb byr dymor. Ei dasg gynta yw serfio Wil.

"What can I get you then?"

"Pint of Stella for me and…" Mae'n edrych arna i nawr, gan aros am ateb.

"I'll have the same, please."

"Two Stellas then, please John."

Mae 'mrawd yn archebu wrth i fi anelu am gornel pella'r stafell am atyniad annisgwyl gyda fy unig berthynas byw.

Dw i'n eistedd gyda fy nghefn at gwsmeriaid y dafarn ac yn pilio beer mat Brains SA yn ddifeddwl tan i Wil ymuno â fi. Tu fas i'r ffenest galla i glywed lleisiau di-ri'n mwynhau'r heulwen a'u hops ond dw i mor ynysig ac yn llawn teimladau dryslyd fel bod yr holl leisiau'n uno i greu dim ond sŵn aneglur.

"Déjà vu," medde Wil wrth osod y gwydrau ar y bwrdd o'm blaen a chymryd sêt wrth ochr Paddy, sydd newydd ymddangos o'r ether yn gafael mewn peint o'r stwff du. Mae 'mrawd yn gwenu arna i'n garedig, bron yn gariadus, cyn dweud: "Fi'n gorfod cyfadde bod hi'n sioc dy weld ti, Al. Sori os o'n i'n edrych fel spaz jyst nawr, ond 'ma'r lle ola, ti'n gwybod, tafarn, basen i'n disgwyl dy weld di..."

"Ma lot wedi digwydd, lot wedi newid ers i ti 'ngweld i ddiwetha Wil..." dw i'n dweud mor ddiemosiwn ag sy'n bosib. Dim 'mod i'n anhapus o'i weld e, mae'r gwrthwyneb yn wir, ond, wel, ma hyn jyst yn weird.

Mae'r ddau ohonon ni'n cymryd swig o Stella ar unwaith, cyn ailosod ein gwydrau a syllu ar ein gilydd. Mae llygaid 'y mrawd yn wydrog ar ôl diwrnod hir o arbed bywydau, ond tu ôl i'r blinder mae 'na rywbeth arall yn llechu.

"Fi'n siŵr," ma fe'n cytuno wrth nodio'n feddylgar. "Ti 'di bod drwy lot..." ac mae'r euogrwydd yn codi'i ben wrth i fi gofio mai dim ond fi sy 'di bod trwy'r felin.

"A ti 'fyd, Wil," dw i'n ymateb, sy'n denu chwaneg o nodio tawel oddi wrtho. Dw i'n cadw i edrych arno, ond po fwya dw i'n syllu mwya i gyd dw i'n gweld Mia. Mae rhai pethau sydd byth yn eich gadael ac mae colli'ch virginity i wraig eich brawd reit ar ben y rhestr honno. Er bod yr euogrwydd wedi colli'r awch cychwynnol, dyw e ddim 'di diflannu.

Wedi orig dawel mae Wil yn torri ar y lletchwithdod.

"Pryd ges ti dy ryddhau, de?"

"Tua mis yn ôl."

"Ti 'di colli pwysau ond ti'n neud yn OK, ma hynny'n amlwg…"

"Fi'n iawn. Jyst cario 'mlaen… ailgydio, readjustio, ti'n gwybod…" Er bod f'atebion cwta'n siŵr o wylltio Wil, dw i'n ei ffeindio hi'n anodd ymhelaethu. Mae f'emosiynau'n gybolfa o deimladau: dw i'n hapus o'i weld e ac i gael y cyfle i drafod ond dw i hefyd yn teimlo 'mod i'n siarad â dieithryn… wel, dw i yn mewn ffordd gan nad ydw i 'di'i weld e ers tair blynedd. Gyda chymaint angen ei ddweud, dw i'n fud gan ei bod hi mor anodd ffeindio'r geiriau iawn.

Fel tasai'n synhwyro fy annifyrrwch, mae Wil yn gwenu arna i ac yn codi'i wydryn at ei wefusau. Ond, yn lle cymryd llymaid, mae e'n gofyn yn llawn pryder.

"Be sy'n bod, Al? So ti'n falch o 'ngweld i?"

"Wrth gwrs," dw i'n nodio. "Ond…"

"Beth, der' mlan. Spit it out!"

"Wel…"

"Ie?"

"Pam na ddes ti, na neb arall, i 'ngweld i yn y carchar?"

A dyna fi 'di gofyn yr un cwestiwn sy 'di bod yn 'y mhoeni am yn rhy hir. Er i mi fod moyn gwbod y gwir ers achau, sa i mor siŵr nawr… Wedi seibiant arall sy'n gwneud i'w wên ddiflannu, mae Wil yn ateb gan ddewis ei eiriau'n ofalus.

"Wel, 'sa i'n gallu siarad ar ran unrhyw un arall mae'n amlwg, ond y rheswm i fi beidio dod, a chred ti fi roedd 'na amser pan o'n i moyn dod i dy weld di'n fwy na dim, oedd achos i ti ffwcio 'ngwraig i."

Gofynnwch ac fe gewch... gic yn y ceilliau hynny yw! Mae geiriau Wil yn 'y nal i'n annisgwyl a dw i'n edrych i gyfeiriad Paddy sy'n syllu'n ôl gyda golwg o anghrediniaeth ar ei wyneb. Ar adegau fel hyn, dw i'n siŵr ei fod yn gallu 'nghlywed i. Edrychaf ar Wil unwaith eto yn llawn ofn, euogrwydd, gwarth a brad. Mae fy llygaid i'n pefrio dan bwysau'r ysgytwad ac mae 'ngheg mor sych â ffagots Mam-gu so dw i'n llowcio Stella i adfywio 'mhaled. Dw i'n disgwyl i Wil ddial arna i nawr, ond mae e'n codi'i ysgwyddau ac yn gwenu, gweithred sy'n creu mwy o ddryswch yno' i.

"Sut 'nest ti ffeindio mas?" dw i'n llwyddo i ofyn o'r diwedd.

"'Nath Mia gyfadde'r cyfan wrtha i a Mam a Dad y diwrnod ar ôl i ti... ti'n gwybod."

Nodiaf fy mhen. Wrth gwrs 'mod i'n gwybod am beth ma fe'n sôn, ond dw i'n rhyfeddu braidd bod y pwnc yn dal i fod yn tabŵ i 'mrawd rhyddfrydol a gwrthryfelgar ei natur.

"Sori, Wil. Dw i'n really, really sori." A dw i'n meddwl hynny 'fyd. Mae'r hyn ddigwyddodd rhyngo i a Mia wedi bod yn fwy o faich na... chi'n gwbod.

"Diolch," dywed Wil yn ddideimlad braidd cyn esbonio. "O'n ni'n cael amser reit wael ar y pryd os ti'n cofio a do'n i ddim yn hollol ddieuog o chwarae oddi cartre fy hunan... ar fwy nag un achlysur a dweud y gwir. Mae bod yn surgeon yn agor drysau yn ogystal â choesau, os ti'n dilyn. Look, sa i'n angel, ond ti'n gwybod 'ny'n barod. 'Nath Mia ffeindio mas am fy affairs – dim bod ti'n gallu galw ffwcio students yn y gwaith yn 'affair'. Mwy o ffair nac affair a dweud y gwir: rhywbeth anhygoel o gyffrous sy'n digwydd am gyfnod byr, gan dy adael yn awchu am fwy a mwy cyn diflannu a dy adael yn wag, anghyflawn ac exhausted. I mean, jyst sex oedd popeth – dim swpera, anrhegion, cerdded law yn llaw wrth y llyn, fuck all ar wahân i, wel, ffwcio. Anyway, 'nath hi ffeindio mas, cael ei revenge…" mae'n pwyntio gyda'i ddwy law yn syth ata i wrth ddweud y gair "…ond y peth pwysig yw fod y cyfnod 'na 'di gwneud i'r ddau ohonon ni sylweddoli bod yn rhaid gweithio ar ein perthynas, er mwyn Sophie'n bennaf, ond hefyd oherwydd ein bod ni'n caru'n gilydd ac yn benderfynol o aros gyda'n gilydd…" Mae camfihafio Wil yn dod fel sioc a rhyddhad i fi ar unwaith ac mae ei hwyl annisgwyl o dda am yr hyn 'nes i'n lleddfu ychydig ar fy euogrwydd. "Ma pethau'n well nawr a'n perthynas yn gryfach nag erioed…"

"Wrth gwrs, sori, 'nes i anghofio. Llongyfarchiadau!"

"Am beth?"

"Merch fach arall! Mae gennych chi ferch fach arall, on'd oes?"

"Oes, oes. Shit, dw i'n cadw i anghofio dy fod ti heb… beth bynnag. Oes, ni 'di cael merch arall."

"Beth yw ei henw hi?"

"Lauren."

"Lauren?"

"Fi'n gwybod, fi'n gwybod, enw Saesneg arall! Mia oedd yn mynnu, enw ei Mam-gu neu rhywun, ond dw i'n siarad Cymraeg gyda'r ddwy fach nawr ac mae Mia 'di dechrau dysgu 'fyd…"

"Gwych, dw i'n falch…"

"Ar ôl colli Mam a Dad, o'n i eisiau… 'sa i'n gwybod, parchu eu legacy neu rywbeth, so dw i 'di siarad Cymraeg 'da Sophie ers 'ny. Mae hi fel sbwnj ac yn siarad yn well na fi'n barod!"

"So hynny'n anodd!"

Ac mae Wil yn edrych arna i'n ddifrifol, cyn i'r ffug-atgasedd ddiflannu i ddatgelu ei wir safbwynt. Ni'n chwerthin wrth i'r pwysau godi. Ond, yng nghanol y miri, dw i'n meddwl am ein rhieni a'r ffordd 'naethon nhw glywed am hanes ei mab ifanca a gwraig ei frawd. Yn sydyn, mae'r hapusrwydd yn diflannu wrth gofio sut 'nes i eu gadael nhw i lawr... ddwywaith.

"Ti'n olreit, Al? Ti'n bell i ffwrdd..."

"Jyst meddwl am Mam a Dad, 'na i gyd. Dw i'n gwybod nawr pam na ddaethon nhw i 'ngweld i yn y carchar..."

"Paid meddwl gormod am y peth, Al, seriously. Ro'n nhw wedi maddau i ti erbyn y diwedd..."

"So, pam...?"

"'Nath hi gymryd amser hir iddyn nhw faddau i ti am bopeth, Mia a... ti'n gwybod, ond dw i'n gwybod am ffaith eu bod nhw'n bwriadu dod i dy weld di ar ôl dychwelyd o'r beth-ti'n-galw, y Passion Play thing 'na..."

Mae 'nghalon yn chwalu'n filiwn o ddarnau mân wrth i eiriau Wil ffeindio'u marc. Dw i'n gwybod mai ceisio gwneud i fi deimlo'n well ma fe, sy'n anghredadwy o gofio beth 'nes i iddo fe, ond ma'r ffaith na cha i gyfle i drafod yr hyn ddigwyddodd nac i weld eu gwynebau... byth eto...

"Al!" Mae Wil yn f'ysgwyd allan o'r tywyllwch. "Rhaid i ti gredu hynny, dyna'r gwirionedd..."

"Ond ches i ddim cyfle i esbonio iddyn nhw..." dywedaf, gan frwydro i atal y dagrau rhag llifo.

"Doedd dim angen esbonio, Al. Os ti'n gofyn i fi, dim ond mater o amser oedd hi tan i ti ddychwelyd i fod yn 'hoff fab' unwaith eto. Ro'n nhw *wedi* maddau i ti, dyna'r gwir os ti moyn ei gredu neu beidio..."

"Fi moyn credu..."

"Good!"

"...ond dw i'n gweld eu heisiau nhw, Wil, yn fwy na dim."

"A fi, Al. Fi 'di gweld dy eisiau di hefyd…"

"Hyd yn oed ar ôl…"

"Hyd yn oed wedi 'ny. Ti yw fy unig frawd, Al." Mae'n estyn ei law ar draws y bwrdd a dw i'n ei dal yn dynn cyn i'r ddau ohonon ni afael yn ein cwrw ac yfed i geisio ailafael yn ein hemosiynau. "O'n i'n becso amdanot ti, ti'n gwbod."

"Be, yn y carchar?"

"Ie, yn y carchar! I mean, chi'n clywed pob math o straeon… sut le oedd 'na, Al, sut 'nes ti ymdopi?

"Rhywbryd 'to, Wil… dim nawr, OK?"

"Wrth gwrs, wrth gwrs, no worries. Gwranda, Al, ynglŷn â'r inheritance…"

"Paid becso am 'ny."

"…dw i jyst moyn i ti wybod fod popeth yn fy enw i ar y foment, ond os oes angen unrhyw help ariannol neu unrhywbeth arall, jyst gofyn. Oes angen cash arnot ti?"

"Nac oes," yw fy ateb, heb fod yn siŵr pam. Er 'mod i eisiau dweud y gwir am fy sefyllfa wrtho, mae 'na rhyw rym yn gafael yno' i. Sdim clem 'da fi pam – efallai mai hunan-barch neu rywbeth tebyg sy'n gwneud i fi ddweud celwydd. "Fi'n iawn am nawr, diolch. Mae gen i job llawn amser…"

"Ble ti'n byw?" Cwestiwn da.

"Gyda Floyd." Ateb gwael. Unwaith eto, sdim syniad 'da fi o ble daeth yr ateb – cywilydd o fyw mewn shed efallai – a nawr rhaid palu'n ddyfnach er mwyn… er mwyn… "Yn Thornhill. Jyst dros dro, ti'n gwybod, nes 'mod i'n ffeindio rhywle arall… "

"Alan, time's up buddy, I need you back here!" Rhwyga llais John ar draws y sgwrs a dw i'n troi i edrych arno'n stryglan i fodloni tri chwsmer. Sialens enfawr i dafarnwr mor brofiadol! Mae Wil a fi'n codi ac yn cofleidio'n gilydd. Wedyn, dw i'n ymddiheuro wrtho unwaith eto.

"Al, paid byth ymddiheuro eto, OK. Fi 'di maddau i ti amser maith yn ôl, ac er na alla i byth anghofio beth ddigwyddodd, os na ga i Alzheimers wrth gwrs. Fi'n dy garu di, Al ac wedi gweld dy eisiau di..." ac unwaith eto, wrth i'r dagrau fygwth, mae 'mrawd yn fy nhynnu ato ac yn fy nghofleidio.

"Where d'you think you are, boys, the fuckin' Blue Oyster Bar or what?" mae Floyd yn bloeddio, gan slyrrrran ei eiriau braidd.

Dw i'n dychwelyd at y bar ac yn tynnu peint gwael o Guinness i Randy, sydd wedi bod yn duo'i groen yn fwy fyth, os ydi hynny'n bosib, yn yr ardd gwrw, wrth i Wil a Floyd adael y bar ac anelu am y maes parcio. Cyn gadael, mae Wil yn troi gan weiddi "I'll see you soon, bruv, OK?" a dw i'n nodio gan sibrwd 'you know where to find me' o dan fy ana'l gan obeithio na fydd Wil yn gofyn i Floyd sut mae'r lodger newydd yn setlo yn Thornhill...

12: DIRYWIAD PELLACH PADDY

'Sa i'n gwbod pam dw i'n dal i wisgo'r sgidie ma, meddyliaf wrth droi'r cornel a cherdded chwarter milltir olaf fy siwrne adre trwy'r tywyllwch, yr oerfel a'r gwlybaniaeth gaeafol sydd wedi bod yn bresennol bellach ers deuddydd. Tynnaf fy nghot duffle – sy'n gwneud i fi edrych fel Paddington, ond gwell bod yn arth nag yn fadfall ar ddiwrnod fel heddiw – yn dynn rownd fy ngwddwg. Mae lledr caled y sgidie'n rhychu i mewn i groen fy sawdl fel llafn arad drwy gae tatws a dw i'n penderfynu, yn y fan a'r lle, ei bod hi'n hen bryd prynu pâr newydd…

Yn ogystal â'r tywydd a'r pothelli, sy'n gwella dim ar fy hwyliau, mae dychwelyd adre ar ddiwedd dydd yn mynd yn fwy a mwy depressing wrth i'r wythnosau droi'n fisoedd ers i Patrick Brady ddod i aros. Yn ogystal â iechyd Dad-cu, mae cyflwr meddyliol a chorfforol fy rhieni'n gwaethygu bob dydd. Mae Dad, ar ôl blynyddoedd o berswâd gan Mam, yn colli pwysau heb hyd yn oed ymdrechu. Mae'r gwaith corfforol o edrych ar ôl claf, a'r trawma meddyliol o ofalu am berthynas sy'n agosáu at ei use by date yn gwneud pethau gwyrthiol i gylla Dad. Coffi cryf yw ei brif faeth erbyn hyn, sy'n un peth arall i Mam fecso amdano. Mae Dad yn reit hyperactive un funud (mor hyperactive ag y gall dyn chwe deg oed tew fod, ta beth!), yn hollol ddiegni'r funud nesaf ac mewn mood gwael ar bob achlysur arall.

Mae Mam, ar y llaw arall, yn cysgu mwy na babi blwydd a dyw ei diwrnod yn cynnwys dim byd mwy na chodi, gofalu, coginio, cysgu, cyn ailddechrau ac ailadrodd y tasgau yn hwyrach yn y prynhawn.

Dw i'n teimlo'n sori dros Paddy a'i gyflwr yntau, ond dw i'n teimlo'n waeth dros fy rhieni wrth iddyn nhw aberthu eu hymddeoliad yn gofalu amdano. Mae mwy i fywyd na'r hyn sy'n llenwi eu hamser.

Wrth gamu'n gloff dros gerrig mân y dreif, mae 'na don o arswyd yn torri drosta i a dw i'n dweud gweddi fach glou cyn agor y drws cefn. Dymunaf weld diwedd di-boen i fywyd Paddy, ymddeoliad hir a hapus i fy rhieni, a maddeuant i fi am fy ngham yn erbyn Wil. Dw i'n credu mai oherwydd fod Wil yn dod i'n gweld ni'n amlach ers 'y digwyddiad', mae fy euogrwydd yn waeth nawr nag a fu erioed.

Mae 'mrawd wedi newid yn ddiweddar o fod yn ddyn hunanbwysig, hunangyfiawn a hunanol, i fod yn aeddfetach ryw ffordd, yn feddylgar a hoffus 'fyd. Dw i'n sicr mai problemau ei berthynas â Mia yw'r catalydd, a hir oes i'r problemau hynny os mai dyna'r gwir… ond sa i really'n meddwl hynny. Er bod Wil yn dod i'n gweld yn amlach, dyw Mia heb ddychwelyd unwaith ers 'y noson'… diolch byth!

Cafodd Paddy ei garto i'r ysbyty fore ddoe er mwyn cael biopsi ar ei oesophogus i weld a oedd yn dioddef o gancr. Hefyd rhaid iddyn nhw benderfynu os oes angen ei fwydo drwy bibell yn ei stumog gan fod y tyfiant yn peri problemau llyncu iddo, er mwyn iddo allu cael maeth.

Gyda Paddy yn yr ysbyty am y noson, roedd hi'n gyfle da i fy rhieni gael egwyl fach. Ond wedi iddyn nhw lanhau ei stafell, doedd dim egni ar ôl ganddyn nhw i wneud dim byd ar wahân i fynd i'r gwely… i gysgu. A dyna lle bu'r ddau trwy'r nos – roedden nhw yno pan ddes i'n ôl o'r gwaith neithiwr, ac roedden nhw'n dal yna pan es i'r gwaith bore ma.

Bydd e 'di dychwelyd erbyn hyn a dw i 'di dod â llond bag o goodies i godi'i galon, er bod hynny'n dasg bron yn amhosib ar hyn o bryd. Agoraf y drws heb wybod beth sy'n fy nisgwyl. Mae'n neis gallu camu o'r storom, ond dim ond anobaith sy'n llechu yn stafelloedd 'y nghartref erbyn hyn. Mae'n dywyll tu fas ond yn dywyllach fyth tu fewn.

Dw i'n synnu gweld Mam yn dal ar ddihun ac yn eistedd 'da Dad a merch ifanc ddieithr wrth fwrdd y gegin. Mae fy rhieni, er yr holl gwsg, yn dal i edrych mor flinedig ag erioed.

Dw i'n eu cyfarch, ac mae gwên glên y dieithryn yn sychu ychydig ar fy nillad tamp.

"Alun, this is Anna; she's a dietician who's been to see your grandad," mae Mam yn esbonio.

"Nice to meet you Anna. How's he doing?" gofynnaf gyda'n llygaid wedi'u soldro ar Anna a'i nodweddion trawiadol. Er ei bod hi'n wyn ei chroen, mae ganddi wallt mor gyrliog â Gladys Knight a gwên a all oleuo'r ffurfafen. Dw i'n tynnu 'nghot a'i gwylio hi'n codi ei chwpan coffi at ei gwefusau llawn gan ddatgelu ei modrwy briodas, a sylweddolaf fod rhyw ddyn ffodus wedi ei hawlio'n barod. Dw i'n fwy hyderus yn trin merched ers ymweliad Mia, neu efallai dim hyderus yw'r gair cywir... jyst horny. Dw i 'di blasu'r mêl a nawr dw i'n chwilio'n barhaus am y cwch gwenyn.

"Not brilliant," yw ateb Dad. "We'll get the biopsy results in a fortnight…"

"And he's a bit traumatised by the whole thing," mae Mam yn torri ar draws, cyn adio. "there's some soup in that pan by there and some fresh rolls in the Aga."

"Lovely, I'll have some later…"

"I'll make you a bowl now."

Er bod Mam yn flinedig, mae'n dal i allu ffysian yn wych! Instinct siŵr o fod.

"That's all right Mam, I need to get changed first and I want to give these to Paddy before he passes out for the night," esboniaf gan ddal y bag plastig o 'mlaen i.

"What have you got him?" hola Anna.

"Just some spoken word books on CD. He gets tired holding a book these days…" ac wedi ffarwelio â'r dietegydd dw i'n esgyn i'r atig er mwyn newid fy nillad.

Dw i'n cnocio'n ysgafn ar ddrws stafell Paddy cyn camu i mewn heb aros am ateb. Mae'r hen ddyn yn defnyddio'i awyrydd i anadlu wedi bron pob paragraff erbyn hyn, so 'sa i eisiau iddo wastraffu'i ana'l yn ateb y drws i fi. Mae'r hyn sy'n 'y nghroesawu'n ffinio ar y ffiaidd ond dw i'n ceisio peidio cynhyrfu ac yn cymryd sêt heb yngan gair.

Mae Paddy'n eistedd lan yn y gwely, gyda'i fwgwd anadlu dros ei geg a'i drwyn, yn syllu i lawr ar ei fola sy'n ymddangos o dan ei dop pyjamas agored. Yn ymwthio o'r cnawd llac a gwelw o dan orchudd chwyslyd ei gorff, mae'r PEG a'r bibell, wedi ei chysylltu wrth y teclyn bwydo wrth y gwely. Mae'n amser swper.

"Wel, ma hwnna'n esbonio pam ma'r dietegydd lawr stâr, ta beth," dw i'n dweud er mwyn torri ar y tawelwch.

Ond so Paddy'n cymryd sylw ohona i. Yn hytrach, mae e'n dal i syllu, heibio i'r groes arian sy'n hongian ar fwclis rownd ei wddwg, ar ei aelod newydd tra'n anadlu'n ddwfn trwy'r awyrydd. Mae'r hyn dw i'n weld yn torri 'nghalon; mae e mor wan ac yn edrych mor drychinebus sa i'n siŵr beth i neud na dweud nesa.

"'Drychwch beth ges i i chi," dangosaf iddo gan gydio yn y CDs a chylchgrawn llenyddol yr A470 a'u gosod ar y gwely. Mae Paddy'n troi ei ben ac yn edrych arna i am y tro cynta heno. Mae'r ymdrech yn amlwg yn ei lygaid blinedig wrth iddo symud y mwgwd er mwyn rhyddhau ei geg.

"Beth?"

"Cwpwl o lyfrau spoken word a chylchgrawn am lenyddiaeth Cymraeg. Ac edrychwch ar hwn! Bono'n darllen A Portrait of the Artist as a Young Man. Ei hoff lyfr e 'fyd, yn ôl y sôn!"

"Pwy uffach yw Boner a sut fath o enw yw hwnna?"

"Ma Bono yn ganwr enwog. Rock star a dweud y gwir. Nag 'ych chi 'di clywed am U2?" Ond mae'r olwg ar ei wyneb yn ateb y cwestiwn. "Ta beth, fi'n credu byddwch chi'n lico hwn. Gwyddel yw e, ch'wel. O Ddulyn. Bydd e fel gwrando ar Joyce ei hun yn darllen y geiriau…" ac unwaith eto, mae'r olwg ar ei wyneb yn ddigon o ymateb i chwalu'r honiad chwerthinllyd 'na.

Mae e'n ailosod y mwgwd dros ei geg ac yn llenwi ei ysgyfaint cyn siarad. "Diolch, Al, ti'n rhy garedig," Gwenaf ar ei eiriau caredig. "Ond…" sdim byd yn waeth na'r gair yna yng nghanol brawddeg "…dim ond un peth dw i moyn wrthot ti nawr…" ac mae 'ngobeithion fod Paddy wedi anghofio am hynny'n diflannu wrth glywed y geiriau nesaf. "Wyt ti 'di meddwl mwy am ti'n gwbod beth?"

"Naddo," yw'r ateb celwyddog. Ond ar wahân i Mia a Wil a'r gofid bydd fy mrawd yn darganfod y gwirionedd, iechyd Paddy sydd drydydd yn fy rhestr top-five pryderon ar hyn o bryd. Mam a Dad sy'n llenwi'r safleoedd eraill.

"Well I wish you would! Edrych arna i Al," a dw i'n gwneud fel mae e'n mynnu. "Fi'n ca'l 'y mwydo drwy diwb ac ma'n nhw 'di gneud profion am gancr – dw i'n gallu ei deimlo'n tyfu yno' i…"

"Peidiwch dweud 'ny!"

"Pam lai?" mae'n holi, ar ôl sugno ar ei gynorthwy-ydd anadlu eto. "Galla i deimlo fe ym mêr fy esgyrn. Ma fy hunan-barch yn cyflym ddiflannu, a nawr 'sa i hyd yn oed yn gallu blasu 'mwyd gan ei fod e'n plymio'n syth i mewn i'n stumog i!"

"Calm down," dw i'n awgrymu wrth i Paddy gynhyrfu. Ac wedi orig arall o sugno ocsigen, mae'n parhau.

"Ma angen dy help di arna i, Alan. Ti yw'r unig un all fy helpu."

"Be chi'n meddwl?"

"Wel… so dy rieni'n fodlon helpu…"

"Ofynnoch chi iddyn nhw?!"

A nawr dw i'n gwybod pam symudodd Mam ei fag moddion o'r stafell rai diwrnodau'n ôl.

"Fi'n desperate fan hyn, os nad wyt ti 'di sylwi!"

Unwaith eto, rhaid iddo gael cymorth i anadlu.

"Beth ddwedon nhw?"

"Wel, ro'dd dy fam di braidd yn grac."

"Beth am Dad?"

"'Nath e beth ma pob dyn call yn ei neud yn y fath sefyllfa…"

"Beth?"

"Ddwedodd e ddim a gadawodd i'r fenyw ddweud ei dweud. Yr unig beth o bwys yw nad 'yn nhw'n fodlon helpu. Ma hynny'n erbyn eu crefydd, yn ôl y sôn…"

"A f'un i hefyd, felly…"

"Do'n i ddim yn sylweddoli fod Cristnogaeth mor sadistig… na, dyw hynny ddim yn wir… Ro'n i yn gwybod hynny, ond erioed wedi dioddef oherwydd hynny o'r blaen. Barn dy rieni yw taw dim ond Duw sy â'r pwêr a'r hawl i gymryd bywyd dynol. Dw i, ar y llaw arall, o'r farn y base Fe'n gwerthfawrogi help llaw, nawr ac yn y man, jyst fel pawb arall."

Dw i'n edrych arno a rhaid cyfadde 'mod i'n cytuno 'da fe… i ryw raddau, ta beth. Dim byw bywyd mae Paddy bellach, ond diodde bywyd. Wrth i'r meddyliau yma afael yno' i, mae Paddy'n rhoi mwy o bwysau arna i. "Ti yw'r unig un all helpu, Al. Os af i mlân fel hyn am lot yn hirach, bydd pobol yn cofio sut 'nes i orffen 'y mywyd yn hytrach na sut 'nes i ei fyw e. A dyna'r peth diwetha dw i moyn. 'Na i hyd yn oed 'sgrifennu llythyr yn esbonio'r amgylchiadau, yn esbonio mai fy syniad i oedd e…"

Daeth cnoc ar y drws gan atal y drafodaeth rhag mynd dim pellach. Trof fy mhen i weld Wil yn cerdded i mewn ac eistedd ar ochr draw'r gwely.

"Sut mae'n mynd, Pad?" ma fe'n holi gan nodio i 'nghyfarch i. Bob tro dw i'n ei weld e nawr, dw i'n siŵr ei fod e'n gwybod y gwir, ond tan hyn, touch wood, so Mia 'di cyfadde dim. Dw i'n gobeithio na wneiff e byth ddarganfod y gwirionedd – er ei les e'n benna… na, dyw hynny ddim yn wir, er fy lles i a neb arall. Unwaith yn gachgi, wastad yn gachgi. "Shwt chi'n teimlo?"

"Shite," daw'r ateb, wrth i Paddy nodio i gyfeiriad y PEG ac anadlu trwy'r awyrydd.

"Hei, 'naethon nhw job bach teidi fan 'na, Paddy." Mae Wil yn cyfeirio at ei fola. "Ydy e'n boenus?"

"Ma popeth yn boenus, Wiliam, popeth…"

"Feeding time at the zoo, ife?" yw ei sylw nesaf, sy'n denu gwên gan Paddy, ond dim gair o ymateb. Yn hytrach, mae e'n codi'r cylchgrawn ac yn dechrau darllen gan ddod â'r sgwrs i ben, felly ma Wil yn troi ata i. "Beth amdanat ti, Al? Popeth yn iawn?"

"Eitha da, ti'n gwybod. Same old same old…"

"Aye. Ga' i gau'r ffenest ti'n meddwl, mae'n oerach na fuckin' fridge ma!"

"Ond ma Paddy'n llosgi fan hyn – drycha ar y chwys," ac mae 'mrawd i'n gwneud wrth i fi gau zip fy nghardigan i'r top heb feddwl.

"Ti'n iawn, jeezus," ac wedi iddo dynnu'i got amdano'n dynn, mae'n gofyn gan sibrwd, "Ydy fe 'di gofyn i ti ei ladd e 'to?"

Mae hyn yn fy nal i'n hollol annisgwyl, gan taw dim ond yn ddiweddar ma fe 'di dechrau dod i weld yr hen ddyn. Mae'n ymddangos bod Paddy'n gofyn am gymorth oddi wrth bawb mae e'n weld…

"Naddo." Mae twyll yn dod yn haws i fi'n ddiweddar am ryw reswm.

"Wel, ma fe'n siŵr o neud."

"Ma fe 'di gofyn i ti?"

"Do," mae Wil yn cyfadde gan godi'r CD o Bono'n darllen ac edrych arna i'n syn.

"Be wedest ti?"

"Wedes i wrtho fe am anghofio'r fath beth! 'Sa i'n bwriadu colli'n swydd na'n rhyddid er mwyn unrhyw un."

"Ond ma fe mor sâl."

"Fi'n teimlo'n sori drosto fe, goes without saying, ond 'se'n i'n ei helpu, wel, dyna ddiwedd ar fy ngyrfa i, hyd yn oed tasen i ddim yn cael 'yn anfon i'r carchar."

"Carchar?"

"Mwy na thebyg. Maen nhw'n dal yn reit strict am euthanasia ac assisted suicide yn y wlad hon. Lle gath e hwn?" mae'n gofyn gan ddal y CD o 'mlaen gyda chwyrnu gwanllyd Paddy'n atseinio rhyngddon ni. Rhaid bod yr *A470* yn riveting read!

"Fi ddath â fe iddo fe heddiw."

"Fuckin' hell, 'se ti'n meddwl bod digon o arian 'da Bono heb orfod darllen y fath gach!"

Cach? Cach! Ond yn lle datgan 'y marn ar y llyfr mae 'mrawd yn ei fychanu, dw i'n cadw'n dawel cyn gofyn.

"So… sut ma pethe'n mynd gartre 'da chi?"

Mae Wil yn edrych ar ei draed cyn ateb wrth i fi lyncu 'mhoer euog.

"Olreit, I suppose. Ni o leia'n siarad yn gall 'da'n gilydd erbyn hyn…"

"Dw i'n falch clywed," ond mewn gwirionedd dw i'n poeni pan dw i'n clywed hyn oherwydd os ydyn nhw'n trafod eu problemau, mae'r gwir yn bownd o ddod i'r amlwg rywbryd.

"'Na gyd ni'n neud yw trin a thrafod a sgwrsio a… mae'n flinedig os ti moyn gwybod y gwir. Dw i'n exhausted bob nos erbyn amser gwely… Ni'n cael trial run am dri mis i weld sut eiff hi. Ma'n perthynas ni'n fês, ond ni'n benderfynol o weithio arni."

"Beth am Sophie, yw hi'n gwybod?"

"Wel, mae hi'n reit bright ac yn siŵr o wybod fod rhywbeth o'i le gan 'mod i'n cysgu yn y stafell sbâr..."

"Really?"

"Really. Mae Mia'n weird am yr ochr 'na o bethau. Mae'n dweud nad yw hi'n gallu 'nhrystio i..."

"Pam?"

"Sa i'n siŵr, ond fi'n mynd i fod yn amyneddgar 'da hi. No way ceith hi 'ngadael i nawr. No way!"

Mae'r tawelwch yn disgyn nawr, ar wahân i anadlu anwastad Paddy, a Wil yn ymddangos fel pe bai e mewn myfyrdod pell. Mae'r datblygiadau diweddar yn ein perthynas mor ddryslyd, ond dw i'n teimlo'n agosach ato nag ydw i 'di teimlo erioed o'r blaen.

"Faint o'r gloch yw hi?" mae Wil yn holi.

"Deg munud i saith," atebaf, gan edrych ar y cloc ger y gwely.

"Shit, well i fi fynd..."

"Oes brys?"

"Oes, dw i'n pigo Mia lan o circuit training yn Llanisien am saith."

Mae Wil yn codi, cusanu Paddy ar ei dalcen, cyn ysgwyd fy llaw a dweud, "Sori, by the way..."

"Am beth?"

"Am lot o bethe ond yn benna am fod yn shwt dwat tuag atat ti. Dw i'n treial newid, Al, so bear with me, OK?"

Alla i ddim credu'r hyn dw i'n ei glywed. Dim ond un brawd ddylsai fod yn ymddiheuro fan hyn.

"Wil, paid byth ymddiheuro wrtha i eto. Byth, iawn?"

"Deal."

Dw i'n eistedd unwaith eto yn y gadair wedi iddo adael ac mae llais Paddy'n f'ysgwyd allan o fy hunan-dosturi.

"So fe'n dy ame di o gwbl."

"Am beth chi'n siarad nawr, Paddy?"

"Paid bod mor dwp, Al bach. Ti'n gwbod yn iawn am beth dw i'n sôn. Dy frawd – sdim clem 'da fe am ti'n-gwbod-beth…"

"Na. Dim eto ta beth…" a wedyn dw i'n newid y pwnc, gan fod hyd yn oed jyst meddwl am y peth yn fy ngwneud i'n nerfus. "Paddy, oes 'na unrhyw un ma so chi 'di gofyn iddo am help i'ch lladd?"

Ond, efallai er mwyn osgoi ateb, mae cwsg yn ailafael ynddo unwaith eto.

Sylwaf fod ei fag bwyd yn wag, felly dwi'n mynd i ddweud wrth Mam. Er 'mod i'n amau'n fawr ddilysrwydd ei gwsg, dw i'n gadael yr stafell mewn tywyllwch… jyst rhag ofn.

13: NEWYDDION MAWR MIA

Wrth hwylio'n droedrydd i lawr Allensbank Road, mae'r awel ffres yn gwrthgyferbynnu'n llwyr â 'nghroen chwyslyd. Dw i'n gwibio am adref ar fy meic rhydlyd ar ôl diwrnod arall yn gwasanaethu alcis bar gwaelod yr Arches. Mae'r tymheredd yn dal yn annaturiol o uchel, ac mae'r blodau haul yn llewyrchu fis yn gynt na'r arfer mewn nifer o erddi.

Dw i 'di mynd a dod o'r gwaith y ffordd yma bob dydd ers i fi weld Wil yr wythnos ddiwethaf. 'Sa i'n siŵr pam gan ei fod e'n amlwg o falch o 'ngweld i, a fi fe 'fyd. Efallai oherwydd mai dim dyma'r ffordd i'r Arches o Thornhill yw'r gwir reswm. Mae'n wir bod 'y mywyd i mor ryfeddol o syml, heb gymhlethdodau, ar hyn o bryd, a 'mod i'n mwynhau fy hunan cymaint os nad mwy nag a wnes i erioed o'r blaen. 'Sa i moyn difetha'r cydbwysedd dw i 'di ddarganfod na chorddi'r dyfroedd unwaith eto ym mywyd 'y mrawd. Ma fe'n gwybod ble i'n ffeindio i 'fyd…

Mae trefn bywyd yn dilyn yr un patrwm bob dydd, ac mae hynny'n hanfodol i fi ar hyn o bryd. Dw i'n codi, 'molchi a bwyta brecwast bob bore yng nghwmni'r wiwerod prysur a'r adar, cyn seiclo i'r gwaith erbyn un ar ddeg, gweithio tan bump, swper a cwpwl o beints 'da Floyd (cywiriad, cwpwl o beints i fi, pump neu chwech i Floyd) tan tua saith a dychwelyd i ddarllen a chysgu cyn ailddechrau drannoeth. Ar wahân i ambell daith i nôl negeseuon anhepgor, dw i'n glynu at y drefn fel prif weithredwr cwmni sydd â chynorthwy-ydd personol rhefrol o drefnus. Dw i'n codi gyda gwên ar fy ngwyneb bob bore: gwên dyn bodlon, gwên dyn rhydd.

Ar ôl gwyro i osgoi car llonydd, sydd wedi parcio'n anghyfreithlon ar y bont sy'n croesi'r draffordd, a finne'n gwylio tair nyrs osgeiddig yn cydgerdded adref o'r gwaith, dw i'n troi i'r chwith i lawr Wedal Road. Mae arogl seimllyd cegin y Mac yn arnofio yn yr awyr fel rhybudd i bawb sy'n meddu ar y gallu i arogli i beidio byth â bwyta 'no. Er hynny, mae'r maes parcio'n llawn... o bobol sy'n dioddef o glefyd y gwair heb os!

Dw i'n dilyn y short-cut adre trwy'r coed ac yn pwyso'r beic o dan ffenest 'y nghartref cyn datgloi'r drws. Mae gwres llethol y diwrnod yn dianc pan dw i'n agor y drws ac wedi i fi droi'r golau 'mlaen dw i'n gweld fod Paddy'n eistedd o 'mlaen i mewn cadair yn dal llyfr clawr caled dideitl yn un llaw ac un o'r ffans bach 'na yn y llall. 'Sa i'n gwybod ble ma fe'n cael gafael ar yr holl bethau hyn, ond mae'n rhaid bod ganddo rwydwaith dda o gysylltiadau yn yr isfyd...

Fel fi, mae e'n hala bob dydd yn y dafarn. Ond, yn wahanol i fi, mae e'n yfed cwrw trwy'r dydd tra mod i'n gweithio. Er hynny, mae e'n dal i gyrraedd adre o 'mlaen i bob nos! Mae rhai pethau yn y byd 'ma nad oes pwynt hyd yn oed ceisio'u hesbonio.

Dw i 'di teidio'r sied erbyn hyn ac mae Floyd wedi mynd â lot o'i stwff i storio'n rhywle arall. Mae 'na garped ar lawr; dim byd ffansi, jyst offcuts sbâr oedd gan Floyd yn ei lofft, sy'n help mawr i dawelu'r dwst. Mae ei offer gwaith yn dal 'ma, ond dw i 'di rhoi trefn arnyn nhw erbyn hyn, ond mae'r teclynnau trydanol, y sgidiau a'r dillad designer wedi diflannu ac yn eu lle mae gen i gwpwrdd dillad, cadair ledr gyfforddus o dŷ Floyd, stôf wersylla, rhewgell llawn bwyd a diod a stereo fach i chwarae fy CDs (sydd wedi eu llogi o'r llyfrgell). Mae hyd yn oed lamplen Jar Jar Binks gen i – anrheg arall o Hyper Value gan you-know-who – dros y bwlb noeth llachar a physgodyn aur annwyl yn cadw cwmni i fi. 'Joyce' yw ei enw fe, ac ma fe'n fy nghyfarch i drwy chwythu swigod pan dw i'n camu at ei fowlen i'w fwydo. Mae'r lle'n reit cosy a dweud y gwir, fel cartref athro CDT sydd wedi ymddeol. Fi yw'r trempyn mwya bodlon yn y byd. Dw i'n dal i gysgu ar y gwely gwersylla, yn bennaf oherwydd y diffyg gofod, ond dw i'n aml yn dihuno ar ôl noson o gwsg boddhaol yn fy nghadair.

'So Paddy'n cymryd unrhyw sylw ohona i pan dw i'n tynnu 'nhrainers gan droedio ar hyd y clytwaith o garped at y rhewgell. Mae fy sanau'n gawsiog o ddrewllyd wedi oriau o gaethiwed ac mae'r coed tu fas yn sibrwd gan greu awel ysgafn sy'n gwaredu'r gwres o'r sied. Estynnaf botel o Bacardi Breezer coch synthetig, blas watermelon, o'r oergell cyn gwasgu PLAY ar y stereo, agor y bleinds ac ymlacio yn 'y nghadair gan dorri'r syched sy'n mynd law yn llaw â thri pheint o Stella a thaith ar feic. Alcopops yw'r math gorau o alcohol os chi'n gofyn i fi. Fel un sy 'di dod yn hwyr at y pleser, rhaid cyfadde nad ydw i'n or-hoff o flas lager, chwerw, stowt na shorts. Er hynny, allen i byth gydnabod 'ny wrth fy ffrindiau newydd yn y dafarn. Dim mod i'n ofni eu sarhad; wedi'r cyfan, dw i'n hen ben ar ddelio gyda hynny ar ôl cael 'y magu yn yr un tŷ â Wil. Yn hytrach, 'sa i eisiau denu sylw ata i'n hunan… cael fy nerbyn yw'r nod, dim fy anwybyddu. Y blas yw fy hoff beth amdanyn nhw, hynny a'r ffaith fod yfed cwpwl o boteli blasus yn fwy o hwyl na Horlicks fel catalydd cwsg… ac yn fwy effeithiol 'fyd!

Dw i'n gosod y botel hanner llawn ar y bwrdd bach

wrth ochr y gadair ac yn pwyso 'mhen yn ôl ar y clustog trwchus gan wrando ar eiriau angerddol Gil Scott Heron a'r gerddoriaeth eneidlon sy'n gyfeiliant iddynt ar yr albwm *The Revolution Will Not Be Televised*. Wedi amsugno ychydig o'i ddewiniaeth, sydd yr un mor berthnasol heddiw ag erioed, dw i'n palu i mewn i'r pentwr o lyfrau'r llyfrgell ar y bwrdd. Dw i mor anhysbys yn y byd ma ar hyn o bryd fel y bu'n rhaid i fi berswadio Floyd i ymuno â'r llyfrgell ar fy rhan gan fod angen 'proof of address' cyn ymaelodi.

"I've never joined a fuckin' library in my life and I don't want to start now," oedd ei ymateb, ond 'nath hi ddim cymryd yn hir iddo newid ei feddwl, diolch byth, achos nawr dw i'n gallu ymweld â'r llyfrgell drws nesaf i'r fynwent pryd bynnag dw i eisiau. Er nad oes ganddyn nhw ddetholiad eang o lyfrau na cherddoriaeth (roedd hyd yn oed dewis y carchar yn well), mae'n well na beth oedd gen i gynt – sef dim byd o gwbl gan fod Wil 'di rhoi fy holl eiddo yn y Big Yellow Self Storage, ar Penarth Road.

Brave New World gan Aldous Huxley sy'n fy niddori ar hyn o bryd ac mae ei weledigaeth yn fy synnu ac yn fy rhyfeddu wrth i mi droi'r tudalennau. Mae cymaint o'i syniadau wedi cael eu gwireddu erbyn hyn fel bod darllen y nofel fel darllen Nostradamus... Ar ôl munud neu ddwy dw i 'di cael fy sugno i mewn i fyd Huxley'n gyfan gwbl, felly pan dw i'n clywed pesychiad tawel o gyfeiriad y drws sa i hyd yn oed yn edrych lan i weld oes rhywun yno. Mae synau bach tebyg yn dod law yn llaw â byw mewn sied fregus... mewn mynwent... ger traffordd... yng nghanol dinas!

Ond pan glywaf gnoc ysgafn ar y drws agored, dw i'n edrych draw a bron yn llewygu yn yr unfan. Mia! Yn ddigolur a hynod drawiadol, fel arfer; mae hi fel déjà vu dynol, ôl-fflach ofnadwy o fy holl freuddwydion ar unwaith. Mae 'mhen yn racs a 'nghalon yn ceisio dianc o'i chawell. Dw i'n rhoi'r llyfr i lawr ac yn codi'n ansicr. Mae hi'n gwisgo crys-T gwyn tyn, sy'n pwysleisio'i lliw haul dwfn, a sgert laes lac, binc gyda blodyn tywyll dros ei chlun chwith. Mae ei gwisg a'i gwallt naturiol yn tonni dros ei hysgwyddau'n rhoi naws sipsïaidd iddi, sy'n hollol ddieithr i Mia'r gorffennol ond eto'n gwneud dim i rwystro'r chwant sy'n corddi yno i.

"All right, Al, I brought you this lot," mae hi'n dweud gan ddragio bag sbwriel du i mewn i'r sied. "It's your post, two years' worth, probably more. It all gets forwarded to us…"

Dw i'n llyncu'r sychder, gan geisio diolch, ond dw i'n llythrennol fud. Yn anffodus, dyw Mia ddim yn gweld hynny, yn hytrach, mae hi'n meddwl 'mod i'n ei hanwybyddu.

"Bollocks to this, Al!" mae hi'n datgan gyda mwy nag awgrym o anfodlonrwydd yn ei llais. Trof a llyncu ychydig o'r Breezer, sy'n iro'r laryncs ac yn rhyddhau fy llais.

"What?" dw i'n llwyddo i sibrwd.

"This! This… I don't know what to call it. Awkwardness I s'ppose. I won't have it, Al, not now. Come here!" Ond pan sa i'n symud, mae hi'n mynnu. "Now!"

A dw i'n camu ati ac ry'n ni'n cofleidio'n gilydd yn dynn. Mae bod mor agos ati'n wefr mor anghyffredin ond eto'n gyfforddus hefyd. Ro'n i 'di anghofio fel ma merched a menywod yn arogli – fel hysbyseb Timotei wedi ei groesi gyda bocs o Jelly Babies. Oes, mae gen i ddychymyg byw… tan i bersawr pwdr y dafarn, sydd ynghlwm wrth ddefnydd fy nillad, ddod i'r amlwg a difetha'r ddelwedd. Er 'mod i'n dal i deimlo rhywbeth tuag ati, 'sa i'n credu mai chwant corfforol yw'r teimlad hwnnw. Mae'r holl sefyllfa mor ddryslyd fel 'sa i'n gwybod ble i roi 'nwylo, 'y ngên na dim.

Wedi datgloi o freichiau'n gilydd, ni'n sefyll yna'n dawel am eiliad jyst yn edrych ar ein gilydd. Mae hi 'di newid yn eithriadol ers y tro diwetha i fi ei gweld hi mor agos â hyn: ddim yn ormodol, ond jyst wedi aeddfedu efallai o fod yn ferch i fod yn fenyw. Mae hi'n fwy cyfforddus gyda hi ei hun, mae hynny'n amlwg, ac mae'r 'natural look' yn welliant anferth ar yr 'high class hooker' roedd hi'n arfer ei ddynwared mor dda. Mae hi'n estyn draw ac yn gafael yn fy llaw sy'n gwneud dim i leddfu'r dryswch.

"It's good to see you, Al, it really is," a gyda gwên lachar, mae'n adio: "You look well. A bit skinny, but better than I expected…"

"What did Wil say about me?"

"He said he's seen more meat on an Englishman's cock!"

"Well, there's no point denying it," dw i'n dweud gan edrych i lawr ar fy mreichiau main a'r bysedd tenau sy'n gorwedd yn chwyslyd a digyffro yn ei llaw.

"I've wanted to come and see you, to explain, since I saw you watching us by the lake about a month ago…"

Tynnaf fy llaw oddi wrthi, sy'n sychu'r wên oddi ar ei gwyneb. Nawr ei thro hi yw hi i edrych yn ddryslyd.

"I thought things were good between you and Wil?"

"They are…" mae'n ateb gan grychu'i thalcen. "What the hell are you on about?"

"I don't know… what do you want then? After last time, I don't think it's a good idea for you to come here…" ond dw i'n gwybod 'mod i 'di camddehongli'r sefyllfa cyn gynted â dw i'n adrodd y geiriau. Mae'r olwg ar wyneb Mia'n cadarnhau hyn.

"I haven't come here to fuck you, Al! Jeezus Christ, what's wrong with you! You're all so fuckin' clueless!" Mae hi'n ysgwyd ei phen wrth ddweud hyn, ond ar ôl orig o dawelwch wrth i Mia ailafael ar ei hemosiynau, mae'n adio: "I've got something to tell you…" ac wedyn mae hi'n edrych i ffwrdd wrth i fi frwydro'n erbyn yr embarrassment o gamddarllen y sefyllfa'n gyfan gwbl. Dw i'n falch ac yn siomedig ar unwaith…

"Does that thing work?" mae'n gofyn, gan gyfeirio'n llygad-lydan at y teledu sy'n dominyddu'r stafell. Dw i'n ysgwyd 'y mhen cyn ateb.

"I have no idea, actually, I've never even turned it on."

"Are you serious? Why not, I mean, you can hardly ignore it in here!"

"Well, that's pretty much what I've done. There's more to life than television…"

"Try telling that to my kids – I don't know what I'd do without the Tubbies, Balamory, Thomas and Sali Mali. I'd probably have to drug them or something!"

Dw i'n cynnig y gadair ledr iddi ac yn estyn dwy botel arall o'r oergell cyn gafael yn y sêt mae Paddy newydd ei gadael ac eistedd arni.

"Bit girlie isn't it, Al?" mae hi'n dweud gan gyfeirio at fy newis o ddiodydd.

"Maybe, but its better than a can of bitter or 'Bow, isn't it?"

"You're right there, Al. Cheers!"

Ac wedi i ni glecian ein poteli a blasu 'bach o'r Breezer, dw i'n gofyn:

"How did you find me then? I lied to Wil about my living arrangements…"

"I know you did. And you know you can stay with us…"

"Thanks, but I don't… I feel… you know…"

"I do, but all that's in the past now… ish."

"So tell me then."

"Oh, yeah, of course. Well, you told Wil you lived with Floyd, it is Floyd isn't it?"

"Yes."

"So I went to the Arches looking for you first, but if I didn't find you I'd ask him. Wil reckons he's in there every day…"

"Pretty much."

"…anyway, I ask the barman, some fat middle aged slimeball…"

"John, the manager."

"Really? God, you'd have thought he'd never seen a woman in that place…"

"Half of them haven't, not one like you anyway," a dw i'n cochi wrth ddweud hyn.

"Don't be creepy, Al, you're turning into one of them!"

"I do work there every day," dw i'n dweud gan geisio amddiffyn fy hun.

"I know, but just because you work on a farm, doesn't mean you have to shag sheep. Anyway, I eventually get directions to Floyd's house from some bloke called Jason. Bit thick, but harmless enough. He was slurring his words a bit and couldn't stop staring at my tits…" ac ar glywed hynny dw i'n gwneud yn gwmws fel Jase ac yn syllu i gyfeiriad ei bronnau. Yn ffodus, mae Mia'n llowcio o'i photel a ddim yn sylwi. "…so off I go to Floyd's, park up and knock on the door. After waiting for about five minutes, while he hides something I reckon cos I could hear him moving stuff around inside, he answers the door in his pants. I could smell the weed from the doorway. It stank so much he must have been doing god knows what in there, and his eyes were as red as tomatoes. Ripe ones obviously. He's got a stupid grin on his face when he sees me, as if I've called round for his pleasure or something; home help or whatever. Anyway, he invites me in for a drink, but I refused. Instead, I explain the situation, who I am, why I'm there etc and he looks so confused it's as if he's a caveman staring at a Rubik's Cube. Long story short, I ask if I can speak to you and he says 'of course you can but you'll have to shout as he lives about four miles away'. Eventually, he tells me where you are and about the shortcut and here I am. A right fuckin' palaver thank you very much!"

"Sorry."

"Why did you lie to us, Al?"

Ac ar ôl mesur fy ateb, dw i'n cyfaddef. "I didn't want Wil's pity or charity… I don't know. I live in a shed, Mia, that's the bottom line."

"You don't have to be ashamed."

"I'm not ashamed, it's just… well… I'm happy here. Life's uncomplicated, simple…"

"Well you should have told him the truth…"

"I know," a gyda hynny, mae'r sgwrs yn peidio a'r tawelwch yn dychwelyd. Dw i'n llarpio'r ddiod gan geisio 'ngorau i beidio syllu ar ei chorff gwefreiddiol. Er bod ein perthynas yn amlwg blatonig, dw i'n dal yn gallu gwerthfawrogi ei phrydferthwch… ei rhywioldeb. "I hear you're learning Welsh," dywedaf. "How are you finding that?"

"Dim yn bad, although dw i dim yn agos i bod yn fluent eto. I can order coffi though, which has never come in handy I have to admit," mae hi'n chwerthin. "But it's a bit disheartening when your five year old daughter puts you to shame even though we've been learning for the same amount of time!"

"But kids are like sponges when it comes to learning languages. When I was in school one of my classmates could speak five languages by the time he was twelve…"

"Five! I don't believe you, what was he, an alien?"

"No, Pakistani…"

"Are you serious?"

"Totally. He spoke Punjabi, Urdu, English, Welsh and a bit of French. And anyway, practice makes perfect, Mia. Felly ni'n mynd i siarad Cymraeg o nawr 'mlaen, iawn? We'll give it a go. OK?"

"Jeezus Al, wel, OK, 'newn ni treial, I suppose," ac wrth i Mia ystyried camp lawn drawiadol fy nghyd-ddisgybl, Shehzad Malik, dw i'n cofio am wir reswm ei hymweliad.

"So beth sydd 'da ti i ddweud wrtha i, te?"

"What?" hola Mia wrth i 'ngeiriau'n ailafael yn ei sylw. "Sori, beth?"

"Wedes ti fod gyda ti rhywbeth i ddweud wrtha i. You had something to tell me…"

"Oes. Dw i *yn* deall, Al, yn gwell nac fi'n siarad. Right…" ac mae hyn yn amlwg yn straen arni gan fod ei hyder a'i hwyl yn diflannu ar unwaith. Mae hi'n rhychu ei thalcen unwaith eto wrth bori am y geiriau cywir. Mae hi'n edrych mor anghyfforddus fel 'mod i'n dechrau gwingo wrth eistedd gyferbyn â hi. "'Sa i'n gwybod ble i dechrau…" mae hi'n cyfaddef, sy'n achosi i'r pryder lifo trwy fy ngwythiennau. "…Wel, fi'n sori…"

"Am beth?"

"For using you. Am… ti'n gwybod…"

"Plîs paid ymddiheuro, ro'dd bai arna i hefyd."

"Na, Al, ddim o gwbwl. Is that how you say it?" Dw i'n nodio er mwyn iddi gario 'mlaen. "'Nes i defnyddio ti i dial – yes? – dial ar Wil. And I know the whole episode fucked your family up…"

"Mia, 'na ddigon! Plîs paid. Tase'r noson yna heb ddigwydd…"

"Paid, Al!"

"Pam?" gofynnaf, ond 'sa i'n pwyso 'mhellach. Ac unwaith eto mae'r tawelwch yn brwydro â'r gwres am bresenoldeb mwyaf anghyfforddus yr stafell. "Pam ddwedes ti wrthyn nhw, Mia?" Cwestiwn sydd wedi bod yn fy nghnoi ers clywed gan Wil. Ar ôl ysbaid arall o ystyried, mae Mia'n edrych arna i gyda'i llygaid yn llawn dagrau.

"Sa i'n gwybod. It just got to me, dyna i gyd. I was feeling soooo guilty, you wouldn't believe…"

"Trust me, I would!"

"Wrth gwrs, Al, sori."

"Paid becso."

"Ar ôl ein… watchamacallit bach… 'nath pethau gwella rhwng fi a Wil, ond roedd fi ar antidepressants cryf. Roedd fi'n confused, emotional, trist, borderline hysterical. Fucked up. Seriously. 'Nath Wil newid ar ôl… ti'n gwybod. Wel, 'nath fi newid hefyd, obviously, ond especially Wil. He stopped being such a wanker, a stopio hongian allan – that's not how you say it, surely! – gyda mates fe. Roedd e'n caru Sophie a caru fi fel byth o'r blaen. He admitted his infidelities but I hesitated to tell him about mine because of who I'd slept with. Wedyn roedd e'n rhy hwyr. Roedd pethau'n gwella rhwng ni, roedd ni'n dod 'mlaen yn da. Roedd fe'n hapus, roedd fi'n hapus ac wedyn you did what you did and everything fell apart…"

"So fy mai i oedd e?"

"Na, Al. Although you did play your part, young man!" Mae'n dweud hyn â gwên ar ei gwyneb, ond heb oedi, mae'n dychwelyd yn ôl i'r difrifol. "Pawb mewn state of shock yn tŷ mam a dad ti ar New Year's Day. Pawb yn emotional, pawb yn confused and it suddenly occured to me: how could I go on living this lie when Wil had been so honest? How can you start afresh when there are secrets festering that could come back to haunt you in the future? Roedd rhaid neud clean start, un go iawn. Rhaid muddy the water, a rhaid i fi dweud wrth Wil. Dim dewis."

"Ond doedd dim rhaid i ti ddweud wrth fy rhieni!"

"Fi'n gwybod, fi'n gwybod, roedd y timing yn rubbish, but my judgement was cloudy, roedd fi'n mess ac out it came. Fi'n sorry."

"Paid ymddiheuro," dw i'n ailadrodd. "Fel dwedes i, tase'r noson 'na heb ddigwydd, baset ti'n siarad â virgin fan hyn…"

"If that night hadn't happened…"

"Ond 'nath e ddigwydd, Mia!"

"Fi'n gwybod,"

Ac eto, mae hi'n mynd yn dawel cyn i'r dagrau ddechrau llifo i lawr ei bochau. Dw i'n codi o 'nghadair ac yn penlinio o'i blaen gan roi cwtsh fawr iddi. Mae ei beichio crio'n swnio'n aflafar mor agos at fy nghlust ond dw i'n clywed y geiriau nesaf yn glir.

"Mae rhywbeth arall, Al," mae'n cyfaddef heb symud ei gên oddi ar f'ysgwydd.

"Beth?" dw i'n gofyn, yn hollol hyderus fod y gwaethaf y tu ôl i ni nawr.

"Mae gan ti…" mae'n dechrau cyn cywiro ei chamgymeriad. "…I mean, *mae gan ni* merch bach… a daughter."

A dyna fe, mae 'mywyd syml, heb gymhlethdodau'n dod i ben ar unwaith. Dw i'n araf wahanu fy hun oddi wrthi a dyna lle'r ydyn ni – hi'n crio a fi'n fud – yn aros am gwpwl o funudau wrth i'r daranfollt fy rhwymo fel rhyw rwyd annisgwyl ar grwydr trwy goedwig. Do'n i ddim yn disgwyl hyn o gwbl. Ai newyddion da yw hyn, neu'r newyddion gwaethaf dw i erioed wedi'i glywed? Mae Mia o'r diwedd yn stopio crio, ac er 'mod i'n agos at gymryd y baton oddi wrthi ac agor y llifddorau, dw i'n llwyddo i beidio. Ceisiaf gadw pen clir ond mae hynny'n profi'n amhosib hefyd: yr unig beth alla i feddwl yw pam bod angen dweud wrtha i o gwbl? Ignorance is bliss, mae hynny'n hollol gywir. Mae gan Lauren dad yn barod, a chwaer a mam… a hyd yn oed wncwl, er nad yw hi erioed wedi cwrdd â fe. A nawr bydd hi byth yn…

"Beth… sut… pam…"

"Ti'n gwybod sut, Al, so I won't answer that…"

"Ond pam?"

"Pam beth?"

"Pam dweud wrtha i? Pam nawr? I thought things were good between you and Wil."

"They are, Al, they are…"

"But they won't be if he finds out about this!" dw i'n gweiddi, allan o anghrediniaeth yn hytrach na chasineb; mae Mia'n troi i ffwrdd oddi wrtha i ac mae'r dagrau'n dychwelyd.

"Roedd fi'n meddwl you'd be hapus, I felt you deserved to know," mae'n datgelu gan fwmian trwy'r llif o emosiynau.

"Hapus! Sut galla i fod yn hapus am rywbeth fydd yn torri calon 'y mrawd… distrywio'i fywyd… eto! Ni 'di neud e unwaith o'r blaen yn barod and I swore I'd never do it again…"

"But she's *your* daughter, Al; she's yours, not his!"

"Fi'n gwybod, ond so what!" dw i'n ebychu, wrth i'r tensiwn ostegu am ychydig. "I just wish you hadn't told me, 'na i gyd..."

"You selfish prick! Paid bod mor fuckin' ridiculous," mae hi'n bloeddio gan siglo'r sied â'i hangerdd. "This is *your daughter* we're talking about, dim clywed y football scores cyn gwylio *Match of the Day!*"

A dyna pryd dw i'n deall fod Mia wedi bod yn cario'r baich yma ers blynyddoedd ar ei phen ei hun. Dim rhoi pwysau arna i gyfadde'r cyfan wrth Wil ma hi, ond jyst rhannu'r llwyth.

"Sori, Mia. Edrych arna i," ac mae hi'n troi i edrych i 'nghyfeiriad. "Fi'n sori, ma fe'n bach o sioc, 'na i gyd," a thrwy'r storom mae 'na wên wan yn ymddangos ar ei gwyneb.

"Bach o sioc?" mae'n gofyn, wrth i'r wên ledaenu.

"Ie, wel, OK. Sioc anferth. Massive, os ti moyn gwybod y gwir. Beth nawr, Mia, beth am Wil?"

"Dunnow really, mae e lan i ti, I suppose. I've lived with this for so long it just feels good to share it with someone..."

"'Sneb arall yn gwybod?"

"Not a soul."

"A 'na fel gadwn ni bethe... am nawr ta beth. Ma'n rhaid i fi feddwl yn galed am hyn..."

"Ti yw king of the understatements heno, Al!"

"Mae'n ymddangos fel 'ny!"

A gyda hynny, mae hi'n codi ar ei thraed ac yn estyn y kitchen roll oddi ar silff y ffenest. Ar ôl sychu'r dilyw o'i bochau mae hi'n camu at y drws cyn troi i fy ngwynebu unwaith eto. Cyn iddi adael, ry'n ni'n cofleidio eto.

"Fi'n sori i dympio hyn arnot ti, Al, but I had to," mae'n sibrwd yn dawel yn fy nghlust gan achosi'r blew i sefyll ar gefn fy ngwddf. "Roedd rhaid i ti gwybod..." mae'n adio.

"Fi'n deall, a plîs paid ymddiheuro, mae'n newyddion gwych… sort of." Ond, tasen i'n onest, basa'r geiriau yna byth wedi cael eu hyngan. Tasen i'n onest, basa'r weithred wreiddiol heb ddigwydd yn y lle cyntaf. Tasen i'n onest, 'sen i'n dweud wrthi taw dyma'r newyddion gwaethaf i fi glywed erioed… yn waeth, neu o leiaf yr un mor shocking, â marwolaeth Mam a Dad. Mae hi 'di rhyddhau'r mwydod am yr eildro yn y blynyddoedd diwethaf ac unwaith eto mae hi'n bygwth difetha, rhwygo'r berthynas fregus rhwng Wil a fi.

Y gwir yw nad oedd rhaid iddi ddweud wrtha i am hyn; do'n i ddim eisiau gwybod a nawr dw i mewn sefyllfa gymhleth arall… efallai fod hynny'n swnio'n hunanol, ond dw i'n byw mewn sied ac yn gweithio mewn tafarn yn ennill minimum wage. 'Sa i really'n 'dad material'! Mae Lauren yn hapus gyda Wil fel tad iddi ac mae'r wybodaeth dw i newydd ei chlywed â'r potensial i chwalu ei bywyd hi yn ogystal ag un Sophie, Wil, Mia a fi. Sa i eisiau colli fy nheulu… dim eto. Dim nawr. Dw i'n gallu cydymdeimlo â'r baich, y bwrdwn, mae Mia wedi bod yn ei gario ond 'sa i'n gweld sut mae dweud wrtha i'n mynd i helpu. Really, dw i ddim. Mae hi 'di siario'r baich ond nawr dw i â'r gallu i ddinistrio bywyd Wil, a'i bywyd hi'n racs… Mae'r sioc yn anferthol. Understatement arall. Beth i wneud, beth i wneud? Dim am nawr ma hynny'n sicr. Cnoi cil am sbel fydd orau… neu am byth efallai.

"We'll see you soon, OK, Al. Galw, Wil would love that…"

"Dim os ti'n dweud y newyddion wrtho fe!"

"No, obviously, ond galw draw… there's someone else you should meet."

"That's too weird to even think about, Mia!"

"Fi'n gwybod, sori. Ond paid bod yn stranger, OK."

A dw i'n nodio'n wanllyd er mwyn peidio ymrwymo fy hun i'r fargen. Mae Mia'n gadael wedyn, ac wrth iddi ddiflannu i mewn i'r tywyllwch fel tylwythen deg 'sa i'n dyheu amdani o gwbl. Yn ystod yr awr ddiwethaf mae'n perthynas wedi datblygu'n bell tu hwnt i'r fath reddfau.

Dw i'n pwyso ar fframyn y drws am sbel jyst yn syllu i ebargofiant wrth i'r newyddion setlo, a phan dw i'n troi yn ôl am hafan fy nghartref, pwy sydd yno'n ysgwyd ei ben arna i ond Paddy. Roedd e yno'r noson gafodd Lauren ei chreu ac mae e'n bresennol heno pan mae'r gwirionedd yn cael ei ddatgelu.

Dw i'n ei anwybyddu ac yn camu at yr oergell unwaith eto. Estynnaf botel arall o'i chrombil, ond wedi oedi am eiliad dw i'n ei dychwelyd i'w chartref rhynllyd. Basa yfed llond crât o'r stwff ddim yn fy helpu i gysgu heno...

14: DYMUNIAD 'DOLIG PADDY

Mae grisiau 'nghartref yn teimlo'n fwy serth bob dydd wrth i fi ymbalfalu am stafell Paddy gyda llond hambwrdd o swper a chalon drom unwaith eto. Gyda'i gyflwr yn gwaethygu bob awr, mae eistedd yn mân sgwrsio ag e'n teimlo fel baich bellach, yn hytrach na'r pleser oedd e i ddechrau.

Mae anadlu'n gymaint o ymdrech i Paddy erbyn hyn, fel ei fod e'n ei ffeindio hi'n anodd i gynnal sgwrs, felly mae'r clebran yn unochrog eithriadol ac yn reit ddiflas. Dw i'n casáu clywed fy llais 'yn hunan yn atseinio yn oerfel ac anobaith ei stafell heb unrhyw ymateb 'wrtho fe, ond yn fwy na 'ny, dw i'n casáu ei weld e'n gorfod dibynnu fwyfwy ar ei awyrydd i'w alluogi i yngan brawddeg neu ddwy.

Catch-22 go iawn sydd gyda fi nawr – dw i am amsugno o'i ddewiniaeth a chlywed am ei brofiadau gan fod y weithred olaf yn amlwg yn agosáu, ond eto 'sa i moyn denu'r anochel mewn unrhyw ffordd drwy fynnu ei fod e'n rhannu'r pethau ma 'da fi. Mae hynny'n swnio'n hunanol braidd, dw i'n gwybod, ond y peth sy'n fy nhristáu fwya yw ei weld e'n dadfeilio o flaen fy llygaid, gan wynebu eu ffawd ac ildio i'r unig wir sicrwydd mewn bywyd. Mae gweld y dirywiad yn waeth fyth wrth gofio 'mod i 'di gwastraffu blynyddoedd heb wneud unrhyw fath o ymdrech i feithrin perthynas gyda'r hen ddyn.

Mae Wil yn ymddangos o 'mlaen i ar y landing fel Neo ar drywydd y Matrix, ei got laes ledr mor ddu ag adain ystlum mewn ogof. Ymunaf ag e gan orffwyso'r hambwrdd yn anniogel braidd ar ongl sgwâr y banister derw.

"All right, Al?"

"OK. A ti?"

"Aye. Jyst 'di bod i weld Paddy…"

"Sut ma fe heddiw?"

"Ddim yn rhy dda really," mae fy mrawd yn sibrwd yn ddiangen. "Ma fe'n fwy fucked bob tro fi'n 'i weld e… a ma fe 'di dechrau troi'n felyn 'fyd, ti 'di sylwi?"

Nodiaf fy mhen mewn cadarnhad. Anodd anwybyddu peth mor amlwg â lliw melynllyd croen Paddy, pan dw i'n ei weld e bob dydd.

"Fi'n gwbod. Rhywbeth i wneud â'i afu yw hynny, ie? Ma'r holl beth mor annheg…"

Dw i'n datgan yr amlwg, gan geisio osgoi trafod ei deulu gan 'mod i'n ymwybodol fod 'arwyddion' bach o fy euogrwydd yn dod i'r wyneb bob tro mae'r pwnc yn codi. Mae'r euogrwydd yn dal i effeithio arna i ond ddim mor eithafol bellach – mae perthynas Wil a Mia'n gwella, yn ôl y sôn, felly dw i jyst yn gobeithio na chaiff fy enw ei grybwyll ganddi… byth.

"Ti'n iawn. Look, Al, sori am hyn ond fi mewn 'bach o rush a dweud y gwir…"

"O ie, ble ti'n mynd?"

"Nofio gyda Sophie."

"Nofio!"

"I know, I know… sa i erioed wedi neud y fath beth o'r blaen ond dw i'n benderfynol o newid. Mae'n hen bryd."

"Brownie points, ife?"

"Rhywbeth fel 'na. Rhannu'r cyfrifoldeb, bod yn dad gwell, ti'n gwybod…"

"Na dw i ddim," dw i'n ei atgoffa, sy'n dod â gwên i'w wyneb blinedig. "Sut ma pethau gyda Mia erbyn hyn?" gofynnaf heb geisio, gan deimlo 'nghroen i'n cochi. Ond, yn ffodus, mae goleuadau isel y landing yn masgio fy lletchwithdod. Sa i'n siŵr pam 'nes i ofyn hyd yn oed, cwrteisi efallai, neu hyd yn oed rhyw gymhelliad kamikazeaidd nad o'n i'n ymwybodol ei fod e'n bodoli yno' i.

"Not bad ond ddim yn grêt chwaith. Araf bach and all that, ti'n gwbod," a dw i'n nodio heb wrando'n iawn ar ei ateb. "Anyway Al, fi off, wela i di…"

"Iawn, ta-ra,"

Codaf yr hambwrdd a'i gynnwys stemiog – bwyd gaeafol cysurus go iawn: caserol selsig ar wely mash – wrth i sŵn traed Wil ddiflannu, a gwthiaf y drws gyda fy ysgwydd chwith er mwyn ymuno â Paddy yn ei lofft rewllyd. Mae'n ymddangos ei fod e'n cysgu ond pan mae'r gadair yn gwichian wrth i fi eistedd arni, mae ei lygaid, sy'n melynu fel ei groen, yn agor yn syth a gwên wan yn 'y nghroesawu. Mae estyn croeso i fi ar lafar yn ormod o ymdrech iddo ac mae e'n cadw'i eiriau prin ar gyfer pethau pwysicach nag i 'nghyfarch i bellach.

Wedi rhoi'r hambwrdd ar fy ngliniau rhaid cau zip fy nghardigan. Wrth wneud hyn, dw i'n sylwi ar yr haen chwyslyd ar groen Paddy. Dw i'n bwyta fy swper mewn tawelwch. Wel, pan dw i'n dweud 'tawelwch' beth dw i really'n meddwl yw nad oes neb yn siarad. Rhwng trwmpedu ei ysgyfaint a'i anadlu anwastad, nid yw'r stafell yma byth yn dawel.

Ar ôl llenwi 'mola a gosod yr hambwrdd ar y llawr wrth 'y nhraed, dw i'n estyn pad papur A4 o'r drôr wrth wely Paddy a beiro o boced 'y nghrys. Dw i'n rhoi'r rhain i Paddy, a daw golwg ddryslyd i'w wyneb. Heb ofyn dim, dw i'n ateb ei gwestiwn.

"Fi moyn i chi ddweud wrtha i beth chi moyn Nadolig, chi'n gwbod, sgrifennu fe lawr ar y darn papur 'ma, OK? Llyfrau, CDs, unrhyw beth yn y byd. Dim ond cwpwl o wythnosau sydd i fynd nawr a fi 'di gadael popeth tan y funud ola, fel arfer. Dw i'n casáu siopa, fel chi'n gwybod…"

Roedd y sgwrsio mor ddiflas â gwylio ceir yn rhydu, ond dyna fe, rhaid cadw i fynd, rhaid dod ag ychydig o oleuni i fodolaeth tywyll Dad-cu.

Mae'r Nadolig yma ychydig yn wahanol i'r arfer; hynny yw, bydd 'na fwy ohonon ni'n bresennol eleni. Fel arfer, dim ond i Mam a Dad dw i'n prynu anrheg, gan taw dim ond y tri ohonon ni sy'n dathlu gyda'n gilydd. Ond, gyda Paddy in residence a 'mherthynas glòs gyda fe, yn ogystal ag ailddyfodiad Wil a'i deulu, mae'r rhestr yn hirach nag erioed. Dw i'n gwybod beth dw i am brynu i bawb ar wahân i 'mrawd (ac mae Mam wedi prynu anrheg i Mia ar fy rhan yn barod, so sdim rhaid i fi fecso am hynny hefyd, diolch byth). Mae'r euogrwydd yn ceisio 'ngorfodi i brynu rhywbeth mawreddog a moethus iddo, ond wedyn mae synnwyr yn dweud wrtha i am bwyllo a pheidio mynd dros ben llestri a dangos yr euogrwydd mor amlwg. Mae'r peth yn hunllef os chi moyn gwbod y gwir.

Mae Paddy'n pasio'r darn papur ataf i'w ddarllen.

'Dim ond un peth dw i moyn wrthot ti eleni…' Dw i'n gwybod mai dim cyfeirio at CD newydd Dr John ma fe.

"Fi'n gwybod 'ny, Paddy," dw i'n cyfadde gan edrych i fyw ei lygaid. "'Sen i'n hoffi'ch helpu chi, wir nawr… fi'n casáu y'ch gweld chi fel hyn. Fi'n gwbod fel chi'n teimlo…"

"Ti'n gwbod fel dw i'n teimlo, wyt ti, Al?" mae'n gofyn, wedi tynnu'n galed ar yr awyrydd, mewn llais sy'n wrthgyferbyniad llwyr â'i gorff musgrell. Dw i'n edrych i ffwrdd yn llawn cywilydd. Wrth gwrs sa i'n gwybod sut ma fe'n teimlo. Sdim syniad 'da fi! Mae'n tynnu ar ei awyrydd eto cyn cario 'mlaen. "Ti'n gwbod sut mae'n teimlo i gael dy fab dy hun yn sychu dy ben-ôl di oherwydd dy fod ti'n gaeth i dy wely, wyt ti?" Anadl hir arall. "Ti'n gwbod sut mae'n teimlo i orwedd yma drwy'r dydd a thrwy'r nos, wyt ti?"

Ac wrth iddo ddal i sugno'r aer, dw i'n dweud. "Na. Sa

i'n gwbod dim, sori Paddy."

"Fi'n gwbod 'ny, Al bach. Dy help sydd angen arna i, dim dy dosturi."

"Ond 'sa i'n gwbod os alla i y'ch helpu…"

Ac mae'r hen ddyn yn nodio mewn dealltwriaeth. Mae e'n amlwg yn siomedig yno' i, ond mae'n debyg ei fod e'n deall hefyd. Ar ôl anadliad chwantus arall, mae e'n dechrau siarad unwaith eto, sy'n syndod o gofio'i dawelwch diweddar.

"Chwe mis yn ôl i heddiw, y nawfed o Fehefin, o'n i'n gweithio ar fy allotment yn braf fy myd. Ro'dd y darn bach o dir 'na'n lot mwy na jyst gardd i fi. Roedd e'n waredwr mewn ffordd 'fyd. Ers i dy fam-gu farw, 'na beth gadwodd fi'n gall, yn heini – mind, body and soul. 'Na beth o'n i'n meddwl ta beth, cyn i bopeth ddechrau… ti'n gwbod." Dw i'n gwrando'n astud arno gan roi fy holl sylw iddo. "Ers bod yn gaeth i'r gwely ma, 'sa i 'di stopio meddwl amdani, dy fam-gu. Fi'n gweld ei heisiau hi gymaint, Alan, ro'dd hi'n uffach o fenyw dda…" ac wedi llenwi'i ysgyfaint unwaith eto, mae'n ymhelaethu. "Sdim byd ar ôl 'da fi nawr, ar wahân i ganlyniadau'r biopsi 'na. Mwy o newyddion drwg, guaranteed. Dw i moyn mynd yn dawel bach, Al, ar ddihun neu mewn trwmgwsg, sdim ots 'da fi, dim ond i fi fynd. Nawr sa i hyd yn oed yn siŵr os dw i'n credu mewn afterlife na dim o'r fath. 'Sa i mor naïf â 'ny…"

Mae'n aros am ana'l arall wrth i fi geisio deall ei ymresymu. Sa i'n siŵr pam 'i fod e'n dweud y pethau hyn wrtha i, jyst rhoi ei sefyllfa yn ei chyd-destun efallai.

"…ond ti'n gweld, Al, base'n well 'da fi fod yna'n edrych amdani na fan hyn jyst yn meddwl amdani…"

Gyda'i araith ar ben a'r egni wedi'i sugno ohono, mae Paddy'n cwympo i drwmgwsg cyn i fi gael cyfle i ofyn am esboniad. Dyma ddiben ein perthynas erbyn hyn – sgyrsiau dryslyd anorffenedig a thawelwch lle buodd 'na fwrlwm.

Dw i'n eistedd yn ei wylio'n ceisio dychmygu sut ma fe wir yn teimlo ond pan dw i'n methu, dw i'n gafael mewn cyfrol o *Llun a Chân* gan Ron Davies, sydd ar frig pentwr o lyfrau gerllaw, ac yn agor y llyfr i'r dudalen sydd wedi ei marcio'n bwrpasol gen i.

"Taid," dwedaf yn uchel, gan adrodd teitl yr englyn ac oedi cyn cychwyn:

"Ei ddwylo fel dwy ddeilen, – y mae'r grym
　　o'r gwraidd wedi gorffen;
　mae 'nhaid nawr yn mynd yn hen,
　ddoe'n graig a heddiw'n gragen."

Ac wrth i eiriau Dic Jones grynu yn oerfel yr stafell, caeaf y llyfr a gwylio cragen Patrick Brady'n cysgu.

Dw i'n dychwelyd yr hambwrdd i'r gegin ac yn gosod y llestri yn y peiriant golchi cyn bwydo Dwdi, er 'mod i'n gwybod ei fod e 'di cael ei swper yn barod. Sdim rhyfedd ei fod e mor dew pan ma pawb sy'n byw ma, ar wahân i Paddy, yn ei fwydo fe o leia unwaith y dydd!

Wrth grafu'r cig a'r grefi i'w fowlen, meddyliaf am eiriau Paddy. Dw i'n gwbod ei fod e mewn poen eithafol ac yn gwbod y gallen i ei helpu i gyrraedd Paradwys, ond er 'mod i'n gweld ei artaith mae rhywbeth yn fy nal i'n ôl. Fi'n credu mai barn fy rhieni am ei sefyllfa yw'r angor sy'n fy atal rhag gweithredu ond efallai, wedi'r cwbwl, mai'r ffaith 'mod i'n gachgi yw'r gwir reswm.

Dw i'n gadael y gegin mewn tywyllwch ac yn penderfynu mynd i'r atig i weld a all sefyllfa Paddy ysgogi barddoniaeth gwerth chweil yno' i. Wedi'r cyfan, o ddyfnderoedd y digalon y daw'r cerddi gorau…

Wrth anelu am y lolfa i ffarwelio â fy rhieni, clywaf nhw'n sgwrsio'n chwyrn a dw i'n clustfeinio wrth y drws.

"Felly so ti 'di dweud dim wrtho fe 'to?"

"Naddo Breian, na! Dy le di yw neud 'ny, nag wyt ti'n meddwl?"

"Ie. Falle…"

"Falle! Breian, dy dad di yw e, ti yn cofio 'ny wyt ti?"

"Wrth gwrs, wrth gwrs. Ond bydd hi'n anodd dweud wrtho fe, 'na i gyd… dw i'n meddwl gallai'r newyddion ma ei…"

"Paid dweud y fath beth, Breian!"

"Ond ni i gyd yn meddwl 'ny, a chofia, mae'r cancr maen nhw 'di ffeindio'n mynd i wasgaru…"

"Gan nad 'yn nhw'n fodlon ei drin?"

"Yn gwmws. Ma fe yn ei oesoffagws nawr, ond bydd e'n anelu am ei stwmog cyn hir…"

"O leia deiff y diwedd yn glou."

"Alli di ddim gweud 'ny, Gwen. Dim o gwbl! Mae'r pethe ma'n gallu cymryd misoedd… blynyddoedd falle…"

"Paid dweud y fath beth!"

"Dyna'r gwir, Gwen! Dyna'r gwir. Ma fe 'di dioddef gymaint yn barod, mae'n warthus fod y gwaetha'n dal i fod o'i flaen e."

"Beth ti'n treial ddweud, Breian?"

"Ti'n gwybod yn iawn beth dw i'n ddweud, Gwen!"

"Ydw… dw i'n gwbod…"

A fi 'fyd. Galle unrhyw un ddarllen rhwng y llinellau 'na, hyd yn oed person anllythrennog! Roedd amheuon Paddy'n gywir te. Mae'r cancr wedi cyrraedd ac mae clywed fod y 'gwaetha'n dal i fod o'i flaen e' yn torri 'nghalon. Nag yw e 'di dioddef digon yn barod?

Dw i'n esgyn y grisiau gyda geiriau fy rhieni'n gweithredu fel golau gwyrdd i gais angheuol Paddy. Os nad o'n i'n barod i'w helpu'n gynharach heno, dw i'n benderfynol erbyn hyn o'i gynorthwyo a diweddu ei fywyd yn y ffordd fwya caredig a thyner bosib.

Wrth helpu Paddy, bydda i'n helpu pawb…

15: DYLED

Wrth i wres tesog y bore amsugno fy egni cyn i'r diwrnod ddechrau'n iawn, mae'r pump llythyr sy'n gorwedd o 'mlaen i ar y worktop wrth y sinc yn echdynnu'r gobaith ohona i'n llwyr. Mae diferyn unig o chwys yn dianc o'r sgarmes sydd wedi ffurfio ar 'y nhalcen gan sglefrio i lawr fy nhrwyn Rhufeinig ac yn oedi wrth y dibyn cyn cwympo fel corff dros glogwyn tua'r papur islaw.

Ar ôl deuddeg awr, dros gyfnod o bedwar diwrnod, mae'r dasg, o'r diwedd, ar ben. Ond, yn lle rhyddhad a bodlonrwydd, dim ond pryder a bygythiadau sy'n amlwg. Dw i 'di dethol, darllen a diosg dros chwe chant o lythyrau ac yn y diwedd, dim ond pump sy'n berthnasol bellach i fi.

Y cyntaf yw'r gyfriflen ddiweddaraf oddi wrth HSBC sy'n datgan fod gen i lai na decpunt yn fy nghyfrif personol. Mae hynny'n amlwg yn newyddion drwg, ond, o gymharu â'r pedwar arall, ma fe fel derbyn gwahoddiad i briodas lle mae'r bwyd a'r ddiod yn llifo'n ddiddiwedd a dwy forwyn briodas sengl i bob bachelor sy'n bresennol.

Mae'r ail lythyr, ar bapur gwyn purlan, yn datgelu fod arna i chwe mil saith cant naw deg a thri o bunnoedd i'r Cyllid Gwladol mewn ôl-drethi ac yn fy ngwahodd, mewn tôn gyfeillgar, i'w ffonio nhw er mwyn datrys y broblem mewn ffordd sy'n dderbyniol i bawb. Does dim esboniad na dim, jyst ffeithiau caled a'r ffigwr. Sdim clem 'da fi o ble daeth y ddyled, ond dw i 'di clywed digon o hanesion yn ystod fy amser yn y carchar am yr hyn sy'n gallu digwydd i gymryd y bygythiad o ddifri. Cafodd y llythyr ei anfon ata i dros ddeufis yn ôl, pan o'n i'n dal o dan glo.

Mae'r trydydd, ar bapur cochlyd, yn fygythiol ei naws yn ogystal â'i liw ac yn fy nghyhuddo o 'anwybyddu' y llythyr cynharach! Ynddo, mae'r Cyllid Gwladol yn mynnu 'mod i'n cysylltu â nhw cyn gynted â bo modd i drafod y ddyled sydd arna i i'r wlad. Mae'r llythyr yn gorffen gyda'r geiriau yma: If you do not contact us before the aforementioned date (4 Gorffennaf – pythefnos yn ôl!) you will be summoned to appear in court to answer the charges brought against you.

Mae'r pedwerydd llythyr, y gorchymyn llys, yn gosod dyddiad ar gyfer fy ymddangosiad llys (8 Awst – ymhen tair wythnos!) yn ogystal ag esboniad fod gen i amser i dalu'r ddyled o hyd a gohirio fy achos am gyfnod amhenodol.

Mae'r pumed, o Adran Gasgliadau (Bayliffs & Heavy Mob hynny yw) y Cyllid Gwladol, yn ffeithiol ei natur ac yn datgelu y byddai methiant i fod yn bresennol yn y llys ar yr 8ed o Awst yn debygol o arwain at ymweliad oddi wrth y beilïaid... i gartref Wil cofiwch! Mae methiant i dalu'r ddyled hefyd yn mynd i arwain at 'repossession of goods worth up to and including the amount due by the Inland Revenue Collection Department or an outsourced collection company'.

Yn anffodus, dyw'r dywediad 'every cloud has a silver lining' ddim yn wir yn yr achos yma. Amlinell lwydaidd sydd i'r cwmwl tywyll hwn gan fod methiant i dalu, gydag arian neu eiddo, yn mynd i arwain at ymweliad ag un o garchardai'r wlad ('failure to make the payment will result in you being charged, tried and remanded for your crime').

Felly, dyna'n syml yw'r sefyllfa: os nad ydw i'n talu'r ddyled mewn un diwrnod ar hugain bydda i'n ôl 'da Knocker yn gynt nag y gallwch chi ddweud 'life sentence no parole'. Nawr, o gofio nad ydw i'n bwriadu dychwelyd i'r carchar dim ond un opsiwn sy'n agored i fi: talu. Mae hyn yn arwain at y broblem nesa, sef ffeindio'r arian, sy'n ei dro'n arwain at y broblem wedyn ac yn y blaen ac yn y blaen...

Dw i mewn twll a does dim dewis 'da fi: rhaid dal i balu...

Un peth mae'r newyddion ma wedi'i wneud yw tynnu fy sylw oddi ar y daranfollt arall sydd wedi ysgwyd 'y mywyd i yn y dyddiau diwetha. Ers ffeindio'r llythyrau, mae'r gwirionedd am berthynas 'Wncwl Al' a Lauren wedi cael ei osod naill ochor am nawr. Ddim yn gyfan gwbl wrth gwrs gan fod y fath wybodaeth yn hawlio lle blaenllaw yn fy meddyliau. Dw i'n dal o'r farn mai cadw'n dawel fyddai'r peth gorau i bawb, ond am nawr mae 'mywyd syml yn atgof hiraethus wrth i'r dryswch a'r pryder fy meddiannu.

'Sa i'n gwybod ble i droi am gymorth ar wahân i Wil a Floyd, ond y peth cynta dw i'n bwriadu'i wneud yw ffonio swyddfa'r Cyllid Gwladol er mwyn esbonio fy sefyllfa ac efallai... gobeithio... dod i ryw fath o gytundeb 'da nhw.

Dw i'n tynnu bleinds y sied ac yn cloi'r drws drachefn gan adael Paddy, sy'n dal i bendwmpian yn y gadair, yn y tywyllwch. Gyda'r llythyrau yn 'y mhoced, dw i'n pedlo am yr Arches yn araf ac yn isel fy ysbryd.

Mae'r diwrnod, fel unrhyw ddiwrnod tawel mewn tafarn pan mae'ch pen yn llawn pryder ac amcanion gwangalon, yn symud yn araf. Gyda'r amser yn tynnu'n araf tuag at bedwar, mae'r bar gwaelod yn wag, ar wahân i Paddy sy'n eistedd yn ei fan arferol yn smocio ac yn yfed yn fodlon ei fyd, so dw i'n penderfynu cymryd mantais o'r sefyllfa a ffonio'r Cyllid Gwladol. Er 'mod i'n obeithiol mai camgymeriad yw cynnwys y llythyrau diweddar, mae 'nghalon yn dal i wibio wrth i'r nerfau afael yno' i.

Yn ffodus, mae'r ffôn gyhoeddus wedi ei lleoli yr ochr bella i'r bar, nesa at y jiwcbocs sy'n orlawn o ganeuon 'poblogaidd', so sdim rhaid i fi adael y bar yn gyfan gwbl. Dw i'n casáu'r ddyfais... y bocs bopio hynny yw, dim y ffôn... neu efallai mai chwaeth y bobol sy'n dewis y caneuon dw i'n ei gasáu. Beth bynnag, dw i'n gosod y llythyr diweddaraf, gan yr Adran Gasgliadau, ar y bar o 'mlaen i ac yn deialu'r rhif perthnasol, gan lowcio llond ceg o sudd oren wrth i'r gloch ganu. Clywaf lais benywaidd yn fy nghyfarch. Byddai dweud fod y sgwrs sy'n dilyn yn llwyddiant fel dweud mai tîm pêl-droed Cymru yw'r gorau yn y byd...

Ro'n i 'di anghofio taw prif bwrpas ysgrifenyddesau yw amddiffyn eu hadrannau rhag y cyhoedd ac i fod mor wrthnysig ag y gallan nhw fod... yn enwedig pan maen nhw'n gweithio i'r fath gorff â'r Cyllid Gwladol.

"Collections, how can I help?" yw ei geiriau cynta, mewn llais diflas sy'n bradychu ei gwir deimladau am natur ei swydd.

"My name's Alun Brady..." dechreuaf, ond sa i'n llwyddo i fynd yn bell.

"Yes," mae'n dweud, heb adael i fi orffen fy mrawddeg, gan ddatgelu nad yw hi'n gwrando arna i'n iawn.

"My name's Alun Brady..."

"Mr Brady, yes," mae'n gwneud yr un peth eto, sy'n

anhygoel os chi'n gofyn i fi. Dw i'n penderfynu cyflymu'r sgwrs a mynd yn syth at y pwynt.

"I've got a letter in front of me here threatening me with court action, repossession and jail if I don't pay my debt to the Inland Revenue. I think there's been some mistake…"

"Is it from this department, Mr Brady?"

"One of them is, yes."

"And what does it say?"

"I just told you!" Dw i'n bloeddio braidd, gan golli f'amynedd 'da hi wrth deimlo 'mysedd yn tynhau o amgylch fy ngwydryn hanner llawn gan achosi i'r iâ glencian yn erbyn y gwydr o dan rym fy nirgryniadau anwirfoddol.

"Can you repeat that please, Mr Brady?" mae hi'n ateb, gyda gwên ar ei gwyneb mae'n siŵr gan fod ei thactegau rhwystro'n profi'n llwyddiannus cyn belled.

"Apparently…" dw i'n dechrau, gan anadlu'n drwm "…I owe almost seven thousand pounds and have been threatened with court action, repossession and jail if I fail to settle the debt."

"That's right."

"What? That's it?"

"Yes, I have your details on my screen in front of me here now. You owe six thousand seven hundred and ninety three pounds exactly. Back taxes between nineteen ninety two and two thousand and one. It says here you didn't pay the correct amount during these years. You were probably entered into the wrong category where you worked…"

"So it's someone else's fault, not mine?" gofynnaf yn llawn gobaith, er nad yw hwnnw'n para'n hir iawn.

"No. It's *your* debt, Mr Brady, no one else's. Tax is taken directly from your paycheques, and even though the initial mistake was made by someone else, probably the accounts manager at the firm you worked for, you still received your income without paying all your taxes…"

"But that can't be right, I didn't even know!"

"I'm sorry, Mr Brady, there's nothing else I can say. That's the situation according to our records."

"But, but… is there someone else I can talk to? I need to explain…" Dw i'n gobeithio ei bod hi'n gallu clywed yr anobaith yn fy llais ond, yn anffodus, dw i 'di anghofio 'mod i'n siarad ag un o'r bobol mwyaf dideimlad a chroen galed ar wyneb y ddaear fan hyn.

"No, there's no one here you can talk to…" Mae'n dweud celwydd yn feistrolgar; heb emosiwn, heb gywilydd.

"No one?"

"That's right. It's standard procedure, Mr Brady. You owe us a lot of money, and considering that you've been ignoring our correspondence this is the only way left to deal with you…"

"I haven't been ignoring anything!" dw i'n pledio gan fethu credu'r hyn dw i'n ei glywed.

"Mr Brady, you were contacted over two months ago…"

"But I only received the letter four days ago, I've been away…"

"Work or leisure?"

"Neither."

"What then?" Do'n i ddim am ddatgelu hyn wrthi ond nawr mae'n anochel.

"Jail," dw i'n cyfadde, gyda'r gwarth yn diferu o 'nhafod.

"Oh!" Mae hi'n ebychu gan ddangos ychydig o deimlad o'r diwedd. Yn anffodus, dyw e ddim yn para'n hir ac mae hi'n dychwelyd at ei phersona gwreiddiol gan ddweud, "Unfortunately, Mr Brady, you'll be going back there shortly if you don't pay your debt…" mor blwmp ac mor blaen nes 'mod i nawr yn sylweddoli bod fy argraff gynta ohoni'n anghywir: mae'r fenyw yma'n caru ei swydd.

"Are you serious? That's not even close to being fair. How can I ignore something that I didn't even know existed?"

"I'm sorry, Mr Brady, I'm afraid there's nothing I can do to help. You might want to contact the CAB though…"

"The who?"

"The Citizens' Advice Bureau on Charles Street in town, although I'm pretty sure they'll tell you exactly what I've just said."

A heb ddweud gair arall wrthi, dw i'n slamio'r derbynydd yn ôl yn ei grud mewn rhwystredigaeth a gafael yn y gwydryn a'i godi gyda'r bwriad o'i chwalu'n fil o ddarnau ar y wal felynllyd gyferbyn. Ond, yn sydyn, teimlaf yn benysgafn a rhaid i fi bwyso'n erbyn y bar wrth i'r byd droelli o 'nghwmpas. Teimlaf yn sâl, yn sick, yn grac ac yn hollol anobeithiol ar yr un pryd.

Dw i'n gadael y dafarn cyn gynted ag y mae John yn ymddangos o'i gartref lan stâr yn gwthio'i grys dros ei fola blonegog i mewn i'w drowsus.

Dw i'n anelu'r beic tuag at Lyn y Rhath, ac o fewn tair munud o bedlo brwdfrydig dw i'n pwyso'r march ar feranda flaen cartref Wil ac yn cnocio ar ddrws ochr y tŷ. Dw i'n defnyddio'r gair 'tŷ' yn ei ffurf fwyaf llac, gan fod y lle'n edrych yn debycach i fyngalo o'r tu fas, er bod gan yr adeilad ail lawr eang yn yr atig. Mae'r lle'n f'atgoffa i o gartrefi dw i 'di eu gweld mewn ffilmiau wedi eu lleoli yn Awstralia neu ambell ardal yn

America: adeilad pren yw e, neu o leia mae'r haenen allanol yn bren er bod y welydd mewnol wedi eu hadeiladu o friciau, ac mae ganddyn nhw feranda, neu falconi, yn ymestyn o gwmpas traean blaen y tŷ gan alluogi'r teulu i fwynhau'r tywydd braf a'r olygfa odidog dros y llyn... er bod y llyn, ar ôl wythnosau o dywydd sych, mor isel ei ddŵr heddiw ag ydi fy hwylie i.

Mae Merc Wil yn gorffwys ger y garej sydd yng nghefn y tŷ, gyda lle i barcio o leia dau gar arall wrth ochr yr adeilad, tra bod trampolîn ac offer chwarae'r merched ar wasgar yn yr ardd flaen. Mae'r lle wedi ei beintio'n las golau yn ddiweddar hefyd, gydag amlinellau gwyn i'r ffenestri a'r drws. Mae'n ymddangos yn gartref hapus rywffordd, er y gallen i newid hynny'n gyfan gwbl gyda'r wybodaeth sydd yn fy meddiant. Ond, yn anffodus, dyw'r llawenydd allanol ddim yn cael ei adlewyrchu yn y croeso sy'n 'y nisgwyl i.

Dw i'n canu'r gloch ac yn camu'n ôl gan fwynhau bod allan o'r haul yng nghysgod y tŷ wrth aros. Gallaf glywed symudiadau ar y tu fewn a dw i'n teimlo cybolfa o emosiynau wrth sefyll yno: nerfusrwydd o gael cwrdd â Lauren am y tro cynta; lletchwithdod am fod yn yr un stafell â Wil a Mia (mae'n hawdd erbyn hyn treulio amser gyda'r ddau ar wahân, ond bydd bod yng nghwmni'r ddau yn brofiad rhyfedd iawn); a hyder y bydd Wil yn cytuno i fy helpu er mwyn dileu'r ddyled a chaniatáu i mi ddychwelyd i 'mywyd bach syml.

Ymhen dim ma'r drws yn agor a Wil yn sefyll yno'n gwisgo ffedog gomig â delwedd o gorff dynes dew mewn bicini arni. Yn lle'r croeso cynnes o'n i'n ei ddisgwyl, dyw fy mrawd ddim yn siarad na gwenu na dim – ma fe jyst yn sefyll yna'n syllu arna i.

"Iawn Wil?" dw i'n ei gyfarch o'r diwedd.

"Be ti moyn?" Ma fe'n ateb heb hyd yn oed geisio

cuddio'i atgasedd. Dw i'n camu'n ôl er mwyn edrych yn fanylach ar ei wyneb. Dyw e ddim yn hapus i 'ngweld i, mae hynny'n amlwg.

"Gair clou… ma gen i ffafr i ofyn…"

"Ffafr!" Ma fe'n wfftio cyn adio: "Dw i'n brysur."

"Plîs Wil, ma fe'n really pwysig," dw i'n pledio, ac ar ôl anadlu'n ddwfn ma fe'n ystumio i fi gamu i mewn i'w gartref. Dw i'n ei ddilyn i'r gegin lle mae 'na aroglau hyfryd yn croesawu fy ffroenau. Mae'r tŷ'n gymysgedd o ddodrefn drud (dw i'n adnabod rhai oedd yn arfer bod yn 'y nghartre i gynt) a theganau lliwgar; y baróc a'r babïaidd yn bodoli ochr yn ochr fel cerflun Lego mewn eglwys gadeiriol o'r ail ganrif ar bymtheg. Yn y cyntedd llydan gwelaf 'Y Bugail' yn hongian ger tri ffoto o Wil a fi'n blant ar ein BMXs, wedi gwisgo fel cowbois a hefyd yn Legoland. Anrheg oedd hwn 'wrtha i iddo fe rai Nadoligau'n ôl. A dweud y gwir, dw i'n synnu na wnaeth e ei losgi ar ôl i Mia gyffesu. Er hynny, rhaid cyfadde fod ei weld e'n codi 'nghalon.

"Fi'n coginio te i'r merched. Ma Mia'n pigo nhw lan o soft play neu rywle, so jyst eistedda lawr wrth y bwrdd a dwed dy ddweud, iawn?"

"OK, diolch." Ond pan dw i'n tynnu cadair allan o dan y bwrdd i eistedd arni, mae Dwdi'r gath yn gorwedd arni'n barod. Dw i'n gwenu wrth ei weld ac yn plygu i'w fwytho gan ryfeddu ei fod e wedi tewhau ers i fi ei weld e ddiwethaf. Do'n i ddim yn meddwl fod hynny'n gorfforol bosib. Pan mae Dwdi'n dechrau canu grwndi, dw i'n falch bod un aelod o 'nheulu'n hapus i 'ngweld.

"Be ti moyn then, Al?" gofynna Wil heb edrych arna i wrth blygu dros y ffwrn. Mae agwedd fy mrawd yn fy siomi ac yn fy nrysu, ond dw i'n penderfynu jyst gofyn iddo'n syth a gadael cyn gynted ag y bo modd. Mae'n amlwg nad yw e f'eisiau i yma.

"Dw i mewn 'bach o drafferth…"

"Trafferth!" Mae'r gair yn dal ei sylw ac ma fe'n edrych arna i nawr wrth sefyll yn dal llwy gymysgu mewn un llaw a sosban yn y llall. "Pa fath o drafferth?"

"Wel…" dw i'n dechrau wrth iddo ddychwelyd at ei goginio, gan roi cyfle i fi gael golwg iawn ar y stafell. Mae'r gegin fach yn fawr, yn fawr iawn, gyda llawr llechi trendi, ond ymarferol, o dan draed, unedau siocled tywyll a mwy o grôm nag sydd i'w ffeindio ar Gadilac Coup de Ville. Os dw i'n iawn, mae'r gegin yn adlewyrchu cyfoeth Wil a chwaeth Mia. Mae 'na gypyrddau ac unedau'n dominyddu dwy wal gyfan; ffwrn, rhewgell (gyda lluniau mae'r merched wedi eu peintio yn yr ysgol o Mam a Dad a phethau felly'n hongian arni) a pheiriannau golchi a sychu'n sefyll mewn rhes ar hyd wal arall, gyda chotiau'n hongian ar begiau ar y llall. Uwchben y cotiau mae 'na ffoto neis o Mam a Dad, gafodd ei dynnu mewn stiwdio broffesiynol yn ôl y di-liw soft focus sy'n amgylchynu'r ddelwedd. Ysgwn i oedd y llun yn hongian yna cyn iddyn nhw farw? Mae'r stafell wedi ei lleoli ar gornel cefn y tŷ ac mae 'na olau'n llifo trwy'r ffenestri llydan sy'n edrych dros y dreif i'r chwith o ble dw i'n eistedd, a'r ardd gefn o 'mlaen i. Trwy'r drws cefn agored galla i weld yr ardd, sy'n wrthgyferbyniad llwyr i'r un y tu blaen i'r tŷ – mae honno'n llawn offer chwarae'r plant. Mae'r ardd gefn yn Japaneaidd ei steil ac yn llawn coed Acers amryliw isel, rhodfeydd pren dros ryngrwyd o byllau dŵr, cerfluniau dwyreiniol, cerrig mân, goleuadau tan-draed ac un o'r seddi swing dwbl 'na – y lle perffaith i Wil fwynhau ei fwg ar ôl nosdawio â'r merched. "…trafferth ariannol a dweud y gwir."

Nid yw Wil fel petai e'n 'y nghlywed i ddechrau, ond

dw i'n gwybod ei fod e wedi. So fe'n troi i 'ngwynebu hyd yn oed. Yn hytrach, ma fe'n dal i droelli cynnwys y sosban yn ara a phwrpasol. Dw i'n eistedd yno'n aros am ei ymateb gan rwbio bola Dwdi sydd ar y gadair nesa ata i. Erbyn hyn, ma fe'n gorwedd ar ei gefn yn canu grwndi, gyda'i goesau ar led fel sgïwr dibrofiad yn cael trafferth rheoli'i arad eira. O'r diwedd, mae Wil yn ymateb, ond, yn anffodus, ddim yn y ffordd ro'n i wedi'i obeithio.

"Pam ti'n dweud hyn wrtha i?"

"Wel, ma angen help arna i neu bydda i'n cael fy hala'n ôl i'r carchar…"

"Help! You're 'avin' a fuckin' laugh, mate!" medde fe, yn dal heb edrych arna i.

"Am beth ti'n siarad, Wil? Ddwedest ti taw 'na i gyd fydde rhaid i fi neud yw gofyn…"

"Ie, wel, that was then, this is now!"

"Beth? 'Sa i'n deall… beth sy di newid ers 'ny?" A nawr ma'r posibilrwydd ei fod e'n gwybod y gwir am Lauren yn gwawrio arna i…

"Faint o arian sydd arnat ti?"

"Saith mil," dw i'n ateb, ac wedi i Wil dynnu'r aer trwy ei ddannedd gan chwibanu'i anghrediniaeth, mae'n parhau.

"I bwy?"

"Inland Revenue."

"Bastards!" ma fe'n ebychu, gan droi i edrych arna i nawr a chodi 'ngobeithion.

"Ti'n iawn, back taxes ers naw deg dau apparently…" dw i'n esbonio gan obeithio ei fod e'n dechrau meddalu…

"Ti 'di ffonio nhw?"

"Do."

"A?"

"Ma gen i dair wythnos i dalu, neu dw i'n mynd i'r cwrt er mwyn rhyddhau'r bailiffs a…"

"Bailiffs?"

"Ie."

"I be, sdim fuck all 'da ti i…"

"Fi'n gwybod, 'na pam bydda i'n mynd nôl i'r carchar."

Wedi orig dawel arall, saif Wil i fyny'n syth fel petai e newydd ddod i gasgliad syfrdanol.

"Hang on! I ble bydd y bailiffs ma'n mynd?"

"Sa i'n gwybod…" dwedaf, gan wybod yn gwmws beth sydd ar ei feddwl. Ma fe'n troi unwaith 'to gan grychu ei dalcen mewn dealltwriaeth.

"Fan hyn, Al!" ma fe'n poeri. "Fuck! Fan hyn ma dy bost di'n dod, fan hyn deiff y fuckin' bailiffs!" Ro'n i 'di meddwl am hynny'n gynt ond 'sa i'n meddwl y byddai'r bailiffs yn cymryd eiddo Wil a'i deulu. Ond, ma 'mrawd yn amlwg yn anghytuno… "You stupid little prick, Al! Sut yn y byd 'nes ti neud hyn?"

"Dim 'y mai…"

"Na, wrth gwrs taw dim dy fai di yw e, Al. Sori am dy amau di!" Mae'r gwawd yn diferu o'i dafod a dw i'n edrych i ffwrdd oddi wrtho mewn cywilydd. "Ma hwn yn fuckin' typical, fuckin' typical. Jeezus Al, beth sy'n bod arnot ti?! Sdim fuckin' clem 'da ti, for fuckssake!"

"Help sydd angen arna i, Wil, dim pregeth!" Dw i'n bloeddio, sy'n gwneud i Wil syllu arna i gyda chasineb yn pefrio yn ei lygaid glas.

"Nage, Al, dim fuckin' help sydd angen arnot ti ond gwers," medde'n ddigyfaddawd. "Mae'n bryd i ti sefyll ar dy draed dy hunan, yn *hen* bryd os ti'n gofyn i fi. Fuckin' babi Mam fuest ti 'rioed. Ti'n fuckin' pathetic! Edrych arnot ti!" Alla i ddim credu'r hyn dw i'n 'glywed. Roedd e mor falch o 'ngweld i'r wythnos ddiwetha.

"Ond Wil…"

"Ca' dy ben, Al. Ca' dy fuckin' ben. Sa i'n credu hyn, fi really ddim…"

"Pam ti'n actio fel hyn, Wil?"

"Dath hi i dy weld di, do?"

"Pwy?" dw i'n gofyn, sy'n amlwg yn gwestiwn twp, ond dw i'n dal i fecso ei fod e'n amau am Lauren hefyd yn ogystal â'i mam.

"Pwy ti'n fuckin' meddwl? Mia wrth gwrs!"

Wel, o leia ma hynny'n cadarnhau nad yw e'n amau dim am Lauren.

"So 'na'r rheswm…"

"Jyst ateb y cwestiwn, Casanova."

"Do," dw i'n dweud yn ddiffuant, sdim byd 'da fi i guddio. "Dath hi draw â 'mhost i'r noson o'r blaen…"

"Ac unrhyw beth bach arall *ychwanegol*?"

"Beth *wyt* ti'n feddwl?"

"Ti'n gwybod yn iawn beth dw i'n feddwl, ya prick!" A dw i'n ysgwyd 'y mhen mewn anghrediniaeth. Ro'n i'n meddwl fod e 'di derbyn hyn i gyd… 'na beth ddwedodd e wrtha i rai wythnosau'n ôl ta beth.

"Wil. Dath Mia draw â sach o bost i fi. 'Na fe. Finito. Capput. Os ti moyn y gwir, 'naethon ni siarad amdanot ti ac am y merched yn fwy na dim…"

"Ie, ie…" ma fe'n dweud gan droi ei gefn arna i eto.

"Look Wil, dyna'r gwir. Ac anyway, beth oedd yr holl stwff 'na am faddau ac anghofio ddwedest ti wrtha i yn y pub y noson o'r blaen?"

"Do'n i ddim yn hollol onest 'da ti'r noson honno…"

"Beth?"

"Wel, dw i'n sylwi nawr nad yw un yn gallu bodoli heb y llall…"

"Beth?"

"Forgive *and* forget, Al. Rhaid i'r ddau ddigwydd er

mwyn i bopeth fod yn iawn 'to – rhaid maddau a rhaid anghofio…"

"A?"

"Dwedes i 'mod i 'di maddau i ti am beth 'nes ti ond 'mod i'n methu anghofio, I mean, mae'r ddelwedd mor fyw pan dw i'n cau'n llygaid… Ond dyw'r ddau beth ddim yn bosib yn fy achos i oherwydd mae'r broblem dw i'n ceisio'i anghofio yn cynnwys dy goc di a 'ngwraig i. Ti'n gweld y broblem sy 'da fi?"

"Ond ddwedest ti…"

"Fi'n gwybod beth ddwedes i. O'n i *yn* falch dy weld di ond nawr… wel… sa i mor siŵr. Sori Al, that's it." A gyda hynny, mae mrawd yn newid i fod y person oedd e flynyddoedd yn gynt. Dw i'n gutted ac mae hyd yn oed Dwdi wedi 'ngadael i am awyr iach yr ardd gefn. Mae geiriau Wil wedi chwalu 'ngobeithion i, dim jyst o gael cymorth ariannol ond o gael perthynas glòs 'da fe a'i deulu. Wrth i'r byd chwalu o 'nghwmpas i unwaith eto, dw i'n cael 'yn nhemtio'n sydyn i ddatgelu'r gwir am Lauren a chwalu ei fywyd am yr eildro. Efallai fod Wil yn fastard, ond 'sa i yn yr un cae â fe… eto. Wrth iddo ddychwelyd at ei swper, dw i'n ailddarganfod fy llais.

"O'n i'n meddwl mai ti oedd wedi newid fwya o'r ddau ohonon ni dros y blynyddoedd diwetha," meddwn, "ond, o gofio 'ngogwydd crefyddol i, ma clywed dy ateb di heno ar ben popeth arall dw i 'di ddiodde yn ystod y bedair blynedd ddiwethaf yn adio at fy amheuon nad oes y fath beth â Duw'n bodoli. Ti'n gweld, frawd, fi sy 'di newid fwya, dim ti. Ti heb newid dim!"

Mae hyn yn gwneud iddo droi rownd unwaith eto. Mae ganddo gwestiwn.

"Os ti 'di colli dy ffydd," mae'n pwyntio ata i gyda'i lwy, "a 'di newid shwt gymaint, pam fuck ti'n gwisgo'r groes 'na rownd dy wddwg – i groesawu Iesu ar ei second coming?"

"Paid bod yn sick, Wil…"

"Wel, pam te, come on?"

"Anrheg oedd hi…"

Mae hyn yn dod â gwên i'w wyneb, un slei, un fygythiol fel hit man yn actio'n hoffus cyn tanio'r gwn a chyflawni'i gytundeb.

"Fi'n cofio nawr, un Paddy oedd e. Be 'nes ti Al, dwyn oddi ar gorff marw?"

Dw i'n ysgwyd 'y mhen yn drist wrth glywed y fath honiad a daw llu o atgofion yn ôl am fy mhlentyndod yng nghwmni Wil. Yn anesboniadwy, mae Wil yn trawsnewid o flaen fy llygaid ac ymhen dim ma fe'n gwisgo'i wisg ysgol las tywyll ac yn sefyll o 'mlaen i'n pimples a bumffluff i gyd. Er bod ganddo'r un gwallt a'r un llygaid gwelw, mae ei gorff yn anaeddfed o'i gymharu â'i ymgnawdoliad presennol. Mor glou ag y gweddnewidiodd, mae'n troi'n ôl i'r 'oedolyn' yw e.

"Ti heb newid dim, Wil!" dw i'n bloeddio braidd yn gymysglyd. "Ti'r un mor gas a hunanol ag y buest ti 'rioed. Unwaith yn wanker, wastad yn wanker! Ac anyway, pa hawl sy 'da ti i wrthod fy helpu i? Fi oedd yn driw i Mam a Dad, dim ti. Fi oedd yn ffyddlon iddyn nhw, fi oedd yn…"

"Ca dy ben, Al, ti'n swnio'n fuckin' pathetic. Ac anyway, 'nes di golli dy holl hawliau pan 'nest ti neud beth 'nest ti…"

Ond dw i wir ddim yn gwybod at beth ma fe'n cyfeirio – Paddy, Mia neu Lauren?

"Beth ti'n feddwl?"

"Ti'n serious?" ma fe'n gofyn gan ysgwyd ei ben. "'Nes ti ffwcio Mia a nawr dw i'n dy ffwcio di. Sut mae e'n teimlo, Al?"

"Ti heb newid dim…" dw i'n ailadrodd gan frwydro i atal y dagrau rhag llifo a dangos iddo faint dw i'n brifo. Wrth iddo godi'i sgwyddau mewn ymateb digyffro i'r gwirionedd, dw i'n codi'n sigledig ar 'y nhraed ac yn camu tua'r drws cefn agored. Wrth y drws, dw i'n troi i wynebu Wil gyda'r bwriad o ddatgelu'r gwir wrtho fe, ond cyn cael cyfle, ma fe'n dweud,

"Fi'n frawd shit, Al, what can I say? Always have been, always will. 'Nath Mam a Dad faddau i ti ond 'sa i'n gallu. Ma'n flin 'da fi… frawd."

Dw i'n gadael gan gerdded yn ansicr i lawr y dreif wrth i 'mhen droelli a 'nghalon wegian o dan bwysau'r siom, y casineb a'r dryswch.

Wrth i'r bydysawd ehangu o 'nghwmpas, fel petai natur gyfan yn goranadlu, dw i'n pwyso ar fy meic gan anadlu'n ddwfn i wrthsefyll yr ymosodiad. O'r diwedd, dw i'n ailafael yn fy mhatrwm anadlu, dringo ar fy meic a dechrau pedlo am ryddid Lake Road West. Ond, cyn i fi gyrraedd y pileri sy'n dynodi'r allanfa o gartref fy mrawd, mae car yn troi i mewn i'r dreif a rhaid i fi frecio'n galed er mwyn dod i stop cyn cael damwain. Er nad yw'r beic yn cyffwrdd â'r car, mae 'nghorff i'n tasgu ymlaen o dan fomentwm naturiol disgyrchiant a 'ngheilliau'n bwrw'r handlebars gan echdynnu'r gwynt ohona i, fel batiwr heb focs yn cymryd full toss i'r stwmpyn canol o fraich Curtley Ambrose. As if nad yw hynny'n ddigon, mae 'nghalon, unwaith eto, yn treial ei gorau i dorri'n rhydd o'i chawell wrth i fi ddod wyneb yn wyneb â Mia, Lauren a Sophie.

Yn gynta, dw i'n ceisio adennill fy ngallu i anadlu'n rhwydd a dw i'n syllu ar Mia sy'n edrych yn ôl arna i'n llawn pryder o weld yr olwg ddrylliedig ar fy ngwyneb. Mae'r 'ddamwain fach' wedi denu'r dagrau a rheiny'n llifo i lawr 'y mochau.

Mae Mia'n holi 'ti'n iawn' drwy'r ffenest, ond dw i'n bell o fod yn iawn, yn OK, neu'n tici-di-bŵ. Mae Sophie'n eistedd yn y sêt flaen wrth ochr ei mam, ond 'sa i'n edrych arni heddiw. Mae'n llygaid i wedi'u gludo ar Lauren sy'n eistedd yng nghanol y sêt gefn yn gwylio'r byd o'i blaen o ddiogelwch ei sedd-baban. Wrth frwydro ag adlewyrchiadau windsgrin y car sy'n amharu ar yr olygfa, cofiaf mai dyna'r union le ro'n i'n arfer mynnu eistedd pan o'n i'n blentyn er mwyn cael yr olygfa orau o'r ffordd o 'mlaen. Dw i'n ymwybodol bod Mia'n ystumio arna i o'r tu ôl i'r olwyn, ond 'sa i'n cymryd unrhyw sylw ohoni; yn hytrach, dw i'n dechrau ymlwybro heibio'r car er mwyn gallu dianc.

Wrth gyrraedd ffenest gefn y car dw i'n plygu i lawr er mwyn edrych i mewn ar Lauren. Mae hi'n troi ata i ac mae ein llygaid yn cwrdd am eiliad, sy'n achosi i 'nghalon lamu'n ddireolaeth unwaith eto. Mae syllu i lygaid Lauren fel edrych mewn drych byw a galla i weld fi fy hunan a Mia ynddi yn ogystal â rhai o nodweddion Mam. Eto, mae hyn yn tynnu'r llinynnau emosiynol a rhaid gadael... cyn i'r sefyllfa fy nhrechu.

Wrth wibio oddi yno dw i'n clywed Mia'n gweiddi, "Ti'n iawn, Al? What's going on?" ond yr unig beth alla i feddwl yw 'fuck Wil, nid dim ond fe sy'n gallu bod yn hunanol', a dyna fi wedi penderfynu datgelu'r gwir wrtho a dysgu gwers iddo, gwers neiff e fyth ei hanghofio...

Erbyn cyrraedd yn ôl yn yr Arches mae 'nghalon, o'r diwedd, wedi ailddarganfod ei churiad arferol. Dw i'n gosod fy meic, heb ei gloi, yn y lle arferol ac yn anwybyddu ambell i gyfarchiad oddi wrth y locals sy'n mwynhau'r noson braf yn yr awyr agored o flaen y dafarn.

Dw i 'di gwylltio'n lân erbyn i fi ffeindio Floyd, fy

unig obaith bellach, sy'n eistedd ar ei stôl arferol, ei lygaid yn goch ac wedi cael llond ei fol o gwrw. Mae e, Jase a gweddill y bar yn bloeddio canu'r gân novelty ddiweddaraf sy'n chwarae ar y jiwcbocs gan ddilyn y llinell sydd wedi ei thynnu o 'Hey Mickey', trwy 'Itsy Bitsy Teeny Weeny Yellow Polka Dot Bikini', Arnie and the Terminators, Mr Blobby and beyond. Caneuon cachlyd di-enaid bob un. Mae cwpwl o beints Floyd wedi chwyddo braidd yn barod heno, dw i'n amau!

"Where have you been?" mae'n holi, gan adio "eating supper's not the same without you," yn goeglyd.

"Wil's," dw i'n ateb. "Can I have a word?"

"Of course, me and Jase were about to do one in the car park…"

"In private," dw i'n mynnu, sy'n dod â golwg ryfedd i wynebau'r ddau.

"OK," medde Floyd gan godi'i sgwyddau. "I'll give you a shout in a minute, all right Jase?"

"Aye," medde Jase gan droi'n ôl at ei beint gyda golwg anfodlon ar ei wep.

Dw i'n mynd allan ac aros wrth ddrws clo Jack Brown, gan sylwi ar yr atgofion gwaedlyd sydd wedi staenio'r concrit dan draed, ar ôl ffeit Floyd a Fabio rai wythnosau'n ôl. Mae Floyd yn cynnu ei spliff a thynnu'n galed. Mae ei groen yn gochfrown ar ôl diwrnod arall yn yr elfennau heb hufen haul yn agos ato, ac ma fe'n edrych arna fel petai e'n 'y ngweld i'n iawn am y tro cynta erioed.

"What's going on, Al? I've never seen you so wound up…"

"I'm in trouble, Floyd. Big time."

"Go on," mae'n gwahodd gan boeri darn o faco ar lawr.

"I'm in debt and I've got nowhere else to go…" Dw

i'n oedi am eiliad cyn cario 'mlaen. "I don't know how to do this…"

"Just ask, mate, just ask."

"OK… I need seven grand in two weeks time or it's back to jail for me."

Mae Floyd yn edrych arna i gan chwibanu ei ymateb i'r swm syfrdanol fel y gwnaeth Wil yn gynharach.

"Jeezus," meddai o'r diwedd. "Who d'you owe it to?"

"The Inland Revenue."

"Bastards, fuckin' bastards… Is it definite?"

"It is," dw i'n cadarnhau gan basio'r llythyrau iddo. Wrth iddo ddarllen y geiriau a nodio, dw i'n gofyn,

"Can you help me?"

Mae'n oedi eto cyn ateb.

"Yes and no."

"What do you mean?"

"Well, I can't lend you that sort of money cos I ain't got that sort of money. It's all tied up in this an' that if you knows what I mean…"

"So what are you saying?"

"Well, I can't give it to you but I can offer you the opportunity to earn it…"

"In two weeks? That's impossible!"

"In one day, mate, in one day…"

"How?" dw i'n holi, er, mewn gwirionedd, sa i really eisiau gwybod. Dim ond drwy dorri'r gyfraith gallwch chi ennill y fath 'na o arian mewn cyfnod mor fyr.

"Look," mae'n dechrau. "If you're interested – and I don't think you've got much choice here, have you? – I'm having a business meeting at my house the day after tomorrow. You should come up, listen to what's on offer and make up your mind. No pressure, like, but I think you'll like what you hear. It'll sort your financial troubles out, no worries."

"OK," cytunaf. "But if I come I'm not committed to anything, right?"

"Absofuckinlutely," meddai, gyda gwên fawr ar ei wyneb, wrth gynnig y mwgyn i fi.

"No thanks, Floyd, not now…" er bod arogl melys y mwg piwslyd yn fy nhemtio. "I've got far too much going on in my head…"

"More for me then," meddai, wrth dynnu'n galed unwaith 'to.

"What about Jase?"

"Fuck Jase, he's just a fuckin' scav!"
"Look Floyd, I have to go. I've got a lot to think about…"

"Well, don't think too hard now. But Al, there is one thing…"

"What?"

"You should call your parole officer too. He might be able to help."

"Good idea," cytunaf. "I will…"

Wrth droi'r cornel clywaf Floyd yn fy nghynghori i "take it easy, man!" sy'n hawdd iddo fe gyda pherlysyn pleserus yn llifo trwy ei waed a fawr ddim yn ei boeni.

Ar ôl noson hunllefus o droi a throsi, chwysu a phoeni, dw i'n ffonio swyddfa fy swyddog parôl am naw o'r gloch yn union o'r blwch ffôn gyferbyn â Llyfrgell Cathays, tu fas i Ysgol Allensbank. Mae cragen allanol y blwch wedi'i gorchuddio â chynnwys cylla rhyw fyfyriwr bach dibrofiad (gwrandwch arna i – Alun 'Five Bellies' Brady!) ac er nad yw'r kebab chwilfriw wedi penetreiddio'r sanctwm mewnol, mae'i arogl yno, a dw i'n codi 'nghrys T dros 'y nhrwyn wrth ddeialu.

"Can I speak to Bruce Robertson, please?" gofynnaf yn awyddus, gan fwldagu yn yr arogl afiach.

"I'm sorry, sir," mae'n ateb yn gwrtais, sy'n gwneud newid neis o'r hyn brofais i ddoe. Efallai eu bod nhw o'r un brid, ond mae eu natur yn hollol wahanol. "Bruce is away on holiday at the moment. Can I ask who's calling, please?"

Ar ei wyliau! Dim nawr o bosib...

"My name's Alun Brady, he's my parole officer..." esboniaf drwy gotwm fy nghrys.

"Mr Brady, yes, he's been trying to get in touch with you. He wanted to meet you before he went away. He left a message for you with a Mr Fortune..."

"Who?"

"Mr Fortune, Floyd Fortune."

"I didn't get the message, I'm afraid," dw i'n ateb gan ryfeddu at gyfenw ffantastig fy ffrind.

"Not to worry, Mr Brady, I'll make a note of your call and make sure Bruce contacts you as soon as he returns."

"When will that be?" gofynnaf, heb hyd yn oed geisio cuddio 'mhryder.

"Let me just check for you... a week yesterday, Mr Brady, he'll be back in the office next Tuesday and I'll make sure he comes to see you the following day, OK?"

"Thank you. Can you please tell him it's very urgent? It's very important that I see him as soon as possible..."

"Of course, Mr Brady, I'll make a note of that. Where can he find you? It says here the caretaker's shed at Cathays Cemetery, Is that correct?"

"Yes," cadarnhaf. "That's right. If he can come as early as possible I'd be grateful. I won't be there from quarter to eleven onwards, though; can you tell him that?"

"I can, I'll make sure he comes just after nine. Will that be OK?"

"Yes, yes it will. Thank you…"

"No problem, Mr Brady, is there anything else?"

"No. Nothing else. Thanks for your help."

Ac wrth i'r linell ganu ei marwnad undonog, dw i'n dychwelyd y ffôn i'w chrud yn dyner wrth i'r gobaith am help oddi wrth y ffynhonell yna ddiflannu hefyd. Hyd yn oed os deiff Bruce i 'ngweld i yr wythnos nesa, sdim lot o obaith gellith e wneud fawr i helpu. Fel dwedodd ysgrifenyddes Adran Gasgliadau'r Dreth Incwm wrtha i ddoe, fy nyled i yw hi, a neb arall…

16: NEWYDDION DA O LAWENYDD MAWR

Yn araf bach, fel drws garej sydd angen olew, mae fy llygaid yn agor gan groesawu diwrnod arall o aeaf tywyll. Mae'n cymryd rhai eiliadau i fi gofio fod heddiw'n wahanol i'r arfer, ac yn wir, arogl gwefreiddiol y bwystfil o dwrci sy'n treiddio'n anweledig trwy'r tŷ o'r popty lawr stâr sy'n fy atgoffa ei bod hi'n ddydd Nadolig.

Edrychaf ar y cloc digidol wrth fy ngwely a chael sioc wrth weld pa mor hwyr yw hi. Er bod y codi cynnar, y cyffro plentynnaidd a'r chwant barus am feic newydd, set Scalectrix neu garej Lego wedi hen ddiflannu, dw i'n arfer mynychu'r capel ar fore'r Ŵyl er mwyn diolch i Dduw am fy mywyd cysurus. Efallai fod y lie-in ma'n cynrychioli rhywbeth arall eleni, gan fod 'y mywyd i'n fwy cymhleth nawr nag y bu erioed o'r blaen. Neu, ar y llaw arall, efallai mai wedi blino dw i ar ôl noson hwyr neithiwr.

Yn flynyddol, af gyda fy rhieni i gapel bach yn y Fro ar noswyl Nadolig i Wasanaeth y Plygain, a doedd neithiwr ddim yn eithriad. Dyma un o fy hoff ddigwyddiadau yn ystod y flwyddyn, a chaf wefr wrth i'r addolwyr ganu eu mawl gan groesawu'r Nadolig yn y ffordd draddodiadol.

Ond, roedd neithiwr yn wahanol. Yn lle ymuno yn y canu yng ngolau isel y canhwyllau, plygais fy mhen a chau fy llygaid heb yngan yr un gair ar lafar drwy gydol y gwasanaeth. Yn lle'r diolch a'r llawenydd arferol, dim ond un peth oedd yn mynnu fy sylw i neithiwr, a Patrick Brady oedd hwnnw. Fel cwmwl boliog ar gefndir glas, mae sefyllfa fy nhad-cu yn hongian dros fy nheulu gan achosi pryder parhaus i ni i gyd. Gweddïais ar yr Holl-bwerus, yn wir, plediais gyda fe, mano-e-mano fel petai, am iddo 'gymryd' Paddy i Baradwys a dychwelyd dyddiau hapusach i'r Bradys. Dw i'n ymwybodol efallai fod hynny'n swnio'n hunanol ond credwch chi fi, am Paddy a'i hunllef byw dw i'n meddwl gynta, ac wedyn am fy rhieni sydd wedi heneiddio fwy yn y flwyddyn ddiwethaf nag yn y ddeng mlynedd cyn hynny.

Dw i'n rholio o 'ngwâl cynnes gan gofio bod heddiw yn addo bod yn ddiwrnod gwahanol iawn i Nadoligau arferol fy nheulu. Fel arfer dw i'n mynd i'r capel 'da Dad yn y bore cyn dychwelyd i helpu Mam gyda'r bwyd a mwynhau cerddoriaeth Nadoligaidd ei naws – Nat King Cole neu'r Meseia – ar droellfwrdd Dad. Wedi cinio hwyr, cinio hir, ni'n symud i'r lolfa i agor ein hanrhegion o flaen y tân agored a mwynhau potel arbennig o win coch o seler Dad wrth rostio cnau castan ar y fflamau. Ond heddiw, gyda phresenoldeb Paddy'n rhoi naws dywyll i'r dathliadau, ac ymweliad Wil a'i deulu yn addo dod â bwrlwm i'r tŷ am y tro cynta ers iddo adael, bydd heddiw'n 'ddiddorol' a dweud y lleiaf...

Ar ôl 'molchi a gwisgo dw i'n gafael yn Sach Santa brynais i o siop It's A Pound y diwrnod o'r blaen – a honno bellach yn orlawn o anrhegion i 'nheulu – cyn stryffaglan i lawr y grisiau tuag at stafell Paddy.

Gosodaf y sach yn ofalus ar y landing cyn pysgota ei hosan Nadolig allan ohoni ac agor drws ei stafell yn dawel bach. Mae Paddy'n cysgu'n braf yn y gwely a'i ysgyfaint yn trwmpedu fel seindorf swnllyd. Mae hyn yn cadarnhau na chlywodd Duw f'erfyniadau neithiwr, neu o leia ma fe 'di dewis eu hanwybyddu. Dw i'n camu ato ar fodiau 'nhraed ac yn teimlo fel Santa ei hun wrth osod ei hosan anrhegion wrth ochr ei sgerbwd truenus. Dw i'n sefyll yno'n dawel am eiliad gan edrych ar ei lygaid caeedig, sy'n cloddio'n ddyfnach i mewn i'w benglog bob dydd, cyn sylwi ar yr het goch â thrimin gwyn sy ar ei ben. Mae hyn yn dod â gwên i 'ngwyneb a dw i'n gadael ei stafell mewn gwell hwyl nag a ddisgwyliwn.

Wrth gael fy nenu tua'r gegin gan aroglau arallfydol coginio Mam, dw i'n gwneud un stop arall ger y goeden wyth troedfedd yn y cyntedd. Dad sy'n mynnu prynu un mor fawr bob blwyddyn, er nad ydyn ni fel arfer yn gwneud ffws o'r dathliadau. Efallai fod dynion yn aeddfedu, ond so nhw byth yn tyfu i fyny.

Wedi gwacáu'r sach dw i'n ymuno â Mam yn y gegin ac yn ei chofleidio'n dynn gan ddymuno Nadolig Llawen iddi. Wrth ei dal hi'n agos ata i, galla i arogli'r sieri ar ei hanadl a phan mae'n camu 'nôl gwelaf fod gwyn ei llygaid yn goch.

"Beth sy, Mam, chi 'di bod yn crio?"

"Na, na," mae'n wfftio, gan droi ei chefn arna i a chanolbwyntio eto ar y bwyd.

"Chi'n siŵr?"

"Ydw, ydw. Jyst effeithiau'r winwns a'r holl ffiwms ma…"

"A'r sieri, siŵr o fod," dw i'n hanner jocian, sy'n denu gwên i'w gwyneb.

"Falle," medde'n llawn drygioni, cyn gafael yn y botel a'i chynnig i fi. "Ti moyn diferyn?"

"Dim diolch, paned a thost yw fy moddion i!"

Ac mae hi'n troi unwaith eto oddi wrtha i ac yn llenwi ei gwydryn hyd yr ymyl. Mae hynny'n hollol groes i'r arfer, ond wedyn, dim Mam yn unig sy'n meddwi cyn cinio ar fore Nadolig. Mae'r un peth yn digwydd ym mhob cartref ledled y wlad, am wn i. Eggnog ar y cornflakes, wisgi yn y te, sherry chasers a chwyrnu cyn tri.

"Chi 'di gweld Paddy bore ma?" gofynnaf, wrth i'r tegell ferwi a'r tost dywyllu.

"Do, 'nath Dad a fi ei folchi fe peth cynta er mwyn gallu hala gweddill y diwrnod gyda ti a dy frawd a'r merched."

Wrth ddweud hyn mae hi'n agor ei cheg yn llydan gan adael i'r blinder lifo ohoni. Mae Mam yn flinedig yn barhaus yn ddiweddar – wel, ers i Paddy ddod i aros – ac mae hi'n edrych fel insomniac ar valium bore ma.

"Ma hynny'n esbonio'r hat, te!"

"Ma fe'n dal i'w gwisgo hi, odi fe?"

"Ydy, dylsen i dynnu llun ohono fe. Ble ma'r camera?"

"Yn stydi dy dad, drôr top ei ddesg."

"Grêt. 'Na i neud ar ôl gorffen fan hyn."

Wedi bwyta dau ddarn o dost a Marmite a llowcio 'nhe, dw i'n ffeindio'r camera yn gwmws lle dwedodd Mam a dychwelyd i stafell Paddy. Ond, yn anffodus, pan dw i'n cyrraedd mae'r hen ddyn ar ddihun ac mae'r cyfle am foment candid camera wedi pasio.

Mae e'n dal i wisgo'r hat Santa, ond mae ei wyneb wedi ei grychu'n grac a'r unig Christmas Spirit sy'n agos ato yw'r botel wisgi 'nes i brynu iddo. Mae ei drwyn mor goch â Rudolph ac mae'r chwys yn diferu oddi arno er bod yr stafell mor oer â thu allan iglŵ.

"Nadolig Llawen, Paddy," cyfarchaf yn wên i gyd.

"Ti'n meddwl?" yw ei ateb, dw i'n credu – mae'n anodd ei ddeall gan mai sibrwd mae e ers rhai wythnosau bellach. Er bod ei lais mor feddal fel bod rhaid i fi ganolbwyntio'n galed ar ei eiriau wrth gynnal sgwrs, mae ei lygaid yn llawn dicter a bygythiadau. Mae Paddy'n grac... ac ychydig yn feddw 'fyd.

"Ddylet ti yfed hwnna, Paddy?"

"Ti brynodd hi i fi! Felly be ti'n feddwl?"

Ac ar ôl cymryd llond llwnc o aer o'i awyrydd, mae'n codi'r botel yn sigledig at ei geg cyn ei sugno'n chwantus fel oen swci'n llarpio llaeth. Mae e'n ymddangos mor pathetig wrth iddo stryglan i godi'r botel at ei geg â'i freichiau'n brwydro â'r botel, fel gwe pry cop yn ceisio caethiwo caseg.

"Dim dyna beth o'n i'n feddwl, Paddy. Ond, chi'n gwbod, so hi'n hanner dydd 'to a chi 'di chwalu hanner potel yn barod!"

Ac wedi llenwi ei ysgyfaint ag aer unwaith eto, mae'n slyran. "A pham lai, boi?" Gyda gwên druenus yn croesi'i wyneb, mae'n adio, "It's Chrisshmush!" cyn i'r wên ddiflannu a'r anhapusrwydd amlwg ddychwelyd.

"Y'ch chi'n mynd i agor y'ch anrhegion eraill?"

Ac mae e'n edrych arna i yn syn, cyn sibrwd, "Na. Dim ond un peth fi moyn wrthot ti, Alan, a ti'n methu 'i lapio fe mewn papur pert."

"Fi'n gwybod 'ny, Paddy, a hoffen i'ch helpu..." ond cyn i fi gael cyfle i ymhelaethu ar fy esgusodion, mae e'n torri ar fy nhraws.

"Every night before I go to shleep, I pray the Lord my shoul to keep..." mae'n adrodd braidd yn gelwyddgar gan ei fod e'n gallu cwympo i gysgu'n gynt nag mae'n cymryd i droi switch golau bant. "...ond sho fe byth yn gwrando... ar y pish 'da Ieshu mae'n shiŵr..." sy'n ddelwedd ddoniol os yn ddim byd arall! Dw i'n pwyso'n agosach ato fe nawr er mwyn canolbwyntio ar ei eiriau. "...hynny, neu dyw e ddim yn bodoli..." ac ar ôl oedi i lyncu daioni ei awyrydd unwaith eto, mae'n parhau, "...ma fe 'di neud reit ffŵl ohona i, sho he has. Fi 'di credu ynddo fe erioed. Mash thish, communion that, confesssion over there. The fecker! A sa i byth wedi neud i neb ddiodde fel dw i'n neud nawr. Gwell bod y bashtard yn cyffesu reit nawr! Feckin' hail Mary..." a gyda phoer tenau'n llifo i lawr ei ên, mae'n parhau. "...he can't even do me one thing in return for a lifetime of living in his awe. In fear. Bashtard!" Ac ar ôl llond ceg o wisgi'n cael ei ddilyn gan ragor o aer, mae'n gofyn. "Be sy'n gyffredin rhwng rhyfel, newyn a hen bobl sâl, Alan?"

"Sa i'n gwybod..." atebaf, gan godi f'ysgwyddau, wedi meddwl am eiliad neu ddwy.

"Maen nhw i gyd yn brawf nad yw E'n bodoli…"

"Peidiwch dweud 'ny!" ebychaf yn amddiffynnol, fel un o hyrddod William Morgan.

"Pam lai? It's Chrishtmush!"

Ac fel aelod o dorf sioe hypnoteiddio, mae ei lygaid yn cau, ei ben yn cwympo a'r botel yn syrthio o'i afael gan drochi'r gwely glân mewn single malt drud. Wedi rhoi'r cap yn ôl am y botel, dw i'n eistedd yna'n amsugno ei eiriau am eiliad, ac er nad ydw i'n cytuno â nhw gant y cant, gallaf werthfawrogi sut mae pethau'n ymddangos o'i bersbectif e. Wrth i wichiadau annifyr ei anadlu lenwi'r stafell unwaith eto mae cloch y drws ffrynt yn canu gan ddynodi fod Wil, Mia a Sophie 'di cyrraedd. Dw i'n ffarwelio ag un problem ac yn troedio'r grisiau er mwyn croesawu un arall.

Cyrhaeddaf y drws ffrynt jyst cyn Mam, sy'n llyfu'i bysedd ac yn sychu'i dwylo ar ei ffedog, ac unwaith mae'r drws ar agor mae llonyddwch a distawrwydd cyfarwydd y tŷ'n diflannu. Tu allan, mae'r ddinas yn llwyd, fel pob Nadolig dw i'n ei gofio bellach. Cymylog a sych, disgwyliadwy a diflas. Fel yr Unicorn neu'r Griffin, myth yw 'Dolig gwyn yng Nghaerdydd erbyn hyn. Mae heddiw'r math o ddiwrnod fase hyd yn oed Duw yn cau'r drws arno, cyn cynnu tân ac arllwys gwydryn mawr o Chateau Semillion iddo'i hun.

Sophie sy'n croesi'r rhiniog yn gynta, yn gwisgo ffrog dylwyth teg sgleiniog ac yn gwthio pram llawn dolis sy'n edrych fel y rhai druta ym Mothercare. Yn ei dilyn daw Wil yn crymu o dan bwysau dwy sach anferthol o anrhegion. Mae e'n gwisgo siwmper liwgar wedi'i haddurno â stribedi, ond dyw hi ddim yn ei siwtio o bell ffordd. Anrheg gan bwy, ys gwn i?

Ac yn ola, Mia. Dyma'r tro cynta i fi ei gweld hi ers 'y digwyddiad' ac mae 'nghalon i ar garlam a chledrau 'nwylo'n wlith i gyd. Mae 'mochau'n siŵr o fod yn fflamgoch hefyd, ond mae popeth mor wyllt yn y cyntedd fel na fydd neb yn sylwi. Mae hi'n dal i edrych fel high class escort ond dyw ei cholur ddim mor drwchus ag roedd yn arfer bod. Dyw hi ddim yn gwisgo sgert (belt) chwaith – jeans tyn a siwmper lac sydd amdani heddiw. Mae ei gwyneb a'i bochau'n edrych yn fwy crwn rywsut... ac mae ei llygaid yn edrych i bob cyfeiriad heblaw arna i.

Mae Mam yn anadlu'i hanwedd amhleserus i wyneb y fechan wrth roi cwtsh dynn iddi, a dw i'n ysgwyd llaw â 'mrawd a'i gyfarch. Yn wahanol i'r tro diwetha y daeth y teulu cyfan i'n gweld, does dim lletchwithdod yn perthyn i'r cyfarchion heddiw... tan bod yn rhaid i fi a Mia ddweud helô, hynny yw.

Ni'n camu at ein gilydd ac er nad yw hi'n gallu edrych arna i o gwbl, dw i'n siŵr bod yr un atgofion yn gwmws yn ein meddyliau ni'n dau; sef beth wnaethon ni'r tro diwethaf y sefon ni'n dau yn yr union fan hyn. Ceisiaf anghofio (sy'n amlwg amhosib) wrth i ni roi cwtsh robotaidd i'n gilydd, ac wedi eiliad yn unig mae Mia'n 'y ngwthio oddi wrthi. Er y rhew sy'n ein gwahanu, sneb yn sylwi gan fod Mam wedi plygu er mwyn ffysian dros Sophie, a Wil yn sefyll gerllaw yn sicrhau nad yw Mam yn cwympo'n ôl i mewn i'r goeden 'Dolig.

Dw i a Mia'n troi i'w gwynebu mewn pryd i glywed Wil yn dweud "Beth ti'n 'weud wrth Mam-gu, Soph?" Ond nid yw Sophie'n ateb ar lafar; yn hytrach, mae hi'n claddu'i gwyneb yn jeans llac fy mrawd, sy'n dweud y cyfan. Mae Mam yn ceisio ei denu allan, ond mae ei geiriau caredig, er braidd yn feddw, yn gymysglyd i 'nghlustiau i, heb sôn am Sophie sydd ddim hyd yn oed yn deall Cymraeg gan berson sobor!

O'r diwedd, mae Wil yn addo anrheg arall iddi os dychweliff hi i dir y byw, ac yn araf, ond yn swil, mae Sophie'n gwneud ac yn dweud "Na-dol-ig thlaw-en a blwy-fyn new-yf da", ac mae'r wên sy'n ymddangos ar wyneb Mam mor llachar â'r Aurora Borealis. Rhaid i finnau hefyd sychu deigryn o hapusrwydd o gornel fy llygad gan fod clywed yr egin bach yma o Gymreictod yn anrheg gwell nag unrhyw beth sydd wedi cael ei lapio'n bert. Mae Mam yn tynnu Sophie ati unwaith eto ac mae'r dagrau'n llifo heb reolaeth. Wedi misoedd o dywyllwch eithafol, dyma'r newyddion gorau mae Mam wedi'i glywed ers talwm. Mae Sophie, ar ôl cwtsh hir, yn rhwygo'i hun i ffwrdd o afael Mam ac yn troi ei sylw at ei phram gorlawn wrth i Mam, Wil a Mia gael group hug i ddathlu'r datblygiad.

"Diolch… diolch yn fawr…"

"It's Mia's turn next, innit, Mi?" medde 'mrawd.

"Rwy'n hoffi coffi," mae Mia'n dweud, wrth i wên gynta'r diwrnod ymddangos ar ei gwyneb.

"This is the best present you could have ever given us," medd Mam.

"We'll see about that," mae Wil yn ateb, gan wincio arna i'n brofoclyd.

Wedi i'r sgarmes lacio mae Mam yn edrych ar siwmper fy mrawd gan ddweud, "What a lovely jumper, Wil, is it new?"

"You are joking, aren't you, Mam?"

"No, why, don't you like it?"

"Mam, it's disgusting…" sy'n gwneud i Mia ei fwrw ar ei fraich a'i alw'n 'ungrateful sod'. "…but I had to put it on 'round Mad Marge's this morning…" 'Mad Marge' yw enw Wil am ei fam-yng-nghyfraith; dyna lle maent wedi treulio'r bore. "I was all wwww, it's lovely and of course I'll wear it, but the truth is it's going to the Salvo's first thing in the morning. Like sprouts and Christmas pud, today is this jumper's one and only public outing…"

"But it looks nice, Wil, it really suits you."

"I told you so," medde Mia gan gytuno â Mam, ond mae Wil jyst yn crychu'i dalcen.

"You're both full of it! I look like Giles Brandreth at best, and that's not good," a rhaid i fi gytuno â'i asesiad.

Yn sydyn, mae sŵn papurach yn rhwygo yn mynnu ein sylw a ni i gyd yn troi i weld Sophie ar ei chwrcwd o dan y goeden yn agor anrheg heb ganiatâd.

"No way, young lady!" mae Mia'n bloeddio, gan gamu tuag ati a'i thynnu gerfydd ei choler oddi yno.

"Go easy, Mia!" mae Wil yn mynnu, sy'n gor-ymateb braidd, os chi'n gofyn i fi. Mae Sophie'n dechrau crio nawr, felly mae Wil yn ei chodi ac yn sibrwd yn ei chlust, "Ti'n cofio beth ddwedes i, Sophie, wyt? Rhaid aros tan bydd Dad-cu'n cyrraedd cyn cei di agor mwy o anrhegion, iawn?"

Ac mae'r crio'n peidio a Sophie'n nodio'i dealltwriaeth. Ar ôl hynny, mae Mam a Mia'n diflannu i'r gegin gyda Mia'n canu clodydd yr aroglau godidog sy'n llenwi'r lle gan adael Wil, Sophie a fi yn y cyntedd.

"Sut ma Paddy heddiw?" mae e'n holi.

"Crac, anhapus, meddw…"

"In that order?"

"Wel, efallai mai'r medd-dod sy fwya amlwg i ddechrau, ond pan ma fe'n siarad mae'r gweddill yn cymryd drosodd."

"Beth ti'n ddweud, dylsen i ddim roi'r botel ma o Danzy Jones iddo fe 'to, de?"

"No way! Ma fe 'di yfed gormod yn barod ac wedi arllwys gymaint ag yfodd e dros ei wely. Mae'n arogli fel ana'l Albanwr lan 'na…"

"Dylse hyn fod yn ddiddorol te."

"Beth?"

"Ti moyn gweld Paddy, Soph?" Ac mae Sophie'n ysgwyd ei phen mewn ymateb. "Roedd hi bach yn freaked y tro diwetha iddi ei weld e…"

"Sdim rhyfedd."

"Ti'n iawn, ond tuff tiddies, Sophie, 'chos ma'n rhaid i ti ddweud Nadolig Llawen wrtho fe, so come on," ac mae Wil yn ei chario lan y grisiau gyda Sophie'n lleisio'i gwrthwynebiad mewn Cymraeg ansicr. Ond Cymraeg, heb os.

Wedi cloriannu fy opsiynau, dw i'n penderfynu mynd i osod y bwrdd yn barod am y wledd gan nad ydw i eisiau ymuno â'r merched yn y gegin am resymau amlwg. Ond, pan dw i'n cyrraedd, dw i'n ffeindio fod popeth yn barod ar ein cyfer – a chrackers posh o Harrods yn gorwedd ar y bwrdd – ac felly dw i'n anelu'n araf am y gegin gan loetran yn y cyntedd ac edrych i mewn i bram newydd sbon Sophie.

Mae cynnwys y goets yn rhyfeddol; mae'n llawn o anrhegion a gafodd hi'n newydd sbon y bore hwnnw – yn ddolis a thedis ac yn golur plant, yn roller blades ac yn poncho trendy o'r GAP. Edrychaf o'r pram i'r goeden ac o'r goeden i'r môr o anrhegion ar y llawr o'i chwmpas gan feddwl, ydy hi wir yn bosib i blentyn mor ifanc werthfawrogi'r holl bethau, o wybod faint yn fwy sy'n mynd i ddod i feddiant anaeddfed Sophie heddiw? Na. S'dim gobaith. Wrth gwrs, dim ei bai hi yw e, ond roedd rhywbeth mor arbennig am dderbyn un rhodd sylweddol ers talwm – beic neu git rygbi neu set Scalextric – a fawr ddim arall. Galla i gofio bron pob rhodd Nadolig 'y mhlentyndod. 'Sgwn i fydd Sophie'n cofio fory neu'r wythnos nesa, beth gafodd hi heddiw?

Dw i'n tristáu wrth sylwi fod gwir ystyr y Nadolig wedi ei hen anghofio erbyn hyn. Masnach yw'r Meseia modern, ac ry'n ni oll yn moesymgrymu wrth ei breseb, o dan ei rym hollbwerus.

"Ti'n hapus gyda dy bram newydd, Al?" medd Dad, wrth gamu o'r gegin yn cynnu whompen o Chohiba.

"Jyst beth o'n i moyn!" atebaf, wrth ei gofleidio a'i gyfarch. "Nadolig Llawen, Pops. Sori 'nes i ddim codi mewn pryd bore ma…"

"Paid becso, dwedes i air bach ar dy ran…"

"Diolch. O'dd hi'n llawn 'na?"

"Fel arfer. Pawb eisiau dangos eu gwynebe ar fore 'Dolig, fel ti'n gwbod."

"Fairweathers!"

"Rhywbeth fel 'na. Ble ma dy frawd? Dwedodd Gwen fod gan Sophie rywbeth arbennig i fi…"

"Oes. Yr anrheg gorau gewch chi heddiw."

"Beth, gwell na'r slipers ma?" mae e'n gofyn yn goeglyd gan gyfeirio at ei draed, mewn pâr o slipers tartan newydd sbon.

"Wel…" dwedaf, gan gadw'r jôc yn fyw, "…ddim cweit mor sbesh â rheina 'fyd!"

Ac ar y gair, mae Sophie'n rhedeg i lawr y grisiau gyda gwên anferth ar ei gwyneb. Yn amlwg, mae gweld Dad-cu'n bleser o'i gymharu â'r hyn mae hi newydd ei weld yn stafell Paddy (ac wedi meddwl, Dad yw'r golau gwyrdd i ragor o anrhegion, felly efallai fod cymhelliad Sophie ddim mor anaeddfed a diniwed â hynny). Mae hi'n neidio i freichiau Dad oddi ar y drydedd stepen, a fe'n ei dal yn dynn gydag un llaw gan ddal ei sigâr yn ddigon pell oddi wrthi gyda'r llall. Mae'n gwneud sŵn rhech ar ei gwddf, sy'n gwneud iddi sgrechen yn hapus wrth i'r dirgryniadau greu gwefrau drwyddi. Mae dannedd babi Sophie yn amlwg i'r byd, a'i llygaid ar gau mewn gorfoledd llwyr pan mae Wil yn ail ymuno â ni yn y cyntedd.

Wedi i Dad a Wil gofleidio a swopio bocsys o sigârs drud Montecristo a Romeo & Juliet ddeuddeg modfedd o Giwba, mae Mam a Mia'n ymuno gyda ni 'fyd ac mae'r amser wedi cyrraedd. Mae'n bryd agor yr anrhegion.

O fewn pum munud i lenwi gwydrau pawb â champers, heblaw Mam, sy'n cwyno'n barod am ben tost, dw i a Wil, yn ogystal â Dad, yn gwisgo ein slipers newydd ac mae llawr y cyntedd yn fôr o bapurach, rhubanau a phentyrrau bach personol o anrhegion. Mae'r hyn dw i 'di dderbyn yn gymysgedd o bethau oedd ar fy rhestr (ydw, dw i'n dal i ysgrifennu – wel, gwneud rhestr – i Siôn 'Mam a Dad' Corn!) – pethau dibwynt, gimicaidd na fydda i byth yn eu defnyddio. Mae Sophie yn ei seithfed nef, ac wedi iddi agor ei hanrhegion lu ei hunan mae hi'n helpu pawb arall gyda'u rhai nhw! Mae'r wên sydd ar ei gwyneb yn barhaus erbyn hyn, ac ar un adeg, mae hi bron â boddi o dan y tonnau sgleiniog wrth bysgota am barsel afradlon arall yng nghefn y goeden.

Mae'r diolchiadau a'r cusanu a'r cofleidio'n ddigon i roi pendro i mi a dw i'n teimlo'n gynnes i gyd wrth wylio gwynebau pawb yn goleuo wrth agor eu rhoddion. Mae Mia'n hapus â'i photel o Samsara, er nad yw hi'n edrych arna i wrth ddiolch. Ond mae pawb yn ymddangos yn anhapus iawn gyda fy rhodd i Sophie... ar wahân i Sophie ei hun, hynny yw. Djembe bach Affricanaidd dw i 'di'i brynu iddi, ac mae'r rhythmau ceclyd yn chwyddo'i hapusrwydd, heb amheuaeth.

"Cheers for that, Al," medde 'mrawd yn hollol goeglyd. "Just what we need."

Ond yn lle brathu'r abwyd, dringo ar gefn fy ngheffyl ac esbonio fod cerddoriaeth yn hollbwysig i ddatblygiad plentyn, dw i jyst yn dweud "dim problem" ac yn gwenu wrth ei gwylio hi'n mwynhau ei hun.

Pan o'n i'n ddeuddeg oed prynodd Dad yr albwm Crosswinds gan Billy Cobham (yr unig record heb fod yn glasurol yn ei gasgliad... er bod y record yn glasur, nid yw hi'n glasurol) ac ar ôl gwrando a gwrando arni dro ar ôl tro (yn enwedig y gân, 'Storm'), penderfynais mai bod yn ddrymiwr proffesiynol fyddai 'nhynged. Ond pan ofynnais i fy rhieni am wersi, 'Na' oedd yr ateb, a gwersi piano oedd y cyfaddawd. Do'n i ddim yn hapus ac am yr unig dro yn 'y mywyd, 'nes i rebelio yn eu herbyn a gwrthod dysgu'r un nodyn. Wrth gwrs, erbyn heddiw, dyna'r peth dw i'n difaru fwya yn 'y mywyd (ar wahân i you-know-what...) a dw i'n gobeitho y caiff Sophie'r cyfle i ddatblygu a dysgu fel y mynno.

Mae Mam ar ei phengliniau wrth y goeden nawr yn galw am Dwdi'r gath i ddod i 'agor' ei anrheg, ac er mawr syndod, ma fe'n cerdded tuag ati gan sniffian ambell beth ar y ffordd. Wedi iddo gyrraedd, mae Mam yn agor ei rodd i ddatgelu treats amrywiol a chwpwl o beli bach â chlychau yn eu perfedd. Mae Dwdi, fel pob cath gwerth ei halen, yn anwybyddu'r rhoddion i gyd ac yn cwrlio ar y papur mae Mam newydd ei ddadlapio, cyn cau ei lygaid a chwympo i gysgu. Dyma'r prawf, os oes angen prawf, fod ceisio mynnu sylw cath mor ddiwerth â mwydyn yn ceisio palu i mewn i astroturf.

Wedi i Mam stryffaglio ar ei thraed wrth i effeithiau'r alcohol boreol leihau, dw i'n pasio amlen iddi.

"I chi a Dad," dw i'n esbonio. "O'n i methu â fforddio anrheg yr un i chi 'leni."

"Sdim ots, bach," ma Mam yn dweud heb sylwi ar y jôc, wrth gamu at Dad i agor yr amlen. Penwythnos o ymlacio a bwyta yng ngwesty Nant Ddu Lodge and Spa yw'r anrheg, ond pan ma Mam yn gweld hynny mae ei geiriau'n dweud 'diolch' ond ei llygaid yn mynegi rhywbeth hollol wahanol. Mae bwrdwn gofalu am Paddy wedi eu caethiwo i'r eithaf nes bod hyd yn oed benwythnos i ffwrdd, neu jyst noson, yn peri problemau ac yn creu euogrwydd iddi hi a Dad. Maen nhw'n garcharorion yn eu cartre eu hunain. Eisiau eu helpu o'n i, eisiau iddyn nhw allu mwynhau penwythnos bach i ffwrdd oddi wrth eu baich. Ond, wrth ddarllen rhwng ei geiriau o werthfawrogiad, dw i'n gwybod 'mod i newydd wastraffu dros ddau gan punt.

Dw i'n llowcio'r bucks fizz gan weddïo y bydd Wil yn hoffi ei anrheg e. Wedi'r cyfan, dyma'r un dw i 'di pendroni drosti fwy na'r un anrheg Nadolig erioed o'r blaen. Yn y diwedd, rhodd bersonol iawn benderfynais ei roi iddo yn lle'r extravaganza ddrud ddaeth i'm meddwl gynta. Dw i'n ei phasio iddo fe ac er ei bod yn amlwg wrth erdych ar siâp yr anrheg beth sydd i ddod, nid yw Wil yn dweud dim am hynny.

"Nice paper, Al." Unwaith eto, coegni yw cnawd ei eiriau. "You couldn't afford any wrapping paper either, could you?" A'r tro yma, dw i'n brathu'r abwyd.

"Recyclio, Wil, ti'n gwbod, re-cyc-ling," dw i'n dweud yn araf bach, gyda choegni'n diferu o 'ngeiriau (two can play that game!). Eleni, penderfynais lapio fy anrhegion mewn hen bapur newydd, ac er nad yw e'n gweddu â chwaeth pawb, mae'r llyn o bapur metelaidd o dan draed yn cyfiawnhau 'mhenderfyniad.

Mae 'mrawd yn plygu ac fel gwir lawfeddyg, yn cymryd gofal eithafol wrth agor ei anrheg. Yn araf bach mae'r cynnwys yn cael ei ddatgelu iddo, a dw i'n gwylio'i wyneb yn trawsnewid o benbleth i ddechrau i olwg o hapusrwydd mawr erbyn i'r papur gael ei daflu ar lawr. Ffrâm ddu o Habitat yw'r anrheg gyda thri ffoto o'n plentyndod ynddi. Mae'r llun ucha'n dangos Wil a fi ar gefnau ein beiciau BMX newydd sbon pan o'n i tua naw oed a fe'n ddeuddeg. Mae'r ddau ohonon ni'n gwenu'n llydan, ac mae'r llun i fod i gynrychioli'r gosteg cyn y storom o fwlian oedd ar fin cychwyn. Mae'r ddelwedd ganol yn ein dangos ni'n dau ar fore Nadolig yn blant ifanc iawn. Mae'r ddau ohonon ni'n gwisgo dillad cowbois gyda gwasgodau lledr, dau bistol ar ein cluniau a hetiau am ein pennau. Yn y trydydd llun, ry'n ni'n dau tua 7 a 10 mlwydd oed yn Legoland yn cymryd prawf gyrru mewn cerbydau bach o friciau Lego. Ar ddiwedd y 'prawf', cawson ni drwyddedau gyrru gyda'n lluniau a'n manylion arnyn nhw, jyst fel rhai go iawn, a phan gyrhaeddodd Wil ddeunaw oed a 'dechrau' mynychu tafarndai gan ddefnyddio ei ID ei hun, yn lle pasbort neu garden myfyriwr, dyma'r ddogfen byddai e'n mynd â hi gyda fe i'r dre!

Dw i'n dechrau poeni bod rhywbeth o'i le pan mae Wil yn

tawelu a jyst yn syllu ar y lluniau heb edrych o'i gwmpas na dim. Am orig fer, dim ond llais Nat King Cole sydd i'w glywed yn y cefndir wrth i bawb syllu ar Wil gan aros am ei ymateb. O'r diwedd, mae Mia'n camu tuag ato ac yn rhoi ei llaw ar ei ysgwydd ac mae 'nghalon i'n carlamu. Efallai fod 'na reswm arall pam nad yw Mia'n gallu edrych arna i heddiw? Efallai fod Wil yn gwybod y gwir a bod y lluniau wedi arllwys halen ar ei friwiau amrwd.

Wedyn, yn araf, mae Wil yn codi ar ei draed ac yn edrych i 'nghyfeiriad i gyda dagrau'n llifo i lawr ei wyneb. Dw i erioed wedi ei weld e'n crio o'r blaen (hyd yn oed pan oedd yn blentyn) a phan ma fe'n camu tuag ata i ac yn 'y nghofleidio'n dynn, mae f'argae'n chwalu a'i ddagrau'n cael eu hadlewyrchu ar fy ngwyneb inne. Trwy'r niwl, gyda 'ngên yn gorffwys ar ei ysgwydd a'r dagrau'n trochi ei siwmper newydd, mae llygaid Mia a fi'n cwrdd am y tro cynta ers deufis... unwaith eto, y tu ôl i gefn fy mrawd.

Fel tasen i ddim yn teimlo'n ddigon cymysglyd yn barod, mae Wil yn diolch ac yn ymddiheuro i fi am y ffordd ma fe 'di 'nhretio i yn y gorffennol, ac unwaith eto dw i'n begian arno i beidio gwneud.

Roedd y lluniau i fod leddfu fy euogrwydd a'i atgoffa o ddyddiau da ein plentyndod, cyn i'r bwlian ddechrau pan gyrhaeddodd Wil ei arddegau. Ond, wrth ddal ein gilydd o dan drem llygaid ein teulu agos, dim ond chwyddo fy euogrwydd ma'r rhodd wedi'i wneud. Wil yw'r unig berson ar wyneb y ddaear sydd wedi egino o'r un had â fi, ac er ein hanes cythryblus, mae fy mrad i'n waeth o bell ffordd o'i gymharu â bwlian plentynnaidd fy mrawd.

O'r diwedd, ni'n datgloi o grafangau'n gilydd ac yn camu'n ôl gan sychu'n gwynebau gyda chefn ein dwylo.

"Bloody hell!" ebycha Wil. "Sorry about that, I don't know what came over me."

"That's all right, Macho Man," mae Mia'n cynnig. "Your

feminine side had to make an appearance sooner or later!"

Ac mae pawb yn chwerthin ac yn yfed mwy o bubbly cyn i gloch y popty ganu gan ddatgan fod y twrci'n barod… a'r sbrowts 'fyd.

Wedi llwytho'r bwrdd, llenwi'r gwydrau a gwylio Dad yn cerfio'r twrci'n gelfydd, mae Wil o bawb yn mynnu arwain y fendith. Nawr, dw i'n gwybod sdim hawl 'da fi i feirniadu neb a'i bod hi'n neis ei weld e'n ymdrechu mor galed i newid a phopeth, ond ma clywed atheist llwyr yn gweddïo ar Dduw nad yw'n fodlon ei gydnabod mor ffug â phapur chwe phunt. Ond, fel arfer, 'sa i'n dweud dim.

Cyn gynted ag ma pawb yn cydadrodd eu 'Amens', mae Dad yn troi at Wil ac yn gofyn am ganiatâd i dynnu ei gracer, hynny yw Mia, sy'n rhybudd o'r math o jôcs sydd o'n blaenau unwaith i'r cracers iawn gael eu rhwygo. Cyn bod darn o gig neu stwffin neu lysiau'n cyrraedd ceg unrhyw un, mae coronau papur ar ben pawb a jôcs gwael yn cael eu hadrodd. O'r deg jôc (ffaelodd Sophie ag ennill unwaith o'i thair cynnig cynta, ac er mwyn cadw'r dagrau rhag llifo, tynnodd Wil eto ac eto tan iddi ennill un go iawn) dw i'n eu clywed, dyma'r orau:

Q: What do you call a man with no shin?

A: Tony.

Wedyn, mae tawelwch yn disgyn wrth i bawb ymosod ar eu prydau fel fwlturiaid gwancus ar garcas gwaedlyd. Mae bwyd Mam mor flasus (er bod ei grefi, fel arfer, yn debycach i jeli) fel nad ydw i moyn i'n 'mhlât wacáu. Dw i'n cymryd seibiant ar ôl sbel ac yn golchi 'mhaled gyda llond ceg o ddŵr rhewllyd, cyn gwerthfawrogi dewis Dad o win. Wrth rolio'r Rioja rownd 'y ngheg dw i'n pwyso'n ôl yn fy nghadair i adael i'r bwyd setlo a chael cyfle i edrych o gwmpas y bwrdd. Am y tro cynta ers tro, mae fy rhieni'n edrych yn hapus, fel petai eu holl broblemau wedi eu hanghofio… am y tro o leia. Dw i'n gwylio Wil, sydd mor gariadus tuag at ei wraig a'i blentyn o'i gymharu â'r tro diwethaf i ni fwyta, yn helpu Sophie i dorri'i thwrci cyn llenwi gwydryn Mia â Sencere drud. Ar wahân i anadlu garw a chwyrnadau iasoer Paddy, sy'n treiddio i'r stafell drwy'r monitor babi, fel atgof o'r tywyllwch sy'n llechu yn y cysgodion, ry'n ni'n ymddangos yn deulu normal, yn deulu hapus, heddiw. Wrth gwrs, ni i gyd yn gwybod yn wahanol, ond mae'n neis cael esgus ar adegau.

Heb feddwl, mae f'ymennydd yn llifo ag atgofion o Nadoligau o'r gorffennol, ac o nunlle mae delweddau o feics newydd ac Operation; Action Man a Bucking Bronco; Top Deck, ac anrhegion ychwanegol i fi a Wil am fwyta'n sbrowts, yn ymddangos. Yn wir, mae 'mrawd yn defnyddio'r un tric yn gwmws i orfodi Sophie i fwyta'u rhai hi hefyd. Mae McDonald's yn bell o'i meddwl hi heddiw, mae'n dda 'da fi 'weud. 'Sa i'n gallu cofio'r teulu'n edrych mor hapus yng nghwmni ei gilydd.

"No more for me, Wil!" mae Mia'n mynnu, gan dorri'r tawelwch a gosod ei llaw dros geg ei gwydryn gwin. Mae 'mrawd, er mawr syndod, yn dweud dim ac yn ufuddhau.

"Go on, Mia, it'll do you the world of good," mae Dad yn dweud, trwy ddannedd gwyrdd sbigoglysiedig, gan adrodd ei hoff esgus dros yfed cymaint o win. Cerddodd Dad rownd gyda gwên lydan ar ei wep am ddyddiau pan glywodd e'r newyddion fod gwyddonwyr wedi profi bod yfed gwin yn dda i chi!

"I can't," mae Mia'n pledio, gan edrych i gyfeiriad ei gŵr am gefnogaeth.

"Can't or won't?" mae Dad yn gofyn yn brofoclyd braidd.

"Can't," mae Wil yn ateb.

"Wil!" mae Mia'n ebychu wrth i'w bochau gochi rhyw damaid.

"Designated driver for the day, are you, bach?" Mam nawr, yn ymuno yn y sgwrs.

"Something like tha…" mae Mia'n dechrau, ond cyn iddi gael cyfle i orffen ei brawddeg, mae Wil yn torri ar ei thraws.

"For the next seven months, more like…" sy'n denu edrychiad cas o gyfeiriad Mia a gwên lydan ar wyneb Wil.

Wrth glywed hyn mae'r tawelwch yn dychwelyd wrth i bawb stopio bwyta a syllu ar Mia. Heb i neb yngan gair, mae'r cwestiwn yn amlwg i bawb. Mae Mia'n cario 'mlaen i fwyta gan geisio anwybyddu pawb, ond so Wil yn gallu.

"OK, OK," mae'n dechrau, gan ddal ei ddwylo o'i flaen. "We weren't going to tell anyone for a while as it's still early days…"

"And?" Mae Mam yn awchu i glywed yn awr.

"…well, I'm sure you can guess already…"

"What?" Mam eto, gyda'i llygaid yn llydan a'i dwylo'n fflapio fel adenydd aderyn anabl.

"…blinkin' 'eck, Mam, if you stop interrupting I'll tell you," mae Wil yn dweud, sy'n denu 'sori' di-lais wrth Mam. "Mia's pregnant…" mae'n parhau. "We're gonna have another baby…" a gyda hynny mae Mam ar ei thraed yn cwtsio pawb ac yn crio fel ei meibion gynt.

"How early?" ma Dad yn gofyn gan darfu ar y dathliadau.

"Two months gone," mae Wil yn ateb, ac wrth glywed hynny dw i'n edrych fyny ac yn dal Mia'n edrych i 'nghyfeiriad i. Ond, pan mae'n llygaid yn cwrdd, mae hi'n troi i ffwrdd ac yn esbonio'r newyddion wrth Sophie. "Mia's having the twelve-week scan at the beginning of February…" mae Wil yn parhau.

Ymhen ychydig o funudau swnllyd a chyffrous ac ar ôl i Mam demtio ffawd drwy ddweud "Nothing could spoil today now", mae pawb yn aileistedd yn eu cadeiriau ac yn palu 'mlaen â'u bwyd. Yn dilyn y prif gwrs, mae'r pwdin 'Dolig mwya alcoholig dw i erioed 'di'i flasu'n cael ei ddifa. Yn wir, mae'r pwdin plwm mor chwil fel bod angen help proffesiynol arno, os chi'n gofyn i fi!

O'r diwedd, ma pawb yn ymlacio a llacio'u gwregysau a'r sgwrs yn troi unwaith eto at y baban newydd a'r bla bla bla. Fel teledu am bump y bore, dw i'n switched off. Yn hytrach, dw i'n gwrando ar y gerddoriaeth gefndirol a thrwmpedu trwynol chwyrnadau Paddy sy'n cadw amser yn reit dda. Ond, heb rybudd, mae'r seindorf yn stopio a'r hen ddyn yn aflonyddu.

"Acorns and orange… it'sh that shimple…" Daw'r gibberish trwy'r monitor gan ddynodi fod Paddy ar ddihun. Mae Mam, fel rhiant ifanc dibrofiad, yn codi'n reddfol ar ei thraed yn barod i fynd i'w gynorthwyo, ond ma Dad yn dweud wrthi am aros am eiliad cyn rhedeg, 'rhag ofn ei fod e'n dal yn cysgu'. Dyw e ddim: mae Paddy'n fwy claear nag ers talwm. "Can ya hear me down there?" mae'n gofyn mewn llais rhyfeddol o gryf. Wedi tynnu ar yr awyrydd, mae e'n ateb ei gwestiwn ei hun. "I know ya can and I jusht wanted to shay…" anadliad dwfn arall. "…Merry Chrishtmush to you all, even the tart…" ac er bod pawb yn meddwl mai rantio meddw hen ddyn dryslyd yw'r geiriau diwetha, dw i, a Mia heb os, yn gwybod yn iawn at bwy ma fe'n cyfeirio. "…now I know I'm a burden and I alsho know that I didn't get any of you any preshentsh, sho I'm now going to read you a few wordsh that I hope will ring true with shome, if not all, of yous."

Dw i'n gweld Mam yn edrych ar Dad yn llawn pryder, chwithdod a chywilydd a Dad yn ei dro yn cymryd llond ceg o win i wrthsefyll y pwysau. Mae Wil yn gwenu ar Mia a Sophie yn eu tro gan chwyrlio'i fys wrth ei dalcen i ddynodi gwallgofrwydd yr hen ddyn. Dw i'n aros. Yn aros a gwrando'n astud.

Wrth i'r hen ddyn lenwi ei 'sgyfaint unwaith eto, dw i'n sylwi ar y gerddoriaeth gefndirol wahanol sy'n dod o'i stafell. Gil Scott-Heron, sef y CD roddais iddo sydd i'w glywed.

"Right…" mae'n dweud o'r diwedd. "…Here, by RShhh

Thomash…" a nawr dw i'n sylwi ei fod am ddarllen o'r gyfrol o farddoniaeth roddais iddo'r bore ma. Mae'r stafell gyfan, hyd yn oed Sophie, yn hollol dawel trwy gydol y gerdd a Mam yn dechrau beichio crio wrth iddo adrodd y geiriau,

"Why are my hands thish way
that they will not do as I shay?
Doesh no God hear when I pray?"

Aeth Mam allan o'r stafell wrth i Paddy yngan y pennill diwethaf.

"It is too late to shtart
For deshtinationsss not of the heart.
I must shtay here with my hurt."

Ymhen dim wedi i Paddy orffen y gerdd, mae Mam yn dychwelyd yn sychu ei llygaid ond mae hyn jyst yn achosi i Sophie ddechrau crio hefyd.

"Merry Chrishtmush!" mae Paddy'n ailadrodd, cyn cwympo i gysgu unwaith eto gan lenwi'r stafell â'i synau estron.

"Will someone please switch him off…" mae Wil yn gorchymyn, a gan taw fi sy'n eistedd agosa at y monitor, fi sy'n codi ac yn gwasgu'r botwn sy'n dileu Paddy o'r parti.

Mae'r naws yn awr yn hollol dywyll a neb yn gwybod beth i ddweud. Mae fy rhieni'n edrych ar ei gilydd yn ddagreuol ar draws y bwrdd ac mae'r cywilydd a'r tristwch yn amlwg yn eu llygaid. Dw i'n dal i amsugno arwyddocâd geiriau Paddy wrth i Wil dorri ar y tawelwch.

"There's only one thing left to do now, isn't there?" Ac mae pawb yn edrych arno heb syniad am beth ma fe'n sôn.

"What?" mae Sophie'n gofyn, wrth i'w dagrau ddiflannu a'r gobaith am chwaneg o anrhegion ddod i'r adwy.

"Monopoly, of course!" mae Wil yn ateb gyda gwên fawr ar ei wyneb. Dyma un o draddodiadau ein plentyndod ni – marathon o gêm Monopoly ar ôl cinio 'Dolig – un so ni 'di'i barchu ers blynyddoedd bellach. Wedi i ni drosglwyddo'r llestri i fwrdd y gegin, ni'n barod am fusnes.

O fewn deg munud mae Sophie wedi diflannu i chwarae gyda'i dolis. Ymhen ugain, mae Mia'n defnyddio'i beichiogrwydd cynnar fel esgus i fynd i orwedd o flaen y tân a Mam yn ei dilyn o fewn dwy funud yn cwyno am ben tost. Mae hynny'n gadael y dynion – ar ffurf bechgyn bach cystadleuol ar ôl. Mae'r tri ohonon ni'n adeiladu ein hymerodraethau dros yr awr nesa – Dad yn canolbwyntio ar ochr rataf y farchnad a'r gorsafoedd trenau; Wil ar y Mayfairs ac ochr ucha'r farchnad (flash git!), wrth i fi fynd ati'n dawel i gornelu'r orens a'r cochion a'i gwneud hi'n anodd i neb 'y mhasio i heb golli arian.

Dad yw'r cynta i gwympo, wrth i Wil ei rwydo ddwywaith yn olynol, ar Regent Street yn gynta ac wedyn Park Lane ar ei gyfle nesaf. Dw i'n llwyddo i frwydro am ychydig ond ma natur gystadleuol Wil, yn y diwedd, yn 'y nhrechu. Basech chi'n meddwl ei fod e newydd ennill Wimbledon neu rywbeth yn ôl ei siarad … Dw i 'di'i weld e i gyd o'r blaen ac, fel arfer, dw i'n cadw'n dawel.

Wrth i'r tywyllwch foddi'r ddinas a pheintio'r cymylau llwyd yn ddu, mae Wil, Mia a Sophie'n casglu eu hanrhegion ac yn gadael am gartre chwaer Mia yn ardal Parc Buddug y ddinas mewn cwthwm o gofleidio a diolchiadau gan adael rhyw deimlad bach anesmwyth ar eu holau. 'Sa i'n gallu esbonio'r hyn dw i'n deimlo ond, heb os, dw i yn ei deimlo.

Dw i'n ceisio gorfodi fy rhieni i adael y pentyrrau llestri brwnt i fi ond, fel plant yn eu harddegau, 'so nhw'n gwrando dim. Dim ond ar ôl llenwi'r dishwasher a golchi'r gweddill â llaw maen nhw'n 'y ngadael i sychu'r byrddau ac ymddeol i'r lolfa i wylio ffilm Nadolig S4C.

Wedi gorffen, dw i'n galw i weld Paddy, sydd erbyn hyn yn diodde o ben tost a syched difrifol. Dw i'n ei helpu i yfed peint o ddŵr ac yn eistedd yn y gadair ger ei wely.

"O'n nhw'n lico 'mherfformiad i?" mae'n sibrwd, a dw i'n sylwi'n awr mai dala'r monitor yn agos at ei geg oedd e'n gynt.

"Os dw i'n onest, Paddy, nag o'n."

"Good!"

"Good! Be chi'n meddwl?"

Ac ar ôl llond ysgyfaint o aer, mae'n esbonio.

"Pan ddarllenes i'r gerdd 'na, nath hi daro tant. Bwrw'r marc, ti'n deall, Alan? O'n i moyn atgoffa pawb 'mod i'n dal ma, a heb bach o help llaw, mae 'na siawns bydda i'n dal ma'r flwyddyn nesa 'fyd. A so 'ny'n no good i neb…"

"Sdim gobaith bydd hynny'n digwydd, Paddy."

Wrth glywed hynny, mae ei lygaid yn pefrio wrth syllu arna i. "Be ti'n meddwl?"

"Chi'n gwbod yn iawn, Paddy, so peidiwch acto mor naïf."

"Ond ma'n rhaid i fi dy glywed di'n dweud y geiriau…"

"Fi'n barod i'ch helpu chi, Paddy. There, hapus nawr?"

Ac unwaith eto, ma fe'n tynnu ar ei awyrydd cyn ateb yn wên o glust i glust, "Ydw, glei. Diolch yn fawr, Alan. Ma fe'n golygu lot fowr i fi."

"Fi'n gwybod, Paddy. Fi'n gwbod…"

"Pryd?" yw ei gwestiwn nesa.

"Y cyfle nesa gewn ni…"

"A toast!" Mae'n ebychu nawr gan estyn am y botel wisgi.

"Fi'n meddwl falle'ch bod chi 'di cael digon yn barod, Paddy…"

"Nonsens, gw' boi! Tonight we celebrate!" Ac, yn anfodlon, dw i'n arllwys shotyn bach yr un i ni. "To death!" yw llwncdestun marwrol fy nhad-cu, wedi ei ddweud â gwên lydan ar ei wyneb.

"To life!" yw fy ymateb i.

Mae Paddy'n chwyrnu'n braf ymhen dim a dw i'n dychwelyd i'r lolfa lle ma fy rhieni'n cysgu ar y ddwy soffa. Mae'r teledu a'r tân yn taflu cysgodion dros eu cyrff, ac wedi diffodd y bocs a diogelu'r fflamau tu ôl i'r guard, dw i'n esgyn y grisiau unwaith eto yn cario llond sach o anrhegion.

Dw i'n eistedd ar y gwely, gyda CD newydd o gerddoriaeth Idris Mohammed yn chwarae ar y stereo, ac yn diolch yn dawel am yr holl roddion ac am yr arweiniad mae Duw wedi ei ddangos i fi yng nghyd-destun tynged fy nhad-cu. Estynnaf fy llyfr cerddi oddi ar y bwrdd bach ger y gwely a'i agor ar dudalen wag. Ond, yn lle'r tywyllwch arferol sy'n llifo ohona i, mae rhywbeth hollol annisgwyl yn digwydd heno. Fel tasai Sophie a'i hanrhegion, newyddion Wil a Mia, neu hyd yn oed fy sgwrs ddiweddara â Paddy, wedi f'ysbrydoli a fy rhyddhau, dw i'n ysgrifennu cerdd ysgafn.

Peidiwch torri calonnau'r plantos bach.
Peidiwch dweud nad yw e'n fyw ac yn iach.
Wrth gwrs ei fod e'n bodoli,
'Ma fe'n dod dros y bryn yn cario'i sach.

I ddyfynnu Big Chris, mae 'di bod yn emosiynol.

17: GWYRTH?

Dw i'n gadael y sied am hanner awr 'di wyth ar y dot ac yn stryffaglan tua Thornhill yng ngwres cynnar y bore am 'gyfarfod busnes' gyda Floyd. Nawr, fel chi'n gwybod, baswn i'n osgoi'r fath sefyllfa fel arfer, ond gyda'r twll yn lledaenu o ddydd i ddydd o 'nghwmpas, sdim dewis 'da fi ond gwrando ar gynnig fy ffrind.

Wedi gadael y Crystals a phwmpio'r coesau bach lan Heol Hir – enw sydd ond yn cynnig hanner esboniad o natur yr heol hir a serth yma – tuag Ysgol Uwchradd Llanisien, dw i'n gorfod camu oddi ar y beic jyst ar ôl pasio mynedfa'r ysgol gan fod y rhiw yn rhy serth a'r ysgyfaint yn rhy fach. Dw i'n cael seibiant byr yng nghysgod croesawgar coeden Magnolia gyfagos ac yn difaru peidio dod â photel o ddŵr a dillad glân 'da fi gan y bydda i'n socian pan gyrhaedda i'r gwaith ar ôl y cynulliad cynnar ma.

Edrychaf ar fy oriawr a phenderfynu cerdded gweddill y ffordd, gan fod digon o amser 'da fi a braidd digon o egni i wneud hyd yn oed hynny. Mae'r plant ysgol yn cerdded heibio, am ddiwrnod arall o double maths a CDT, yn hollol anymwybodol o'm presenoldeb a chofiaf am ddyddiau fy addysg innau. Doedd yr haul byth yn tywynnu fel ma fe heddiw. Yn anesboniadwy, dw i'n sefyll ar iard fy ysgol uwchradd yn gwisgo tei frethyn sy'n cosi fy afal adda tanddatblygedig a dw i'n zits i gyd. Dw i ar 'y mhen fy hunan, fel arfer. Mae'r olygfa'n llwydaidd, o'r concrit dan draed i'r adeiladau o 'nghwmpas i, ac o'r gwynebau dieithr i'r cymylau fry. Fel hyn mae fy atgofion o'r cyfnod yn ymddangos erbyn hyn. Yn niwtral.

Dw i'n bwyta fy mrechdanau wy a chress wrth gerdded mewn cylchoedd o gwmpas yr ysgol yn awchu am gael dychwelyd i'r dosbarth a'r wers nesa. Mae pob plentyn arall yn rhan o grŵp neu gang ond 'sa i'n poeni nad ydw i. Dw i'n barod yn gyfarwydd â 'nghwmni fy hunan. Dyna'r ffordd dw i'n teimlo fwya cysurus. Dw i'n blentyn preifat... diolch i fy annwyl frawd, yn benna.

Wrth i mi gerdded ar draws y prif faes chwarae, dw i'n dod yn ymwybodol bod fy nghyd-ddisgyblion yn edrych arna i wrth i fi basio. Maen nhw'n sibrwd ac yn syllu, yn pwyntio a gwenu. Beth mae Wil wedi'i wneud neu ddweud y tro hwn? Dw i'n checio 'nillad i wneud yn siŵr nad oes aderyn wedi gollwng ei lwyth arna i, ond dw i'n glir o guano. Mae'r poenydio'n para wrth i fi gerdded yn hamddenol heibio i'r annexe lle mae'r Chweched yn chwarae eu ping-pong a'u babyfoot yn ystod yr awr ginio, ac yn cyrraedd y cae chwarae cefn. Yn annerch tyrfa o ddisgyblion mae Wil, felly dw i'n aros i wrando am eiliad gan 'mod i'n sicr mai dyma lle dechreuodd yr holl sibrwd sydd wedi 'nilyn i'n ddiweddar. Wrth i'w eiriau gyrraedd fy nghlustiau trwy'r cyrff llawn cyffro, deallaf mai darllen cynnwys fy nyddiadur mae fy annwyl frawd. Rhannu fy nheimladau plentynnaidd a 'nghyfrinachau naïf gyda 'nghyd-ddisgyblion. Penbleth plentyn anaeddfed sy rhwng y cloriau, a sgyrsiau di-ri â Duw. Ond fel ni oll yn gwybod, mae plant yn ffeindio poenydio eraill yn bleser ac yn beth lot haws na stydio ar gyfer eu TGAUs, ac wedi'r digwyddiad, cefais fy medyddio ag enw newydd i gyd-fynd â 'nghred grefyddol – Alun Fedyddiwr. Stopiodd yr arteithio dan din ddim chwaith, tan i fi adael yr ysgol ar ôl eistedd fy Lefel A, hynny yw.

Heb rybudd, gadawaf dywyllwch fy nyddiau ysgol a chyrraedd Heol y Cadno ar ochr ogleddol Sainsbury's a ffeindio cartref Floyd, reit ym mhen pella'r cul-de-sac. Floyd fase'r person ola i fi ddisgwyl ei weld yn byw yn y 'burbs fan hyn (teuluoedd ifanc neu gyplau wedi ymddeol ydyn nhw fel arfer), ond o gofio'r holl rwydweithiau cudd o lwybrau cefn, y dead ends di-ri, undonedd y cartrefi a'r coedwigoedd bach sy'n britho'r ardal, mae'r lle fel labarynth maestrefol ac yn gwneud synnwyr perffaith a dweud y gwir. Peth hawdd fyddai dianc neu ddiflannu yn y fath ystâd. Pe bai angen dianc neu ddiflannu, hynny yw…

Dw i'n agosáu at dŷ detached fy ffrind, sy'n amlwg angen ychydig o TLC ar y tu allan o'i gymharu â'r tai eraill ar y stryd. Mae'r briciau coch wedi colli eu lliw a'r yucca wrth y drws ffrynt angen dŵr. Fase torri'r porfa yn gwella pethe, 'fyd. Wrth ochr chwith ei gartre, mae llwybr yn arwain at goedwig ac ar y dreif dwbl mae Ute Floyd yn eistedd wrth VW Polo bach arian. His and hers os gweles i ddau gar erioed.

Dw i'n camu at y drws ffrynt ac yn cnoc-cnocio'n ysgafn. Mae'r drws yn araf agor er nad oes neb ar yr ochr arall i 'nghyfarch. Dw i'n troedio'n dawel i'r tŷ gan glywed arogl skunk drewllyd a bacon butties. Hoff frecwast Floyd Fortune the First.

Dw i ar fin bloeddio enw fy ffrind pan mae'r drws yn cau'n glep tu ôl i fi a llaw oer yn cau am 'y ngheg. As if nad yw hynny'n ddigon teimlaf ddur rhewllyd yn cyffwrdd ochr 'y nhalcen a chlic digamsyniol gwn yn cocio wrth 'y nghlust. Dw i bron â llewygu a llenwi 'mhants ar unwaith pan mae Floyd yn camu i'r cyntedd yn cario hambwrdd llawn te a brechdanau bacwn gan ddweud, mor hamddenol ag Alan Partridge ar y

Champs-Elysées, "Put him down, Dee Dee. That's just Al, our driver," cyn cario 'mlaen ar ei ffordd i'r stafell fyw.

Gwna Dee Dee fel mae Floyd yn gorchymyn a dw i'n troi i'w wynebu gan anadlu'n ddwfn i wrthsefyll y sioc. O'm blaen, mae Dee Dee'n sefyll yn edrych fel rock star – yn ei denims rhwygedig tyn, biker boots tywyll, crys T gyda'r geiriau 'Kill Everyone' ar ei blaen, llond pen o wallt tywyll gwyllt, a gwyneb creithiog sy'n dyst fod y dyn yma wedi byw ei fywyd i'r eitha. Wedi eu cloddio'n ddwfn i'w benglog mae'r llygaid tywyllaf dw i erioed wedi eu gweld. Fel marmor, maen nhw'n ddideimlad a dienaid.

Anadlaf yn ffitlyd, yn falch nad ydw i 'di llenwi 'nhrôns gan stryglan i ddweud "what the fuck d'you do that for?" wrth geisio swnio'n galed a chrac ar unwaith.

"Sorry man," medde Dee Dee. "It's just a replica like, not a real shooter or nuffin. And anyway, I thought you woz a cop."

"Do I look like a cop?" llwyddaf i ofyn wrth i fy anadlu ddychwelyd i ryw fath o normalrwydd. Ac ar ôl edrych arna i'n ofalus am rai eiliadau, mae Dee Dee'n dweud:

"Nah, you look more like a bar man come to think of it."

"Makes sense, seeing that's what I am," meddwn cyn gwthio heibio iddo a dilyn Floyd trwy'r drws i'r stafell fyw.

Wedi camu trwy'r drysau MDF dwbl dw i'n dod wyneb yn wyneb â dau berson anghyfarwydd arall (yn ogystal â Floyd) sy'n codi eu pennau i syllu arna i o'r conservatory ym mhen pella'r stafell. Dw i'n rhewi yn fy unfan gan sylwi ar foethusrwydd cartref fy ffrind. Efallai fod y gragen allanol angen ychydig o sylw ond mae'r tu fewn fel palas. Batchelor pad go iawn sydd gan Floyd – gyda flat-screen TV anferthol yn hongian yn y cornel, cadair ledr foethus, llond wal o DVDs, tanc pysgod tenau yn codi o'r llawr i'r nenfwd yn y cornel pella... a tua hanner tunnell o skunk wedi'i lwytho mewn pecynnau naw owns ger y lle tân glo ffug. Dyma lle dw i'n syllu wrth i Floyd godi ar ei draed a chamu tuag ata i.

"I know, I know," mae'n dechrau, gan sylwi 'mod i'n dal i syllu ar y llwyth drewllyd ar lawr. "Tubs just delivered that. I don't usually keep that much on show; I mean, that's why I built the dungeon... Anyway, Al, welcome to my humble abode." Mae'r direidi sy'n bresennol yn ei lygaid wedi chwyddo rywsut heddiw ac mae fy ffrind fel plentyn ar fore 'Dolig wrth iddo 'nghyflwyno. "Let me introduce you to some friends of mine. Now, you've already met Dee Dee..." mae'n dweud wrth i'r rocker gamu heibio gan gymryd y spliff oddi arno ac eistedd gyda'r lleill mewn cwmwl o fwg trwchus. "This by 'ere's Silent Gee," gan bwyntio at gawr o ddyn du sy'n eistedd yn dawel wrth y bwrdd. "Silent on account of his muteness and Gee because his name's Gary. You can call him Gee. He seems to like that."

Mae Gee'n nodio mewn cadarnhad ac yn cymryd y spliff oddi ar Dee Dee. Dyna pryd dw i'n sylwi ar ei drowsus sydd wedi eu tynnu mor uchel dros ei wast fel ei fod yn edrych fel petai anaconda'n ei fwyta'n gyflawn. Mae ei groen lliw licoris a'r graith sydd wedi hen ymgartrefu ar ei foch chwith yn brawf fod Gee wedi byw bywyd treisgar. Tawel a threisgar hynny yw. Ysgwn i a nath e sgrechian pan gafodd y graith ei chreu? Mae Floyd yn parhau.

"Gee's Dee Dee's partner..."

"Objection!" mae Dee Dee'n bloeddio. "Don't say that, Floyd for fuckssake; you make us sound like a right pair of hommes," ac mae'r bwrdd yn tarannu mewn ymateb i'r honiad. Dw i'n ymlacio digon i ofyn:

"Old friends of Floyd's are you?"

"Friends? Sort of. We met him inside about three years ago..." mae Dee Dee'n ateb.

"Inside what?" gofynnaf yn ddi-glem, sylw sy'n denu'r un math o ymateb â joc gynharach Dee Dee am ei berthynas â Gee.

"Top gag, Al! Where the fuck did you find him, Floyd? Jongulers was it?"

Ac mae'r chwerthin yn parhau, ond y tro yma sa i'n ymuno mewn gan 'mod i'n hollol ar goll ac ychydig yn amheus.

Yna mae Floyd yn troi at drydydd marchog y bwrdd crwn – dyn boliog â breichiau mor llydan â phen-ôl Ffresian. Mae ei groen fel lledr a'r tatŵs sy'n dringo drosto yn dystiolaeth fod y dyn yma'n croesawu poen. Er ei fod e'n amlwg yn berson annifyr, mae ei wallt trwchus du, ei fochau tew a'i wên gam yn gwrthgyferbynnu'n llwyr â'i bersona allanol. Dryswch o ddyn yw e. Wrth i Floyd ei gyflwyno, dw i'n sylwi arno'n gwrthod y spliff a gaiff ei basio o amgylch y stafell.

"Last but not least, this is Tubs. Alan Tubs, Tubs Alan. He's one of yours by 'ere, Tubs..."

"What's that supposed to mean?" mae Tubs yn gofyn, mewn llais mwy garw na Mark Lanegan.

"He's proper Welsh like, speaks the lingo an' all that."

Wrth glywed hyn mae Tubs yn edrych arna i mewn golau newydd. Mae'n gwenu, gwên gyfeillgar.

"Wyt ti wir, Alan..."

"Ydw, ac Alun yw fy enw iawn i 'fyd."

"Enw da os ca i ddweud," meddai fel petai'n arbenigwr yn y maes enwau Cymreig, cyn adio braidd yn ofidus, "beth ti'n neud gyda'r bois ma te, Al?" Ond cwestiwn rhethregol ydyw gan ei fod yn parhau heb oedi. "Jyst bydd di'n ofalus, iawn. So pawb rownd y ford ma'n bobol neis iawn, os ti'n deall beth sy 'da fi..."

Ond cyn i fi gael cyfle i ymateb neu ddeall ei eiriau'n iawn, mae Dee Dee'n gofyn: "What the fuck are you sayin'? It sounds like fuckin' bollocks to me..."

"It would though, Dee Dee, wouldn't it..." mae Tubs yn ateb yn hollol bwyllog "...seeing you can't speak the lingo," cyn ysgwyd ei ben a sibrwd "ma mwy o freins 'da'n nhwll tin i, na sy 'da hwn."

"What was that, mate?" mae Dee Dee'n mynnu, yn fyr ei amynedd nawr. Ond mae Tubs yn ateb gyda gwên fach ar ei wyneb ac awdurdod a sicrwydd yn ei lais.

"All I said was it's nice to meet a proper fellow Welshman for a change, instead of one of you fuckin' fakes!"

Ac unwaith eto mae pawb yn chwerthin a'r iâ wedi toddi'n ddŵr. Ond, yng nghanol y miri, mae Tubs yn dal fy nhrem, gyda gwedd ddifrifol ar ei wyneb, er mwyn tanlinellu difrifoldeb ei rybudd.

"Right, down to business gentlemen," mae Floyd yn dweud, yn swyddogol i gyd am ryw reswm. Does dal dim clem 'da fi beth sydd o 'mlaen i fan hyn ond dw i'n gwybod un peth – yng nghhwmni'r fath ddihirod â Dee Dee a Gee, so ni yma i drafod codi arian drwy gynnal raffl. "Tubs, what have you got for us this time?"

"Good question, Floyd," mae'n dechrau. "What I've got for you today is probably the easiest job ever... it also happens to be very high yielding, thanks to the incompetence and short-sightedness of our arch enemies, the bureaucrats." Wrth glywed y gair yma, mae Floyd a Dee Dee'n dweud '*booooo*' fel cynulleidfa mewn pantomeim. Dw i, ar y llaw arall, mor fud â Silent Gee. "The job in hand centres on the Post Office in the tiny hamlet of Trellech, which is about ten miles south of Monmouth. Now Monmouthshire, as we all know, is rich cunt country, which is pretty much why we're targeting this area and not fuckin' Porth in the Rhondda or somewhere similar. Rich cunts equals muchos mula after all.

'Right, in Trellech there's what's known in the business as a Holding Office. To you and me, it looks like any other small country Post Office – you know the kind: flowers outside, old biddy behind the counter. But gentlemen, it's so much more, you wouldn't believe. The Holding Office, or holder as it'll be known from here on, collects weekly takings from four other small Post Offices within an eight-mile radius and holds the money in a safe for collection on the last Wednesday of every month. That's next Wednesday, by the way. Now for those of you that are crap at maths, that's five weekly takings because we also count the holder's takings too – which average five grand a week, by the way – from five Post Offices, which equals 20 weekly instalments in one lovely safe in the holder. What we're looking at is a figure in the region of one hundred thousand pounds, gentlemen. It's so fuckin' easy I don't know why I don't just do it myself. The reason all this lovely cash is hoarded in this place as opposed to the main post office in Monmouth is plain old bureaocratic bullshit. They don't want weekly takings at the main offices, only monthly… which is beautiful for people like us…"

Mae 'ngheg i'n sych a 'nghalon i'n pwmpio wrth i'r

geiriau lifo o geg Tubs. Mae'r cynllun yn ymddangos mor syml dw i'n dechrau meddwl pam nad yw pawb yn y byd yn troi at life of crime.

"Why don't we go up there tomorrow and just take what's there?"

"Good question, Dee Dee; the answer is because the safe's code changes every thirty seconds and the only people who know the codes are the Securicor dudes who visit once a week with the weekly takings from the other four post offices. And, as we're greedy fuckers, we want to wait til the last possible moment to claim all the booty..."

"And that's next Wednesday, right?"

"Exactly, Floyd; the Securicor blokes arrive at roughly eleven o'clock, when you'll be waiting to accompany them inside for a spot of safe cleaning..."

"What about those posters they got up in these post offices? You know the ones, they say somethin like 'no cash kept on premises'. You see 'em everywhere..." Dee Dee eto.

"They're absolute bullshit, my friend. Nothing more than government propaganda, nothing more than lies..."

"Where will you be, Tubs?" gofynnaf.

"Who knows, who knows? I certainly don't. I'm just the man with the plan by here. That's the way I like it. Ten per cent and a quiet life..."

"How do you know all this, then?"

"Fair question, Al, but I'm sure you've noticed that none of these boys asked before you and the reason for this is I don't disclose my sources and I never let people down. Would you agree, Floyd?"

"Too right Tubs, you da man!" mae Floyd yn cytuno'n llawn parch ond mewn acen Americanaidd am ryw reswm.

"This is how I see it," mae Tubs yn parhau. "Floyd and Gee, you take care of the post master, first Securicor dude and safe. Dee Dee, you control the second Securicor dude, the driver that is. Pistol whip him, shit him up. You know these fucks are cowards and won't do nothing to stop you. While Floyd and Gee are inside, you need to drag the driver out of the van and get him to open the back door because there'll be the final weekly takings from the four other post offices in there. Once he opens the van, knock him out and exchange his body for the bags inside. Al, you're driving..."

Beth? Chi'n siŵr? Ai dyma'r amser iawn i fi ddatgelu fy niffyg trwydded, profiad a gallu? Na, dim nawr... dw i allan o 'nyfnder fan hyn... dw i jyst yn nodio, fel petai popeth yn iawn a bod dwyn o Swyddfa'r Post fel tynnu peint i fi. "Park the car about a hundred yards down the road from the holder; when you see the Securicor arrive, you three walk to the post office, all casual like, don't run. Al, stay put as the job goes down. It won't take more that sixty seconds. When Dee Dee opens the back of the van, drive the car up and pop the boot so he can put the bags in. By that time Floyd and Gee will be out with their loot. As soon as everyone's in, drive off. I take it this is your first time, a late replacement for Floorboard George as I understand, so, a few tips. Actually, just one, keep to the speed limit. No, sorry, two. Don't run any lights; the last thing you want is to be pulled on your way home. And that's it, I think, gentlemen..." Dyna 'ny! O ddifrif? Dyna 'ny! Easy peasy lemon squeezy! "Any questions?" mae'n gofyn wedyn, ac mae gen i gannoedd er nad ydw i'n gofyn yr un. Mae Tubs yn dangos y pentref i ni ar fap ac yn dangos ffotograffau i ni o'r 'holder'.

O nunlle, dw i'n dweud, "I don't want to be part of anything that involves guns…" ac er mawr syndod mae pawb yn chwerthin fel petawn i newydd gracio'r ferret gag! Wedyn mae Floyd yn eu shwshio ac yn esbonio. Er bod e'n siarad 'da fi fel ma fe'n arfer gwneud, mae 'na glint bach yn ei lygaid sy ddim fel arfer yn bresennol, jyst awgrym fod Floyd, fy ffrind, yn wahanol rywsut yng nghwmni'r dynion ma.

"Al, we *have* to use guns, 'cos you can't really do an armed robbery with pea shooters, know what I mean? But don't worry, 'cos we only use replicas so no one gets hurt. OK?" A dw i'n nodio am ryw reswm, fel petai hyn yn gwneud popeth yn ticidi-bŵ. "And anyway, Al, you're just the driver so if we get caught…"

"We won't get caught!" Mae Dee Dee'n torri ar ei draws.

"I know that, Dee! But, even if we did, the driver never gets a heavy sentence, right?"

Ac mae pawb yn mwmian yn aneglur, sy'n gwneud dim i leddfu 'mhryder. Dw i'n casáu ail-ddweud o hyd ond dw i allan o 'nyfnder, mae hynny'n amlwg. Yn anffodus i fi, dw i allan o opsiynau hefyd.

Wedi i Tubs ailesbonio cwpwl o bethau i ni ac addo ffonio Floyd nos Fawrth i roi'r golau gwyrdd terfynol i ni, mae e'n codi ar ei draed yn drwsgl ac yn ffarwelio cyn camu'n ansicr tua'r drws ffrynt. Ond, cyn iddo gyrraedd pen draw'r lolfa, mae Dee Dee'n gofyn:

"Ey, Tubs, what's with the gangsta limp?" Ac mae Tubs yn codi coes dde ei drowsus mewn ymateb i ddatgelu ei datŵ ddiweddara: draig ffyrnig a chywrain sy'n plethu o gwmpas ei goes o fodiau ei droed tuag at ei benglin a thu hwnt. "How far up does that bad boy go?" yw cwestiwn nesaf Dee Dee wrth iddo gynnu mwgyn arall.

"All the way..." mae Tubs yn dweud gan wenu'n goeglyd, cyn gadael i'w drowsus gwympo a throi at Floyd sy'n rhoi amlen drwchus iddo wrth i'r ddau adael yr stafell.

Yna, tawelwch. Y tawelwch mwya anghyfforddus ac annifyr dw i erioed wedi'i brofi. Dyma fi, Alun Brady, Mr Diniweidrwydd ei hun, yn eistedd yma yng nghwmni'r ddau career crim yma. Mae'r pâr yn syllu arna i, heb wenu, heb deimlad o gwbl really. Eithaf niwtral yw eu golwg a dweud y gwir. Fel petaen nhw'n cloriannu fy ngallu ar gyfer y job. Neu efallai mai jyst stoned gach yw eu gwedd... wedi'r cyfan, mae'r mwg porffor yn drwchus yn y tŷ gwydr yma a 'ngheg i'n sych fel Martini Mr Bond. Mae'r spliff yn cael ei basio gan Dee i Gee ac ar ôl iddo lenwi'i ysgyfaint a chochi ei lygaid, mae'n cynnig y biffder i fi.

"No thanks, Gee," dwedaf, "I've got to go to work..." a dw i'n edrych ar fy oriawr "...right now, actually." Mae Gee yn cadw'r spliff ac yn tynnu arni'n galed nes bod mwg yn chwydu o'i ffroenau, ei geg a phob agen arall o'i gorff. Mae'r mwg yn dawnsio o'i gwmpas yng ngolau'r haul ac mae ei agwedd tuag ata i'n newid o fod yn niwtral i fod yn rhywbeth cwbl wahanol. Newid cynnil iawn yw e, ond newid heb os. Fel petai gwrthod y spliff yn golygu 'mod i wedi gwrthod ei ffordd e o fyw neu rywbeth.

Fy nhro i yw hi nawr i godi'n ansicr, ac wrth wneud dw i'n estyn fy llaw i gyfeiriad Gee, sy'n ei gwrthod, ac wedyn Dee Dee, sy'n gwneud yn debyg. Dw i bron â dweud 'where's your team spirit boys' ond yn penderfynu peidio. Dim ond poen sy'n fy nisgwyl ar y trywydd yna. Yn hytrach, dw i'n mwmian "see you next Wednesday" wrthyn nhw ac yn cerdded tua'r drws ffrynt yn falch o gael cefnu ar eu cwmni annymunol.

Mae'r drws ffrynt ar agor a dw i'n camu allan i'r awyr agored mewn pryd i weld Tubs yn gadael yn y Polo lliw arian, sy'n 'bach o sioc, rhaid cyfadde gan i fi ddychmygu Tubs ar gefn Harley chunky neu rywbeth tebyg. Mae Floyd yn ymuno â fi ar stepen y drws.

"You leavin?"

"Yeah, I'm workin' in ten minutes…" ac wedyn mae tawelwch anghyfforddus ac estron yn cwympo droston ni. Wedi ychydig eiliadau, mae Floyd yn ei dorri.

"So, what d'you reckon then?"

"About what?"

"The fuckin job, Al, the job!"

"Well I don't like it, but…"

"But what?"

"But I don't have much of a choice, do I?"

"I guess not…" ac unwaith eto mae'r tawelwch yn dychwelyd.

"There's something I have to tell you, though, Floyd."

"If it's the shooters you're worried about Al, don't be. They're for show only. A threat, nothing more. They're not even real…"

"No it's not the guns, although I'm not over the moon about them either…"

"What then?"

"I'm the driver right?"

"Right."

"Floyd… I've never passed my test…"

Ac wedi i fy ffrind chwerthin ar hyn, mae'n stopio ac edrych arna i a golwg ddifrifol ar ei wyneb.

"You're serious, aren't you?"

"Of course I'm serious!"

"Sorry mate, I thought you were kidding…"

"No, Floyd, I don't think now's the time to be

cracking gags, do you?"

"Neither do I. But it's no problem either. You *can* drive though, right?"

"Well yes, although I'm a bit rusty…"

"That's not a problem, it's like riding a bike and you can practice in mine over the weekend…"

"But what about a licence?"

"Leave that to me, Al. I've got you covered." Ac fel tasai'n synhwyro fy anhapusrwydd, mae'n rhoi ei law ar fy ysgwydd ac yn adio, "I know you're worried about returning to clink and all that, but this is a piece of piss. Tubs never lets us down, he's like Mr Wolf or something, a real pro. It'll be over in a matter of hours. All you've got to do is drive and then, Wham!, we're back here counting the cash. At least fifteen grand a pop. That'll cover your debt and get you a deposit on a nice flat or something. Sort you out proper like. What d'you say?"

A dw i, fel merch fach ddiniwed, yn gwenu ac yn dweud: "That sounds good, Floyd…"

Dw i'n hala gweddill y dydd mewn man rhyfedd iawn – rhywle rhwng yr anymwybodol a'r dryswch ymwybodol eitha. Rhyw fath o zombie a dweud y gwir. Mae pobol, cwsmeriaid hynny yw, yn siarad 'da fi ond 'sa i hyd yn oed yn siŵr a ydw i'n eu hateb, eu hanwybyddu neu beth.

Mae cynnwys cyfarfod y bore'n chwyrlïo o gwmpas 'y mhen ac atgofion o Dee Dee a'i wn a'i wylltineb amlwg yn dal i aflonyddu arna i. Mae tawelwch Gee yn waeth rywffordd! O leia gyda Dee Dee chi'n gwybod beth yw ei hyd a'i led, ond pwy a ŵyr beth sy'n mynd trwy ben ei bartner?

Dw i wedi 'nghaethiwo mewn clasur o Catch-22. Ar

yr un llaw, 'sa i eisiau torri'r gyfraith a dychwelyd i'r carchar. Ond ar y llaw arall, hyd yn oed os nad ydw i'n torri'r gyfraith, bydda i'n dychwelyd i'r carchar. Am ddewis! Mae gen i ryw atgof o gytuno i wneud y 'job' gyda Floyd hefyd. Am gawlach! Mae'r ychydig o obaith oedd gen i rai diwrnodau'n ôl wedi diflannu. Mae'n afiach o beth i ddweud, ond dim ond un ffordd galla i weld mas o'r gazpacho trwchus ma...

Wrth gwrs, gallen i feio Wil am ei hunanoldeb, ond chi'n gwybod cystal â fi mai dim ond un person sydd i'w feio yn y bôn. Fi.

Dw i'n desperate i newid fy ffordd o fyw a chefnu ar y mân dor-cyfraith, y gweithio heb dalu'r dreth, y mwg drwg, a'r armed robbery (!) dw i nawr yn mynd i fod yn rhan ohono. 'Sa i'n hoff o'r hyn dw i'n datblygu i fod, ond eto sdim clem 'da fi sut i fynd ati i newid pethe, chwaith. Dw i'n credu mai cylch dieflig sy'n fy sugno i lawr fan hyn... dial ar raddfa arallfydol, efallai. Yn y gorffennol, basen i 'di troi at Dduw am arweiniad, ond dw i 'di hen droi 'nghefn arno. Fe hefyd erbyn hyn.

Dw i'n ddyn gwan. Dw i ar goll. Yn golledig. Yn fucked, sdim gwadu hynny.

Am bump, ar y dot, ma Floyd yn cerdded i mewn ac yn fy nal wrth i mi adael am y dydd. Ma fe'n 'y mherswadio i aros am ddiod ac mae'r un yn troi'n dri, a'r tri'n troi'n chwech.

Dw i'n rhannu'r cyfan 'da fe – wedi'r cyfan, mae'r tafod yn llacio wrth i'r Stella lifo – ac mae Floyd yn gwrando ac yn esbonio ac yn fy mherswadio'n araf bach y bydd popeth yn iawn. Ma fe hyd yn oed yn addo na fydd e byth yn cynnig dim o'r fath i fi 'to yn y dyfodol, er 'mod i'n ei chael hi'n anoddach fyth i gredu hynny erbyn hyn. Gweles i rywbeth 'gwahanol' ynddo fe'r bore ma, rhywbeth oedd yn fy atgoffa o'r noson waedlyd honno gyda Fabio. Mae anifail yn llechu o dan arwyneb hoffus a hwyliog Floyd. Anifail gwyllt. Bwystfil tywyll.

Gyda'r cloc yn tic-tocian tuag un ar ddeg, dw i'n gadael y dafarn tra bod Floyd yn ei 'swyddfa' gyda chwsmer arall. Er ei holl eiriau calonogol, 'sa i'n hapus, 'sa i 'di cael fy argyhoeddi chwaith. Ond, yn bwysicach na hynny, does dim dewis 'da fi. Er yr holl alcohol a yfes i, 'sa i'n teimlo'r effeithiau arferol. Mae hi fel petai 'mhroblemau i'n gwrthod y gwefrau, fel bownser wrth ddrws clwb nos. If your name's not Misery, you're not coming in.

Cerddaf rhwng y cyrff chwyslyd sy'n dal i yfed yn yr ardd a dw i'n falch o weld fy hen ffrind Paddy'n aros amdana i wrth y beic. Yng nghanol fy holl ffwdan, dw i 'di anghofio bod Paddy druan yn dal i fod yn styc rhwng dau fyd. O leiaf mae dewis 'da fi ar dir y byw, sy'n fwy nag sy 'da Paddy lle ma fe. Wrth i fi estyn am y beic, mae Paddy'n rhoi ei law ar fy ysgwydd – ac er nad ydw i'n ei deimlo'n gorfforol, dw i'n teimlo ei gyffyrddiad ar lefel arall. Lefel ysbrydol neu rywbeth. Gwenaf arno a chynnig backy iddo. Er mawr syndod i mi, fel petai'n teimlo fy unigedd, ma fe'n neidio arno a dw i'n dechrau pedlo.

Mae'r hewlydd yn dawel gan ei bod hi'n hwyr, so dw i'n swingio mas o Fidlas Avenue, heb oedi, i Heathwood Road sy'n rhedeg o flaen y dafarn. Mae'r tywydd wedi bod mor sych yn ddiweddar fel bod llwch a cherrig mân yr hewl yn achosi i olwyn flaen y beic lithro oddi tana i wrth i fi geisio sythu fy llwybr am adre ac, mewn fflach, dw i, y beic a Paddy, ar 'yn hyd yng nghanol y ffordd. Teimlaf rwyg poeth gwaedlyd yn pigo 'mhengliniau ond, a dweud y gwir, problem fach iawn yw hi o gymharu â'r lori sy'n taranu tuag aton ni gyda'i golau blaen yn 'y nallu a'i chorn yn bloeddio'i rhybudd. Rhewaf yn yr unfan ac mae'r lori ar 'y mhen i mewn clic camera. Dw i'n bwrw'r llawr a chau fy llygaid. Dyma'r diwedd, dw i'n sicr: ffordd eithafol, ond effeithiol iawn, o osgoi bod yn rhan o gynllun Floyd.

Mae'r corn yn 'y myddaru ac amser yn sefyll yn stond wrth i fi aros am weithred olaf, reit drawiadol, fy modolaeth.

Wrth i'r lori deithio trwydda i dw i'n ffeindio fy hunan mewn gwagle, rhyw isfyd llonydd, llachar. Mae'r golau'n fy nallu i ddechrau, ond wedi i fy llygaid gyfarwyddo gwelaf Paddy'n cerdded oddi wrtha i tuag at ddau ffigwr, sanctaidd yr olwg, sy'n sefyll rhyw ddeg llath o ble dw i'n gorwedd. Edrychaf eto gan rwbio fy llygaid. A dw i'n gwneud hyn eto er mwyn gwneud yn siŵr. Mam a Dad sydd yno'n estyn eu dwylo tuag at fy nhad-cu gan ei groesawu i Baradwys. Dw i'n ceisio symud 'y nghoesau er mwyn ei ddilyn ond 'sa i'n gallu. Felly gwyliaf Paddy wrth iddo afael yn nwylo fy rhieni. Maen nhw i gyd yn gwenu, ac mae 'da nhw reswm da dros 'neud hynny hefyd.

Mae pawb yn edrych yn ifancach na phan adawon nhw dir y byw; Paddy wedi colli degawd arall a fy rhieni'n agosach at bedwar deg na thrigain. Mae'n debyg fod y Nefoedd yn berchen ar gyfranddaliadau yn Oil of Ulay! Mae Paddy, o'r diwedd, wedi cyrraedd. Dw i'n ceisio gweiddi arnyn nhw, dw i eisiau pledio arnyn nhw i aros amdana i, ond sdim sŵn yn dod o 'nghorn gwddf. Dw i'n dechrau crio mewn rhwystredigaeth, a thrwy'r niwl gwelaf y triawd yn troi i 'ngwynebu. Mae Mam yn chwythu cusan, Dad yn rhoi'r thumbs-up i fi a Paddy'n dweud "diolch". A dyna fi'n ffarwelio â Paddy am yr eilwaith. Wedyn, maen nhw'n diflannu a theimlaf rhywun yn f'ysgwyd yn gadarn.

Dw i'n agor fy llygaid yn araf ac yn teimlo fy mochau gwlyb. Mae 'meic yn rhacs wrth fy ochr a'r lori wedi dod i stop i fyny'r stryd. Mae 'na dyrfa wedi ymgasglu o gwmpas a'r gyrrwr, dw i'n credu, yn plygu wrth fy ochr. Mae e 'di stopio f'ysgwyd erbyn hyn. Codaf yn ansicr ar fy nhraed wrth i'r boen o 'mhengliniau gwaedlyd rwygo trwydda i. Ond, yn hytrach na gwingo, dw i'n gwenu.

"Mate-Are you OK Mate-Jeezus-Fuck-You came from nowhere-I had no chance of stopping like-no chance-I can't believe I didn't hit you-must have gone right over you…" Mae geiriau'r gyrrwr yn llifo ohono mewn un stribed hir.

"It's a miracle!" ma un o'r dorf yn ychwanegu.

"The bike's not been so lucky though," ychwanega rhywun arall.

"Talk to me, mate! Are you OK?" Y gyrrwr eto, gyda phryder amlwg yn ei lais.

"I am," cadarnhaf yn bendant. Ac mi ydw i hefyd. Dw i'n well nag 'OK' a dweud y gwir. Mae'n anodd esbonio'r hyn dw i'n ei deimlo'n syth ar ôl y ddamwain a'r hyn ddilynodd. Ond mae rhywbeth wedi newid, mae hynny'n amlwg.

Mae'r gyrrwr yn fy helpu i gyrraedd y pafin gyferbyn â'r dafarn. Mae rhywun arall yn cario 'meic a rhoi glased o ddŵr i fi. 'Sa i'n crynu na dim. Ond dw i'n yfed y dŵr ta beth. Yn araf bach mae'r dorf yn diflannu.

"I'll be back in a sec," medde'r gyrrwr gan ruthro tua'i lori. Gwyliaf e'n mynd cyn codi'r beic drylliedig a'i roi ar fagiau du cyfagos fyddai'n cael eu casglu yn y bore.

"What happened, Al, are you OK?" Floyd sydd yma nawr, yn fyr ei ana'l. "Fuck, someone said you'd been hit by a fuckin' lorry!"

"Not quite," dw i'n ateb yn dawel gan larpio gweddill y dŵr.

Mae'r gyrrwr yn dychwelyd gyda'i fanylion yswiriant, ond dw i'n gwrthod eu cymryd. Mae e'n meddwl ei fod wedi gwneud niwed i fi, ond y gwrthwyneb sy'n wir. Mae e wedi'n achub i.

"Only if you're sure, mate, I mean, I did wreck your bike…"

"Thanks anyway," dwedaf, "but seriously, there's no need."

Mae Floyd wedyn yn ceisio torri ar draws ond dw i'n codi llaw ac mae e'n stopio.

"Are you OK to get home now? Let me at least pay for your cab," meddai'r gyrrwr eto braidd yn ddryslyd, yn hollol euog.

"I'll give him a lift…" medde Floyd, ond mae lifft 'da rhywun sydd wedi yfed naw Stella mor beryglus â gadael pwll nofio'r plantos yng ngofal pedoffeil.

"Not a chance, Floyd, you've had a skinful! And anyway, I'd rather walk. I need to clear my head and have a think. It's not far anyway…"

"Only if you're sure, mate."

"I am, thanks."

Ac mae Floyd yn dychwelyd i'r dafarn a'r gyrrwr yn ôl at ei gerbyd. Mae'n gadael Rhydypennau'n llawn rhyddhad, basen i'n meddwl.

Dw i'n gadael set y ddrama ac yn anelu am adref ar 'y mhen fy hunan go iawn, gan fod Paddy wedi went. Gwenaf wrth gofio beth weles wrth edrych ar bont yr Arches sydd wedi ei hamlinellu heno'n erbyn yr awyr glir gyda'r sêr yn disgleirio fry fel glitter ar glogwyn gwrach.

Dw i'n teimlo'n wych. Yn bwerus rywffordd, fel petawn i 'di gorwneud hi ar y sudd guarana. Mae rhyw egni newydd yno' i. Rhyw sicrwydd, rhyw rym yn gwibio trwy 'ngwythiennau, fel Duw ar ffurf hylifol.

Mae hi fel petai popeth o 'nghwmpas yn meddu ar ryw ddwyster newydd. Dw i 'di teimlo'r Gwirionedd, wedi clywed y Gair, a nawr galla i weld Gogoniant y byd o 'nghwmpas trwy lygaid clir. Mae'r holl ansicrwydd sy 'di bodoli yno' i ers blynyddoedd bellach wedi diflannu. Dw i mor hapus o wybod na ildiodd Duw trwy'r blynyddoedd diffaith, di-gred, er i fi droi cefn arno fe. 'Na'r gwahaniaeth rhwng Duw a dyn am wn i...

Dw i'n byseddu'r groes arian sy'n dal i hongian rownd fy ngwddf a chaf wefr estron wrth wneud. Gwelaf wynebau fy rhieni y tu ôl i bob blinc, ac eto caf fy nghofleidio gan gynhesrwydd, fel mantell wefreiddiol o gadarnhad.

Teimlaf yn arbennig. Yn freintiedig. Yn ddewisedig, os ydi'r fath air yn bodoli. Sdim lot o bobol yn cael gweld y Nefoedd...

A dyna pryd ma fe actually'n 'y mwrw i. Dw i 'di *gweld* y Nefoedd. 'Na i ddweud hynny eto. Dw i 'di *gweld* y Nefoedd. Gyda fy llygaid fy hun. A 'sa i'n sôn am ryw gymylau soft focus, angylion yn chwarae'r delyn na hen ddyn â barf wen chwaith. Mae'n fwy o deimlad na dim a dweud y gwir, rhyw sicrwydd ysbrydol. Touched by the Hand of God. Mae'n amhosib ei esbonio ond dw i'n gwybod beth welais i: Gwyrth. A dw i'n gwybod beth deimlais i: Duw.

Ac er nad oedd E'n bresennol yn weledol, sdim angen *gweld* Duw i wybod ei fod E 'di ymddangos i chi.

Ydy Fe'n fy amddiffyn, fy nghadw at ryw alwad uwch? Pwy a ŵyr? Ond, wrth i fi droedio'r llwybr tywyll trwy'r coed, yn ôl tuag at fy sied, dw i'n gwybod fod Paddy wedi 'ngadael i am rywle gwell. Ac wrth ffarwelio â'i bresenoldeb e, teimlaf bresenoldeb newydd yn fy mywyd nawr, un sydd wedi bod yn absennol ers rhai blynyddoedd. Dw i'n gwybod nawr, wrth droi'r allwedd yn y clo, 'mod i'n cerdded yng nghysgod y Creawdwr.

Dw i'n agor y drws a chamu i 'ngwâl. Mae'n rhyfedd peidio gweld Paddy'n hepian yn ei gadair, ond dw i'n falch ei fod e 'di mynd. Caiff gyfle i chwylio am Mam-gu nawr.

Dw i'n gafael mewn Breezer o'r oergell ac yn tynnu fy nhreiners, cyn ymlacio yn 'y nghadair gan adael i'r ynni lifo trwof i. Meddyliaf yn ôl i 'gyfarfod' y bore. Hyd yn oed heb arweiniad Duwiol, ro'n i'n gwybod nad oedd gwneud y fath beth yn iawn. Wedi'r cyfan, common sense yw'r Deg Gorchymyn os chi'n meddwl amdanyn nhw. Ond nawr, gyda'r criciaid yn clecian, yr awel yn siffrwd a'r Breezer yn blasu mor dda, meddyliaf am waredigaeth Paddy gan wybod, jyst gwybod, na alla i fod yn rhan o gynllun Floyd. Hyd yn oed os mai dychwelyd i'r carchar yw diben 'y mhenderfyniad, rhaid ufuddhau i Dduw a derbyn 'y nghosb fel dyn. Fel disgybl. Yr unig broblem yw gorfod dweud wrth Floyd – a 'sa i'n credu y bydde e'n rhannu 'mrwdfrydedd i am fy ailenedigaeth ysbrydol nac yn derbyn hynny fel rheswm digon da i adael y 'tîm' i lawr. Ond rhaid bod yn gryf, a gyda Fe wrth fy ochr unwaith eto, mae nerth a chryfder yn bethau hawdd eu ffeindio...

18: BLWYDDYN NEWYDD DDRWG

Dw i'n agor fy llygaid jyst mewn pryd. Jyst mewn pryd i atal fy hunan rhag gwlychu'r gwely, sy braidd yn embarrassing i oedolyn, rhaid cyfadde. Er hynny, mae'n rhywbeth sy'n digwydd yn amlach nag ma pobol yn fodlon cyfadde... nag yw e?

Y rheswm am hyn oedd cynnwys fy mreuddwyd boreol. Chi'n gwybod y math o beth: hollol glir a chredadwy, sydd ond yn digwydd ar yr adeg yna o'r dydd pan nad ydych chi cweit ar ddihun, ond eto so chi cweit yn cysgu chwaith.

Yn waeth na'r panig afaelodd yno' i oherwydd y bygythiad amonaidd, roedd fy mreuddwyd i'n atgof o rywbeth 'nath ddigwydd i fi rhyw ugain mlynedd yn ôl. Teithiodd fy isymwybod yn ôl i pan o'n i tua tair ar ddeg oed a Wil yn rhyw bymtheg. Dyna lle o'n ni, fel Mole a Toad arddegol, ar gwch rhwyfo ar Lyn y Rhath. Roedd yr haul yn tywynnu a'r dŵr mor las â chlais ffres fy BCG. Galla i weld fy rhieni mewn pedalo, yn pedlo nerth eu coesau tuag at yr ynysoedd ym mhen draw'r llyn, tra bod Wil yn fy arwain i, tuag at oleudy Capten Scott. Hynny yw, i'r cyfeiriad gwahanol i'r un mae Mam a Dad yn anelu mynd. Mae 'mrawd, sy 'di bod yn f'arteithio ers blynyddoedd bellach ac sy felly'n giamster ar y gamp erbyn hyn, yn fy ngwynebu yn y cwch. Mae ei ysgwyddau llydan yn cael eu dangos i'r byd gan ei fod e'n gwisgo vest Ocean Pacific werdd ac mae ei wallt euraidd yn cwympo'n naturiol o'i ben fel tas wair wyllt. 'Spunk' fase merched Awstralia'n ei alw.

Mae'r rheswm pam ei fod e'n anelu am y goleudy'n dod

i'r amlwg wrth i fy rhieni ddiflannu yn y tonnau gwres ym mhen draw'r llyn. Yn aros amdanon ni, yn hongian oddi ar y railings ger y goleudy fel mwncïod mewn zoo, mae pedair merch o Chwech Un. 'Sa i'n gwybod eu henwau, ond maen nhw'n gwybod enw 'mrawd, ac er bod Wil yn ifancach na nhw, mae hi'n ymddangos yn debyg eu bod nhw'n ei addoli… neu o leia'n ei ffansïo. Cyn gynted â'n bod ni o fewn deg llath iddyn nhw, mae Wil yn gwneud fel ma pob dyn arall yn neud yn y fath sefyllfa. Ma fe'n dechrau showan off. Yn gyntaf, mae e'n tynnu'i vest, sy'n gwneud i'r merched sgrechian fel rhes flaen cyngerdd Wham! ac yn gneud i fi droi i ffwrdd yn llawn gwarth. Does dim cywilydd yn perthyn iddo fe!

Mae un o'r merched yn tynnu lluniau o Wil wrth iddo sefyll lan ac ystumio fel Mr Universe. Wrth wneud hyn, mae'r cwch yn symud o ochr i ochr gan 'y ngwneud i'n nerfus iawn gan nad ydw i'n nofiwr cryf. Yn anffodus i fi, mae Wil yn sylwi 'mod i'n anghyfforddus ac felly'n ffeindio ffordd newydd o fy arteithio. I gyfeiliant anogaeth a sgrechiadau'r merched, mae fy annwyl frawd yn eistedd i lawr ac yn dechrau siglo'r cwch o ochr i ochr yn rymus tra mod i'n cau'n llygaid ac yn dal yn dynn yng nghefn y cwch. Wedi munud, sy'n teimlo fel mis, o bledio gyda fe i stopio, dw i'n agor fy llygaid ac yn gweld bod 'na dyrfa wedi ymgasglu o gwmpas y merched i weld beth yw'r holl ffws. Mae pawb yn pwyntio, pawb yn chwerthin, wrth i'r dŵr dasgu ac wrth i ochrau'r cwch fynd yn ddyfnach i'r llyn gyda phob sigl. Dim ond dechrau'r poenydio yw hynny. Agoraf fy llygaid i weld Wil yn pwyntio ata i gan ddatgan i'r byd a'r betws beth sy newydd ddigwydd.

"Al's fuckin' pissed himself!" gwaedda, gan wenu ar ei gynulleidfa fel petai e newydd gyflawni'n gwmws beth oedd e wedi gobeithio'i wneud. Mae'r dorf yn gweiddi ac yn pwyntio a galla i glywed clic-clic cwpwl o gamerâu'n fflachio

– a jyst fel 'na, mae Wil wedi darganfod ffordd newydd o chwalu'n hyder i ac unrhyw obaith sy gen i o allu dal fy mhen yn uchel yn yr ysgol byth eto.

Dw i moyn neidio i'r dŵr a nofio tuag at Mam a Dad, ond fel chi'n gwybod, sa i'n nofiwr cryf, felly dw i jyst yn eistedd yn y cwch gyda 'mhen yn 'y nwylo yn syllu'n syth at y gronfa ddŵr sydd wedi ymddangos o dana i.

Dyna pryd 'nes i agor fy llygaid, jyst mewn pryd i rwystro'r un peth rhag digwydd eto yn fy ngwely. Rhwbiaf fy llygaid gan geisio cael gwared ar yr atgof anghyfforddus o 'mhen, fel dileu llun o Etchasketch, a dyna pryd dw i'n sylwi fod y freuddwyd dw i newydd ei chael yn adlewyrchu'r ffordd dw i'n teimlo ar y bore hwn, bore olaf Patrick Brady ar dir y byw.

Yn araf bach, gyda chalon drom, dw i'n codi ac yn gwasgu PLAY ar fy stereo ac yn golchi 'ngwyneb a 'ngheseiliau yn y sinc i gyfeiliant trwmped Miles Davies ar Shades of Blue, sy'n berthnasol iawn ar Noswyl Calan ar drothwy 1999. Dw i 'di hala'r wythnos ers dydd Nadolig yn mynd trwy'r moshwns gan geisio actio fel petai popeth yn 'normal' o flaen fy rhieni, ond gan gyfri'r oriau, munudau, eiliadau tan ddienyddiad Paddy. Er nad yw hi 'di bod yn wythnos hawdd, dyw hi ddim 'di bod yn un drist chwaith. Dw i 'di hala pob munud posib gyda Paddy gan i fi gymryd wythnos o wyliau o'r gwaith. Ni 'di gwrando ar lot o gerddoriaeth a gwylio nifer o ffilmiau, ac er nad yw'r sgyrsiau'n llifo – fel roedden nhw rai misoedd yn ôl – mae ein cyfeillgarwch yn gadarnach nag erioed a dw i'n gwybod erbyn hyn, heb unrhyw amheuaeth, fod yr hyn dw i'n bwriadu'i wneud heno yn iawn. Cant y cant yn iawn. I Paddy'n benna, ac i bawb sy'n gysylltiedig ag e. Er nad ydw i 'di meddwl gormod am y dasg sydd o 'mlaen i, wel o leia dw i 'di ceisio peidio meddwl gormod am bethau (tasg amhosib os buodd un erioed), dw i a Paddy wedi trafod y mater ac wedi penderfynu cadw pethau mor syml ag sy'n bosib. Teimlaf weithie fel gwaredwr fy nheulu, ac eto weithie fel Judas. Ond er y dryswch, sdim troi'n ôl nawr. Dw i'n gwybod hynny, o leia.

Dw i 'di bod i'r sales dair gwaith yn ystod yr wythnos, er mwyn cael 'bach o awyr iach yn fwy na dim. Prynais gwpwl o CDs ac ambell lyfr... ond doedd dim un ohonyn nhw ar sale, chwaith! Ond, er bod hyn yn swnio yn wastraff amser llwyr, roedd e'n adio at y teimlad o normalrwydd dw i 'di bod yn ceisio'i gyfleu i weddill 'y nheulu ar hyd yr wythnos.

Fel arfer, sdim cynlluniau 'da fi ar gyfer dathlu Nos Calan, felly roedd perswadio Mam a Dad i dderbyn gwahoddiad i barti blynyddol y Camileris yn rhif un ar ddeg yn dasg reit hawdd. Yn naturiol, doedd Mam ddim eisiau gadael Paddy ond gyda Dad a fi'n troi ei braich, ildio 'nath hi yn y diwedd.

Wedi gwisgo, dw i'n cael eiliad o ysbrydoliaeth ac yn gafael yn fy llyfr cerddi ac yn adio at y gerdd dw i 'di bod yn ei sgwennu drwy'r wythnos, cyn bod y syniad yn diflannu. Cerdd i Paddy yw hi, rhyw fath o ffarwél i hen ffrind. Rhywbeth fel 'na ta beth.

Dw i'n popio 'mhen rownd drws stafell Dad-cu, ond 'sa i'n aros gan fod yr hen ddyn yn cysgu'n braf. Wel, mor braf ag y gall rhywun sy'n marw'n araf wneud, hynny yw. Mae Dwdi'n agor ei lygaid am eiliad ac edrych i 'nghyfeiriad o'i safle ar waelod y gwely, ond gan nad ydw i'n edrych nac yn arogli fel tiwna, mae e'n dychwelyd i'r tywyllwch yn reit glou.

Wedi brecwast hamddenol, dw i'n ymuno â fy rhieni i gerdded o gwmpas y llyn ac er bod y daith yn bleserus ar ddiwrnod mwyn arall o aeaf llwyd, mae'r twyll dw i'n ei chwarae arnyn nhw'n fy mhoenydio. Dw i'n casáu bod mor dan din am bethau, yn enwedig o gofio pa mor agos ydw i atyn nhw. Dw i eisiau rhannu'r cyfan 'da nhw, ond dw i'n gwybod nad dyma'r amser iawn i wneud hynny chwaith.

Ddim eto ta beth.

Wrth agosáu at Oleudy Scott, dw i'n profi gwefr anghyfforddus wrth i 'mreuddwyd, yr atgof, cynharach ailymweld â fi unwaith eto. Mae'r teimladau annifyr yma'n cael eu chwyddo gan gwaith wrth i Mam a Dad fy llusgo tuag at dŷ fy mrawd. Ond dw i'n diolch i Dduw nad yw'r Merc yn y dreif a neb yn ateb y drws. Result! Felly adref â ni, trwy'r coed moel ger Cardiff High, yr holl ffordd lan allt serth Llandennis Avenue, ar draws rhodfa lydan Cyncoed Road cyn camu ar gerrig mân ein dreif.

Dw i'n gwneud brechdan ham a salad ac yn mynd â hi, yn ogystal â phecyn o Frazzles ac afal, i stafell Paddy. Mae'r hen ddyn ar ddihun ac yn mwytho blew trwchus Dwdi, sy'n canu grwndi'n wyllt. Dw i'n eistedd gan wenu.

"Ma fe'n licio ca'l ei gosi o dan ei ên," dw i'n dweud, sy'n ysgogi Paddy i wneud hynny. Mae lefel sain Dwdi'n codi tuag at un ar ddeg a'i gwt hir yn dawnsio fel cobra o dan swyn nodau ffliwt. Dw i'n bwyta 'nghinio gan wylio Paddy'n maldodi Dwdi. Dylse pob tŷ yn y byd gael cath, dw i'n credu, ac mae presenoldeb Dwdi, yn ogystal â'r sicrwydd ym meddwl Paddy fod y diwedd ar ddod, wedi helpu'r hen ddyn yn aruthrol dros y diwrnodau diwetha. Mae 'na rhyw lonyddwch drosto nawr, ac er ei fod e'n dal i ddiodde poen, mae Paddy fel tasai wedi derbyn hynny gan ein bod am dwyllo ei dynged yn y man.

Dw i'n gorffen y frechdan ac yn agor y creision. Mae sŵn y pecyn yn dychryn Dwdi ac mae e'n dychwelyd i ddiogelwch gwaelod y gwely, gan gwrlio'n dynn cyn cwympo nôl i gysgu. Am fywyd braf!

"Sori am 'ny, Paddy."

"Dim problem, Alan," mae'r hen ddyn yn llwyddo i sibrwd. Pwyntia at Dwdi. "Ironic, on'd yw e?... ti'n gweld, Alan, 'sen i'n gath, fel yr hen Dwdi fan hyn, basen nhw 'di'n rhoi i lawr amser maith yn ôl. And they call humans humane…" Yna, ymladd am fwy o aer. "Pan ni ond yn humane tuag at bob creadur, ar wahân i'r ddynol ryw, pah!" Mae'n wfftio, mewn atgasedd tuag at y ffordd mae e 'di gorfod dioddef yn ddiweddar. Wedyn, fel tasai'r un frawddeg fach yna, yr un sylw teg, yn ormod iddo, mae e'n cau ei lygaid unwaith eto.

Mae e mor anghyfforddus a'i fodolaeth yn amlwg mor ofer erbyn hyn, a dw i'n falch o adrodd 'mod i'n hollol argyhoeddedig fod yr hyn dw i'n bwriadu'i wneud ymhen mater o oriau er lles pawb, yn enwedig Paddy.

Estynnaf fy llyfr cerddi o 'mhoced ac adio cwpled arall at y farwnad, ac wedyn dw i'n gadael yr hen ddyn a'r gath i freuddwydio.

O fewn dwy awr, dw i nôl gyda Paddy wrth i'r nos gau o amgylch y gymuned tu fas i'r ffenestri agored. Dw i'n troi'r lamp 'mlaen ger ei wely er mwyn i fi allu darllen ychydig o gampwaith Joyce yn y golau isel, a phan mae Mam a Dad yn dod i mewn i'r stafell wedi gwisgo'n smart ar gyfer eu parti, mae 'nghalon yn cyflymu gan fod yr amser yn agosáu. Dw i'n ysgwyd braich esgyrnog Paddy, er mwyn ei ddeffro, ac mae Mam a Dad yn eu tro'n plygu i'w gusanu. Mae Mam yn mynd trwy'r moshwns arferol – 'ti'n gwybod lle 'yn ni' a 'paid oedi i alw os oes angen unrhyw beth' – cyn i Dad ysgwyd fy llaw a dymuno 'Blwyddyn Newydd Dda' i'r ddau ohonon ni. Pan mae Dad yn yngan y geiriau yma, dw i'n dal Paddy'n edrych arna i gyda gwên wybodus yn cyrlio'i wefusau. Wedyn, maen nhw wedi mynd gan ddymuno 'nos da', yn hytrach na'r 'ta-ta' y dylsen nhw ddweud wrth Paddy.

Unwaith i'r drws ffrynt gau mae Paddy'n gafael yn fy llaw ac yn gwenu unwaith eto.

"Ti'n barod, Al?"

Dw i'n nodio'n ansicr wrth i 'ngheg lenwi â phoer sych, os yw hynny'n bosib. Wedyn dw i'n codi ar 'y nhraed ac yn gadael y stafell er mwyn casglu'r holl bethau sydd eu angen arna i ar gyfer y weithred ola hon.

O fy stafell wely dw i'n estyn potel o Loaphraig, deunaw mlwydd oed, sy i fod nymio Paddy a rhoi ychydig bach o Dutch Courage i fi. Wedyn, dw i'n sicrhau bod fy llyfr cerddi yn 'y mhoced cyn dychwelyd at yr hen ddyn. Pan dw i'n cyrraedd mae e'n cysgu unwaith eto felly dw i'n rhoi CD Count Basie ar y stereo a Whiskey Galore yn y fideo cyn eistedd lawr ac anadlu'n ddwfn.

Wrth eistedd yno gyda'r Count yn hawlio'r cefndir gan gyd chwarae gyda chwyrnadau anwastad Paddy, dw i'n gweddïo. Gweddïo am arweiniad a sicrwydd fod yr hyn dw i am wneud yn iawn... ac wrth i Paddy'n beswch a thaflu llond pen o wyrddni gwaedlyd o'i geg dw i'n cymryd hynny fel cadarnhad. Cyfleus iawn dw i'n gwybod, ond ma Duw yn gweithio mewn ffyrdd anesboniadwy, nag yw e?

"Ma'r ffilm yn barod i'w gwylio, Paddy," dw i'n esbonio, wrth sychu'r budreddi o'i fron a'i ên. Ond mae'r hen ddyn yn edrych arna i gan ddweud "Anghofia'r ffilm, Al, fi'n barod i fynd nawr. Fi'n barod i fynd i edrych amdani," yn hollol hamddenol, fel tasai'n siarad am fynd i Ynys y Barri ar helfa drysor. Mae ei ddatganiad yn gwneud i 'nghalon garlamu'n gynt, ac i 'ngheg sychu, sy'n gwneud hi'n anodd siarad, felly dw i'n nodio 'nealltwriaeth ac yn arllwys llond gwydraid yr un o chwisgi i'r ddau ohonon ni.

Yn dawel bach llyncwn y gwirod; Paddy'n sawru pob diferyn o'r hylif cyn ei sipian, tra 'mod i'n llyncu'r cyfan mewn tair ceged ac yn tynnu 'ngwefusau dros fy nannedd fel Esther Rantzen. Mae Paddy'n chwerthin arna i ac estyn ei wydryn er mwyn i mi ei ail-lenwi.

Dw i'n chwysu nawr, er bod y ffenest ar agor a'r stafell mor oer. Mae Paddy hefyd wedi ei orchuddio mewn mantell o chwys, ond am resymau gwahanol i fi, yn amlwg. Mae'n estyn am ei awyrydd, cyn sugno a sibrwd, "Paid becso nawr,

Al bach, ti'n neud y peth iawn fan hyn…"

"Fi'n gwybod, Paddy," a dw i'n golygu hynny hefyd…
"Ond ma fe'n teimlo… chi'n gwbod…yn weird, 'na i gyd. I
mean, fi'n gwybod eich bod chi'n dioddef a dw i moyn y'ch
helpu, ond…"

"Mae 'na ond bob amser…"

"Chi'n iawn, a 'sa i'n tynnu'n ôl na dim, ond… ond 'sa i
moyn y'ch brifo chi…"

Ma fe'n tynnu'n hir ar ei awyrydd nawr, gan baratoi i
yngan mwy o eiriau nag y mae e 'di'i wneud ers wythnosau.

"Fy mrifo i! Al, Al, Alan, so ti'n gallu brifo rhywun neu
rywbeth sy'n barod mewn byd o boen. Ti'n gadel fi'n rhydd,
Al, liberating me from this world of pain. Ac am hynny gei
di dy faddeuant. Wyt ti'n hoffi 'ngweld i fan hyn, fel hyn?"

"Na, wel, ydw, wrth gwrs 'mod i'n hoffi'ch ca'l chi fan
hyn… yn agos ata i…"

"Dim 'na beth ofynnes i…"

"Wel, na, 'sa i'n lico'ch gweld chi'n gorwedd ma, fel hyn.
A dweud y gwir ma fe'n torri 'nghalon i bob tro dw i'n agor
y drws…"

"A 'na pam nad yw'r hyn rwyt ti ar fin gwneud yn
anghywir, Alan. Gadael i fi fyw sy'n anghywir…" Mae'n
gofyn, wedi llyncu mwy o aer, "Cer i'r drôr i fi, 'nei di Al?"

A dw i'n gwneud hyn, gan estyn amlen wen gydag enwau
fy rhieni ar ei blaen mewn bagle brain o lawysgrifen. Mae'r
cefn wedi'i selio ar gau, felly mae Paddy'n egluro taw llythyr
o esboniad yw e, lle mae e'n cymryd yr holl gyfrifoldeb am
beth sydd ar fin digwydd. Dw i'n diolch iddo ac yn dechrau
crio.

"Stopa 'ny reit nawr!" mae'n mynnu. "This is not wrong,
Alan, I repeat, not wrong." Ac wedi'r llond pen yma, mae'n
stryffaglan i ddatgloi'r mwclis arian sy'n hongian rownd ei
wddf a rhoi'r groes a'r gadwyn i fi. "Fi moyn i ti gael hon, a'r
llyfr 'na 'fyd. 'Drych ar eu hôl nhw, maen nhw'n antiques…"

ac mae ei gyfeillgarwch yn gwneud i fi grio unwaith eto wrth i mi gysylltu'r gadwyn tu ôl i 'mhen. "Pull yourself together, right now!" A dw i'n gwneud fel mae'n gofyn cyn ei gofleidio'n dynn. Wrth wneud, galla i deimlo'i esgyrn o dan ei groen, sy'n f'atgoffa o'r lluniau 'na o garcharorion rhyfel. Mae ei chwys yn drewi o dosturi a'i frest yn gwichian o dan straen fy nghoflaid.

Wedi datgloi o'r gwtsh, mae Paddy'n gofyn i fi ailchwarae ei hoff gân oddi ar y CD, sef 'Count's Place' – tôn hollol upbeat sy mewn gwrthgyferbyniad llwyr â'r tywyllwch sydd ar fin ymweld â'r stafell. Mae Paddy'n gorwedd 'nôl ac yn gwenu arna i, cyn diolch i fi am ei helpu.

"Iawn, Al, fi'n barod nawr..." mae'n ebychu, gan lyncu llond pen o chwisgi, ac fel gwas bach y Medelwr Mawr, dw i'n codi ar 'y nhraed. Ond, cyn gallu codi'r gobennydd ac atal llif ei anadl, dw i'n ymestyn at y wal tu ôl i'w wely ac yn codi'r cerflun o Grist a'i roi yn y drôr. Dw i'n sibrwd gweddi fer ac yn cusanu Paddy ar ei ddwy foch cyn edrych arno, unwaith eto. Mae e 'di cau ei lygaid yn barod ac mae ei ana'l mor dawel yn awr fel pe bai mewn trwmgwsg. Mae golwg mor llonydd ar ei wyneb gan ei fod yn gwybod fod y diwedd, o'r diwedd, wedi dod. Mor ofalus ag y gallaf, dw i'n gosod y gobennydd dros ei wyneb ac yn pwyso i lawr, a dyna lle dw i'n aros am bum munud... pum munud hir, hollol afiach, tan bod fy nghefn yn gwegian oherwydd y safle anghyfforddus, a 'mhenglog yn taranu o dan straen seicolegol yr hyn dw i'n wneud. Yng nghanol y weithred, mae Dwdi'n codi ac yn cerdded ata i ar draws y gwely er mwyn rwbio'i ên yn erbyn fy mhenelin, cyn neidio i'r llawr a gadael yr stafell heb edrych nôl.

Pan mae'r cloc yn cyrraedd 19:53, dw i'n tynnu'r gobennydd oddi ar ei wyneb ac yn penglinio wrth ochr y gwely. Dw i'n gafael yn ei law esgyrnog, sy'n oeri gyda phob curiad o 'nghalon, ac yn gweddïo'n dawel. Mae Paddy'n hollol lonydd. Nid yw ei frest yn ehangu nac yn cyfangu ac mae'r trwmpedu wedi tawelu. Os ydi'r trwmpedu wedi peidio, mae hynny'n golygu fod y boen hefyd wedi ildio. Dw i'n lleoli 'mys o dan ei drwyn ac yn falch o deimlo nad oes unrhyw aer yn dod o'i ffroenau. Wedyn, dw i'n codi ac eistedd ar y gadair ger y gwely ac yn anadlu'n ddwfn wrth i realiti'r hyn dw i newydd wneud lifo drosta i. I ddechrau dw i'n teimlo'n euog tu hwnt, ond mae geiriau olaf Paddy'n fy nghysuro. This is not wrong, Alan. Mae'r llonyddwch yn dychwelyd i'r stafell, i'r tŷ, fy nghartre, ond mae 'na un sioc fach (fawr!) yn 'y nisgwyl. Wrth godi 'ngolygon o wyneb heddychlon Paddy, dw i'n dod wyneb-yn-wyneb â'i ysbryd, sy'n eistedd yn y gadair gyferbyn yn edrych tuag ugain mlynedd yn ifancach na'r corff sy'n gorwedd rhyngddon ni. Mae'r 'ysbryd' yn gwenu arna i cyn cynnu Woodbine non-filter â matsien.

Dw i'n fud gan sioc i ddechrau, ac wedyn yn drist gan ei bod hi'n ymddangos nad yw Paddy wedi cyrraedd Paradwys, ac felly dyw e ddim yn mynd i gael y cyfle i chwilio am Mam-gu. Ac wedyn dw i'n teimlo'r llyfr ym mhoced 'y nhrowsus ac mae 'nghalon yn torri unwaith eto. Yng nghanol yr holl emosiynau croes a'r weithred eitha, dw i 'di anghofio darllen y gerdd iddo, y gerdd dw i 'di bod yn gweithio arni ers wythnos. Ond, ar ôl i'r panig ddiflannu, dw i'n penderfynu ei darllen i'w ysbryd yn lle hynny.

Dw i'n agor y llyfr ar y dudalen benodol, yn clirio 'ngwddf ac yn dechrau darllen drwy sibrwd y geiriau yn y gobaith o lonyddu enaid Paddy. Trwy gydol y gerdd 'sa i unwaith yn edrych ar fy nhad-cu – ei gorff na'i enaid.

Mae'r corff ar chwâl
Ond y cof fel cledd;
Mae'r amser 'di cyrraedd
I ffeindio'ch hedd.

Ysbrydoledig fuoch tan y diwedd un
I fi'n enwedig, oedolyn ar eich clun.
Dysgu wrthoch
Dyna fu'r nod
A dilyn eich 'siampl wrth gylchdro'r rhod.
Euog ydwyf wedi'ch neilltuo'n rhy hir
Y blas drachefn ar fy nhafod mor sur.
Ond heulwen hefyd, wedi'r closio diweddar,
Bydd y dyddiau'n dywyll wrth i fi droi at alar.
Gyda ninnau ar drothwy blwyddyn arall
Diolchaf i Dduw am y misoedd a fu
Cawn gwrdd eto ym Mharadwys rhyw ddydd
Fy arwr, fy ffrind, fy annwyl Ddad-cu.

Dw i'n edrych ar draws y gwely mewn pryd i weld ysbryd Paddy'n chwythu llond ceg o fwg tua'r nenfwd yn hollol anystyriol ohono i a 'ngherdd. Dw i ddim yn gallu arogli'r mwg, sydd eto'n awgrymu nad ydyn ni yn yr un byd. Dw i'n cau'r llyfr ac yn ei roi'n ôl yn 'y mhoced. 'Sa i'n bwriadu sgwennu'r un gair arall… byth eto.

Dw i'n edrych ar gorff Paddy unwaith yn rhagor wrth i'w ysbryd ddiflannu'n ôl o ble bynnag y daeth e. Dw i'n gwenu wrth gofio pa mor glòs gawson ni fod dros y misoedd diwetha. Wedyn dw i'n codi'r Bat Phone ac yn deialu 999.

Wedi gofyn am gymorth yr heddlu a'r ambiwlans − er nad ydw i'n siŵr pam 'nes i ofyn am yr ambiwlans a dweud y gwir − dw i'n ymlacio'n ôl yn gadair ac yn tynnu 'nghardigan yn dynn amdana i. 'Sdim ofn na dim byd o'r fath ar fy nghyfyl, nac amheuaeth chwaith. Dw i'n gwybod, yn sicr, 'mod i 'di gwneud y peth iawn yn yr achos yma a dw i'n ysu am i'r gwasanaethau brys gyrraedd er mwyn i ni, fi a 'nheulu, allu dychwelyd i fywyd normal unwaith eto.

O fewn munudau dw i'n clywed seiren yn agosáu, felly dw i'n codi a cherdded tuag at y drws ffrynt…

19: GOBAITH / ANOBAITH

17:05. Nos Fawrth ola'r mis. Ar y gair, mae Floyd yn strytian i mewn trwy ddrws bar gwaelod yr Arches, sy'n llawn heddiw am y tro cynta ers oesoedd gan fod y tywydd ar fin torri, ac er ei bod hi'n dwym a thrymedd, mae'r awyr las wedi diflannu ac yn ei lle mae'r cymylau tywyll yn bygwth. Mae ei lygaid fel pâr o farblis gwaetgoch a'i groen lledr mor dywyll â magwraeth Richard Pryor. Yn wahanol i'r arfer, nid yw ei wên – ei Blue Steel™ – i'w weld ac mae ei ystumiau'n bradychu ei wir deimladau. Mae e o ddifrif, am unwaith, ac yn ffocysu ar yr hyn sydd o'i flaen yfory. Ar y ffordd at y bar mae Floyd yn anwybyddu cwpwl o 'helôs' o gegau ambell un o'r locals, ond yn ffodus iddo fe mae'r cyfarchwyr wedi bod yma ers dros ddwy awr ac felly mae ymddygiad anfoesgar fy ffrind yn cael ei anghofio gyda'r llymaid nesaf o SA.

Am y tro cynta ers dw i'n ei nabod, nid yw Floyd yn archebu diod wrth iddo 'nghyrraedd. Yn hytrach, mae'n sibrwd "It's on. Be ready at nine o'clock. We'll pick you up from the cemetery's main entrance. Don't be late," tra bod ei lygaid yn symud o ochr i ochr yn gynllwyngar, fel Action Man paranoiaidd. Wedyn mae e'n troi ar ei sawdl ac yn gadael y dafarn heb air pellach. Dw i'n ei wylio'n mynd, gan gymryd fy ngobaith o allu dweud wrtho nad ydw i eisiau bod yn rhan o'r cynllwyn gyda fe. Ro'n i'n gobeithio y basai fy holl sgyrsiau duwiol dros y dyddiau diwetha wedi dwyn ffrwyth, a Tubs yn galw i ganslo popeth, ond na, dim fel 'na ma Fe'n gweld pethau apparently. It's on.

Ers y cyfarfod dydd Iau diwetha, dw i 'di gweld newid cynnil yn fy ffrind. Mae'r awch sy'n llechu'n ddwfn ynddo wedi gwthio'i hun i'r arwyneb, gan wneud i Floyd ymddangos fel pe bai ar bigau'r drain. Yn amlwg, pwysau'r job sy'n gorffwys arno, gan hogi'r awch a'i ddenu tua'r wyneb. Mae Floyd fel llosgfynydd cysglyd sy'n bygwth ffrwydro wrth i blatiau tectoneg ei wneuthuriad genynnol rwbio yn erbyn ei gilydd gan greu gwreichion tanllyd yng nghrombil y bwystfil bach yma o ddyn.

Mae'r holl amheuon hyn, os mai amheuon ydyn nhw, yn eu tro'n cael eu pasio 'mlaen ata i. Fel chi'n gwybod, 'sa i hyd yn oed eisiau cymryd rhan, na chyfrannu mewn unrhyw ffordd at yr hyn sy fod i ddigwydd bore fory. Hyd yn oed wedi fy atgyfodiad ysbrydol methiant fuodd unrhyw ymdrech i rannu 'nheimladau gyda Floyd dros y dyddiau diwetha.

Yn hytrach, dw i 'di bod yn ymarfer gyrru ei Ute o gwmpas llwybrau cul y fynwent (roedd e'n iawn 'fyd, dychwelodd y gallu'n reit glou, jyst fel reidio beic) gan drafod y job a sgwrsio am yr hyn ni'n bwriadu wneud gyda'r arian! Mae'r methiant yma i ddatgelu'r ffordd dw i'n teimlo wrtho yn digwydd yn benna oherwydd y pwysau sy ar Floyd a'r ffaith bod ei weld fel hyn yn 'y ngwneud i'n ofnus ohono. Dw i mor wan... mae'n anodd iawn i gachgi o lewpard newid ei smotiau. Ar ryw lefel arall, sa i eisiau ei adael i lawr chwaith ar ôl considro'r holl bethau mae e 'di'u gwneud i'n helpu i dros y misoedd diwetha. Hebddo fe, pwy a wŷr ble faswn i erbyn hyn?

Wedi i Floyd adael, dw i'n casglu 'mag gan ei bod hi'n amser i fi fynd adref hefyd. Dw i ar fin camu o'r adeilad pan glywaf lais Hoff yn dweud, "see you tomorrow Al," sy'n gwneud i fi droi a'i wynebu.

"I've got a day off, Hoff…"

"Really? I didn't think you knew what a day off was!" Gwenaf a chodi'n llaw arno. "See you the day after, then…"

Dw i'n mwmian "you will" o dan fy ana'l wrth gerdded at fy meic.

Mae hi mor glòs mas ma a'r gwynt sydd ond yn codi cyn storom yn chwythu trwy'r coed a'r cloddie. Mae'r cymylau tywyll yn bygwth byrstio uwch 'y mhen a 'ngwlychu ar y ffordd adref ond dyw hynny ddim yn fy stopio rhag cymryd route gwahanol i'r arfer. Dw i'n penderfynu seiclo heibio i gartref Wil a'r merched… sa i'n siŵr pam, dw i jyst *yn*. Wrth i fi agosáu at eu tŷ, dw i'n arafu'r beic ac yn pasio'n hamddenol gan edrych i mewn trwy'r ffenest lydan fel gwnes i'r holl fisoedd 'na'n ôl. Unwaith eto, gwelaf Mia'n cario Lauren a Sophie'n sgipio'n frwdfrydig, ond heb rhyw lawer o gytgord, trwy ffenest fawr eu hystafell fyw. Sneb yn gweiddi, sneb yn crio, sneb yn cweryla. Maen nhw'n ddelwedd o gyd-dynnu a chyd-fyw… sy'n 'y ngwneud i'n hapus. Yn hapus gan i mi, wedi oriau lu o bendroni, benderfynu peidio datgelu 'ngwir berthynas i â Lauren i Wil. Er iddo dorri 'nghalon i'r wythnos ddiwetha, galla i ddelio â hynny, yn enwedig nawr, ond dw i ddim eisiau chwalu'i fywyd e a'i deulu trwy ddatgelu'r gwir. Yn hytrach, dw i 'di penderfynu bod yr wncwl gorau posib i Lauren a Sophie… os bydd Wil yn gadael i fi fod yn rhan o'u bywydau nhw unwaith eto. 'Nath yr awydd i ddweud y gwir wrtho ddiflannu o fewn munudau i fi adael ei gartref y tro diwetha i fi alw heibio. Peth hunanol iawn fyddai i fi ddifetha perthynas Wil a Mia unwaith eto, o gofio pa mor hapus maen nhw'n ymddangos ar hyn o bryd. Wedi'r cyfan, dw i'n gwybod yn well na neb pa mor bwysig yw teulu. Colles i fy un i, a 'sa i'n fodlon chwalu un Wil. Dychwelyd i'r bywyd syml, y bywyd pur, dyna dw i eisie nawr...

Erbyn i mi gyrraedd Wedal Road mae'r glaw wedi dechrau cwympo a'r taranau'n grymial yn y pellter. Wrth droedio'r llwybr cudd tua 'nghartref, mae'r cyfuniad unigryw yna, natur a glaw, yn cofleidio fy ffroenau ac yn cadarnhau i fi unwaith eto ei fod E'n bresennol ym mhobman. Mae hyn yn 'y nhristáu wrth gofio am 'y nghynlluniau ar gyfer yfory. Dw i'n teimlo cywilydd o gofio nad ydw i 'di gallu darganfod y dewrder i ddweud wrth Floyd nad ydw i eisiau chwarae rhan yn y cynllun, ond pan dw i'n gweld ffigwr tywyll yn sefyll wrth y sied, mae 'nghalon yn cyflymu wrth i fi obeithio mai Floyd sydd yna i ddweud fod y job wedi 'i ganslo.

Yn anffodus, wrth i mi agosáu, caf fy siomi o weld mai Wil yw e, dim Floyd. Beth ma hwn moyn nawr? Ydy fe 'di dod i f'arteithio'n bellach, i 'ngwawdio o achos fy sefyllfa druenus? Cerddaf at ddrws ffrynt y sied, lle mae Wil yn ceisio cysgodi rhag y glaw. Mae e'n gwenu arna i ond sa i'n ymateb. Pam dylsen i fod yn serchus wrtho fe pan nad yw e hyd yn oed yn fodlon helpu ei unig frawd?

Agoraf y drws a chamu i mewn gan anwybyddu Wil yn llwyr, tynnu chicken tikka meal-for-one o'r oergell a'i roi yn y meicrodon i goginio am dair munud. Yn fflachio trwy f'ymennydd mae holl gymhlethdodau mywyd – Paddy, Mia, Lauren, Wil; Dee, Gee, Floyd a'r Swyddfa Bost felltithiol 'na yn Nhrellech. Dw i'n ddryswch llwyr ac yn ysu am arweiniad o rywle... Beth i wneud, beth i wneud? Rhedeg, diflannu, diweddu 'mywyd?

"Iawn i fi eistedd, Al?" mae Wil yn gofyn gan 'y nghipio i'n ôl i'r presennol. Dw i'n codi f'ysgwyddau mewn ymateb ac mae 'mrawd yn cymryd ei le yn 'y nghadair gyfforddus i... yr unig gadair gyfforddus! Yn ei law mae e'n cario amlen frown, ac yn ei lygaid... edifeirwch? 'Sa i'n siŵr, a dweud y gwir, ond ma fe'n wahanol heno. Trof fy nghefn arno unwaith eto a syllu ar fy nghinio'n troi ac yn sio o 'mlaen wrth i'r eiliadau agosáu at amser swper.

Pan mae'r pryd yn barod dw i'n eistedd ar hen gadair Paddy heb yngan gair i gyfeiriad fy mrawd. Os yw e eisiau torri'r iâ, bydd yn rhaid iddo fe estyn am ei fwyell. Er mawr syndod, dyna beth ma fe'n wneud, a dw i bron yn tagu ar y cig crasboeth pan glywaf Wil yn dweud "Sori!" cyn parhau...

"Edrych arna i, Al. C'mon, plîs!" Ma fe bron yn begian arna i. "Fine, os nag wyt ti moyn siarad, fair enough, ond ti'n mynd i wrando. I ddechrau, sori am y ffordd 'nes i siarad 'da ti wythnos ddiwetha a'r ffordd 'nes i anwybyddu dy broblem di a jyst meddwl am number one fel arfer. Typical I know, ond mae'n anodd newid. Mae hyn yn siŵr o swnio fel esgus am y ffordd 'nes i ymddwyn ond fuck it, dyma fe anyway. Dw i 'di bod yn cael amser caled yn y gwaith yn ddiweddar... Fe golles i glaf o dan y gyllell ac mae'r teulu'n bygwth lawsuit. Fi'n stressed. Simple as that. Ond anyway, dim esgus yw hynny, jyst esboniad. Sdim ots pa mor wael ma pethe yn 'y mywyd i, o leiaf ma gen i gefnogaeth 'y nheulu. Ac ar ôl meddwl am hynny, dyna pryd 'nes i sylwi mai dyna'n union sy ei angen arnot ti... cefnogaeth dy deulu, dim condemnio a darlith gan dy frawd..."

Dw i'n gwrando nawr, gyda gobaith yn 'y nghalon y bydd y monolog yma'n arwain at fy achubiaeth.

"...siarades i 'da Mia am bopeth ac yn y diwedd penderfynes ddod draw i glirio'r awyr. Fi 'di blino ymladd, Alun. Ac eto, fi'n sori. Nawr, sa i'n disgwyl maddeuant llwyr heno, ond fi'n gobeithio bydd hyn yn helpu ychydig..." a gyda hynny, ma fe'n pasio'r amlen i fi. Dw i'n oedi i ddechrau ond yn ei chymryd oddi wrtho a'i hagor. Yn yr amlen mae carden ben-blwydd â llun really cheesey ar y clawr. Delwedd o gar rasio hynafol sydd arni, fel chi'n arfer cael gan ryw fodryb so chi erioed wedi cwrdd...

"Neis iawn," yw 'ngeiriau cynta, llawn coegni. "O'n i ddim yn meddwl baset ti'n cofio... dim ar ôl wythnos diwetha ta beth."

"Wel, ti'n gwybod... gesture bach 'na i gyd, a sori am y garden, ddim really'n addas ar gyfer bachgen tri deg tri oed! Fi eisiau bod yn ffrind i ti, Al. Fi eisiau claddu'r gorffennol ac edrych i'r dyfodol gyda ti wrth fy ochr i. Sdim byd pwysicach na theulu yn y pen draw, oes e?"

"Ti'n hollol iawn," cytunaf, cyn agor y garden a bron llewygu. Teimlaf yn benysgafn i gyd wrth ddarllen y ffigurau ar y siec sydd y tu mewn iddi. Syllaf ar Wil, 'nôl eto ar y siec, ac unwaith 'to jyst i neud yn siŵr. "Jôc yw hyn?" dwedaf braidd yn fyrbwyll.

Mae Wil yn gwenu wrth ateb. "Na. Dim jôc. Jyst beth sy'n eiddo i ti, 'na i gyd..."

"Ond... sut yn y byd... esbonia, plîs?"

"Sdim byd i'w esbonio. Dyna dy etifeddiaeth di. Syml..."

"Syml!" ebychaf mewn anghrediniaeth. "Ond ma dros hanner miliwn o bunnoedd fan hyn!"

"Fel dwedes i, dy etifeddiaeth."

Ac wedyn mae tawelwch yn sleifio i mewn i'r stafell wrth i fi syllu ar y darn bach o bapur. Y darn bach o bapur sydd newydd safio 'mywyd i. Ar y tu fewn dw i'n gorfoleddu. Dyma beth oedd 'da Fe mewn golwg. Mae popeth yn gwneud synnwyr nawr… ish. Gallaf ganslo'r job yn y bore heb orfod poeni am ddychwelyd i'r carchar. Mae fy holl weddïau wedi cael eu hateb. Ond eto, dw i'n dal eisiau esboniad am y swm anferthol ma o arian…

"Diolch Wil," dechreuaf. "Ond o ble daeth hwn i gyd?" ychwanegaf gan bwyntio at y siec sy'n crynu yn fy llaw.

"Beth ti moyn gwybod? Breakdown of funds?"

"Ie, rhywbeth fel 'na…"

"OK, here we go. Cofia nad yw hyn yn gant y cant cywir, jyst breakdown cyffredinol, iawn?" Dw i'n nodio. "Reit, gwerthais i dŷ Mam a Dad am chwe chan mil. 'Nath y ffigwr yma ostwng i tua pedwar can mil ar ôl talu tax. Wedyn, roedd life insurance Mam a Dad yn dri chan mil. So, dyna saith can mil yn barod. Adia at hynny eu harian nhw, yn cynnwys arian Paddy, a oedd bron yn chwarter miliwn ac mae hynna'n rhoi cyfanswm o tua naw cant pum deg mil…"

"So pam fod y cheque ma am *dros* hanner miliwn te?"

"Wedi meddwl, fi'n credu fod ti'n haeddu mwy o ystyried fy ymddygiad tuag atyn nhw dros y blynyddoedd. So 'nes i neud sixty-forty split. Pam, ti moyn mwy?"

Mae'r cwestiwn yma'n gwneud i'r ddau ohonon ni chwerthin yn uchel. "Dim o gwbl," dw i'n llwyddo i'w ddweud o'r diwedd. "Ma digon yma i sortio'r mess 'na mas gyda'r Inland Revenue…"

"A digon dros ben i symud mas o'r sied ma, gobeithio!" meddai Wil wrth estyn pibell fach bren o boced ei siaced. "Sdim ots 'da ti, oes e?" mae'n holi wrth bacio'r fowlen fach yn llawn deiliach gwyrdd.

"Dim o gwbl, cyn belled â bod ti'n ei chynnig hi i fi 'fyd!"

Cipiaf ddwy Breezer o'r oergell a rhoi un i Wil.

"Diolch," meddai, heb dynnu arna unwaith oherwydd fy newis o ddiod. Wedyn, ma fe'n rhoi'r botel ar y ford goffi fach a'r bibell rhwng ei wefusau, cyn tanio'r chwyn. Wedi tynnu'r mwg yn ddwfn gan anelu'r alldafliad tua'r drws agored mae Wil yn pasio'r bibell i fi. Dw i'n gwneud yn debyg ac yn falch o ddatgan na wnes i dagu na pheswch na dim. *You took it like a pro*, fase Floyd yn dweud. *Sucked it like the cock of doom*, fase dehongliad Jase!

"Neis iawn," dwedaf gan wenu i'w gyfeiriad.

Yn wahanol i Floyd, dyw Wil ddim yn smocio baco, felly mae'r wefr dw i'n ei phrofi gan gwaith yn fwy pur na biffters llygredig fy ffrind. Mae'r bibell yn cael ei llenwi a'i siario eto ac eto cyn i Wil a fi sefyll yn y drws a gwylio'r glaw yn disgyn a'r mellt yn goleuo'r ffurfafen fel petai Duw'n ymarfer ei flash photography. Ni'n chwerthin ar ben pethau dibwys ac yn sgwrsio'n ddwys am bethau tebyg. Ar un adeg ma 'mrawd yn gofyn i fi beth dw i'n bwriadu'i wneud gyda'r arian, a heb feddwl dw i'n datgan fy mwriad i brynu a rhedeg tafarn. Nawr, tan yr eiliad yna doeddwn i ddim yn ymwybodol mai dyna oedd fy uchelgais, ond hyd yn oed wedi meddwl am y peth o ddifrif, mae'n ymddangos yn syniad gwych. Mae'n gyfle i wasanaethu'r gymuned a dychwelyd at fywyd syml, heb gymhlethdodau.

Er bod y sgwrs yn llifo'n rhydd ac yn llawn hwyl, dw i'n gwneud penderfyniad ymwybodol i beidio â datgelu manylion fy atgyfodiad ysbrydol wrth Wil. Dw i'n bwriadu cadw 'mherthynas arbennig â Fe'n gyfrinachol am nawr. Dw i'n gwybod ei fod E'n fy amddiffyn. Mae ymddangosiad Wil a'i rodd heno'n profi hynny unwaith eto. Gwneud y pethau bychan sy'n dod â chi'n agosach ato, yn hytrach na gweiddi'ch cred ar dop eich llais. Trwy ei wasanaethu'n dawel, efallai na fydd neb arall yn sylwi, ond dw i'n gwybod bydd E yn gwybod.

Wrth i'r glaw arafu tua deg o'r gloch, mae Wil yn penderfynu troi am adref. Cyn iddo 'ngadael mae'n dweud, "gobeithio bydd yr arian yna'n golygu na fydd raid i ti fynd i werthu dy ben-ôl ar Bute Street, neu rywbeth stupid arall i dalu dy ddyledion," sy'n gwneud i fi chwerthin yn euog braidd, o gofio'r hyn sydd i fod ddigwydd yn y bore. Er, dw i *yn* falch bod gen i reswm fydd yn dal dŵr 'da Floyd nawr.

Ar ôl cofleidio'n hir, mae 'mrawd yn gadael. Yn gadael y sied ac yn gadael teimlad braf ar ei ôl. 'Sa i'n gallu cofio teimlo mor agos ato erioed.

Dw i'n estyn fy ngwely gwersylla ac yn gorwedd arno'n ddyn hapus, diolchgar sy 'di cael y rhyddhad mwya. Gorweddaf yn y tywyllwch llethol gan wrando ar y glaw'n cwympo ar do 'nghartref cyn cwympo i drwmgwsg bodlon yn sicr fod popeth yn mynd i fod yn iawn, nawr. Popeth.

Y peth nesaf dw i'n ei glywed yw cnocio caled ar ddrws y sied. Agoraf fy llygaid ac edrych ar y cloc 09:15. Shit! Yna, chwaneg o gnocio, yn ymylu ar gicio, ddweden i, yn ogystal â lleisiau crac yn 'y nwrdio.

Clywaf Dee Dee'n dweud, "He's done a fuckin' runner, the cunt's done a runner."

Mae Floyd, mewn tôn niwtral, yn ateb, "No he hasn't, I can hear him moving inside."

Mae 'nghalon ar ras a fy meddyliau ar chwâl wrth i fi wisgo 'nhrowsus a chamu at y drws i'w agor. Beth alla i ddweud i leddfu eu tymer? Y gwir? Mae'n lle da i ddechrau am wn i...

Dw i'n troi'r allwedd i ddatgloi'r drws a bron yn cael fy llorio wrth i'r triawd fy ngwthio'n ôl i'r sied, fel rheng flaen Seland Newydd trwy amddiffyn Tonga. Dee Dee sy'n arwain, wedyn Gee ac yn olaf Floyd. Maen nhw'n gwisgo du. Trowsus du. Sgidiau du. Tops du. Mae eu lleisiau'n fygythiol a'r anfodlonrwydd gyda f'ymddygiad yn gwbwl amlwg.

Wedi i'r corwynt dawelu ychydig, mae Dee Dee'n tawelu a Floyd yn gofyn: "What the fuck's going on, Al? Now's not the time to have a lie in!"

"He's a fuckin' amateur, for fuck's sake!" medde Dee Dee. Mae'r Diafol yn dawnsio yn ei lygaid heddiw, yn moshio i gyfeiliant y Ramones heb os...

"Shut up, Dee!" gorchmynna Floyd. Mae'r difrifoldeb yn pefrio yn ei lygaid tywyll, a'i safle fel arweinydd y gang yn cael ei barchu i'r eithaf gan y rocker cegog. "What's the story, Al, alarm didn't go off?"

Mae'r cwestiwn yma'n cael ei gyflwyno mewn ffordd hollol sarcastig, a dw i'n gorfod brwydro i greu digon o boer er mwyn ceisio ateb. Dw i'n crynu nawr, gan fod fy ffrind yn amlwg yn anhapus gyda 'mherfformiad. Dw i'n edrych tua'r llawr wrth ateb.

"I can't do it, Floyd..."

"Can't do what mate?"

"Yeah!" Help mawr iawn, Dee Dee.

"Can't be a part of..." dw i'n pwyntio tuag at y triawd wrth ddweud hyn. "...a part of this..."

"Too fuckin' late, Al..." mae Floyd yn dweud, cyn i Dee Dee dorri ar ei draws unwaith eto.

"Too late, boy, you're in it up to your neck!"

Mae Floyd wedyn yn camu ataf a Dee Dee'n cau ei ben. Sa i'n gallu edrych ar fy ffrind. Mae fy llygaid yn crwydro'r stafell ond so nhw'n gallu dianc; mae'r tri yno o 'nghwmpas i. Mae Silent Gee'n sefyll wrth y drws, â'i ffrâm chwech troedfedd chwech modfedd yn tyrru tua'r nenfwd. Ma fe'n cau'r drws heb dynnu ei lygaid oddi arna i am eiliad. Mae'r chwys yn rheadru oddi ar fy nhalcen. Wedyn mae Floyd yn 'y mwrw i. 'Bitch slap' dw i'n credu yw'r term, gyda chefn ei law. Dw i'n camu'n ôl dan rym y slap ond mae'r tri yn 'y nilyn. Dw i mewn cornel. Un cyfyng. Mae Floyd yn codi'i law er mwyn 'y nharo i eto, ond dw i'n codi 'nwylo dros 'y mhen, fel paffiwr ar y rhaffau, ac yn cau fy llygaid. Pan nad ydw i'n teimlo Floyd yn 'y mwrw eilwaith dw i'n araf agor fy llygaid ond mae'r hyn sy'n 'y nisgwyl i'n waeth byth. Mae dau wn yn pwyntio at fy mhen. Un yn llaw Dee Dee a'r llall yn perthyn i Gee. Maen nhw'n sefyll un bob ochr i Floyd, ac er 'mod i'n gwybod mai replicas yw'r gynnau dw i'n dal yr un mor ofnus.

"You can't pull a sicky on this job, Al," mae Floyd yn esbonio, ac er bod e'n gwenu arna i, does dim cyfeillgarwch yn agos ato. Dyma pryd dw i'n sylweddoli beth yw Floyd mewn gwirionedd: dyn drwg â natur hoffus. Dw i'n dechrau amau popeth ma fe 'di ddweud wrtha i dros y misoedd diwetha. Sut gallen i fod wedi ei drystio? Angen ffrind o'n i, dim arteithiwr arall. "Now, please tell me why you want to pull out; I mean, if you've got a good reason we might reconsider…"

"There's no time, Floyd, let me fuckin' do 'im and let's go!" Dee Dee eto'n llawn brwdfrydedd a chasineb.

"Hang on! Let's hear what he's got to say. Al?"

A'r funud honno dw i'n sylweddoli na alla i ddatgelu 'mod i nawr yn ddyn cyfoethog neu byddan nhw jyst yn cymryd y cyfan sy 'da fi. Yn waeth na hynny, hyd yn oed, does 'da fi mo'r cryfder i gyfaddef i mi gael fy aileni'n grefyddol. Felly yn lle ateb gyda geiriau, dw i'n dechrau beichio crio. Mae hyn yn gwylltio'r triawd ac mae Floyd yn 'y nharo unwaith eto, yn fwy grymus y tro hwn, sy'n gwneud i fi ddisgyn ar 'y mhengliniau.

"C'mon Floyd, let me finish the fuckka! We don't need 'im anyway…"

"No! Nothing changes. Not now. No way. The plan stays the same. Get him on his feet, we'll deal with him when we get back."

Ac mae Silent Gee'n fy nhynnu ar 'y nhraed gan gydio'n dynn yng ngwar fy nghrys. Mae Dee Dee'n tyt-tytio'n siomedig ond unwaith eto'n gwrando a pharchu gorchymyn Floyd. Dw i'n gwisgo fy naps yn ara o dan fygythiad parhaus gynnau Dee a Gee gan anadlu'n ddwfn i wrthsefyll y crynu. Sdim dianc nawr – rhag y job, y carchar na beth bynnag arall sy'n aros amdana i ar ôl dychwelyd o Drellech.

Wedi gorffen gwisgo, dw i'n sefyll ac yn barod. Barod am beth sa i'n siŵr, ond mae meddyliau a phosibiliadau tywyll yn dechrau chwyrlïo rownd fy mhen. Mae'n bryd ffeindio'r cryfder mewnol i herio'r bwlis ma… rhaid palu'n ddwfn. Yn ddwfn iawn.

Ni ar fin gadael y sied pan glywaf gnoc ysgafn ar y drws sy'n gwneud i bawb sefyll yn stond. Mae Floyd yn edrych ar Dee Dee'n gyntaf ac wedyn arna i. Mae'n cega, "you expecting someone?" ac er mod i'n ysgwyd 'y mhen dw i'n gwybod yn gwmws pwy sydd tu fas i'r drws. Yn anffodus, so swyddogion parôl yn cario gynnau fel rhan o'u gwisg.

"Mr Brady! Anyone home?" mae Bruce Robertson yn gweiddi wedyn gan ddatgelu 'nghelwydd, cyn gwthio'r drws yn araf agored. Mae amser fel petai'n sefyll yn llonydd am sbel wrth i ymennydd y dyn canol oed tew ma gofrestru'r hyn mae ei lygaid yn weld ar yr union eiliad yma. O'i flaen mae pedwar dyn yn sefyll. Tri ohonyn nhw wedi gwisgo mewn du. Ninjas. SAS.

Terfysgwyr. Fathers For Justice. Take your pick. Mae dau o'r dynion yn pwyntio gwn yr un at ben y pedwerydd dyn ac mae'r dyn yma hefyd yn crio a chrynu. Beth fasech chi'n gwneud yn y fath sefyllfa? Rhywbeth tebyg i Bruce, siŵr o fod... rhedeg.

Mae'r hyn sy'n digwydd nesaf yn digwydd mewn super slo-mo, a Bruce yn troi ac yn rhedeg allan o na. Yr un mor araf, mae Gee'n symud ei wn oddi ar fy nhalcen cyn camu at y drws agored a'i danio unwaith. Mae'r ffrwydrad yn fyddarol o ble dw i'n sefyll ac mae celwydd Floyd am ddefnyddio gynnau ffug yn cael ei ddatgelu ar unwaith. Dw i am sgrechian, ond sdim ana'l yn f'sgyfaint i lywio fy llais. O'r sied dw i'n clywed Bruce yn cwympo gan sgrechen mewn poen, ac o fewn ugain eiliad mae Gee'n ei ddragio'n ôl aton ni ac yn mynd ati i'w glymu a'i garcharu.

Mae 'nghlustiau'n canu tôn un nodyn a f'ymennydd yn dirgrynu tu fewn i'm penglog. Ar y llawr o'm blaen, mae gwaed yn tasgu o goes dde'r swyddog parôl gan staenio'r carped, ac wedi i Gee glymu ei ddwylo tu ôl i'w gefn mae'n mynd ati i atal y llif. Trwy hyn oll mae Bruce yn dawel. Ond er nad yw e'n gwneud unrhyw sŵn, mae'r boen yn amlwg ar ei wyneb a'i lygaid yn bygwth ffrwydro o'u socedi.

Wedi gwneud, mae Gee'n clymu pigyrnau Bruce wrth ei gilydd tra bo Floyd yn edrych trwy ei waled.

"So, Bruce," mae'n dechrau. "You're a parole officer are you?" Mae Bruce yn nodio mewn ymateb heb yngan gair. "Well, you're not exactly doing a great job of stopping us lot reoffend, are you, mate!?" mae e'n adio wedyn gan chwerthin, sy'n gwneud i Dee a Gee ymuno gyda fe. Dw i, fel y dyn ar lawr, yn dawel.

"Let me kill him, Floyd, he's seen too much!" Dee Dee eto, yn awchu am drochi ei ddwylo â gwaed.

Gwaed unrhyw un a dweud y gwir.

"Not now," yw ymateb dienaid ein harweinydd. "We've got to go or we'll miss our window. Gag him Gee, we'll deal with him, and Al, when we return..."

A gyda'r geiriau yna'n arnofio yn awyrgylch hynod anghyfforddus fy nghartref, ni'n gadael y sied ac yn cerdded tua'r brif fynedfa lle mae'r car yn aros amdanon ni. Yr holl ffordd o'r sied at y car galla i deimlo gwn Dee Dee yng ngwaelod 'y nghefn.

Er bod y tywydd yn oeraidd heddiw o gymharu â'r hyn ni 'di brofi'n ddiweddar, dw i'n dal i chwysu. Mae'r cymylau fry'n dywyll a bygythiol a storom arall ar y gorwel, heb os. Mae planhigion y fynwent yn wyrdd unwaith eto ac yn sgleinio wedi'r trochiad. Ni'n cyrraedd y car – Ford Mondeo glas tywyll cyffredin iawn yr olwg – sydd wedi'i barcio ar bafin Firoak Road rhyw ddeg llath o fynedfa'r fynwent, a dw i'n cael 'y ngorfodi i eistedd tu ôl i'r olwyn er mwyn gyrru'r tîm at eu targed. Mae Dee Dee'n agor y drws i fi ac yn 'y ngwthio i mewn cyn agor y drws cefn gan ddal y gwn at gefn fy ngwddf. Mae Gee'n ymuno â fe yn y sêt gefn a Floyd yn eistedd wrth fy ochr.

"Right, let's go," mae Floyd yn gorchymyn, ond dw i'n ddisymud, fel delw farmor mewn amgueddfa. Wedi oediad byr, mae Floyd a Gee'n adio'u gynnau at un Dee Dee gan fy mygwth i danio'r injan. Ac er bod fy nwylo'n crynu, dw i'n llwyddo i ffeindio'r twll a dechrau'r cerbyd.

"That's more like it," medde Floyd gan dynnu'i wn i ffwrdd oddi arna i ac annog Gee i wneud yr un peth. Heb frysio, dw i'n gwthio'r clutch at y llawr, ffeindio gêr, checio'r rear-view, winco a thynnu i ffwrdd o'r pafin gan symud yn araf bach ar hyd y ffordd sy'n frith o byllau dŵr wedi glaw neithiwr. Er y pwysau aruthrol,

dw i'n gwneud job dda o yrru'r car ac yn anelu am Sir
Fynwy i lawr yr M48 a'r M4 heb unwaith dorri'r speed
limit. Ni'n teithio mewn tawelwch wedi i bawb setlo,
gyda phawb mae'n siŵr yn canolbwyntio ar y tasgau
penodol bydd yn rhaid iddyn nhw eu cyflawni.

Mae 'mhen yn llawn ofn, edifeirwch a delweddau
dryslyd. Daw geiriau Wil neithiwr yn ôl i'm haflonyddu,
a gwyneb Lauren i'w dilyn. Dw i jyst yn gobeithio y ca
i gyfle i fod yn wncwl iddi... yr wncwl gorau erioed.
Wrth gofio, gwelaf Paddy'n 'y ngadael i, unwaith,
ddwywaith; a theimlaf mor gywilyddus gan i fi
fradychu Duw, er iddo ddangos ei hun i fi ond wythnos
yn ôl. Gwelaf wynebau fy rhieni wedi eu sgathru ar fy
isymwybod a theimlo ei bresenoldeb E unwaith eto,
yno' i yn hytrach nag yn y car.

Teimlaf ei nerth yn rhoi cryfder newydd i fi a dw i'n
araf sylweddoli bod raid i fi stopio'r hyn sydd ar fin
digwydd... ond sut? Dw i'n casáu'r hyn dw i'n rhan
ohono reit nawr. Rhaid i fi newid fy ffordd, fy ffyrdd, er
mwyn profi rhyddid yng ngwir ystyr y gair. I mewn
yna'n rhywle dw i'n dychmygu'r hyn sy'n mynd i
ddigwydd i Bruce a fi pan fyddwn ni'n cyrraedd nôl yng
Nghaerdydd. Yr unig ffordd o stopio hynny yw peidio
dychwelyd... a dyna'r hedyn yn cael ei blannu.
Gweddïaf am arweiniad, ond sdim byd yn dod, ac o
fewn dim ni'n tynnu oddi ar yr M4 gan ymuno â'r
B4923.

Teimlaf wn Dee Dee'n pwyso arna i unwaith eto a
phan dw i'n edrych yn y rear-view, gwelaf ei lygaid yn
syllu'n ôl. Maen nhw'n hollol ddifywyd, ac ma croen ei
dalcen wedi crychu fel megin accordion. Gallaf
synhwyro'r casineb yn cael ei daflunio tuag ataf. Pwy a
wŷr beth gall y boi ma 'neud? Dw i'n ofni am 'y mywyd
i, yn ogystal a bywyd Bruce nôl yn y sied... ac wedyn

ma rhywbeth rhyfedd tu hwnt yn digwydd; ma Lauren yn ymddangos yn y sêt gefn, yn eistedd mewn cadair babi rhwng Dee a Gee. Dw i'n ceisio cadw'n llygaid ar y ffordd ond mae delwedd fy unig blentyn yn beth anodd ei anwybyddu yn y rear-view. Mae'n llygaid yn cwrdd a Lauren yn gwenu. Ai arwydd yw hwn fod pethe'n mynd i fod yn OK? Yn araf bach mae hi'n codi'i llaw, gan ystumio siâp dryll, ac yn ei bwyntio tuag ata i. Wedi iddi gega *Bang!* mae hi'n chwythu'r mwg o ben y barel dychmygol fel y Dieithryn ar stryd fawr Uffern cyn diflannu o 'na a 'ngadael i unwaith eto yng nghwmni'r posse o desperados cyfoes yma.

Ni'n cripian trwy Llanisien gan fod un stryd y pentre bach yma mor brysur â'r Arches ar ŵyl y banc. Mae ceir di-ri wedi eu parcio ar ddwy ochr y stryd, felly dw i'n gyrru'n ofalus. Wrth adael y pentref mae Dee Dee'n weindio'i ffenest i lawr ac yn gweiddi "haven't you heard of taking it up the arse?" ar ferch yn ei harddegau cynnar sy'n troedio'r pafin yn gwthio'i hefeilliaid yn hamddenol. Mae'r ferch yn codi bys canol i'n cyfeiriad a Floyd a Gee'n ymlacio digon i chwerthin ar gwestiwn dibwys Dee Dee. Sôn am dynnu sylw diangen. Idiots.

Dw i'n gyrru'r car trwy dirlun gwledig am filltiroedd rhwng Llanisien a Threllech. Mae glaw neithiwr wedi rhoi sglein i'r byd o'n cwmpas a'r cymylau'n bygwth byrstio eto uwchben. Mae'r tawelwch o fewn y car ers i ni adael Caerdydd yn cael ei dorri gan Floyd wrth i ni basio'r arwydd yn ein croesawu i ben ein taith.

"Easy now, Al, we're almost there."

Pentref un stryd gyda thafarn a Swyddfa Bost yw Trellech. Nodweddiadol iawn. Sdim lot o fywyd i'w weld fan hyn: dim pobol yn cerdded na cheir chwaith. Mae Floyd yn gorchymyn i mi barcio rhyw ganllath o'r Swyddfa Bost, ar ochr arall y stryd. Mae cloc digidol y car yn datgan ein bod ni yma jyst mewn pryd – 10:52. Wedi dod â'r car i stop, 'sdim braidd dim amser 'da fi i feddwl am ffordd o atal yr hyn sydd ar fin digwydd gan fod y fan Securicor yn gyrru heibio i ni ac yn dod i stop tu fas i'r targed.

Mae rhyw deimlad, rhyw ynni estron, yn amlwg yn y car yn awr. Mae'r adrenalin yn ffrwtian, ac er nad ydw i'n gorfod gwneud dim ond eistedd yma'n aros, mae 'nghalon yn bygwth ffrwydro.

Wedi gwylio un o'r 'dudes' Securicor yn gadael y fan a cherdded i mewn i'r Swyddfa Bost, mae'r awyrgylch yn cyrraedd y pwynt berw.

"Rope?" Floyd.

"Check." Dee Dee.

"Duct tape?" Floyd.

"Check." Dee Dee.

"Lock…" Floyd.

Click Click. Click Click. Click Click.

"…and load." Dee Dee.

"Let's do it." Floyd. Ac mae'r triawd yn camu o'r car.

Cyn cau ei ddrws drachefn mae Floyd yn plygu i lawr ac yn edrych arna i gan ddatgan mewn llais hoffus – hoffus heb fod yn *hoffus*, os chi'n deall be sy 'da fi – "No fuckin' funny business now, Al. Don't even think about fucking this up or doing a runner or whatever. You're in trouble as it is, my friend, but if you fuck this up, you're a dead man… and so's your brother and the rest of your family. Those that are still alive, that is…"

Dw i'n nodio 'nealltwriaeth ac yn eu gwylio'n cerdded yn hamddenol i lawr y stryd. Wedi iddo 'mygwth i, dw i'n clywed Floyd yn dweud wrth Dee Dee am beidio oedi rhag 'yn saethu i pe bai e'n gweld 'mod i'n ceisio gadael. Mae Dee'n nodio. Heb os, mae e'n gwenu nawr ac yn gobeithio, siŵr o fod, y byddwn i'n gwneud rhywbeth hurt. Unrhyw beth i fwydo'i chwant e am waed.

Er nad yw eu gynnau i'w gweld, mae'r tri'n dal i edrych yn hollol dodgy wrth nesáu at y Swyddfa Bost. Wedi gwisgo o'u pennau i'w traed mewn du, maen nhw'n fy atgoffa o ladron nos sydd wedi cysgu'n hwyr. Maen nhw'n mynd â'r ddelwedd ymhellach eto wrth ddod o fewn ugain llath i'r swyddfa pan mae'r tri, fel un, yn tynnu ei balaclafas dros eu pennau. Yn ffodus, does dim enaid byw ar gyfyl y lle. Pan maen nhw o fewn deg llath, yr unig beth dw i'n gallu meddwl amdano yw dianc. Ond, wrth gwrs, 'sa i'n symud modfedd. 'Sa i'n fodlon peryglu bywydau Wil a'r merched trwy wneud rhywbeth yn groes i orchymyn Floyd. Felly, gyda'r opsiwn yna allan o'r cwestiwn, dw i nawr yn gobeithio bydd y job yn mynd yn llyfn a neb yn cael dolur.

Mae Floyd a Gee'n diflannu i mewn i'r Swyddfa Bost felly dw i'n gwylio Dee Dee'n chwarae ei ran. Ma fe'n cerdded yn hamddenol braf tuag at ffenest y gyrrwr gan gadw'n dynn wrth ochr y fan. Wedi iddo gyrraedd drws y gyrrwr ma fe'n ei agor ac yn pwyntio'r gwn at ben y dyn tu fewn. Maen nhw'n cyfnewid ychydig eiriau wedyn, dw i'n dyfalu bod Dee Dee'n gofyn am yr allwedd i'r drws cefn, ond wrth i'r gyrrwr wrthod mae ffrwydrad enfawr yn llenwi'r ardal. Mae cawod ruddem yn tasgu mas o'r ffenest gyferbyn ag un y gyrrwr a mwg yn codi o arf Dee Dee. Dw i'n sylweddoli mai mynegfys ei law dde sydd newydd dynnu'r taniwr a chwalu pen gyrrwr y fan. Mae amser yn sefyll yn stond unwaith eto wrth i fi ymestyn 'y mhen allan drwy ffenest y car gan wagio 'nghylla dros yr hewl mewn ymateb i weithred eithafol Dee Dee. Yna, mae e'n ymestyn i grombil y fan a gafael yn yr allweddi, cyn cerdded tua'r drysau cefn gan rwbio'r gwaed o'i lygaid gyda chefn ei lawes.

Dw i'n cant-y-cant yn cachu'n hunan nawr (as if o'n i ddim o'r blaen), ac yn gwybod fod rhaid i fi wneud rhywbeth, unrhyw beth, er mwyn atal rhagor o ladd heddiw. Os nad o'n i'n gwybod yn gynt, mae'r hyn ma Dee Dee newydd 'i neud yn cadarnhau bod Bruce a fi mewn trwch o drafferth pan gyrhaeddwn ni'n ôl yn y fynwent. Mae Dee Dee off i ben, sdim gwadu hynny, ac mae'n ymddangos na fydd unrhyw beth yn ei stopio rhag sugno eto o fron waedlyd ei feistres dywyll cyn diwedd y dydd. Trof at Dduw am arweiniad, am ateb, a dw i'n araf sylwi mai'r unig ffordd o arbed fy hunan yw peidio dychwelyd i'r brifddinas. A jyst fel 'na, mae'r hedyn o gynllun yn dechrau egino. Sa i'n gallu gadael hebddyn nhw, ond yn llythrennol nawr, fi sydd yn y driving seat ac oherwydd hynny, fi sy'n rheoli ein ffawd.

Wedi agor drysau cefn y fan, mae Dee Dee'n gafael yn y bagiau boliog ac yn sefyll yna'n eu dal gan ystumio arna i i yrru draw ato. Ma fe'n gweiddi a chwifio'i freichiau ond 'sa i'n ei glywed. Dw i'n numb. Ymhen dim, mae Floyd a Gee'n ymuno â fe tu fas i'r Swyddfa Bost yn cario dau fag llawn swag yr un. Wedi oedi am eiliad neu ddwy mae Floyd yn eu harwain nhw gan redeg i lawr y stryd tuag ata i. Mae Floyd yn agor y boot er mwyn storio'r arian cyn i'r tri neidio i mewn i'r cerbyd.

"What did you do that for?" gwaeddaf ar Dee Dee cyn bod ei fochau'n cyffwrdd â'r sedd.

"What?" yw ei ymateb anghredadwy gan godi' ysgwyddau.

"You said no shootin', Floyd! No shootin'!" bloeddiaf eto wrth deimlo dur gwaed oer gwn y llofrudd yn cyffwrdd cefn 'y ngwddf.

"There'll be some more shootin' in a second if you

don't put your fuckin' foot down…" addawa Dee Dee. Edrychaf ar Floyd, fy hen ffrind, am unrhyw fath o arwydd cadarnhaol. Ond sdim byd yn bresennol yn ei lygaid llwydaidd. Dim byd ond casineb llwyr ac efallai difaru iddo erioed ofyn i fi fod yn rhan o'r cynllun.

"Let's get outta 'ere Al, right the fuck now," ac er mwyn tanlinellu ei bwynt mae e'n codi'i wn a'i bwyntio at 'y ngwyneb. Dw i'n troi'r allwedd, dechrau'r injan, a gyrru i ffwrdd. Wrth lywio'r car heibio i'r fan, er nad ydw i'n gallu gweld corff y gyrrwr, rwy'n gwbod fod ei benglog ar wasgar y tu mewn iddi. Mae hyn yn codi cyfog arna i eto ond dw i'n ei lyncu, yn pwyso ar y sbardun ac yn cefnu ar yr olygfa druenus.

Wrth adael Trellech, mae'r cymylau'n ffrwydro gan dywallt holl gynddaredd yr Holl Bwerus ar y byd o'n cwmpas. Mae'r ffordd yn wlyb ac wrth wylio'r dŵr yn llifo tua'r gwteri mae 'nghynllun yn dechrau siapio. Wedi gadael y B4293 ac ymuno â'r A449 er mwyn troi'n ôl am Gaerdydd dw i'n gwybod sut i atal yr arteithio sy'n wynebu Bruce a fi; yn gwybod sut i stopio'r triawd yma rhag torri'r gyfraith byth eto; yn gwybod sut i'w blesio Fe trwy wneud ei waith a gwneud y byd yn lle gwell i fyw ynddo; ac yn gwybod sut i atal y cylch dieflig yma dw i'n rhan ohono.

Fel y daith i Drellech, sylwaf mai dim ond fi sy'n gwisgo fy ngwregys diogelwch. Felly, gan wybod hynny, dw i'n pwyso ar y sbardun gan wrando ar yr injan yn newid ei thraw wrth i gyflymder y car godi. 39. Mae'r Mondeo a'r gyr o geffylau sy'n ei bweru'n gweryru wrth i'r drot droi'n garlam. 45. Mae'r byd tu fas a'r ymateb ymosodol tu fewn i'r car i'r newid annisgwyl mewn cyflymder yn ddryswch llwyr, ond gyda'r gwaed yn taranu rhwng 'y nghlustiau, sa i'n clywed dim. Dw i'n hollol ddigyffro a dweud y gwir. Fel pêl-droediwr yn cymryd cic o'r smotyn, mae'r byd o 'nghwmpas i'n hollol amherthnasol, mae fy ffocws yn ddiamod. 51. Mae Lauren yn gwneud ymddangosiad annisgwyl arall yn y rear-view a dw i'n ei gwylio hi'n newid o fod yn fabi i fod yn ferch ac yn fenyw. Mae hi'n ymddangos yn hapus heb os, a dyna'r unig beth sy'n bwysig i fi nawr. 62. Mae Wil yn ymuno â hi... a Mia 'fyd. Ai rhagarwydd dw i'n ei gael, neu ofn sy'n gafael yno' i gan fy ysgwyd i 'nghraidd? 69.

"What the fuck is this?" clywaf Dee Dee'n gofyn o'r cefn wrth i fi adael un o'r Smart Cars 'na'n sefyll yn y lôn fewnol.

74. Ar y gorwel, trwy'r glaw di-baid, gwelaf bont lwydaidd yn sefyll, yn aros amdana i. Dyma ran olaf 'nghynllun i. 78. Wrth ochr y ffordd ddeuol, gwelaf arwydd yn rhybuddio gyrwyr i fod yn ofalus o'u cyflymder. Yn wahanol i fi, mae Floyd yn cymryd sylw o'r rhybudd.

"What the fuck are you doing, Al?" hola, gan godi'i wn at fy ngwyneb unwaith eto.

Mae'r car yn tawelu wrth i bawb syllu trwy'r ffenest flaen. 85. Dw i'n brwydro yn erbyn yr awydd i ateb Floyd gyda'r gair 'driving' ac yn croesawu'r tawelwch mae 'ngweithred yn ei gael ar y triawd. Trwy ddweud dim, jyst cadw i oryrru, dw i'n herio Floyd i dynnu'r taniwr, ond ma fe'n gwybod fel y gweddill ohonon ni y byddai hynny jyst yn arwain at ddamwain ddifrifol a siawns dda o gael marwolaeth... 90. Teimlaf fy ngwregys yn fy ngludo wrth y sedd, ac mae symudiadau fy nghyd-deithwyr, fy nghyd-arteithwyr, yn cadarnhau 'mod i'n unigryw yn fy nghaethiwed. 96.

"Slow down!" mae Floyd yn pledio wrth i'r olwyn yrru ddirgrynu yn fy nwylo o dan bwysau'r cyflymder.

Dyma'r tro cynta i fi glywed Floyd yn gwneud y fath

beth gan fod ei bwêr drosta i'n diflannu gyda phob tro a wna'r olwynion. *The wheels on the bus go round and round, round and round...* Lauren, angel f'ymennydd, unwaith eto yn y rear-view. 101. Mae Dee a Gee'n cymryd lle fy merch yn y drych ac mae'r bygythiad wedi diflannu o'u llygaid. Ofn yw'r tenant newydd. Alun Brady yw ei enw. 106. Gyda'r bont lwyd yn agosáu, fel porth cudd i fyd arall, mae'r llonyddwch yn perthyn i fi yn unig.

"I never told you why I went to prison, did I Floyd?" gofynnaf gan weiddi dros sgrech yr injan.

"Is now the time..." yw ei ateb.

"Did I, Floyd?"

"No Al, you didn't."

110.

"I killed a man, Floyd. I'm a killer."

Dw i'n edrych arno wrth ddweud hyn, gan wenu mor Lecteraidd ag y galla i arno. Mae'n cael yr effaith ro'n i eisiau 'fyd, wrth i dawelwch llethol lenwi'r car, fel cynulliad Catholig yn croesawu Cardinal. Ac yna, fel ffarwél arbennig i'r triawd diawledig, dw i'n rhag-weld eu dyfodol.

"And now I'm gonna kill three more..." yw 'ngeiriau cyn troi'r car oddi ar y ffordd ac anelu'n syth am y bont. Dw i'n gwneud hyn yn y sicrwydd fod Duw wrth fy ochr, yn f'amddiffyn i rhag drwg. Fi yw ei Nikita. Ei Jules a'i Vincent. Trwy weithio 'da'n gilydd, gallwn wneud y byd yn lle gwell i fyw. Edrychaf ar y speedometer jyst cyn i'r car gwrdd â'r concrit. 112. Ac wedyn dw i'n croesawu'r tawelwch, y tywyllwch a'r terfyn.

Mae fy llygaid yn agor yn araf ac yn amsugno'r olygfa drychinebus sydd o 'nghwmpas. Er na allaf deimlo 'nghorff, fy esgyrn, fy nghoesau na dim, dw i *yn* gallu teimlo poen. Poen aruthrol. Poen terfynol. Nid yw'r driver's airbag wedi agor ac atal y gwrthdrawiad rhwng fy nghorff, yr olwyn a'r dashboard. Mae corff Dee Dee – oedd yn eistedd tu ôl i fi cyn y trawiad yn awr yn gorwedd yn farw gan 'y ngwthio i'n bellach tua'r injan stemiog sy'n mygu o 'mlaen. Llyfaf fy ngwefusau a blasu'r sgarlad. I'r chwith ohona i mae Silent Gee. Yn fud am byth yn gwisgo'i fwgwd angau. Mae ei gorff wedi crychu fel can Coke o dan droed a'i wddf wedi diflannu rhywle rhwng ei ben a'i ysgwyddau, fel Gladstone Small gynt. Mae gwaed yn rheadru o'i glust; mae ei lygaid ar agor ac yn syllu'n syth ata i. Dw i'n symud fy llygaid er mwyn osgoi ei drem.

Trwy'r windscreen rhacs, tu hwnt i'r bonet drylliedig, ar y llawr rhwng y car a'r bont galla i weld Floyd. Corff Floyd. Mae atgofion melys yn gwibio trwy 'mhen. Atgofion o'n cyfeillgarwch. Pam? Pam taw fan hyn mae'r cyfan 'di dod i ben? Ai dyma ddiben pob perthynas? Mae'n ymddangos fel 'ny. Mae'r corff yn symud nawr. Dim lot, ond heb os yn symud. Mae ei ben yn codi'n araf a dw i'n syllu'n syth ato. Dros *bîîîîîîîîp* aflafar y corn, mae Floyd – fy ffrind, fy ngelyn, fy pwy a ŵyr – yn ceisio siarad, ond mae'r ymdrech yn ormod a'i ben yn cwympo'n ôl i'r llawr a'i enaid yn gadael ei gorff llipa.

Wrth i'r seirenau agosáu, dw i unwaith eto'n colli ymwybyddiaeth, yn cefnu ar y gyflafan a ffarwelio â'r lladdfa.

EPILOG: DEDFRYD OES

Tywyllwch. Ffocws. Ffocysu. Trwy'r dryswch gweledol i'r ochr draw. Y golau. Goleuni. Nefoedd? Codi pen. Methiant. Unwaith eto... na. Golau'n gorlifo. Llygaid yn gwingo. Yn araf... araf... dw i'n cyfarwyddo. Cyrtens brwnt a pheiriannau dieithr. Teledu? Surround sound. Dim sŵn. Jyst synau. Dim byd amlwg. Grwnan undonog. Trwyn yn cosi. Methu helpu. Pam? Tywyllwch. A dechrau eto... yn araf. Codi pen. Methu. Codi llaw. Methu. Codi coes. Methu. Pam? Floyd! Carchar. Rhyddid. Carchar. Gwahanol ond tebyg. Tebyg ond gwahanol. Llais trwy'r cymylau.

"Are... sure you want... do this, Mr Brady?" *Mr Brady! Mr Brady! Dad-cu? Dad? Nefoedd. Byddar eto. Rhyfedd. Rhyfeddod.* "Absolutely." *Wil. Fy mrawd. Mr Brady.* "I know it's... tough, on all... us I mean, but this... what... all about..." "Family?" "Exactly." "Now, as Alun... out for... two months... his accident, he's severely damag... Broken neck. Paralysed... neck down. He's mute. Possibly brain dead... brain damaged. Because... severity of... condition, we're not... sure if he... hear us. Hear anything..." *O gallaf! Clywed, clywed, ond methu ymateb.* "It breaks... heart to... him like this. He was, is, such a good person. I've no... what he was doing... crashed the car, no idea why... mixed up in... things. What I do know is... he's received a true life sentence. Life imprisonment in his own body. It doesn't... any worse... that." *Damwain? Pa ddamwain?* "Sounds

337

like... know what you're doing, Mr Brady. Shall we put him... the chair?" Chair? Cadair? Trydanol? Llygaid yn chwyrlio, corff yn farw. Wil. Yn sefyll uwch fy mhen. Yn ei law. Mwclis arian. Croes arian. "Tynnon nhw hon pan es ti i'r theatr..." Theatr? Pa sioe? Dwylo Wil yn cloi'r gadwyn am fy ngwddf. Atgof. Knocker. "Dyna ni! Ti'n barod? Fi'n mynd i ofalu... ti nawr, Al. 'Na beth ma teulu'n fod neud, on'd yfe?" Ti'n iawn, Wil. Ti'n fy nghlywed? WIIIIIIIILLLLLLL!!!!!! Codi i eistedd. Dw i'n symud! Na. Hang on. Na. Dim yn wirfoddol ta beth. Nyrs wrol un ochr. Wil ochr arall. Eistedd nawr a gweld y byd o 'nghwmpas. Yr stafell o 'nghwmpas. "Thanks... I'll take it... here."

Llais Wil. Symudiad llyfn. Unionsyth. Pwy? Beth? Arnofio nawr. Gadael. Yn symud fel troli rownd Tescos. Cleifion. Clebran. Corff? I'r chwith. Trwy'r drws. Coridor llwyd. I'r dde. Cyntedd. Pobl. Dressing gowns. Slippers. Woman's Weekly. Bella. Best. Drws awtomatig. Aaaaaghhhhhhhh! Naaaaaaa! Dieithr yw golau'r haul. Teimlad estron. Bywyd arall. Newid cwrs. Newid canlyniad. Penderfyniad pwyllog? Dylanwad Duwiol? Tywyllwch. Smotiau tywyll o flaen fy llygaid. Gwaed tywyll o benglog. Floyd. Ffrind. Môr coch. Mor goch. Du. Paddy. Dad-cu. Sori. Chi 'na? Na. Unigrwydd llwyr nawr. Pobl yn syllu. Syllu'n ôl. Symud. Methu. Methiant. Arnofio tua'r ceir. Tua'r cerbyd. Gwres ar fy mochau yn toddi 'nghroen. Lleisiau'n plethu â'r synau allanol. Dryswch pellach. Beth ddigwyddodd? Beth sy'n digwydd? Anadl. Anadlu. Calon yn curo rhwng fy nghlustiau. Bw-bwm, bw-bwm, bw-bwm... Llais? Na. Grwnan tragwyddol. Diderfyn. Pam? Beth? Llais. Merchetaidd. Ifanc. "Dad... lle... mynd... wncwl Al?" Cwestiwn da. Ble? Pwy? Dad? "Am dro... awyr iach... dan glo... digon hir..." Dau lais. Dau plys dau? Dad a merch. Wil a Sophie? Cymraeg? Gobaith. Hapusrwydd. Codi i'r car. Atgofion tywyll. Dur ar ddur. Gwreichion yn tasgu. Siwrne fer. Lleisiau pell. Agos pell. Pell agos. Cartref Wil. Mia a Sophie. Cartref Lauren. Fy Lauren i. Gwenu. Crio. Penbleth. Pity. Nôl i'r gadair. Bant â ni. Dail. Brigau. Polystyrene. Sbwriel. Dŵr. Cymylau. Awyr. Arnofio... Rhyfedd. Fel cwch. Pedalo. Rhyfeddod. Teimlo'n rhyfedd... teimlo'n... teimlo... dim... Weeping willow. Clagwydd. Bara. Warburtons. Braces. Bwydo. Tywyllwch. Ansicrwydd. Golau gwyn. Llachar. Dallu. Dideimlad. Panig. Ffynnon ffug a phromenâd. Ci. Budreddi. Bag Tesco. Bins sgwâr. Sbwriel ar lawr. I'r chwith, dŵr. Alarch. Elyrch. Goleudy. Scott. Captain Scott. Great Scott. Oerfel. Methu teimlo... fy mreichiau, fy nghoesau, fy nghorff. Rhew. Diffrwyth. Cynhesrwydd. I fyny. Haul. Smotyn du o flaen fy llygaid. Arnofio. Dw i'n arnofio, fel ysbryd heb draed... dyn heb gorff? Llaw. C'mon! Symud! Dim byd. Dim poen. Dim teimlad. Difywyd. I'r dde, pobol. Dyn. Menyw. Dwy ferch fach. Gwaed. Floyd. Gwydr. Marwolaeth? Caethiwed? Carchar? Rhyddid. Awel hafaidd. O'm blaen, planhigion. Troelli. Olwyn... ion. Blodau. Pobl yn syllu... I'm cyfeiriad i? Llygaid yn llawn... tosturi? Atgasedd? Pam? Sgrech yn gwaredu'r bzzzzz bythol, ond dim ond dros dro. Ac yn ôl. Edrych lan ar yr awyr las. Dim cwmwl. Dim clem. I'r chwith, railings. Carchar. Caethiwed. Cartref. Cwch rhwyfo. Pysgotwr. Fest. Breichiau cochlyd. Gorwneud. Abwyd. Adar. Elyrch. Dros fy ysgwydd dde, fy mrawd! Fy mrawd? Wil? Ceg yn symud. Dim synnwyr yn cyrraedd fy nghlustiau. Beth? Beth? Olwyn. Dwylo. Rheolaeth. Tynged. Tywyllwch. Tawelwch. Symud yn llyfn. Mecanyddol... Dim teimlad. Dim cyffro. Dim cynnwrf. Al, NOOOOOOOOOOO!!!! Dur ar ddur a'r ddaear yn troelli. *Neu? Tywyllwch. Llonyddwch. Seiren. Pibellau. BEEEEEEEEEEEEEEEEEEEEEEP! Poen. "Wil?" Geiriau'n llifo ond heb sŵn. I'r dde, Sophie. Gwên fawr. "Wncwl Al." Ie! 'Na fi. Wncwl Al. Tawelwch. Gwefddarllen. Edrych arna i! Paid troi! Mae hi'n troi. Tawelwch. Tywyllwch. "Wil! Hei Wil!" Dim ymateb. Ydw i'n siarad, neu jyst yn meddwl mod i? Dryswch. Penbleth. Pendro. Pen. "Wil!" Wiiiiil!!! I'r chwith. Mia. Gwefusau'n symud ond heb sŵn. Mae hi'n fud. Neu ai fi sy'n fyddar? Gwres ar groen. Beth? Breuddwyd? Hunllef. "Wil." Dere frawd, dw i angen ti nawr... Ond dim byd. Gwn. Gynnau. Bygythiadau. Gweddïo. Ymateb. Yr ateb. I'r dde, Lauren. Edrych fel ei mam. Ffodus. I fi. I Wil. Trwyn bach crwn. Bochau brown a gwefusau'n orchudd o hufen iâ. Wil! Methu teimlo... Dyfodol? Dad-cu. Dechrau'r diwedd? Arnofio eto. Mewn ac allan o'r isymwybod. Beth sy'n digwydd i fi? Pam? Y da sy'n dioddef. Dyna'r gwir. Beic. Mackintosh Place. Pint o' daaark please, Alan. Beic. Car. Asffalt. Car. Duw? Duw? Haul trwy'r coed. Trwy'r tywyllwch. Paddy. Sori? Na. Diolch Dad-cu. Ffrind. Maddeuwch i fi. I'r chwith, gwynebau. Cyrff. Corff. Cell. Mynwent. Mia. Diolch Mia. "Beth... bod... Wncwl Al?" Lauren. "Mae e... cael damwain." Mia, mewn Cymraeg perffaith. I'r dde, swings. Cylchdro. Plant. Sgrech. Dagrau. Chwerthin. Frisbee. Ci coch. Setter? Tubs. Y rhybudd. Angel? Hell's Angel yn sicr, ond angel angel? Pwy a wŷr? Bydd yn ofalus, Al. "Pam nad yw... siarad?" Sophie. "Dyw... ddim... gallu..." Wil. Gwregys diogelwch. Gwydr teilchion. Corff. Cyrff. I'r dde, fan hufen iâ. Mr Whippy. Mmmmmmm. 99 plîs. Clustiau'n clywed. Coed yn sisial. Ciw o bobol. Fab neu Zoom? Toddi. Dyma'r diwedd? Jyst dechreuad arall? "Ydy fe'n... nôl... ysbyty?" Sophie. "Na. Mae e'n... fyw gyd... ni." Mia. "Pam?"*

Lauren. "Achos... dyna beth... teuluoedd... gwneud. Gofalu... ei gilydd..." Wil. Fi'n clywed popeth, ond methu ymateb. Baich ydw i. Byrdwn mawr. Fel gefynnau trwm am arddyrnau fy mrawd. Eironig? Torcalonnus? Yn sicr. "Ydy fe... poen?" Sophie. "So ni'n gwybod." Wil. Sut alla i fod mewn poen pan nad ydw i'n teimlo dim? Wrth glywed y sgwrs, dw i'n awchu i adael y byd ma. Mae gan Wil gyfle i fod yn rhan o deulu go iawn, a phwy sy'n dod i'w chwalu? Milwr Duw. Ei annwyl frawd. 'Sa i moyn amharu ar ei fywyd. Ar ei gyfle. Cymer fi nawr, Dduw. Mae'n bryd i fi fynd. Dw i 'di cyflawni 'mhwrpas. Gwynebu 'nhynged. Lauren nawr yn estyn llaw. Cyffwrdd fi, fy merch. Cymera fi o fan hyn. Croen ar groen ond dim gwefr. Heb deimlad, heb symudiad, dw i'n ddim. Dim. Duw?

Mynnwch gopi o nofel gyntaf Llwyd Owen:

FFAWD
CYWILYDD A CHELWYDDAU

Clasur o nofel am alcoholiaeth, gwallgofrwydd, cyfryngis hunan-bwysig, satan, boy bands, colled, anobaith, cywilydd a chelwyddau...

"Nofel ardderchod o ran cymeriadu, cynllunio, plot a stori... Nofelydd athrylithgar a chanddo stori wefreiddiol i'w hadrodd."

Beirniadaeth Gwobr Goffa Daniel Owen 2005

£7.95

Am restr gyflawn o nofelau cyfoes
Y Lolfa a'n holl lyfrau eraill, mynnwch
gopi o'n catalog – neu hwyliwch i
mewn i'n gwefan:

www.ylolfa.com

i chwilio ac archebu ar-lein.

TALYBONT CEREDIGION CYMRU SY24 5AP
e-bost ylolfa@ylolfa.com
gwefan www.ylolfa.com
ffôn (01970) 832 304
ffacs 832 782